MAKRELENBLUES

Ute Haese, geboren 1958, promovierte Politologin und Historikerin, war als Wissenschaftlerin tätig. Seit 1998 arbeitet sie als freie Autorin und widmet sich dem Krimi- und Satirebereich sowie der Fotografie. Sie lebt mit ihrem Mann am Schönberger Strand bei Kiel und ist Mitglied bei den Mörderischen Schwestern sowie im Syndikat.

UTE HAESE

MAKRELENBLUES

DER NEUNTE FALL FÜR HANNA HEMLOKK

Küsten Krimi

emons:

Lust auf mehr? Laden Sie sich die »LChoice«-App runter, scannen Sie den QR-Code und bestellen Sie weitere Bücher direkt in Ihrer Buchhandlung.

Bibliografische Information der Deutschen Nationalbibliothek
Die Deutsche Nationalbibliothek verzeichnet diese Publikation in der Deutschen Nationalbibliografie; detaillierte bibliografische Daten sind im Internet über http://dnb.d-nb.de abrufbar.

Umschlagmotiv: suze/photocase.de
Umschlaggestaltung: Nina Schäfer, nach einem Konzept von Leonardo Magrelli und Nina Schäfer
Umsetzung: Tobias Doetsch
Gestaltung Innenteil: César Satz & Grafik GmbH, Köln
Lektorat: Dr. Marion Heister
Druck und Bindung: CPI – Clausen & Bosse, Leck
Printed in Germany 2020
ISBN 978-3-7408-0790-0
Küsten Krimi
Originalausgabe

Für Helga und Hartwig

Glossar norddeutscher E-Wörter

eengaal	einerlei, egal
egaalweg	andauernd
egenköppsch	stur, dickköpfig
eisch	unartig

EINS

»Das ist nicht wahr!«, ächzte ich ungläubig. »Was will der Typ?«

»Na, die Welt bereisen, und vorher will er eben noch ein bisschen durch Lissabon bummeln. Das soll ja eine wirklich schöne Stadt sein, habe ich gehört. Da gibt es doch sage und schreibe –«

Ich hob meine Rechte wie ein Verkehrspolizist, um dem drohenden Redefluss meiner Freundin Einhalt zu gebieten.

»Marga«, sagte ich streng. »Der Mann ist tot. Und niemand, der seine Sinne beisammenhat, reist als Aschehaufen in einer Urne um die Welt.«

Marga nickte bedächtig, anscheinend keineswegs irritiert von meinem ... na ja ... ein wenig schrägen Einwand, und gönnte sich einen kräftigen Schluck von dem wirklich trinkbaren schleswig-holsteinischen Weißwein, den sie mitgebracht hatte. Ja, den gibt's. Aber dazu komme ich später.

»Das Bild ist schief, Schätzelchen. Von wegen Bewusstsein als Aschehaufen und so. Da bleibt 'ne Menge Raum für Spekulationen.« Ich schwieg, denn darum ging es bei der ganzen Sache ja wohl nicht, und betrachtete die gemütlich wie eine alte Römerin auf meiner roten Couch lagernde Frau Schölljahn aufmerksam. Gut, sie war nicht mehr die Allerjüngste, aber irgendwelche Ausfallserscheinungen geistiger Art hatte ich bislang noch nicht bei ihr bemerkt.

»Nun hab dich doch nicht so«, fuhr sie locker fort. »Es gibt eben Menschen, die lebendig tierische Flugangst haben und es jetzt noch einmal allen und vor allen Dingen sich selbst zeigen wollen. Also im Nachhinein. Tja, oder der Verblichene war sein Leben lang ein Abenteurer und sieht ... äh ... sah nicht ein, dass sich das als Leiche unbedingt ändern muss.«

»Alles ist möglich, mhm?«, schob ich betont freundlich dazwischen und nahm sicherheitshalber ebenfalls einen weiteren Schluck. Zur mentalen Stabilisierung für das, was zweifellos noch kommen sollte. »Auch als Aschefluse. Dabei hat die nicht die Bohne von Bewusstsein, wenn du mich fragst.«

Marga bedachte mich über den Glasrand mit einem vernichtenden Blick.

»Das weißt du nicht, Schätzelchen. Vielleicht gucken die Seelen ja tatsächlich von oben zu, was wir hier so treiben. Oder von unten aus der Finsternis der Hölle. Da gibt es bekanntlich die unterschiedlichsten Theorien. Jedenfalls ist man wahrscheinlich lebendig gern gereist und will jetzt, also ... äh ... hinterher, noch einmal richtig die Sau rauslassen.«

»Marga«, stöhnte ich. Was für eine bescheuerte Wortwahl! Sie hatte nur eine Flasche Wein mitgebracht. Mittlerweile war ich so weit, dass ich eine zweite gebraucht hätte.

»Schätzelchen, du hast ja keine Ahnung, was im Beerdigungsbusiness heute alles so läuft. Und was gerade en vogue ist. Rein in die Kiste, ab unter die Erde, Stein drauf – der Zug ist schon lange abgefahren. Der Event-Tod ist heutzutage total angesagt. So völlig daneben ist das mit der Reise-Urne deshalb gar nicht. Denn mittlerweile gibt es sogar spezialisierte Unternehmen, die einen derartigen Trip im Angebot haben und durchführen.«

»Lass mich raten. Es sind Start-ups, die sich bei Johannes bewerben könnten«, unkte ich. Unser Freund Johannes von Betendorp veranstaltete seit Kurzem sogenannte Fuck-up-Nights drüben im Herrenhaus Hollbakken, wo gescheiterte Jungunternehmer erzählten, wie schön es sein kann, eine Firma an die Wand zu fahren und eine neue zu gründen. Die dann mit ziemlicher Sicherheit auch wieder den Bach runtergeht. Doch auch davon später.

»Nein, sind es nicht. Und kannst du nicht mal die Klappe halten und mich ausreden lassen? Das ist eine Kulturtechnik, die man eigentlich schon in der Grundschule gelernt haben sollte. Wo war ich?«

»Bei den Firmen, die –«

Sie wedelte ungeduldig mit der Rechten, um mich zum Schweigen zu bringen.

»Genau. Also, mit der Urne um die Welt läuft das so: Ein

Angehöriger legt – oder besser du selbst legst – noch kurz vor deinem Tod schriftlich fest, wohin die Reise gehen soll. Mauritius, Malediven, Málaga, alles kein Problem. Ein Mitarbeiter schnappt sich dein neues Heim mit dir drin, und los geht's. Von jedem Stopp gibt es ein Selfie von … äh … dir, also der Urne, mit deinem Reisebegleiter. Als Nachweis, dass deine Überreste nicht in Wahrheit in den drei für die Sause gebuchten Wochen nie aus dem heimatlichen Bad Dinkelsheim herausgekommen sind und die ganze Zeit über in irgendeinem dunklen feuchten Keller gestanden haben, statt im Flieger ordentlich einen draufzumachen. Und natürlich für die WhatsApp-Gruppe daheim oder die trauernden Kinder. Also dafür ist das Selfie, meine ich.«

»Aha.« Einen Vorteil hatte diese Art zu reisen bestimmt: Man wurde in seinem Behältnis verplombt und musste anschließend keinerlei Sicherheitskontrollen mehr über sich ergehen lassen. Das war in der heutigen Zeit der endlosen Schlangen auf den Flughäfen unbestreitbar ein gewaltiger Pluspunkt. Es war allerdings auch der einzige, den ich auf die Schnelle entdecken konnte.

»… ist so eine komplette Weltreise ein echtes Schnäppchen«, plapperte Marga weiter. »Weil die Kosten nur zwischen zwölftausend und dreizehntausend Euro liegen.«

»Klar, weil die Übernachtungskosten für die Hauptperson entfallen. Sie hat ihr Haus ja mit«, bemerkte ich süffisant.

Marga hielt mir die leere Flasche hin.

»Wie sieht es aus? Hast du Nachschub? Mir scheint, ohne schaffen wir es heute Abend nicht.«

Ich erhob mich, um ihrem Wunsch nachzukommen. Oben auf Bokaus Hauptstraße röhrte ein Trecker vorbei. Manche der Bauern fuhren einen extraheißen Reifen und machten sich einen Spaß daraus, mit dem Ungetüm unbedarfte Touristen in Panik zu versetzen, die mit ihren zumeist auch nicht gerade mickrigen Autos vor lauter Schreck jedes Mal fast in den nächsten Vorgarten oder Knick bretterten, wenn ihnen so ein vierräderiges Monstrum schwungvoll auf einer engen Landstraße entgegenkam.

»Also, ich finde, das ist besser als einfrieren, um in dreihundert Jahren wieder aufgetaut zu werden«, bemerkte Marga, während ich mich für einen Pinot noir entschied. »Da bist du doch aus allem raus und hast komplett den Anschluss verpasst. Die Leute schnacken dann mit den Jungs und Mädels von Alpha X Centauri direkt in einer Universalsprache und ohne all das heutige Technikgedöns, und auf der Erde sitzt du nur rum und spielst endlos Bingo, weil Computer und Roboter alles andere erledigen. Einschließlich des Vorlesens für die ganz Kleinen und des Abwischens von Hintern bei den Ollen. Nein danke. Da sterbe ich lieber.«

»Oder ein paar von uns hocken nach irgendwelchen atomaren oder umweltmäßigen Super-GAUs wieder in den Höhlen, schwingen draußen die Keule und verbringen drinnen ihre Zeit mit Kritzeleien an den Felswänden, weil alles um sie herum wüst, öd und leer ist«, hielt ich dagegen und schenkte ein. In Untergangsszenarien konnte man mir so leicht nichts vormachen. Den ersten Schluck nahmen wir schweigend.

»Gut«, sagte Marga und giggelte. »Da sind wir uns also einig. Dreihundert Jahre bei minus hundertneunzig Grad sind keine Alternative. Da fliegen wir lieber als Aschehäufchen um die Welt.«

»Ich nicht«, beharrte ich. »Ich will ohne viel Tamtam in die Ostsee.«

»Ich nicht. Die ist mir zu kalt. Karls Erben sehen das mit der Urnen-Sause wahrscheinlich auch ein bisschen anders«, bemerkte Marga in einem derart unschuldigen Tonfall, dass ich augenblicklich hellhörig wurde.

»Karl?«, fragte ich misstrauisch.

»Karl Lißner, ja. Um den geht es bei der ganzen Sache. Ich habe ihn wirklich gern gemocht. Der Mann ließ sich so leicht nichts gefallen und hat gesagt, was er dachte. Der war kein Duckmäuser.«

Ganz genau wie meine Freundin Marga Schölljahn also. Der Kerl war eindeutig eine Art Seelenverwandter gewesen. Marga zuckte mit den Schultern.

»Weißt du, Karl ist völlig überraschend gestorben.«

»Lebte er im Park?«, fragte ich rundheraus, denn ich hatte den Namen von ihr vorher noch nie gehört. Der Mann musste also einer von Margas neuen Freunden sein.

»Ja, tat er. Trotzdem kam es für uns alle aus heiterem Himmel.«

Taktvoll süppelte ich an meinem Pinot noir herum und dachte mir schweigend meinen Teil. Den neuen Wohnpark für Senioren und jung gebliebene Alte hatte ein Konsortium aus amerikanischen und deutschen Investoren im letzten Winter in Windeseile neben dem Haus für Flüchtlinge – einem ehemaligen Landschulheim – direkt vor den Toren Bokaus aus dem Boden gestampft. Aber gestorben wurde dummerweise auch dort, denn das Durchschnittsalter der Bewohner lag bei geschätzten sechsundsiebzigeinhalb Jahren.

»Mhm«, brummelte ich unentschlossen in mein Glas.

»Natürlich haben sie ihn nachts abgeholt. Wenn alles schläft und keiner wacht ... und vor allem niemand was mitkriegt. Du konntest gar nicht so schnell gucken, da war der Mann schon kremiert.«

»Ach ja?«

»Es sei ein Herzstillstand gewesen, hat die Leitung den Leuten mitgeteilt.«

»Das kommt vor«, sagte ich friedlich.

Marga griff nach ihrem Glas, setzte an und leerte es in einem Zug. Oha. Ich wappnete mich.

»Und nur weil Karl schon etwas älter war, gibt's daran nichts auszusetzen? Willst du das damit sagen, Schätzelchen?«, fragte sie auch schon kämpferisch. Ich hatte ohne Zweifel einen Nerv getroffen.

»Na ja, sterben müssen wir schließlich – noch – alle«, gab ich die Binse der Binsen zum Besten. Selbst in diesem medizinisch hoch gerüsteten Wohnpark. Da biss die Maus keinen Faden ab. Niemand wollte das zwar gern hören, aber so war es, auch wenn die Hochglanzprospekte, die diese jugendfreie Kunstwelt bewarben, den Tod weitgehend ausklammerten und so taten, als sei das Leben in solch einer Anlage eine Vorstufe zum Paradies. Natürlich war die Sache mit dem Dahinscheiden ein klitzekleiner Schönheitsfehler, die in dem ansonsten vor glücklichen und aktiven Grauköpfen wimmelnden Hochglanzprospekt, das bei Bäcker Matulke und in Inge Schiefers Restaurant herumlag, deshalb auch nur am Rande und sehr dezent behandelt wurde. Muss ich eigens erwähnen, dass die Idee ursprünglich aus den USA stammt? Wahrscheinlich steht der Ur-Park im ewig sonnigen Florida, wo in den Wintermonaten rheumatische Rentner wie Heuschreckenschwärme einfallen.

Mich hatte es vom ersten Spatenstich an gegruselt, während Marga sich mit glänzenden Augen, kaum dass die ersten Bewohner ihre Apartments bezogen hatten, ins »Elysium« gestürzt hatte. So hieß der Wohnpark tatsächlich: »Elysium«, in der griechischen Mythologie das Gefilde der Seligen in der Unterwelt. Ich wusste immer noch nicht, ob ich über diese Namensschöpfung weinen oder lachen sollte, zumal sie mich prompt an einen in den letzten Jahren ausgehobenen riesigen, alle Grenzen sprengenden Porno-Pädophilen-Ring im Darknet erinnerte. Diese Männer hatten es auch mit der Seligkeit gehabt, allerdings auf Kosten von Tausenden kleinen bis kleinsten Kindern. Marga hingegen hatte mir an einem der langen dunklen Abende des vergangenen Winters erklärt, dass dieser Park super sei. Denn da fänden sich bestimmt ein paar Leute mit dem richtigen politischen Bewusstsein. Die Babyboomer und die Altachtundsechziger, zu denen sie sich zählte, kämen schließlich in die Jahre. Und wenn man mit denen vernünftig redete, bestünde doch durchaus eine Chance, sie für ihr, also Margas Lebensthema, den Schutz der Meere, zu gewinnen. Wo doch nicht nur der Dreck, sondern auch der Krach im Wasser mittlerweile beständig zunähme … Oder man könne andere dort davon überzeugen, DePP beizutreten. »Die echte Piraten-Partei«, so hieß die von Marga eigens zu diesem Zweck gegründete Truppe, die seit ihrer Geburt eher – na ja, sagen wir es rundheraus – vor sich hin dümpelte und bei Wahlen stets und ständig an der Fünf-Prozent-Hürde scheiterte. Frisches Blut war also hochwillkommen.

»Glaub mir, Karls Tod stinkt zum Himmel. Hast du vielleicht auch etwas zu essen da, Schätzelchen? Ich kriege von weißem Wein immer Hunger.« Und von rotem auch. Aber das schenkte ich mir, wuchtete mich aus meinem Schaukelstuhl und ging die drei Schritte bis zur Miniküche. Es handelte sich eher um ein Zeilchen, war aber mit allem ausgestattet, was eine Köchin so brauchte.

»Käse?«, fragte ich nach einem Blick in den Kühlschrank. »Manchego?«

»Perfekt.«

Ich stellte den Käse auf den Tisch und legte zwei Messer dazu.

»Wieso bist du da so sicher?«, nahm ich den Faden wieder auf, während wir zuschauten, wie der Käse temperierte. Sie verstand sofort. Wir waren nicht umsonst gute und vertraute Freundinnen.

»Weil ein Kerl wie Karl nicht einfach so stirbt. Der Mensch war er nicht.«

Ich verdrehte die Augen. Sollte das etwa ein grundsolides Argument sein? Nichts als Bullshit war das!

Doch Marga beeindruckte meine Pantomime wenig. Ungerührt sprach sie weiter. »Und weil sein einziger Sohn außer dem Pflichtteil nichts erbt und er alles dieser Amigurumi-Tante vermacht hat. Und, glaube mir, das ist nicht wenig. Karl war nämlich reich.« Mit diesen Worten griff sie zum Messer, säbelte ein respektables Stück Manchego ab, schnupperte kurz genüsslich dran und biss hinein. Wenn Käse krachen könnte, hätte er gekracht.

Ich schnappte indes brav nach dem Köder.

»Ami… was?«

»A-mi-gu-ru-mi«, wiederholte Marga mit vollem Mund. »Kommt aus Japan und ist so eine Art Stricken. Das ist momentan total beliebt im ›Elysium‹. Na ja, das hält die Fingergelenke geschmeidig.« Sie schluckte den Rest Käse hinunter. »Freya Schüssler-Knack heißt sie übrigens.«

»Wer? Die Amigodingsbums-Tante?«

»Amigurumi. Und sie ist Karls Haupterbin, vergiss das nicht. Sie strickt mit den alten Leuten kleine Tiere. Elefanten, Zebras, Eisbären, Rehe, Hasen. Sie machen sie alle ein Stück größer als üblich. Weil man ja im Alter nicht mehr so gut greifen kann. Ich finde das sinnvoll, obwohl dieses Gehäkele nicht mein Ding wäre. Aber es ist gar nicht so leicht, hab ich mir sagen lassen. Deshalb muss da auch jemand mit Ahnung sein, um –«

»Marga«, unterbrach ich sie drohend.

»Was ist?« Ihre Miene war so unschuldig wie frisch gefallener Schnee.

Ich stellte mein Glas ab und fixierte sie streng.

»Könntest du mir bitte endlich in wenigen klaren Worten sagen, was Sache ist und was du von mir willst?«

»Kann ich«, lautete die gemütliche Antwort. »Ich dachte schon, du fragst nie. Der Käse ist übrigens lecker. Also: Ich möchte, dass du Karls Tod untersuchst. Da ist unbestreitbar einiges suspekt, angefangen von dem Testament, das den Sohn enterbt, über diese Freya Schüssler-Knack, die alles einsackt und so viel jünger ist als er, bis hin zu der Reise nach Lissabon.«

»Ach. Auf einmal ist die Urnen-Sause nun nicht mehr im grünen Bereich?«, reizte ich sie. »Ich dachte, du hältst es für die normalste Sache von der Welt, als Aschehäufchen um den Globus zu düsen. Vielleicht will dein Karl ja nur den Tejo noch einmal … äh … spüren. Eine Pastéis de nata kann er in seinem Zustand ja schlecht genießen.« Das waren, wie ich aus einem Urlaub in grauer Vorzeit wusste, diese oberleckeren Törtchen, die einem die Seele weit und den Hosenbund enger machten. Haargenau wie Matulkes sagenumwobene Cremeschnitten.

Marga ging auf meinen Scherz nicht ein.

»Es ist mehr eine Bitte, denke ich. Ich habe da so ein merkwürdiges Gefühl. Und du hast doch gerade keinen Fall am Laufen, da dachte ich, damit du als Ermittlerin nicht aus der Übung kommst …«

»Es ist also nur zu meinem Besten, dass die berühmteste Privatdetektivin Bokaus für lau arbeitet«, sprach ich das Offensichtliche aus.

»Du arbeitest für mich. Deine Freundin«, korrigierte Marga mich treuherzig. »Es würde mir wirklich eine Menge bedeuten, wenn ich wüsste, dass Karl anständig und auf natürliche Art und Weise gestorben ist.«

Draußen hub ein Amselherr an zu singen, um seinen Nebenbuhlern zu zeigen, was eine Harke ist. Wir bewegten uns auf den April zu, und der Frühling nahte endlich mit Macht. Was nach diesem langen verregneten Winter, in dem man sich am liebsten vor dem Kaminofen zusammengerollt hätte, um die dunklen und trüben Monate im Halbdämmer zu verbringen, auch hohe Zeit wurde. Jetzt waren die Tage bereits spürbar heller, und überall herrschte Aufbruchsstimmung. Auch bei mir. Und außerdem hatte Marga ja recht: Mein letzter Fall lag gefühlt tatsächlich Lichtjahre zurück.

»Immer nur dieses Herz-Schmerz-Gesülze verkleistert dir doch das Hirn«, schob sie flugs nach, während sie meine Miene beobachtete, auf der sich vermutlich meine Überlegungen widerspiegelten. »Tagaus, tagein: ›Guten Tag – Ich liebe dich – Auf Wiedersehen.‹ Das ist doch nervtötend.«

Mein Job als Tränenfee war ein heißes Eisen und ein ewiger Streitpunkt zwischen uns. Marga hielt die Liebesgeschichtenschreiberei für die Yellow Press nach wie vor für Volksverdummung; ich lebte davon, solange die Detektei nicht genug Euros abwarf. Und das tat sie bislang keineswegs – nicht zuletzt, weil ich eben auch manchmal Klienten wie meine Freundin Marga hatte, die mich baten, für sie aus reiner Gefälligkeit zu ermitteln. Das kam dummerweise häufiger vor, als mir lieb war. Dass Marga daher ausgerechnet jetzt die Schmalzheimer ins Gefecht führte, zeigte mir mehr als alle Worte, wie sehr ihr die Sache am Herzen lag. Und eine Freundin ist schließlich eine Freundin.

»Auf Wiedersehen geht in den Sülzletten gar nicht«, verbesserte ich sie. »Sie kriegen sich. Immer und überall. Das ist schließlich der Zweck der Übung.« Eine kleine Stichelei musste schon sein. Allerdings beließ ich es dann doch nicht dabei. »Gut, ich werde sehen, was ich tun kann.«

Wie ein siegreicher Schlachtenlenker auf dem Feldherrenhügel ließ Johannes seinen Blick am nächsten Tag über die soldatisch akkurat ausgerichteten Stuhlreihen schweifen.

»Noch eine wäre günstig, schätze ich. Es haben sich einhundertzwanzig Leute angemeldet, und erfahrungsgemäß bringen die noch einen ganzen Schwung mehr mit.«

Es war elf Uhr morgens, und wir standen in der großen Halle von Hollbakken. Ich hatte Marga letzte Nacht an die Luft gesetzt, als sie anfing, wie ein Backfisch von dem verblichenen Karl Lißner zu schwärmen: Er sei so tatkräftig gewesen, so attraktiv und ja, auch so richtig sexy. Ganz anders als ihr Freund Theo, der sich neuerdings für Brieftauben interessiere. Ausgerechnet Brieftauben, hatte sie abfällig geschnaubt und sich dabei fast mit dem Zeigefinger ein Loch in die Stirn gepikst, das müsse man sich mal vorstellen! Das sei ja wohl so was von fade und oberspießig! Wie Briefmarken sammeln. Oder Streichholzschachteln zu Türmchen zu verkleben. Woraufhin ich sie sanft an ihren unsäglichen Schönling von Ex-Gatten erinnert hatte, den Harry und ich letzten Herbst in einer Gemeinschaftsaktion vom Hof gejagt hatten. Der sei auch unwiderstehlich, geradezu berückend attraktiv, chronisch arm wie eine Kirchenmaus und darüber hinaus eine komplette Niete gewesen. Daraufhin hatte sich Marga endlich mit finsterster Miene verabschiedet. Es war halb zwei gewesen.

Ich unterdrückte ein Gähnen. Und schwitzte. Harry ebenfalls. Es war heute Vormittag für einen Ende-März-Tag aber auch ungewöhnlich warm. Satte achtzehn Grad zeigte das Thermometer, was für Nordeuropäer wie uns zu dieser Jahreszeit ganz ordentlich ist. Doch was half es? Unser gemeinsamer Freund Johannes stand vor seiner dritten Fuck-up-Night, an der Harry und ich allerdings keinesfalls teilzunehmen gedachten. Eine hatte für den Rest unseres Lebens gereicht. Ich habe nichts davon, Menschen zuzuhören, die einem in allen Einzelheiten von ihrem beruflichen Scheitern erzählen und sich dabei selbst ausgiebigst bemitleiden. Außerdem hingen an dem ersten Event dieser Art noch ziemlich ungute Erinnerungen … Doch im Vorfeld Stühle zu schleppen und Getränke bereitzustellen, war eine andere Sache. Denn Johannes war eigentlich Tischler und saß mit dem maroden Herrenhaus Hollbakken, dem Familienstammsitz derer von Betendorp, seit meinem ersten Fall mutterseelenallein an. Er brauchte das Geld dringend, sonst begrub die Hütte ihren Besitzer noch irgendwann unter sich.

»Beweg deinen Hintern, Gierke«, knurrte ich also in Harrys Richtung, während ich mich anschickte, zur Scheune zu traben, wo Johannes seinen Stuhlvorrat lagerte. Aber Harry Gierke antwortete nicht, sondern glaste stattdessen weiter wie ein ausgestopfter Pinguin Richtung improvisierter Bühne. Mein Liebster arbeitete als freier Journalist, und das war kein leichter Job. Ausgefallene Themen lagen nicht auf der Straße, und die Konkurrenz war gnadenlos und groß. Wir hatten daher schon des Öfteren gemeinsam Höhen und Tiefen durchlebt, gegen die das Matterhorn zu einem kleinen Hügel und der Grand Canyon zu einer etwas breiteren Furche mutierte.

»Gierke. Hallo. Deine Loverin spricht mit dir«, stupste ich ihn an.

Irgendetwas war da eindeutig im Busch. Harry pflegte sonst nicht, wie ein Kleiderständer in der Gegend herumzustehen. Misstrauisch beäugte ich ihn. In der letzten Zeit, ja eigentlich seit Weihnachten, hatten wir nicht mehr ganz so viel miteinander zu tun gehabt, obwohl er in der Nähe residierte, nämlich oben in der Wohnung neben Marga im Haupthaus, das unserem gemeinsamen Vermieter Bauer Fridjof Plattmann neben meiner Anderthalb-Zimmer-Villa auch gehörte. Immer war er zu beschäftigt gewesen, wenn ich ihn gefragt hatte, ob wir vielleicht etwas zusammen kochen oder auch nur einfach so zusammensitzen wollten. Jedes Mal standen dann andere Termine an. Was mich letztlich nicht verwunderte, denn er tinderte immer noch und verdiente gutes Geld damit. Das heißt im Klartext: Er schrieb für eine der zahllosen Nie-wieder-Single-Agenturen im Netz superoriginelle Anmach-Texte – für die Kunden, nicht für sich selbst. Hoffte ich zumindest. Mir war das Ganze nach wie vor ein Dorn im Auge.

Na ja, und das gemeinsame Dudelsackspielen, das wir den Herbst über gepflegt hatten, entfiel aus naheliegenden Gründen. Nach den damaligen Ereignissen war ich lange Zeit noch ziemlich schlapp gewesen, hatte mich aber zu meiner Erleichterung wieder vollständig erholt. Und *der* Bokauer Aufreger des letzten Winters hatte sich erledigt: Der Trump-Verschnitt Arwed Klinger hatte es bei der Bürgermeisterwahl, der Grundgütigen oder wem auch immer sei Dank, nicht geschafft. Es war zwar äußerst knapp gewesen, aber jetzt regierte uns die ehemalige »Ostseebeauftragte des Kreises Plön für Berlin und Brüssel« weitgehend geräuschlos. Dr. Corinna Butenschön kam stets und ständig in der Presse vor, lächelte bei den Karnickelzüchtern, den Helden der Feuerwehr und neben dem Bokauer Beitrag zum alljährlichen Strohfigurenwettbewerb in die Kamera, von bahnbrechenden innovativen Taten hörte man dagegen wenig. Doch war das alles ein Grund, nicht zu bemerken, dass irgendetwas mit Harry offenkundig nicht stimmte? Die für mich nicht sehr schmeichelhafte Antwort auf diese Frage lautete: Nein.

»Äh, weißt du zufällig, wer dieses Fun-Dings präsentieren wird?«, versuchte ich ihn daher mit schlechtem Gewissen erneut in ein Gespräch zu ziehen, als ich ihn zur Stalltür dirigierte. Der ursprüngliche Moderator hatte die Teilnahme an einem Einsatz der Dorfgemeinschaft im Knick nicht überlebt. Doch Johannes, der uns just in diesem Moment mit zwei Kisten Wasser entgegenkam, antwortete für Harry.

»Eine Frau. Freya arbeitet drüben im ›Elysium‹.«

Ich horchte auf. Freya? Ein Allerweltsname war das nicht.

»Doch nicht Schulze-irgendwas?«, fragte ich neugierig.

»Doch. Schüssler-Knack heißt sie. Genau. Das ist sie. Sie macht das bestimmt super.«

»Sie häkelt Amigurumi«, informierte ich ihn und wunderte mich, wie leicht mir das Wort über die Lippen kam.

»Ich weiß.« Wir tauschten ein freundschaftliches Grienen. »Sie hat es mir erzählt. Aber das ist weder gefährlich noch esoterisch, Hanna.«

Johannes und ich waren – gerade, was die Esoterik und das

Übersinnliche anging – des Öfteren unterschiedlicher Meinung. Sein Pferd hieß Nirwana, während ich meine kühische Nachbarin ganz bodenständig Silvia getauft hatte. Sie fehlte mir. Doch noch stand sie mit den anderen Kuhdamen nebst Galan Kuddel im Stall und würde erst wieder im Mai ihre Wiese beziehen, die direkt gegenüber meiner Villa lag.

»Woher kennst du die Frau?«, fragte ich ihn, während Harry unserem Gespräch teilnahmslos lauschte.

»Oh, ich habe sie zuerst bei Inge gesehen. Sie saß allein an einem Tisch und aß mit geschlossenen Augen so hingebungsvoll Grünkohl, da hätte ich sie am liebsten angesprochen. Habe ich dann natürlich nicht gemacht.« Inge Schiefer gehörte das Traditionsrestaurant in Bokau, das für ihren Butt mit Stachelbeerkompott und seit Neuestem auch für eine Plattenkreation aus Räucher-, Brat- und Kochfisch mit verschiedenen hausgemachten Soßen weit über die Grenzen Bokaus hinaus bekannt war. »Woher kennst du sie denn?«

»Marga hat sie irgendwann mal erwähnt«, wehrte ich diplomatisch ab.

Johannes bemerkte meine Zurückhaltung nicht.

»Ach so. Ja, Marga hat Freya dann nämlich zu mir geschickt. Das fand ich wirklich sehr lieb und aufmerksam von ihr. Wir haben gleich harmoniert.«

Marga als gute Fee. Das war ja mal eine ganz neue Rolle für meine alte Freundin. Ich griff nach Harrys Arm. Er ließ sich widerstandslos mitziehen.

»Halt«, brüllte Johannes in diesem Moment und deutete auf die Anrichte, wo ich ein riesiges Kuchenpaket von Bäcker Matulke erspähte. »Macht mal eine Pause, ihr zwei. Ich habe extra Cremeschnitten besorgt. Und das Wetter ist einfach klasse. Nehmt doch welche mit. Teller sind darunter im Schrank.«

Das taten wir, das heißt, ich tat es. Drei für Harry, zwei für mich. Ach Johannes, du bist schon ein Lieber. Wessen Seele auf diese göttliche Einheit von cremig, crunchig, würzig und süß nicht anspringt, der ist definitiv verloren.

Draußen schien immer noch die Sonne, und der Himmel

strahlte blitzblau. Dies war wirklich einer der ersten Frühlingstage, die das Herz nach einem dunklen, nassen norddeutschen Winter zum Hüpfen bringen. Für einen Moment schloss ich genussvoll die Augen. Das Leben war schön, man musste es nur sehen.

»Ich habe keinen Appetit. Das sind echte Kalorienbomben«, teilte Harry mir mit, während wir auf die Bank vor dem Schuppen zustrebten. Sollte das etwa eine Neuigkeit sein?

»Dann iss aus medizinischen Gründen eine Schnitte. Für den Blutzuckerspiegel, die Nierenwerte und die Gelenke. Und weil sie traumhaft schmeckt«, gab ich scheinbar ungerührt zurück. Bei Harry sollte man besser nicht mit der Tür ins Haus fallen, zumal wenn es um sein Seelenleben ging. »Stell dir vor, ich habe so etwas wie einen neuen Fall. Da ist jemand im Wohnpark gestorben.«

Keine Reaktion.

»Karl Lißner heißt die Leiche, und Marga ist misstrauisch. Sie fürchtet, dass bei seinem Tod irgendetwas nicht stimmt. Und einiges ist wirklich seltsam. Also sie vermutet –«

»Verschone mich mit dieser Kaffeesatzleserei«, blaffte Harry los. »Du weißt, ich stehe auf Fakten. Investigativer Journalismus, wenn du kapierst, was ich meine. Kein Feuilleton, das ist doch alles nur Gelaber. Was heißt denn, Marga vermutet … Marga ist misstrauisch … Das ist reines Geschwafel.«

Wir setzten uns.

»Doch eine Cremeschnitte, Harry?«, fragte ich höflich, während ich ihm meinen dicht bepackten Teller unter die Nase hielt.

»Ich mag so ein süßes Zeugs nicht.«

Ich schon. Und ich hatte keineswegs vor, mir den ersten himmlischen Happen von diesem Miesepeter verderben zu lassen. Freund hin, Freund her. Also griff ich zu und biss hinein. Seufz. Wunderbar. Spätestens nach dem dritten Happs würde mir diese göttliche Kreation so viel Kraft und Stärke verleihen, dass ich es mit Harry aufnehmen konnte. Und so war es auch.

»Also, Harry Gierke, spuck's aus. Was ist los? Wo brennt's?«, fragte ich munter und ließ meine Hand mit dem … na ja, winzigen Rest der Cremeschnitte sinken, zum Zeichen, dass ich jetzt ganz Ohr war.

»Nichts ist los«, lautete die mäkelige Antwort.

»Geht's vielleicht etwas genauer?« Ich blieb die Ruhe selbst. Wie gesagt, wir beide waren krisenerprobt.

»Interessiert dich doch nicht. Ist allein mein Problem.« Er schnaubte durch die Nase, was sich ziemlich unschön anhörte. »Außerdem hast du ja einen Fall.«

»Stimmt«, erwiderte ich liebenswürdig. »Aber ich bin eine Frau, Harry. Und die können bekanntlich Multitasking. Also schaffe ich es, dir daneben auch noch aufmerksam zuzuhören. Du müsstest nur den Mund aufmachen und Wörter herauslassen.«

Seine Mundwinkel wanderten spöttisch nach oben.

»Multitasking, eh? Als Frau?«

»So ist es«, sagte ich würdevoll und hielt meine Linke demonstrativ ans Ohr, während ich gleichzeitig zu der angebissenen Cremeschnitte in meiner Rechten hinunterschielte. Sie lächelte mich geradezu verführerisch an. Das hätte ich schwören können. Ich war wehrlos und konnte absolut nichts dagegen tun. Harry neben mir gab ein Geräusch von sich, das entfernt an ein Lachen erinnerte.

»Nun beiß schon rein, Hemlokk. Sonst kannst du dich auf nichts anderes mehr konzentrieren. Von wegen Multitasking. Schon bei den Cremeschnitten hört das doch bei dir auf.«

Ich hob den Arm und führte die Hand zum Mund. Herrlich!

»Alscho? Wasch isch losch?« Ich schluckte den Bissen eilends hinunter. »Haben sie dir vielleicht den CEO-Posten bei ›Mr & Mrs Right‹ angeboten?« So hieß die Internetagentur, für die er arbeitete. Ich hatte es lustig gemeint. Es kam nicht an.

Harrys ohnehin düstere Miene verfinsterte sich bei meinen Worten noch einen Tick mehr.

»Der Job nervt mich zu Tode. Formuliere du mal Anzeigen am Fließband, die spritzig und originell sein sollen, obwohl der Kunde ein totaler Einfaltspinsel mit Hängeohren und Halbglatze ist. Es ist immer dasselbe. Ich könnte schreien.«

»Dann tu's doch«, empfahl ich. Ich war auch schon zum See hinuntergegangen und hatte meinen Frust herausgebrüllt, wenn mir meine Sülzheimer mal wieder auf den Zeiger gingen. Und das kam gar nicht so selten vor.

»Ja, ja, Lärm und Gekreisch befreit die Seele. Kenne ich. Ein megaalter Hut!«, wischte Harry meinen Therapievorschlag beiseite. »Aber das ist eben nicht alles. Jetzt habe ich nämlich auch noch einen unmöglichen Auftrag von so einem Zeitungskäseblatt gekriegt: Ich soll ein Feature über Karnickel- und Taubenzüchter im Kreis Plön machen. Stell dir das mal vor. Mit Schwerpunkt aufs Menschelnde. Die halten mich wohl für einen Wald-und-Wiesen-Journalisten, der mal gerade den Kuli unfallfrei halten kann.«

Tauben. Schon wieder. Die Tiere machten sich ja regelrecht in meinem Leben breit. Erst Marga mit Theo, jetzt Harry. Putzig. An diesem sonnigen Märzvormittag hielt ich das für nichts weiter als einen erheiternden Zufall.

»Oje«, gelang es mir trotzdem, mitfühlend zu brummen. Und das Harry. Er hatte sich schon immer im Job zu Höherem berufen gefühlt: Panama Papers in Rendsburg, hochgeheime Cosa-Nostra-Kontakte der Probsteier Granden und solche Dinge.

»Ausgerechnet ein Feature! Und das auch noch unter dem saublöden, bescheuerten, weil total tutigen Motto: Leben wie du und ich«, fuhr er erbittert fort. »Dabei gehören sowohl diese doofen Hoppler als auch die dauergurrenden Ratten der Lüfte besser in deine ›Feuer & Flamme‹-Gruppe. Und zwar mit reichlich Speck umwickelt.«

In meinem Kochclub hatten wir zwar indisch-scharf angefangen – was mir in einem früheren Fall indirekt sogar das Leben retten sollte –, unseren kulinarischen Blickwinkel jedoch mittlerweile erweitert. Rote Grütze gehörte jetzt ebenso dazu wie Matjes in diversen leckersten Soßen.

»Ach, nun komm schon, Harry«, bemerkte ich mitleidig und griff tröstend nach seiner Hand. »So schlimm ist das doch nun auch wieder nicht. Mach es einfach, und dann ist gut. Danach siehst du weiter.« Manchmal besaß ich wirklich eine überaus pragmatische Ader, die mich selbst überraschte. Allein meine Worte drangen nicht zu ihm durch.

»Du großer Gott. Leben wie du und ich«, wiederholte er bitter und hätte fast mit seiner auf die Bank niedersausenden Faust den Teller mit den Cremeschnitten touchiert. Unauffällig zog ich sie aus der Gefahrenzone. »Das ist doch nichts weiter als eine Gegenbewegung zur Globalisierung und der zunehmenden Unübersichtlichkeit der heutigen Welt. Reiner Wohlfühljournalismus; heideidei, was haben wir uns alle lieb.« Er beugte sich zu mir herüber. »Ich will das nicht, verstehst du! Ich will einen richtigen Coup landen, bevor ich meinen Lebensabend mit Singen und Mensch-ärgere-Dich-nicht-Spielen in einem Wohnpark wie diesem ›Elysium‹ verbringe. Allein der Name ist doch schon eine glatte Zumutung für jeden normal intelligenten Menschen.«

»Ganz meiner Meinung«, stimmte ich zu. Letzteres fand ich ja auch.

»Die sind doch alle, wie sie da sind, total verkalkt. ›Elysium‹! Ich bitte dich«, wütete er weiter. »Nein, es muss ein richtiger Scoop sein. Darunter will und werde ich es nicht machen.«

»Ja«, sagte ich. Nur deutlich verhaltener, denn was nun kam, kannte ich zur Genüge. »Harry, hör mal, gibt es denn da etwas, was du lieber machen würdest? Und handelt es sich dabei vielleicht um etwas Konkretes …?«

Ich ließ den Satz verplätschern, weil mir ganz mulmig wurde. Denn immer, wenn Harry Gierke bislang etwas »Großes« in Angriff genommen hatte – sei es im privaten oder beruflichen Bereich –, war er damit gnadenlos auf die Schnauze gefallen. Das war mit der Waffengeschichte und Sig Sauer so gewesen, mit dem Sautieren von ganzen Schweineköpfen und dem Erlernen von Mandarin. Und ich musste dann in mühevoller Kleinarbeit die geknickte Psyche des Helden wieder aufpäppeln. Dass nicht Pistolen, sondern Amigurumi-Strickwaren den neuesten Schrei in der Ruheständlerszene darstellten und er sich das »Elysium« als Alterswohnsitz nie und nimmer würde leisten können – geschenkt.

»Nein«, gestand er niedergeschlagen. »Das ist es ja. Ich habe keine Ahnung. So etwas muss einen anfliegen. So ein Thema sucht sich den Journalisten und nicht umgekehrt.«

Muss ich extra erwähnen, dass mich diese Aussage kolossal beruhigte? Denn in dieser Hinsicht war da weit und breit nichts in Sicht in unserem friedlichen Schleswig-Holstein, wie ich Unschuldslamm dachte. Kurz und aufmunternd drückte ich Harrys Hand. Es war also nichts weiter als ein veritabler Hänger – das kriegten wir hin. Bald würden die Tage spürbar länger und wärmer werden, was jeder menschlichen wie tierischen Seele im hohen Norden guttat. Sie konnte sich gar nicht dagegen wehren. Dann sahen wir weiter. Spätestens Mitte Mai würde die Krise überwunden sein. Und vielleicht entdeckte Harry ja bei seinen Recherchen sogar sein Herz für den Brieftaubensport und kümmerte sich fortan gemeinsam mit Theo liebevoll um so einen Sendboten der Lüfte. Tja, so kann man sich täuschen. Es kam alles anders als gedacht. Völlig anders, um genau zu sein, aber davon hatte ich zu diesem Zeitpunkt naturgemäß keinen Schimmer, und so langte ich frohgemut nach der nächsten Cremeschnitte, um ebenso ahnungslos wie herzhaft hineinzubeißen.

ZWEI

Ich gebe es unumwunden zu: Ich war ziemlich neugierig auf Karl Lißners Erbin, die Amigurumi-Spezialistin Freya Schüssler-Knack. Mit ihr musste ich natürlich als Erstes reden, um ihre Version der Geschichte zu hören und um zu sehen, was das überhaupt für eine war. Außerdem interessierte mich diese Wohnanlage namens »Elysium« schon, in die man sich erst einkaufen und einziehen konnte, wenn einem mindestens fünfundfünfzig Lenze in den Knochen steckten, wie Marga mir berichtet hatte. Sicher, ich plante nach wie vor keinesfalls, irgendwann meine Villa gegen ein dortiges Apartment zu tauschen, weil das Konzept einfach nicht meins war. Denn derart viele Methusaleme auf einem Haufen, das musste zwangsläufig eine völlig eigene Welt sein. Doch Margas Worte und Schilderungen hatten ihre Wirkung auf mich nicht verfehlt. Deshalb beschloss ich, mich gleich am Nachmittag auf die Socken zu machen und mit den Ermittlungen zu beginnen.

Der Vormittag jedoch gehörte wie schon seit Monaten Richard und Camilla, meinem Protagonistenpaar in den Geschichten für die Yellow Press. So nenne ich *ihn* stets am Anfang einer Liebesgeschichte, während *sie* ständig Camilla heißt, bis ich die Namen der beiden Herzchen in einem der letzten Arbeitsschritte individualisiere. Dann wird *er* zu Lukas, Paul oder Fred und *sie* zu Anne, Carmen oder Marie. Als ich es noch nicht so gemacht hatte, wechselte des Öfteren nach meinem Mittagessen der Heldenname in der Geschichte. Was gar nicht gut ankommt.

Also brühte ich mir die für diese Arbeit unumgängliche traditionelle Kanne Earl Grey auf, verwandelte meinen Ess- in einen Arbeitstisch, indem ich ihn von meinem Frühstücksteller befreite und meinen Laptop draufstellte – und checkte mein Smartphone. Doch da fanden sich nur die üblichen morgendlichen Tralala-Meldungen über eine Promi-Trennung nach sagenhaften sechs Tagen Ehe (»Wir haben hart an unserer Beziehung gearbeitet«) und einen Pudel, der singen konnte, wenn man ihm nur genug Bier gab; also nichts, womit ich mich guten Gewissens hätte ablenken können. Pech gehabt. Streng befahl ich daher meinem Alter Ego, das unter dem Pseudonym Vivian LaRoche für die Sülzheimer zuständig ist: Keine Ausflüchte mehr, mach hinne, Mädchen! Lass Richard und Camilla lieben und leiden, auf dass die Schwarte kracht. Doch Vivian, das Mimöschen, verweigerte sich wieder einmal. Statt *das* Melodram des Jahrhunderts auf drei bis sechs Seiten oder in vier bis fünf Folgen zu entwerfen, schaute die dumme Nuss aus dem Fenster und sah dem Gras beim Wachsen zu. Na ja, grün war da Ende März noch nichts, hier oben an der Packeisgrenze erwachte die Natur erst später zum Leben. Und es regnete, feinfieselig und ohne Unterlass, seit ich aufgestanden war. Tropfen für Tropfen fiel auf den still daliegenden Passader See. Der dunkelgraue Himmel küsste fast den Boden. War das ein Satz? Ich dachte just darüber nach, ob ich Vivian als weitere Stimulans nicht ein paar Gummibärchen hinstellen sollte, als mein Telefon klingelte. Dankbar nahm ich den Hörer ab.

»Maria Glade ist letzte Nacht gestorben«, teilte mir Marga mit Grabesstimme mit, bevor ich mich überhaupt melden konnte. »Neunundsiebzig Jahre alt. Herzversagen, soweit ich gehört habe.«

»Aha.«

»Nix aha«, äffte sie mich nach. »Maria war knackgesund.«

»Du willst also behaupten, dass da auch etwas nicht mit rechten Dingen zugegangen ist?«, erkundigte ich mich vorsichtig.

»Hör mal, Schätzelchen. Ich mag diesen zweifelnden Tonfall nicht. Ja, das will ich. Weil es schlicht und ergreifend zu viele Leichen auf einmal sind. Das ist ja eine richtige Sterbeepidemie. Wenn da mal nicht einer vom Personal dran dreht.«

»Der Todessamariter vom ›Elysium‹, meinst du?« Manchmal schaltete ich schnell.

»Spotte du nur. Die gibt's häufiger, als man denkt. Dieser eine Pfleger da aus Niedersachsen hat über hundert Leute umgebracht, bevor man ihn nicht bloß weiter versetzte, sondern richtig aus dem Verkehr zog. Eine Krähe hackt der anderen eben kein Auge aus. Die Klinikleitungen haben ihn nicht etwa überwacht und angezeigt, als sie Verdacht schöpften, sondern lediglich weggelobt. Aus den Augen, aus dem Sinn. Genau wie die katholische Kirche mit ihren gefallenen Priestern, die die Hände nicht unter der Soutane lassen können, sondern kleine Mädchen und Jungs angrabbeln. Da war auch nichts mit dem Staatsanwalt und einer gerechten Strafe, sondern ab in die Archive des Vatikans, wenn's hochkam.«

»So war es früher, ja«, sagte ich geduldig. »Jetzt haben sie in Australien aber diesen einen Kardinal richtig verknackt. Der muss über drei Jahre ins Gefängnis.«

»Pah, eine Ausnahme. Lass dir doch keinen Sand in die Augen streuen«, meinte sie ruppig. »Das bleibt, wie es war: Man vertuscht, wo man kann und eine Chance sieht, damit durchzukommen. Und schuld an den ganzen Missbrauchsfällen in der katholischen Kirche sind sowieso die Altachtundsechziger, wie sich dieser Ex-Benedikt nicht entblödet hat zu behaupten. Der Mann ist ja senil.«

»Der Mann ist über neunzig.«

»Na und?«

»Da kann es schon mal vorkommen, dass der Verstand schwächelt. Denn auch bei Gottes Stellvertreter auf Erden im Ruhestand lässt es geistig irgendwann mal nach.«

»Gut, lassen wir das. Aber du glaubst doch wohl selbst nicht, dass die Leitung des ›Elysium‹ alles schonungslos offenlegen würde. Unerklärliche Todesfälle sind für die das absolut Letzte. Die haben einen Ruf zu verlieren. Und viel, viel Geld. Also tu was, Schätzelchen, und behalte Maria bei deinen Ermittlungen gefälligst im Hinterkopf. Diese Todesserie muss aufhören, noch bevor sie richtig beginnt!«

Und weg war sie. Nachdenklich schenkte ich Vivian und mir noch eine Tasse Tee ein. Zwei Tote in einer Rentnerresidenz mit über vierhundert Leuten innerhalb von zwei Wochen. Das war nun wahrhaftig keine mysteriöse Todesserie, sondern eher das normale Ende der Fahnenstange. Langsam wurde das bei Marga wirklich zu einer fixen Idee. Ob das an ihrem Alter lag und sie Angst vor ihrem eigenen Ende hatte? Höchstwahrscheinlich spielte das eine durchaus wichtige, wenn nicht sogar die zentrale Rolle bei ihr. Aber ich würde ihr selbstverständlich den Gefallen tun und die Sache untersuchen, allein schon, um sie zu beruhigen. Und nachzuweisen, dass alles mit rechten Dingen zugegangen war, konnte doch nicht so schwer sein. Ich war ja quasi unbelastet, weil noch lange nicht in dem Alter, wo dieses schreckliche »Elysium« und der Sensenmann auf mich warteten.

Voller Behagen schaute ich mich in meiner Villa um. Ich würde die phantastische Lage direkt am See zwischen den Ortschaften Passade und Fahren wohl nie als selbstverständlich hinnehmen. Nein, ich liebte dieses Heim, das zwar winzig, aber meins war: Küchenzeile, Schlafkabuff, Wohnzimmer, Bad, alles zusammen um und bei satte fünfundvierzig Quadratmeter. Dazu kam ein zwölf Quadratmeter großes Gärtlein, in dem in den warmen Monaten mein Schildkröterich Gustav mit seiner Angebeteten Hannelore und seiner vierköpfigen Brut hauste. Mir reichte das, obwohl ich mir manchmal schon etwas mehr Stauraum gewünscht hätte. Oder ein Gästezimmer, denn Harry und ich passten gerade so auf meine Matratze, wenn er die Beine geschickt anwinkelte oder die Füße heraushängen ließ.

Ach Harry. Der Mann befand sich in einer Melancholie-Krise, keine Frage. Ich verstand ihn ja. Richard und Camilla hingen mir, wie gesagt, auch oft genug zum Hals heraus. So wie jetzt. Der kurzzeitige Anflug von guter Laune war verflogen. Trübsinnig starrten Vivian und ich auf den blinkenden Cursor. Und wenn die LaRoche in dieser Story aus dem an sich grundguten Camillchen mal eine ganz miese, fiese Erbschleicherin machte, die ihr Herz für den dauerhäkelnden Softie Richard entdeckte? Ein Bild von einem Mann, der nichts schöner fand, als Amigurumi-Würmer zu stricken, zu häkeln, zu nähen oder wie immer man das sonst machte? Und auf der Flucht durch die Probstei würden sie dann wie Bonnie und Clyde … Hemlokk, hörte ich Harry genervt bölken, komm auf den Teppich. Du sollst keinen Actionthriller zu Papier bringen, sondern eine Sülzlette. Was ein Wort war – genau wie der Schmalzheimer –, das ungestraft nur Vivian und ich für unsere Liebesromane benutzen durften. Für jeden anderen waren beide Begriffe tabu, da konnte ich ziemlich sauer werden.

Der Regen nahm noch einen Tick zu, und dicke Tropfen schlidderten jetzt auf faszinierende Weise die Scheibe hinab. Es hatte etwas Meditatives. Ob ich vielleicht doch endlich eine Privatdetektivin mit Lizenz und dadurch dann vor allen Dingen mit vermögenden Auftraggebern in großer Zahl aus mir machen sollte? Bislang hatte ich es einmal probiert, war damals jedoch vor verschlossenen Türen gescheitert, weil sich die gesamte Rathausmannschaft ausgerechnet an jenem Tag auf Betriebsausflug befunden hatte. Ich könnte mich allerdings noch einmal aufraffen. Viel gehörte nämlich nicht dazu. Ich würde einen Gewerbeschein beantragen, dafür löhnen – und schon könnte ich das Schild neben meiner Haustür anbringen:

Hanna Hemlokk
Privatdetektivin
Diskret. Zuverlässig. Schnell.
Sprechstunde nach Vereinbarung

Denn natürlich würden auch wieder andere Zeiten kommen – in denen die Detektei Hemlokk sich nicht mit höchstwahrscheinlich friedlich im Bett gestorbenen Pensionären herumplagen musste, sondern mit ebenso grausamen wie unentdeckten Morden, Entführungen aller Art sowie Diebstählen und Betrügereien en gros und en détail! Entschlossen fuhr ich den Laptop herunter und klappte ihn zu. Mit der LaRoche war heute nichts mehr anzufangen, ich spürte es im Urin. Wer mich kennt, weiß, dass meine Blase ein zuverlässiger Gradmesser für alles Mögliche ist, angefangen vom Hunger bis zum Erkennen eines Verdächtigen. Und stand denn irgendwo in Stein gemeißelt, dass man jeden seiner Vormittage, den die Grundgütige werden ließ, mit dem breitbrüstigen Richard und dem dahinschmelzenden Seelchen Camilla verbringen musste? Eben, da findet sich nix.

Also, auf geht's, Hemlokk! Prompt machte sich wider besseres Wissen ein erwartungsvolles Kribbeln in meinen Eingeweiden breit, denn ich war nun einmal mit Leib und Seele Privatschnüfflerin. Wollen wir doch einmal nachschauen, ob an Margas Befürchtungen überhaupt etwas dran sein konnte. Und ob tatsächlich etwas faul am Tod dieses Karl Lißner war. Und wenn ich schon dabei war, würde ich auch gleich im Handumdrehen die Frage klären, ob mit der in der letzten Nacht verblichenen Maria gar eine Serie von Abgängen im schmucken »Elysium« ihren Anfang genommen hatte.

Angesichts der Tropfen an der Scheibe entschied ich mich für die dicke Regenjacke sowie wasserfeste Boots und stiefelte anschließend den kurzen Weg zum Haupthaus hinauf. Bei Marga waren die Vorhänge halb zugezogen, bei Harry flackerte es im Wohnzimmer. Wahrscheinlich saß der arme Junge einfach da und guckte aus lauter Verzweiflung über sein verpfuschtes Leben DMAX, den Fernsehsender für echte Kerle. In dessen Programm gab es keine Weicheier, sondern nur Burschen von echtem Schrot und Korn. Die ständig »löteten und töteten«, wie ich es einmal in einem wunderbar süffisanten Artikel in den Kieler Nachrichten gelesen hatte. Aus dieser Ecke flog ihn bestimmt kein Thema an, auf das die Welt gewartet hatte. Der Mann an sich und als solcher war doch weitgehend auserzählt, oder?

Drei Sekunden liebäugelte ich damit, bei ihm vorbeizuschauen, um ihm ein paar aufmunternde Worte zu sagen und ihn zum Abendessen einzuladen, entschied mich dann jedoch dagegen. Harry im tiefen Tal der Tränen war erfahrungsgemäß nicht ansprechbar. Den nötigen Tritt in den Hintern, um da herauszukommen, musste er sich selbst verpassen. Das hatte ich bei etlichen Gelegenheiten gelernt. Also beschleunigte ich – mit dem Anflug eines schlechten Gewissens – meine Schritte. Als ich auf die Hauptstraße einbog, hielt ich mich links und nickte meinem vorbeifahrenden Vermieter Fridjof Plattmann zu, während ich am Flüchtlingsheim vorbeimarschierte.

Es war früher ein Erholungsheim für behinderte Menschen gewesen, die Gemeinde hatte es jedoch zur Hochzeit der Flüchtlingswelle angekauft, und nun stand es zur Hälfte bereits wieder leer. Ein Kinderfahrrad in knalligem Lillifee-Rosé lehnte am Zaun, ehrfürchtig bestaunt von zwei kleinen Mädchen mit so dichtem schwarzem Schopf, dass ich vor Neid erblasste. Ich trug mein Haar kurz, und die Farbe lag eher so zwischen Mittelbraun bis Durchgeschossen. Ich winkte den beiden zu, sie erwiderten meinen Gruß mit einem akzentfreien knackigen »Moin«. Das beherrschte hier nach kurzer Zeit jeder, eengaal, wie es auf Platt heißt, ob er aus dem Jemen, dem Iran, dem Irak, Eritrea oder aus Syrien kam, und ganz gleich, ob er drei oder dreißig war. Und was hatte die Volksseele gekocht, als es darum gegangen war, in Bokau Flüchtlinge aufzunehmen. Von der gefährdeten »Insel der Seligen«, die die Probstei für ihn sei, hatte ein hörbar aus dem Sächsischen Zugezogener da auf einer Bürgerversammlung gefaselt. Und ein anderer wollte sicherheitshalber gleich eine Bürgerwehr organisieren, »um mein Haus, meine Frau und meinen Hund« zu verteidigen. In genau dieser Reihenfolge. Da war noch kein einziger Flüchtling eingezogen. Mittlerweile hatte sich die Lage wieder beruhigt; Migranten und Einheimische ignorierten einander weitgehend und lebten nebeneinanderher.

Vor dem gewaltigen schmiedeeisernen Rolltor des »Elysium« blieb ich notgedrungen stehen. Da hatte ein Kunstschmied eindeutig sein Bestes gegeben. Er hatte zwar ein paar dekorative Rundungen ins Metall geschraubt und gebogen, das verminderte jedoch nicht die eigentliche Botschaft dieser Pforte: »Bliev mi von de Farv, wenn du hier nichts zu suchen hast.« Wehrhaftigkeit in Reinkultur verkörperte dieser eiserne Halt. Dahinter lag für Normalsterbliche ohne Anmeldung und Pass eine No-go-Area, wie es im Neudeutschen so hübsch heißt. Das Tor war geschlossen, und am liebsten hätte ich daran gerüttelt. Das war selbstverständlich albern, trotzdem musste ich den Impuls unterdrücken. Natürlich war nicht nur die Zufahrt, sondern das gesamte Gelände gesichert und von einer grauen hohen Mauer umgeben, deren Krone man mit NATO-Draht versehen hatte. Mehr Abschottung ging wirklich nicht. Aber wogegen? Gegen das Leben? Gegen Horden von Dieben, Betrügern sowie Verbrechern aller Couleur? Dabei lauerte das Grauen doch im Inneren der Anlage, wenn Marga mit ihrer Todesengel-These tatsächlich recht haben sollte. Ich linste zur Kabine des Pförtners hinüber. Oder hieß der hier Facility-Manager? Oder zumindest Doorman? Höchstwahrscheinlich. Doch die Kabine war leer.

Gerade als ich auf den Klingelknopf drücken wollte, erklang in meinem Rücken das satte Brummen eines Motors. Ich drehte mich um. Aha, das Müllauto. Ich nickte den beiden Männern in ihren orangefarbenen Overalls zu. Der Beifahrer erwiderte den Gruß, schaute auf die Uhr, stieg aus, ging zum Klingelbrett und drückte irgendwo. Und Simsalabim, das schwere Tor rollte wie von Geisterhand bewegt zurück und gab den Weg frei. Der Mann eilte zum Wagen zurück, schwang sich auf den Beifahrersitz, der Laster fuhr rumpelnd an, ich schlüpfte rasch hinterher, und das Tor schloss sich hinter uns. Na also, ging doch.

Neugierig schaute ich mich um. Nun ja, das musste man mögen. Ich tat es nicht. Die Apartmenthäuser waren alle zweistöckig und in pastellfarbenen Blau-, Rosa-, Gelb- und Grüntönen gehalten. Es sah aus, als habe jemand den Inhalt einer Bonschertüte mit viel Chemie in den Lutschern mitten auf eine feuchte schleswig-holsteinische Wiese ausgekippt. Jedes Apartment besaß entweder einen kleinen Garten oder einen Balkon, wo bereits vereinzelte Blumenkübel den Frühling herbeizwingen sollten; manche Bewohner hatten ihren Freisitz überdacht und verglast, wobei das Gestänge der Wintergärten bei allen haargenau zum Pastellton des Hauses passte.

Ich wollte mich gerade in Bewegung setzen, um diesen Traum in Bunt zu erkunden, als mich hinterrücks eine herrische Männerstimme anblaffte.

»Wer sind Sie? Was wollen Sie hier? Wer hat Sie eingeladen?«

Ich drehte mich um. Er war klein, nicht über eins sechzig, besaß ein Ohrenpaar, mit dem er jeden Segelwettbewerb gewonnen hätte, und eine derart polierte Glatze, dass sich darin die Überwachungskamera unter dem Vordach der Pförtnerloge spiegelte. Dazu trug er eine Phantasieuniform, die irgendwo zwischen Matrose und General lag: Das Jackett war zwar gediegen dunkelblau und zeigte am rechten Ärmel vier güldene Streifen, aber darunter stellte ein rot-weißer Ringelpullover mit V-Ausschnitt das Gesamterscheinungsbild doch sehr in Frage. Seine offizielle Dienstkleidung oder sein Privatgeschmack? Auf jeden Fall handelte es sich um eine wahrlich erlesene Kombination.

»Ihnen auch einen schönen Tag«, grüßte ich höflich.

Er senkte gnädig das Haupt. Seine Hände waren außergewöhnlich groß und fleischig, fiel mir auf, eindeutig Pranken, die ohne viele Probleme ein Kissen auf altersschwache Gesichter drücken konnten, bis der Exitus eintrat. Und klein gewachsen war er auch noch. Die meisten vertikal benachteiligten Männer, die ich kannte, litten darunter und versuchten jedem Hans und Franz stets und ständig zu beweisen, dass sie trotz ihrer minderen Größe echte Hechte waren. Mhm.

»Sie müssen sich anmelden«, blubberte der Hecht jetzt. »Sich hier ohne Genehmigung reinzuschleichen, geht gar nicht. Wir achten nämlich sehr auf Sicherheit. Das sind wir unseren Kunden schuldig.«

Das Männlein hatte sich direkt vor mir aufgebaut, jeder Zoll ein Wachsoldat, der als personifizierte Gefahrenabwehr zum Äußersten entschlossen ist.

»Natürlich«, sagte ich friedlich. »Ich dachte nur, als das Müllauto so einfach reinfuhr, husche ich mal schnell hinterher.«

Bei diesen Worten bedachte ich ihn mit meinem strahlendberuhigendsten Lächeln, und er entspannte sich zusehends. Vor ihm stand also keine der weltweit gefürchteten Seniorenkillerinnen, die nirgendwo ihr Unwesen treiben.

»Das geht aber nicht.«

»Das nächste Mal melde ich mich an«, versprach ich ihm.

»Das müssen Sie sowieso. Das Tor ist nämlich normalerweise geschlossen. Und wenn Sie rüberklettern, geht sofort der Alarm los.«

»Das hatte ich nicht vor«, versicherte ich und gab mir Mühe, ihm zuliebe beeindruckt auszusehen. Denn unter einem Minderwertigkeitskomplex litt der Gute ganz bestimmt. Aber ob er deshalb gleich zum Altenmörder …? Ach verdammt, Marga hatte mich mit ihrem Anruf ganz kirre gemacht. Wo, bitte schön, sollte wohl bei diesem Minizerberus das Motiv liegen? Hatte Karl Lißner ihn etwa nicht gegrüßt und Maria Wie-immer-sie-auch-hieß sich über ihn bei der Wohnparkleitung beschwert? Weil sie sein Outfit unmöglich fand? Nein, du spinnst, Hemlokk.

»Ist alles computerüberwacht, das ganze Anwesen. Mit Sensoren und Kameras und allem, was es in der Hightechsicherheitsbranche heutzutage so gibt. Da kommt nicht mal mehr eine Mücke unbemerkt rein. So wahr ich Rudi Schenke heiße.«

Er war so irrsinnig stolz auf dieses Fort Knox in Bokau, dass es mich automatisch zum Widerspruch reizte.

»Das Müllauto aber schon.« Dabei versuchte ich meine Gesichtszüge vergeblich zu kontrollieren – und grinste breit. »Die beiden Jungs haben das System eben mal so ganz nebenbei ausgetrickst.«

Jetzt war er es, der lachte. Zwischen seinen Schneidezähnen klaffte eine Lücke, gerade so groß, dass es bestimmt an den Mandeln zog, wenn er den Mund öffnete.

»Nee, hamse nicht.« Es klang triumphierend.

»Nee?«, echote ich zweifelnd. Wie das denn? Ich hatte es doch mit eigenen Augen gesehen.

»Nee«, bekräftigte er. »Das hat alles seine Richtigkeit. Die hat der Computer freigeschaltet. Automatisch. Datum, Tag, Uhrzeit. Ist alles programmiert. Ich sagte doch, bei uns kommt keine Mücke unbemerkt rein. Wo wollen Sie hin?«

Ein weinroter Jaguar näherte sich in diesem Moment dem Tor, und ein solariumsgebräunter Mittsiebziger winkte zu uns herüber, als es aufschwang, nachdem er die Fernbedienung mit lässigem Schwung auf den Nebensitz geworfen hatte. Dabei taxierte er mich ein wenig länger, als es höflich gewesen wäre, das Doormännlein salutierte lässig, und der Fahrer gab mächtig Gas.

»Dr. Wolter«, lüftete der Pförtner ungefragt dessen Inkognito. »Hat früher eine Kanzlei in Hamburg gehabt. Eine richtig große.«

»Soso.« Interessierte mich das?

»Der steht auf jüngere Damen«, raunte der Torsteher in einem Ton, als verrate er mir das Versteck des Heiligen Grals. Auch das noch. Ich hatte nicht vor, Dr. Wolter den Lebensabend zu versüßen. Du meine Güte, in was für einen seltsamen Dunstkreis war Marga da bloß hineingeraten? Ob der Matrosen-General in diesem Etablissement auch für Kontaktanbahnungen zuständig war? Da schob der Jurist immer mal wieder einen Hunni über den Tresen, und der Mann für alle Fälle schaute sich im Gegenzug für ihn nach Frischfleisch um?

»Falls Sie mich damit meinen, ich stehe nicht auf ältere Herren. Auch wenn sie Geld wie Heu haben«, informierte ich ihn entschlossen.

»Das wollte ich doch gar nicht damit andeuten.« Red doch nicht, genau das wolltest du, mein Lieber. Ich war mir da ziemlich sicher. Auf das Pförtnergehalt hatte die »Facility-Manager«-Umtaufung bestimmt nicht durchgeschlagen. Ein kleines Zubrot verschmähte man da sicher nicht. Und vielleicht verabreichte er flirt- und bindungsunwilligen Insassinnen des »Elysium« ja auch im Auftrag diverser Herren eine schöne große Portion Digitalis, damit sie den Platz für neue Mädels frei machten. Du meine Güte, meine Phantasie schlug inzwischen wirklich Purzelbäume. Das lag bestimmt daran, dass alles so vage war und ich nichts in der Hand hatte außer Margas Unbehagen. Denn als mehr konnte man es ja beim besten Willen zumindest noch nicht bezeichnen.

»Also, zu wem wollen Sie nun?«, rettete sich der des mehrfachen Mordes sowie der Kuppelei Verdächtige auf die sachliche Ebene.

»Zu Maria … äh …«, improvisierte ich. Scheiße, ich hatte den Nachnamen der Verblichenen vergessen. Er half mir.

»Glade? Maria Glade?« Er klang bestürzt.

»Auch, ja.« Ich beobachtete ihn dabei ganz genau.

»Oje. Warten Sie, ich hole Ihnen einen Stuhl.« Weg war er, um mir wenig später wenig zartfühlend einen Besucherstuhl aus Teakholz in die Kniekehlen zu rammen. »Sie ist heute Nacht gestorben. Es tut mir sehr leid. Das muss ein Schock für Sie sein.«

Das grobschlächtige Gesicht hatte er jetzt in echte Kummerfalten gelegt; es glich in diesem Moment dem einer verknautschten Bulldogge.

»Oh«, reagierte ich angemessen betroffen auf diese Nachricht.

»Geht's denn?«, fragte er mitfühlend. »Ein Glas Wasser vielleicht?«

»Danke. Nein.«

Also entweder war der Mann ehrlich oder ein geradezu begnadeter Schauspieler. Ich erhob mich ächzend.

»Tja, da lässt sich nichts dran ändern. Zu Freya Schüssler-Knack wollte ich ebenfalls.«

Sofort wandelte er sich wieder ganz zum gestrengen Hüter des »Elysium«.

»Erwartet sie Sie?«

»Nein. Es ist ein Überraschungsbesuch.«

Er sog scharf die Luft ein. Es zischte durch die Zahnlücke.

»Gut. Momentchen. Ich melde Sie an. Das ist bei uns Vorschrift.« Er schaute mich fragend an. Es dauerte einen Moment, bis ich kapierte.

»Ach so, ja. Hanna Hemlokk. – Eine Freundin von Marga Schölljahn«, schob ich in einer Laune hinterher. Die Verwandlung, die mit dem Mann vorging, als ich diesen Namen erwähnte, war geradezu gespenstisch. Aus dem gestrengen Wachoffizier wurde schwuppdiwupp ein schmachtender Verehrer.

»Marga«, sagte er andächtig. »Wieso haben Sie das denn nicht gleich gesagt? Das ist ein Prachtweib, wenn Sie mich fragen. Ein echtes Rasseweib. Na gehen Sie schon los. Ich rufe die Schüssler-Knack ein paar Minuten später an. Dann gelingt Ihnen ihre Überraschung.«

Ich gehorchte und setzte mich auf der breiten, schnurgeraden, glatten und damit rollatorgerechten Hauptstraße in Bewegung, die offenbar direkt ins Zentrum der Anlage führte. »Sünnschienstraat« hatten die Betreiber sie getauft, »Sonnenscheinstraße« stand klein für die des Plattdeutschen Unkundigen darunter. Na ja. Das allein wäre schon ein Grund für mich, nicht in so einen Park zu ziehen. Hach, ist die Welt nicht schön, denke ich lieber für mich allein. Ich habe ganz entschieden etwas gegen verordnete Sichtweisen; negative wie positive.

Mit dem Grün hatten die Macher nicht gespart, das fiel mir als Erstes auf. Überall heckte und bäumte es. Alles war sorgfältigst gepflegt und gestutzt und wartete nur darauf, beim geringsten Anzeichen von unbotmäßigem Wuchs von fachkundiger Hand erneut beschnitten und begradigt zu werden. Nach drei Minuten und dem Abschreiten etlicher unauffällig in der Landschaft herumstehender Sitzgelegenheiten für jeden Geschmack stand ich auf dem zentralen Platz des »Elysium«. Donnerwetter! Erstens hatte man ihn allen Ernstes »Leckertung« getauft, wie ein überdimensionales, mit Großbuchstaben bestücktes Schild am Eingang verkündete, also »Leckerzunge« für Süd-Elbier, obwohl das Wort wohl besser mit »Schleckermaul« übersetzt wird. Egal. Mir ging dieses süßliche, alles verkleisternde plattdeutsche Getümel unwahrscheinlich auf den Geist, und einen kurzen Moment stellte ich mir vor, wie ich nachts mit einer Spraydose bewaffnet alles umtaufte. In »Enkeltrick-Allee« vielleicht? Oder in den »Nun-quack-nicht-schon-wieder-rum-Oma-Weg«?

Die seitlichen Arkaden waren blau überdacht, was völlig künstlich wirkte, zumal man diesen Pseudohimmel auch noch mit weißen Wolkentupfern versehen hatte, aus denen es nie, nie regnen würde, so freundlich waren sie gehalten. Die Mitte der Leckerzunge wurde von einer verwaisten Boulebahn, mehreren komfortablen, aber ebenfalls leeren Sitzecken mit Rosenrankelgittern, zwei Tischtennisplatten sowie einem Teich mit zwei Brücken beherrscht. Auf Letztem schwamm ein Entenpaar. Doch nicht das gefiederte Eheglück fesselte mein Auge. Es waren die Brücken. Das eine Konstrukt hatte man der Rialtobrücke in Venedig nachempfunden, es war überdacht, besaß zwei Züge und im Abstand von einem halben Meter Durchblicke. Da hörte die Ähnlichkeit aber auch schon auf, denn diesem hölzernen Nachbau fehlte die Eleganz des Originals komplett. Ebenso verhielt es sich mit der Miniversion der Golden Gate Bridge. Der Nachbau war erdenschwer, plump und unelegant, ihm mangelte es völlig an der Leicht- und Luftigkeit der weltberühmten San Franciscoer Großcousine. Tja, da hatten die Investoren eindeutig am falschen Ende gespart, wohl darauf hoffend, dass die meisten Einwohner ein unterentwickeltes Gespür für Ästhetik besaßen oder sowieso nicht mehr richtig gucken konnten.

In den umlaufenden Arkaden entdeckte ich auf einen Schlag drei Apotheken, zwei Modeboutiquen und mehrere Restaurants, die alle mit Fotos der von der Menge her höchst überschaubaren Mittagsgerichte warben. Wahrscheinlich war die Kost zudem salzarm und cholesterinreduziert. Gesund, aber freudlos und nichts für meine »Feuer & Flamme«-Gruppe. Neben den Hauseingängen hingen Schilder. Praxisschilder. Vom Plattfußspezialisten bis zum Kopfhautdoktor, von der Aorta- bis zur Zehenkapazität, vom Psycho- bis zum Physiotherapeuten war jedes medizinische Gewerk vertreten. Tja, was hatte ich erwartet in einem Domizil für alte Leute? Eine Bungeejumpinganlage?

Gerade wollte ich auf eine der Apotheken zusteuern, um nach Freya Schüssler-Knack zu fragen, als eine weibliche Stimme neben mir zirpte: »Kann ich Ihnen helfen?«

»Oh ja. Danke. Ich suche Frau Schüssler-Knack.«

Die Dame war mittelgroß und schlank, hatte volles graues Haar und einen Leberfleck auf der Oberlippe. Ich schätzte sie auf Ende sechzig.

»Ach, Freya«, sagte sie. »Die gibt gerade ihren Kurs. Warten Sie, ich bringe Sie rasch hin.«

Mein Blick fiel unwillkürlich auf die Tasche, die an ihrem rechten Arm baumelte und aus der es nach Essen duftete. Und zwar eindeutig nach gutem Essen.

»Ich möchte Sie nicht aufhalten«, bremste ich sie. »Wenn Sie mir nur den Weg beschreiben würden, finde ich da schon allein hin.« Das konnte ja nicht so schwer sein, schließlich mussten in diesem Park auch Tüddelige nach Hause finden.

»Unsinn«, widersprach sie energisch. »Gesine kann einen Moment oder auch zwei auf ihr Mittagessen warten. Die Tarte schmeckt lauwarm genauso gut. Kommen Sie.«

Wir setzten uns in Bewegung, verließen den Platz und bogen schweigend auf eine Straße namens »Toversicht« ein, also »Zuversicht«. Ob die in der hessischen Parkausführung »Äppelwoi-Weesch« heißen würde? Zu gerne hätte ich meine Führerin nach ihrer Meinung gefragt, ließ es dann aber lieber. Sie fühlte sich vermutlich wohl hier, da sollte ich mir die Stänkerei sparen.

»Sie essen mit einer Freundin?«, unterbrach ich stattdessen das Schweigen. In Konversation war ich bekanntlich noch nie ein Ass gewesen. Mich hätte einzig und allein interessiert, was die Frau veranlasst hatte, hier einzuziehen. Sünnschienstraat, Leckertung und Toversicht als Straßennamen. Grundgütige, das erinnerte mich doch augenblicklich an George Orwells »1984«. Oder an »Qualityland« von Marc-Uwe Kling.

Meine Begleiterin lächelte.

»Nein, nein. Ich bringe der armen Gesine nur schnell etwas vorbei. Sie fühlt sich in letzter Zeit nicht so gut. Und wir hier im ›Elysium‹ helfen einander, solange wir es noch können.«

»Solidarität im Alter«, bemerkte ich weise. »Hoffentlich ist es nichts Ernstes.«

»Was?«, fragte sie verblüfft.

»Bei Ihrer Freundin. Gesine.«

Sie lachte. Ich nicht. So eine geballte Ladung von Krankheit, Siechtum und Tod schlug mir auf den Magen.

»Ach nein. Wissen Sie, manche Menschen werden im Alter ziemlich wehleidig. Gesine gehört dazu. Sie braucht nur ein wenig Zuspruch, und dann ist sie bald wieder auf dem Damm. Jeder hat ja so seine Macken. Das wird im Alter nicht besser.«

Wir schritten zügig aus. Sie war noch gut beisammen, ich musste mich nicht bremsen. Obwohl sie eindeutig Raucherin war. Denn ein leichter Hauch von kaltem Muff umwaberte sie, wie ich mit meiner empfindlichen Nase feststellte.

»Solidarität untereinander ist ja so wichtig, obwohl für uns natürlich wunderbar gesorgt wird. Man fühlt sich hier so … ja, aufgehoben. Das ›Elysium‹ ist wirklich ein Paradies für alte Menschen. Und daneben die herrliche Seeluft, die unmittelbare Nähe der Ostsee, die vielen, vielen Beschäftigungsangebote; da ist wirklich für jeden etwas dabei. Vom Vortrag über die Fauna und Flora Grönlands über Amigurumi bis zur Wambo-Mambo-Massagetechnik. Die stammt von den australischen Aborigines. Und dazu machen wir Ausflüge, kochen gemeinsam, im Kino laufen die schönen alten Filme und nicht solche, die man gar nicht mehr versteht.« Sie holte Luft, während ich überlegte, ob sie möglicherweise in der Marketingabteilung des »Elysium« einen kleinen Nebenjob hatte. Der darin bestand, Besucher abzufangen, um ihnen das Konzept des Parks schmackhaft zu machen. Jeder hat schließlich Eltern, eine alte Tante oder eine Oma und sollte sich im Fall der Fälle gern an dieses Ruheständler-Paradies auf Erden erinnern. Denn was hatte Marga gesagt? Es gehe bei der ganzen Sache um Geld, viel, viel Geld.

»Und dann sind da natürlich noch unsere Gemeinschaftsabende und die Feste, wo man sich näher kennenlernen kann.« Sie zwinkerte mir geradezu schelmisch zu. Steckten die etwa alle unter einer Decke? Der Pförtner, diese scheinbar so hilfsbereite Frau? War das »Elysium« also eine Falle, eine richtig fiese Falle für Menschen mit ergrauten Haaren und Lebensfalten im Gesicht? Die gnadenlos zuschnappte, sobald man einen Fuß hineinsetzte? Unsinn. Nur weil mir der Park so unsympathisch war, sah ich nun auch schon überall Gespenster. Und Marga bildete sich höchstwahrscheinlich etwas ein. »Das Maifest, das große Sommerfest, das Strandfest, das Weinfest, das Herbstfest«, zählte meine Wegweiserin geradezu euphorisch auf. »Und das sind noch lange nicht alle. Da geht richtig die Post ab. Da wird nicht nur geschunkelt, nein, da pulsiert das ganz normale Leben, da gibt es Liebe und Triebe wie überall auf der Welt. Hier bleibt niemand lange allein, wenn er das nicht will.«

»Das klingt … anstrengend«, rutschte es mir heraus, während wir auf ein größeres Haus zusteuerten, dessen Fassade ein Künstler mit Weinreben verschönert hatte. In Schleswig-Holstein hätte ich da spontan eher an Seegetier aller Art gedacht; Muscheln, Hering, Sprotte und Makrele vielleicht, aber Weinreben? Dafür prangten über der Tür in großer Schrift die Worte »Meeting Point«. Und schräg darüber noch größer: »Welcome Everybody!«. Sollte das nun die Internationalität des Ladens zeigen, oder handelte es sich lediglich um ein heilloses sprachliches Kuddelmuddel? Ich tippte auf Letzteres.

»Anstrengend? Ach wo, das ist es nicht«, versicherte mein Scout. »Da habe ich Ihnen wohl einen falschen Eindruck vermittelt. Man muss ja nichts mitmachen. Niemand wird gezwungen. Und im ›Elysium‹ legt man ebenfalls sehr viel Wert auf Ruhe. Die Mittagszeiten werden streng eingehalten, und abends ab zweiundzwanzig Uhr ist es meist herrlich still, wenn nicht gerade ein Fest ansteht.«

»Na dann«, murmelte ich schwach. Alles war offenbar geregelt, alles war geordnet. Wahrscheinlich hatte man in dieser Kunstwelt auch beim Sterben eine gewisse Reihenfolge und Uhrzeit einzuhalten, sonst blieb man liegen und verschimmelte inmitten der ganzen Greisen-Glückseligkeit. Ich schätzte mal, dass es vorzugsweise nachts gern gesehen wurde, wenn sich die Sache mit dem Tod schon nicht ganz vermeiden ließ. Dann konnte man die Leichen unbemerkt entsorgen. Wie bei diesem Lißner und der Frau. Maria Irgendwie. Beide hatten sich offenbar beim Segnen des Zeitlichen strikt an die Parkordnung gehalten.

»… nur zu bestimmten Zeiten erlaubt.«

»Bitte?«

»Kinder«, erklärte sie geduldig. Mittlerweile standen wir direkt vor dem weinumrankten Haus. »Die sind nur zu bestimmten Zeiten und maximal dreißig Tage im Jahr hier im ›Elysium‹ gestattet.« Sie lachte. »Die Kleinen machen ja auch oft einen Höllenkrach. Deshalb muss man seine Enkel anmelden, und die bekommen dann einen Gästepass.« Sie lachte erneut. Ich nicht. Wie furchtbar. Mit so einem Konzept betrog man sich doch um nichts weiter als um – das Leben. Klar, Kinder kreischten und bockten lautstark und nervten manchmal schon ziemlich. Aber sie saßen auch auf Schaukeln und sangen völlig selbstvergessen »Stille Nacht, heilige Nacht« mitten in der heißesten Sommerhitze. Oder sie löcherten einen mit Fragen, auf die ein Erwachsener im Leben nicht – mehr – kommen würde. Harrys Neffe Daniel war so einer. Er zählte mittlerweile stolze fünfzehn Jahre und puberkelte nach Kräften. Ich mochte ihn sehr. »Aber ich will Sie nicht mit dem Leben im ›Elysium‹ langweilen. Sie sind ja noch jung und schaffen alles allein. Bei uns Alten sieht das anders aus. Wir sind auf Hilfe angewiesen, und die bekommen wir hier.« Sie deutete auf das obere Stockwerk des weinumrankten Baus. »Zweiter Stock, links. Dort findet Freyas Veranstaltung statt.«

»Danke.«

»Da nicht für.«

Sie gab mir die Hand – Richard und Camilla hätten ihre helle Freude an ihrem festen und warmen Händedruck gehabt –, drehte sich um und marschierte zügigen Schrittes die Straße zurück, die wir gekommen waren.

Das Erste, was mir auffiel, als ich das Gebäude betrat, waren die Häkelfiguren in Miniaturformat, die überall dekorativ herumstanden, -saßen oder -lagen. Knopfäugige Fabelwesen, knuffige Robben, entzückende Püppchen mit Schmollmündern. Die meisten befanden sich von der Punktzahl her ganz oben auf der Niedlichkeitsskala. Ich vermutete, dass ich hier die gesammelten Ergebnisse von Freya Schüssler-Knacks Amigurumi-Kurs genoss. Ich ignorierte den Fahrstuhl und nahm die breite Treppe. Es war alles narrensicher und vor allem in großen Großbuchstaben ausgeschildert. Wie auf einem internationalen Flughafen. Wenig später stand ich vor einer Tür, hinter der jemand schallend lachte. Ich klopfte laut.

»Herein, wenn es Gina Lollobrigida ist«, dröhnte ein Bass.

Oje, noch ein alternder Playboy. Oder noch schlimmer: einer, der sich lediglich dafür hielt. Ich drückte die Klinke hinab und trat ein. Etwa zwanzig Pensionäre saßen in gemütlichen Ohrensesseln, neben sich ein Tischchen mit Kaffeetasse und Keksen, und strickten und häkelten. Eindeutig der Amigurumi-Kurs. Eine Frau, etwas älter als ich, das heißt so um die Mitte vierzig, hatte sich zu einer Matrone mit quietschblonden halblangen Haaren hinabgebeugt, deren grauer Mittelscheitel verriet, dass es mal wieder höchste Zeit für einen Friseurbesuch wurde. Jetzt richtete sich die Jüngere auf und musterte mich zwar nicht unfreundlich, aber deutlich distanziert. Ihre braunblonden Haare waren zu einem Zopf zusammengebunden, sie trug ein Sweatshirt mit der Aufschrift »Boston University« und dazu bequeme Jeans. Wie ein verdruckster Todesengel sah die Frau nicht gerade aus. Na ja, auf den ersten Blick zumindest nicht.

»Ja bitte?«

»Nicht die Lollobrigida, aber auch ganz nett anzusehen«, raunte der Bass hörbar neben mir in Richtung seines ebenfalls männlichen Nachbarn. Seine rosige Gesichtsfarbe verriet den Hypertoniker. Ich ignorierte ihn.

»Frau Schüssler-Knack?«

»Ja.«

»Kann ich Sie kurz sprechen?«

Sie zögerte.

»Gehen Sie nur, Freya. Wir kommen schon ein paar Minuten allein zurecht. Sind schließlich keine kleinen Kinder mehr.« Das kam von dem anderen Mann in der Strick-und-Häkel-Runde, denn alle weiteren Amigurumi-Fans waren Frauen. Ein Schelm, der sich dabei etwas dachte. Das Duo war auf Weiberfang, ganz eindeutig; die hätten auch noch beim gemeinsamen Menstruieren unter dem Dach einer liebevollen zuvor umarmten Pappel mitgemacht – wenn das denn in dieser Runde noch ein Thema gewesen wäre. »Oder, die Damen?«

»Sicher«, sagte eine rot getönte Kurzhaarfrisur barsch und wandte sich dann demonstrativ an ihre Nachbarin. »Wir waren ja 1982 das erste Mal in Kanada und sind mit dem Wohnmobil von Ost nach West gefahren. Das war ein toller Urlaub.« Auf ihren hageren Gesichtszügen erschien ein sehnsüchtiger Ausdruck. »Wenn ich mit meinen alten Knochen bloß eine Möglichkeit hätte, das zu wiederholen, würde ich auf der Stelle aufbrechen.«

»Ja, bequeme Wohnmobile mit ausgebildetem Assistenzchauffeur, der auch was vom Kochen und Erster Hilfe versteht, sind immer noch eine echte Marktlücke«, bemerkte ihre Nachbarin. Aber sicher. Oder war das eine ironische Bemerkung gewesen? Ich sah die Schüssler-Knack auffordernd an und ließ ihr den Vortritt.

»Gibt es hier ein stilles Eckchen, in dem wir uns unterhalten können?«, fragte ich, nachdem ich hinter mir die Tür fest ins Schloss gezogen hatte. Es musste ja nicht jeder mithören, was wir zu besprechen hatten.

Stumm deutete sie mit dem Kinn auf die Tür gegenüber. Ich öffnete sie und blieb überrascht stehen. Vor mir glänzte im wahrsten Sinne des Wortes eine riesige, mit allen Schikanen ausgerüstete Küche.

»Wow«, entfuhr es mir beeindruckt. Von so einem Teil konnten wir »Feuer & Flämmler« nur träumen. Schneebesen in allen Größen und Pfannen mit allen möglichen Beschichtungen baumelten an soliden Metallstangen. Auf den granitenen Arbeitsflächen standen Messerblöcke, denen man ansah, dass sie nicht aus einem Ein-Euro-Shop stammten. Todsicher würden alle Messer den ultimativen Schärfetest – das mühelose Schneiden eines Blattes Papier – bestehen. Fehlendes Geld, das strahlte diese Küche mit jeder Pfanne, jedem Messer und jedem Topf aus, war im »Elysium« keinesfalls das Thema. Die finanziellen Mittel waren offensichtlich ebenso reichlich vorhanden wie die allgegenwärtigen Häkelfiguren. In der Küche thronte ein Minikoch mit schiefen Lippen samt Schürze und Mütze neben einem sechsflammigen Herd.

»Also? Um was geht es?«

Sie hockte sich mit dem Hintern halb auf eine der Küchenzeilen und verschränkte die Arme abwehrend vor der Brust. Seltsam. Ich versuchte es mit einem Eisbrecher.

»Sie moderieren die nächste Fuck-up-Night auf Hollbakken, richtig? Johannes ist ganz begeistert von Ihnen.«

Sie verzog weder die Miene, noch machte sie Anstalten, ihre Arme zu entknoten, um einen Blick auf die Uni von Boston freizugeben.

»Ich habe das schon mal gemacht. In Hamburg.« Sie trotzte hörbar.

»Prima.«

»Sind Sie deshalb hier?«

»Nein. Ich interessiere mich für Karl Lißner.« Eine Lüge war das schließlich nicht direkt. Und vielleicht wurde sie offener, wenn ich nicht gleich mit Margas Mord-These ins Haus fiel. Und auch nicht die just verblichene Maria erwähnte und einen Todesreigen daraus machte.

»Karl?«, fragte sie mit gepresster Stimme. »Der ist tot.«

»Und Sie sind seine Erbin«, bemerkte ich friedlich.

Postwendend ruckte ihr Kinn angriffslustig in meine Richtung. Jetzt war sie sichtbar auf der Hut.

»Was soll das denn heißen? Und woher wissen Sie das überhaupt?«

»Zunächst einmal heißt das gar nichts«, versuchte ich sie zu beruhigen. »Das ist lediglich eine Feststellung.«

»Ach ja?«, sagte sie gedehnt. »Wer's glaubt, wird selig. Da steckt doch was dahinter. Sie können das für bare Münze nehmen oder auch nicht, aber ich war von Karls Testament genauso überrascht wie alle anderen! Wir haben uns gemocht, da bestand viel Sympathie zwischen uns, aber dass er mir sein ganzes Geld, die Aktien und die Immobilien auch noch vermachte … Auf die Idee wäre ich wirklich nie gekommen.« Sie biss sich auf die Lippen, als ich daraufhin nichts erwiderte, sondern einfach schwieg. Das wirkt manchmal Wunder. So auch hier. »Wir hatten kein Verhältnis, wenn Sie das andeuten wollen. Da war nichts. Das schwöre ich.«

Auf dem Flur klappte eine Tür, eine Frauenstimme rief tirilierend »Hansi, Schatz, wo bist du?«, dann herrschte wieder Ruhe. Das »Elysium« war offenbar wirklich eine einzige Kontaktbörse, da konnten sich all die Tinderlinge draußen in der Welt noch eine Scheibe von abschneiden. Obwohl Männer in dieser Rentnerwelt sicherlich als knappes und deshalb besonders begehrenswertes Gut galten. Denn in der Regel starben sie nun mal früher als ihre Ehepartnerinnen, und der Kampf der Methusalinen um die paar verbliebenen rüstigen Exemplare dürfte mit harten Bandagen geführt werden. Insofern hatten der Lollo-Fan und sein Kumpel die freie Auswahl. Und trotzdem saßen sie in der Amigurumi-Gruppe? Herrgott, Hemlokk, vielleicht strickten die beiden alten Knaben wirklich gern und plauderten eine Runde dabei. Punkt.

»Darf ich fragen, was Sie das alles angeht?« Schüssler-Knacks Ton war unangenehm scharf. »Sind Sie mit Karl verwandt?« Sie hustete, ohne sich die Hand vor den Mund zu halten. »Oder wollen Sie vielleicht selbst erben und sind nun maßlos enttäuscht?« Sie tippte sich theatralisch an die Stirn, als sei ihr just der Einfall der Einfälle gekommen. »Nein, der Sohn, der in die Röhre guckt und deshalb wahrscheinlich im Karree springt, schickt Sie, stimmt's? Ich kann nichts dafür, das können Sie ihm bestellen. Und abgeben tu ich auch nichts.«

»Das ist eine unzweideutige Ansage«, erwiderte ich ruhig.

»Wenn man einmal im Leben Glück hat, soll man es dankbar annehmen, finde ich.« Jetzt krallten sich beide Hände so fest in die Oberarme, dass es trotz des Pullovers bestimmt eine hässliche Delle im Fleisch gab.

»Da haben Sie recht«, stimmte ich zu. Was für eine merkwürdige Frau. Natürlich ging sie auf Abwehr, wenn man sie nach ihrem Verhältnis zu dem verstorbenen Karl Lißner befragte. Das war ganz normal in ihrer Situation als Hauptbegünstigte. Aber diese unverhohlene Aggressivität war es nicht. Ich hatte ihr schließlich weder etwas Mieses unterstellt noch sie in irgendeiner Weise angegriffen. Trotzdem verhielt sie sich, als hätte sie ein schlechtes Gewissen.

»Wussten Sie von seinen … äh … Reiseplänen?«

»Lissabon, meinen Sie? Nein.«

»Herr Lißner hat Ihnen nichts davon erzählt?«, bohrte ich noch einmal nach. »Und auch nichts angedeutet?«

»Nein.«

Sie mauerte, was ich ihr nicht verdenken konnte.

»Sie haben heute Nacht eine weitere Bewohnerin verloren«, tastete ich mich in die andere Richtung vor. Schaden konnte es ja nicht. Und dann hatte ich Marga zumindest etwas zu berichten.

»Maria Glade. Ja.« Sie funkelte mich an. »Und was soll das jetzt? Was bestehen da Ihrer Meinung nach für Zusammenhänge?«

»Och, keine vermutlich. Ich dachte nur laut«, sagte ich freundlich. »Es stirbt sich in letzter Zeit ziemlich leicht und oft im ›Elysium‹, finde ich.«

Es war ein Versuchsballon. Mehr nicht. Einen Moment war es totenstill in der schnieken Prunkküche.

»Hören Sie«, zischte Schüssler-Knack dann, ihr Atem ging pfeifend. »Was wollen Sie damit jetzt andeuten? Dass es bei Marias Heimgang nicht mit rechten Dingen zuging? Dass Karl keines natürlichen Todes gestorben ist? Dass ich ihn umgebracht habe, weil ich sein Vermögen erbe? Hä! Wir bringen hier keine Pensionäre um. Ich melde das der Leitung. Das ist Rufschädigung. Wir werden Sie verklagen.«

»Nun mal sachte«, versuchte ich sie zu beruhigen.

»Nein, da geht mal gar nichts sachte«, schnappte sie. »Sie unterstellen Dinge, die nicht wahr sind. Die alten Herzen haben einfach aufgehört zu schlagen. Das passiert. Und das ist die Wahrheit. Und Sie schnüffeln hier herum und setzen Gerüchte in die Welt, die mit der Wirklichkeit nicht das Geringste zu tun haben. Wenn Sie Zweifel an Marias und Karls Ableben und der Rechtmäßigkeit seines Testaments haben, dann sollten Sie sich mal besser seinen Sohn vorknöpfen. Der war nämlich ein paar Tage vor dem Tod seines Vaters hier und hat ihn besucht. Karl hat ja nie etwas erzählt, aber ich habe ihn gesehen.« Sie beugte sich vor und fixierte mich voller Wut. »Gut, Söhne besuchen ihre Väter, das ist ganz normal, werden Sie einwenden. Aber ich frage mich doch, was dieser Sven ausgerechnet zu diesem Zeitpunkt hier wollte. Denn sonst hat der sich hier so gut wie gar nicht blicken lassen.«

»Gute Frage«, stimmte ich zu. Der ich mit Sicherheit nachgehen würde. Doch das brauchte die Amigurumi-Spezialistin nicht zu wissen. Viel spannender fand ich – neben ihrem schier unendlichen Fundus an Synonymen für den Tod – ihre Bemerkung über die Zweifel am Ende von Maria Glade und Karl Lißner. Marga war offenbar nicht die Einzige, die sich vorzustellen vermochte, dass daran etwas merkwürdig sein konnte.

Schüssler-Knack entknotete endlich ihre Arme, rutschte von der Küchenzeile und bedachte mich mit einer Grimasse, in der unverhohlener Spott lag.

»Aber vielleicht erzähle ich Ihnen ja hier auch nur Altbekanntes, und Sie wissen das alles schon sehr genau und tun nur so unschuldig, weil Sie ein Verhältnis mit Karls Sohn haben.«

DREI

Ich hatte die Schüssler-Knack in dem Irrglauben gelassen. Manche Menschen sind nun einmal so – die können nur in den Kategorien Sex oder Nicht-Sex denken, daneben gibt's zumindest zwischen Männlein und Weiblein keine andere Form der Sozialbeziehung. Und wer wusste schon, wozu diese Nebelkerze noch einmal gut sein würde? Meinen wahren Job konnte ich auch noch zu einem späteren Zeitpunkt offenbaren. Sie war, nachdem sie Sven Lißner ins Gefecht geführt und mir ein Verhältnis mit ihm angedichtet hatte, friedlicher geworden, sodass wir noch eine Weile ganz entspannt geplaudert hatten.

Schüssler-Knack besaß einen Bachelor in Sozialpädagogik und Kommunikationswesen und fand es keineswegs seltsam oder gar unfair dem Sohn gegenüber, dass Karl Lißner sie zu seiner Haupterbin gemacht hatte. Sie sei eben ziemlich gut, wenn nicht sogar super in ihrem Job, erklärte sie mir ernst. Die ... äh ... betagten Leutchen würden sie durch die Bank weg lieben. Die Glade habe sie geradezu angebetet und sei ziemlich eifersüchtig gewesen, wenn sie im Amigurumi-Kurs von ihr nicht die nötige Aufmerksamkeit geschenkt bekommen habe. Die geschätzte Maria habe zu den schwierigeren Charakteren gehört, aber sie sei – selbstverständlich – auch mit ihr wunderbar zurechtgekommen. Im Gegensatz zu so manchem Kollegen und so mancher Kollegin. Namen wolle sie da lieber nicht nennen. Nein, sie müsse regelrecht aufpassen, dass das mit dem Vererben nicht immer mal wieder vorkomme. Sonst würde sie dadurch ja in ein ganz seltsames Licht gestellt werden. In der Tat.

Wollte sie mit diesen offenen Worten etwa lediglich von ihrem geheimen barbarischen Tun ablenken, das zumindest nach Margas Einschätzung mittlerweile ein Menschenleben gekostet hatte? Nämlich das von Karl Lißner? Dabei war sie in ein zirpendes Gelächter ausgebrochen, das meinen Ohren gar nicht gutgetan hatte. Ich mochte die Frau nicht. Aber war Freya Schüssler-Knack deshalb gleich eine Erbschleicherin oder gar eine der berüchtigten in Kliniken und Heimen tätigen Abmurkserinnen aus verquerer Leidenschaft? Ich wusste es nicht. Die Leitung des »Elysium« würde eine derartige Entwicklung zweifellos im höchst eigenen Interesse ganz genau im Auge behalten. Und ich ebenfalls.

Nach einem ausgiebigen Spaziergang am Heidkater Strand kochte ich mir einen Earl Grey und startete den Computer. Der Marsch hatte sein müssen, um durch den Wind, das Rauschen der Wellen und den Geruch von Seegras und Meer die Atmosphäre des Wohnparks aus Nase, Knochen und Seele zu bekommen. Ich konnte es nicht leugnen: Mir hatte der Besuch im Park einen Schock versetzt. Es war alles so sauber, so geregelt, so fleckenlos, so organisiert. Du lieber Himmel, nicht einmal Kindergeschrei störte dieses Leben. Sah so etwa auch meine Zukunft aus? Würde ich ebenfalls irgendwann tagtäglich zwischen Amigurumi, altersgerechten Mahlzeiten, Mittagsschläfchen, Ausflügen und Arztbesuchen pendeln und das Ganze für einen Dauerurlaub halten? Vielleicht. Aber nicht im »Elysium«. Das würde ich mir niemals leisten können.

Der Gedanke hatte mich dermaßen erleichtert, dass ich, kaum in meiner Villa angekommen, flugs mit der Arbeit anfing. Marga zuliebe, natürlich, und auch um sie mit Fakten versorgen zu können und sie dahin gehend zu beruhigen, dass an ihrer Befürchtung nichts dran war. Na ja, ein bisschen Blut geleckt hatte ich auch. Und schaden konnte es ja nichts. Zunächst googelte ich Freya. Der Doppelname war nicht erheiratet, sondern angeboren. Sie präsentierte sich auf allen nur zugänglichen Kanälen als lebenslustige junge Frau, die von einem Erfolg zum nächsten stürmte und von Männern umschwärmt wurde. Sie war toll, sie hatte viele Freunde, jeder mochte sie, Niederlagen oder gar Feinde kannte sie nicht. Ein Hochglanzleben, das eindeutig nichts mit der Wirklichkeit zu tun hatte und deshalb nicht ernst zu nehmen war.

Ich klickte sie weg und wandte mich Maria Glade zu. Doch über sie spuckte das Netz nichts aus, was ich bei ihrem Alter nicht weiter verwunderlich fand; Karl Lißner wurde hingegen immerhin bei einem goldenen Konfirmandentreffen erwähnt. Mehr gab es zu ihm allerdings auch nicht. Sein Sohn Sven erwies sich da schon als vielversprechender. Er war in Braunschweig, Delmenhorst und Hannover zur Schule gegangen und zweimal sitzen geblieben. Er sammelte deutsche Bierdeckel, hatte mit zweiundzwanzig nach Amrum geheiratet und arbeitete seitdem dort beim W. D. R., der Wyker Dampfschiffsreederei, deren Schiffe die Nordfriesischen Inseln untereinander und mit dem Festland verbanden, entnahm ich der Datenkrake Facebook. Seine Gattin hieß Doris. Auf Instagram tauchte sie neben den Bierdeckeln immer wieder auf. Sie war etwa fünfundvierzig und verfügte über ein künstliches Lächeln, das mir umgehend eine satte Gänsehaut verursachte. Brrr. Er hingegen präsentierte sich mit schütterem Haar und einer fieseligen Rotzbremse, die dem auffallend ausdrucklosen Gesicht jedoch weder Charisma noch etwas Herb-Männliches verlieh.

Ich schaltete den Laptop ab und betrachtete nachdenklich den geschlossenen Deckel. Traute ich diesem unscheinbaren Knaben einen Vatermord zu? Nee, wohl eher nicht. Allerdings wuchsen Unholden aller Art weder notwendigerweise Hörner aus dem Schädel, noch besaßen sie zwangsläufig so dunkle Augen wie Brunnenschächte und einen stechenden Blick, wie ich aus meiner langjährigen Erfahrung als Ermittlerin wusste. Im Gegenteil, sie wirkten meist geradezu erschreckend normal und manchmal sogar richtig nett. Ich stand auf und stellte mich ans Fenster. Der Passader See präsentierte sich wie ein geschliffener Kieselstein, und der Frühling lag unverkennbar in der Luft. Man roch es einfach. Und ich war seltsamerweise noch nie auf einer der Nordfriesischen Inseln gewesen. Auf Helgoland, ja – mit den bekannten Folgen für Harry und für mich. Aber sonst? Fehlanzeige. Da wurde es doch allerhöchste Zeit, diese Lücke endlich zu schließen. Marga zuliebe selbstverständlich, und na ja, weil mir ein paar Tage Urlaub gut zu Gesicht stehen würden.

Und so ganz nebenbei würde ich mich mal mit Lißners Sohn über düt un dat unterhalten. War das eine Idee?

Mein Magen machte sich bemerkbar. Ich durchforstete den Kühlschrank, entdeckte noch einen Rest vom Wilden Bernd, griff mir zwei Knäckebrote, belegte sie mit dem würzigen Käse und aß. Wenn ich unterzuckert bin, geht bei mir bekanntlich gar nichts. Doch der Käse sorgte sofort dafür, dass sich meine Gedanken richtig sortierten. Von Camilla und Richard hatte ich momentan wirklich genug, mein Schildkröterich Gustav, das Hannelörchen und ihre Brut schlummerten selig in ihrem Kühlwürfel, Harry muffelte, litt am Leben, an sich und überhaupt, Marga rettete die Ozeane durch Kampagnen im »Elysium« und vermutete altersbedingt reihenweise Übeltaten, wo es höchstwahrscheinlich keine gab, und Maria Glades Umfeld sowie die mögliche Erbschleicherin Freya konnte ich mir auch noch später vorknöpfen. Was also blieb ebenso zwingend wie logisch noch, wenn es im Fall Karl Lißner weitergehen sollte? Richtig, eine Fahrt nach Amrum zu seinem Sohn Sven.

Gleich am nächsten Morgen bretterte ich in aller Herrgottsfrühe los. Bei Bäcker Matulke war zu dieser unchristlichen Zeit noch nichts los, sodass Edith, erprobte und im Dienst ergraute Bäckereifachverkäuferin und Spezialistin für die berühmten Cremeschnitten, mir länger als sonst zuwinkte. Bei Inge Schiefer lag hingegen noch alles im Dunkeln. Dort würden erst gegen Mittag die schweigenden Best Ager einfallen, wie sie im touristischen Marketing-Jargon heißen. Diese Leute hatten sich anscheinend bereits in den ersten drei Monaten ihrer Beziehung alles erzählt und steuerten seither weitgehend stumm auf die silberne oder auch schon goldene Hochzeit zu. Habe ich noch ein Highlight Bokaus vergessen? Ja, die »Heuschrecke« am anderen Ende des Dorfes, die neben anderen ähnlich gewöhnungsbedürftigen Gerichten genau das anbot, was der Name besagte. Es schmeckte in frittierter Form ganz gut, doch seit der Wirt zwangsweise gewechselt hatte, war mir die Atmosphäre dort einfach zu hip.

Ich hatte in Nebel, dem Hauptort Amrums, ein Pensionszimmer für drei Nächte gebucht. Sonst lohnte sich der ganze Aufwand nicht. Im Stockdunklen fuhr ich einmal quer durch Schleswig-Holstein, aber als ich am Fähranleger in Dagebüll ankam, war es immerhin schon hell. Die Nordsee ebbte, und das Watt stank, man kann es nicht anders sagen. Ich ließ meinen Wagen auf einem der Dauerparkplätze stehen, kaufte mir ein Ticket, enterte die »Schleswig-Holstein« und besorgte mir als Erstes einen heißen schwarzen Kaffee, um den Tag zu begrüßen. Damit ging ich an Deck. Nur ein knutschendes Pärchen fand es hier oben ebenfalls schöner als im Gastraum der Fähre.

Wir legten pünktlich und ohne viel Getute ab. Linker Hand ragten die Warften von Langeneß aus dem graugrünen Wasser. Was für eine merkwürdige Daseinsform: Zwei, drei oder auch noch mehr Häuser drängten sich da auf ihrem Hügel auf engstem Raum zusammen, und wenn das Meer im Herbst oder Winter kochte, war man vom Festland aber so was von abgeschnitten. Bokau war ja schon höchst überschaubar. Doch dagegen glich dies hier einer WG. Und funktionierte wahrscheinlich auch so. Konnte ich mir ein Leben in solcher Abgeschiedenheit – und mit der entsprechenden sozialen Kontrolle – vorstellen, überlegte ich gerade, als in meinem Rucksack die Geißel der modernen Menschheit lärmte. Jäh aus meinen Betrachtungen herausgerissen, meldete ich mich grantig.

»Bald ist hier keiner mehr nach«, teilte mir eine Grabesstimme mit. »Wenn du nicht sofort etwas unternimmst, Schätzelchen, können die das ›Elysium‹ zum Friedhof umbauen.«

»Marga?«

»Wer denn sonst?«

»Was ist los?«

»Karla von Terheyde«, sagte sie langsam. »Ist heute Nacht gestorben. Peter Boldt hat mich gerade eben angerufen.«

»Oh.« Eine Möwe segelte haarscharf an mir vorbei und beäugte dabei aufmerksam meine Tasse, stufte sie als ungenießbar ein und flog weiter.

»Ja. Oh. Und niemand schöpft Verdacht. Alle sind vollkommen blind, was sich hier abspielt. Dabei kann man doch jetzt wirklich langsam von einer Serie sprechen. Erst Karl, dann Maria und jetzt die Terheyde. Drei Tote innerhalb kürzester Zeit. Und nun kommst du!«

Das stimmte, ja. Aber nur bei Lißner existierte zumindest so etwas wie ein Anfangsverdacht, weil das Testament außergewöhnliche Bestimmungen enthielt und statt des Sohnes die Schüssler-Knack begünstigt wurde. Bei Maria Glade hingegen gab es gar nichts außer all den Schrecklichkeiten, die sich in Margas Phantasie abspielten. Und bei Karla von Terheyde?

»Marga, wie ist die Frau denn …?« Ich drang nicht durch.

»Das ist ja nun wohl mehr als eindeutig, dass da ein Massenmörder im ›Elysium‹ am Wirken ist«, haute sie schon wieder ihre Lieblingsthese raus. »So eine verkrümpelte Persönlichkeit, die sich nur in den Vordergrund spielen will. Die Alten und Kranken sind solchen Typen total egal. Die sehen bloß sich.«

Nur mit Mühe unterdrückte ich ein genervtes Stöhnen. Oh nein, nicht schon wieder! Das wurde ja langsam zu einer richtig fixen Idee. Bald würde Marga bei jedem Sterbefall auch außerhalb des Parks mit ihrer Todesengel-Theorie ankommen, selbst wenn die Leiche altersmäßig auf die zweihundertneun zuging. Sicher, durch und durch gestörte Reanimateure gab es hin und wieder und wohl auch öfter, als man die Öffentlichkeit glauben machen wollte. Aber dass nun ausgerechnet im »Elysium« einer von diesen kranken Knilchen sein Unwesen trieb, schien mir doch eher an den Haaren herbeigezogen.

»Ich glaube nicht –«, versuchte ich sie runterzuregeln. Vergeblich.

»Natürlich nicht, Schätzelchen. Das sprengt dein Vorstellungsvermögen. Das tut es bei praktisch jedem. Aber schon rein statistisch gesehen gibt es nun einmal nicht nur diesen einen Bekloppten aus Niedersachsen, der in den Krankenhäusern irgendwelche Mittel gespritzt hat, damit die Patienten kollabieren«, erklärte Marga ungeduldig. »Damit er dann glänzen konnte, wenn er sie erfolgreich wiederbelebte.«

Uff. Marga hatte sich richtig in Rage geredet.

»Im ›Elysium‹ sind aber alle gestorben. Da stand niemand

auf der Kippe und wurde reanimiert«, wandte ich vorsichtig ein.

»Gut, dann hat es unser Täter eben darauf angelegt, so viele alte Menschen zu ermorden wie nur möglich. Als Kick. Oder weil sie ihm lästig wurden und zu viel Arbeit machten zum Beispiel. Auch psychopathische Brutalos sind nicht alle gleich. Das ist doch nun wirklich nicht so schwer zu begreifen, Schätzelchen.« Sie klang sehr von sich überzeugt.

»Hast du denn einen bestimmten Verdacht?«, versuchte ich sie erneut zu erden. *Unser* Täter! Grundgütige.

Schweigen. Also nicht. Ich wechselte das Thema.

»Was ist in diesem Fall die offizielle Todesursache?«

»Bei Karla? Das weiß man noch nicht.«

»Hat die Polizei –«

»Keine Ahnung«, unterbrach mich Marga gereizt. »Seit wann wartest du denn darauf, dass die Ämter und Behörden etwas unternehmen? Das war bislang gar nicht dein Stil. Nein, ich denke, wir treffen uns gleich im ›Elysium‹ und –«

»Das geht schlecht, Marga. Ich schippere gerade nach Amrum.« Just in diesem Moment beschrieben wir einen eleganten Bogen und hielten auf Wyk auf Föhr zu.

»Amrum?«, echote sie in einem Ton, als sei ich Luxusgeschöpf zum reinen Vergnügen auf dem Weg in einen Wellnesstempel der gehobenen Klasse.

»Da wohnt Karl Lißners Sohn.«

Marga brauchte einen Moment, bis der Groschen fiel.

»Dem du auf den Zahn fühlen willst? Du verdächtigst ihn? Dann ist also etwas dran an meiner Mordthese. Hab ich's dir nicht gesagt? Karl ist keines natürlichen Todes gestorben.«

»Marga«, stöhnte ich. »So eindeutig ist das alles nicht.« Ich brachte es nicht übers Herz, ihr zu gestehen, dass ich eigentlich eher einen Frühlingsurlaub auf Amrum im Sinn hatte und ein Verhör Sven Lißners auf meiner Prioritätenliste erst an zweiter Stelle stand.

»Aber irgendwelche Verdachtsmomente musst du doch haben, Schätzelchen. Ich kenne dich. Na, auf jeden Fall ist es einzusehen, dass du nicht gleich ins ›Elysium‹ kommen kannst. Dann müsstest du ja ein Drittel der Strecke schwimmen.«

Ich verkniff mir nur mit Mühe ein staubtrockenes »Danke«. Jetzt ditschte die »Schleswig-Holstein« sanft gegen die Wyker Landungsbrücke, und fast schon im nächsten Moment rollten die ersten Autos hinunter. In wenigen Minuten würden wir erneut ablegen, um mit voller Kraft Wittdün auf Amrum entgegenzudampfen.

»Aber sobald du wieder da bist, nimmst du dir gleich Karlas Fall vor, hörst du? Und natürlich den von Maria«, mahnte Marga mich streng.

Ich musste es einfach fragen – schon allein der »Fälle« wegen –, auch wenn es meine Freundin so zuverlässig zornig machen würde wie die Tatsache, dass die Welt nicht von der schieren Vernunft regiert wurde.

»Wie alt war Karla denn?«

»Was hat denn das mit ihrem Tod zu tun?«, legte sie auch schon los. Ich hatte es doch geahnt. »Sie war sechsundachtzig und ein paar Monate. Das ist doch heutzutage überhaupt kein Alter. Beeil dich, Schätzelchen, bevor hier alle unter der Erde liegen.« Weg war sie und ließ mich mit den Wellen und meinen Gedanken allein.

Marga übertrieb gern. Und wenn ihr etwas richtig an die Nieren ging so wie diese Sterbefälle, dann nahm der Hang zur Dramatik unweigerlich zu. Das war einerseits ganz normal. Doch war es andererseits nicht tatsächlich seltsam, dass man im »Elysium« in der letzten Zeit offenbar still und leise sowie zu Haufe starb? Ich kannte mich in der Statistik, wer normalerweise wann, wie und unter welchen Umständen Bekanntschaft mit Gevatter Tod machte, nicht gut aus. Deshalb war das die eine Frage. Die andere lautete: Wenn tatsächlich etwas an Margas Befürchtungen dran war – gingen dann automatisch alle drei Leichen auf das Konto *eines* Täters? In diesem Fall hätten vermutlich Karl Lißners Testament sowie der Besuch seines Sohnes kurz vor seinem Ende gar nichts mit dem Sterben des Vaters zu tun. Dann lag das Motiv, das alle jüngst Verblichenen miteinander verband, woanders. Befand ich mich also mit meiner Fahrt nach Amrum auf der falschen Fährte? Oder hatte Karls Sohn Maria und Karla ebenfalls umgebracht, um das wahre Motiv für den Mord an seinem Vater zu verschleiern? Oje. Mir wurde ganz schwindelig. Und das lag nicht daran, dass die See offener und kabbeliger wurde.

Aber dies alles musste doch eigentlich auch der Parkleitung oder der Polizei auffallen. Man kannte schließlich Lißners Testament und die Begünstigung der Schüssler-Knack. Marga war da bestimmt nicht die Einzige, die sich Gedanken machte. Und wenn doch? Wie gesagt, die Leitung des Parks hatte naturgemäß absolut keinerlei Interesse daran, ihren Ruf mit allzu vielen Toten zu belasten. Es ging schließlich um ihre Reputation. Sie würde ihre Mitarbeiterin zwar mit an Sicherheit grenzender Wahrscheinlichkeit intern zur Rede stellen und sie ermahnen, dass so eine Testamentsbestimmung unter keinen Umständen wieder vorkommen dürfe, aber nach außen würde kein Laut dringen. Und die Polizei war überlastet und litt unter Personalmangel.

Wenn man diese Terheyde also auch nicht obduzierte, weil das zu teuer und die Frau zu alt war … dann hatte ein möglicher Krimineller gute Chancen, mit seinen Taten durchzukommen. Ob der nun Sven Lißner hieß oder – noch! – unbekannt war und auf den Namen Max Mördermann hörte. Nach drei Toten würde dann noch lange nicht Schluss sein. Wenn so jemand einmal Blut geleckt hatte, gab es oft kein Halten mehr. Da hatte Marga durchaus recht. Was also war zu tun?

In fünfundvierzig Minuten würde die Fähre in Amrum anlegen. Ich konnte natürlich an Bord bleiben, um gleich wieder zurückzudüsen. Nein, das war keine gute Idee, und sooo dramatisch sah lediglich Marga die Lage. Denn bei alldem Durcheinander, den Möglichkeiten und Verdächtigungen blieb lediglich die Tatsache, dass ich bislang nur in Karl Lißners Fall zwei, wenn auch vage, aber doch konkrete Anhaltspunkte besaß: das Testament sowie die Aussage der Schüssler-Knack, den Sohnemann kurz vor dem Tod des Vaters im »Elysium« gesehen zu haben. Also war die Sache klar. Ich würde mich zunächst einmal ganz auf den Fall Lißner konzentrieren. Danach sahen wir weiter.

Amrum kam in Sicht, als wir Föhr umrundet hatten. Das heißt, ich vermutete, dass dieser schmale Streifen am Horizont die Insel war. Ich blinzelte in die Sonne und schloss die Augen. Eigentlich hatte ich doch auch Urlaub. Den braucht schließlich selbst eine gestandene Detekteuse im Dienst hin und wieder. Und ich mag Seefahrten gern. Vielleicht liegt es an dem Gefühl des Aufbruchs und der unendlichen Weite des Wassers, das in mir zuverlässig ein Gefühl der Schwerelosigkeit und der Freiheit erzeugt. Ich weiß es nicht. Es war auch gleichgültig. Ich genoss es einfach.

Pünktlich auf die Minute legten wir in Wittdün an. Die Orientierung im Ort fiel nicht sonderlich schwer, und ich fand die Bushaltestelle daher schnell. Denn Sven Lißner wohnte laut Homepage in Nebel, und zwar etwas außerhalb des Zentrums, im Noorderstrunwai, was friesisch ist und »nördlicher Strandweg« heißt, wie ich mir nach einem Blick auf die Karte zusammengereimt hatte. Ich hatte Glück, der stündlich das Eiland querende nächste Bus fuhr in zehn Minuten; weitere sieben Minuten später stieg ich in Nebel-Mitte aus und schlenderte durch das Zentrum mit seinen reetgedeckten Friesenhäusern, wohin das Auge blickte, sowie an der Kirche und den kleinen Läden, Cafés und Restaurants vorbei. Schön. So viel Zeit musste sein, fand ich. Dann jedoch nahmen meine Füße Kurs auf Lißner juniors Heim. Urlaub hin, Urlaub her, sowohl der Mann als auch die Ereignisse im »Elysium« ließen mir nach Margas Anruf einfach nicht die nötige Ruhe für einen Strandbummel oder eine ausgiebige Ortsbesichtigung von Nebel. Er wohnte nicht in einem der reetgedeckten stattlichen Häuser, sondern in einem kleineren mit Normaldach. Der Garten litt unter einem dekorativen Overkill: Überall lagen und standen Figuren herum. Niedliche Hunde, süße Katzen, rosige Blumenkübel. Die weibliche Hand war unverkennbar. Gattin Doris schien sich hier mit Begeisterung auszutoben, denn es fehlten seine Bierdeckel, mit denen man doch wunderbar die Pyramiden oder mit einigen raffinierten Kniffen und Knicken in der Pappe auch das Taj Mahal hätte nachbauen können.

Sven Lißner höchstpersönlich öffnete die Tür, als ich klingelte. Das Leben war wirklich ungerecht, denn was er auf dem Haupt ab-, hatte er um die Taille zugenommen. Und der Schnauzer war weg und durch einen haarigen Kinnschmuck ersetzt worden, was ihn allerdings nicht unbedingt begehrenswerter erscheinen ließ. Aber so etwas ist ja Geschmackssache. Vielleicht kriegte sich seine Doris kaum mehr ein, wenn sie ihren Gatten sah.

»Herr Lißner?«, fragte ich der Form halber, denn er war es zweifellos. Ich hatte mich nicht angemeldet, um meinen Kurzurlaub nicht zu gefährden. Denn wenn er sich geweigert hätte, mit mir zu sprechen, hätte ich nichts machen können und wäre notgedrungen zu Hause geblieben.

»Ja. Aber wir kaufen nichts. Und wenn Sie von einem der Bibelvereine kommen, bemühen Sie sich umsonst. Gott ist tot.« Seine Stimme klang, als sei sie heute noch nicht benutzt worden: rostig und rau.

»Wenn Sie meinen«, sagte ich freundlich, ohne auf den Nietzsche-Spruch einzugehen. »Kann ich Sie kurz sprechen? Es geht um Ihren Vater.« Ich verkniff mir die naheliegende Einleitung »Es geht um einen anderen Toten«. Aber auch so war die Wirkung beeindruckend: Es gab sie wirklich, die herunterfallende Kinnlade. Bislang hatte ich sie nur für ein ansprechendes literarisches Bild gehalten, aber an Sven Lißner ließ sich nachweisen, dass Unterkiefer in der Tat ein Eigenleben führten. Dazu starrte er mich an, als stünde das sagenumwobene Einhorn höchstpersönlich vor ihm.

»Um meinen Vater? Macht der alte Sack jetzt auch noch über seinen Tod hinaus Ärger? Das gibt's doch nicht.«

Geknickt oder auch nur angefasst hörte sich das zweifelsohne nicht an.

»Darf ich hereinkommen?«

Er rührte sich keinen Millimeter, und es dauerte ein wenig,

bis er gnädig grummelte: »Na ja, gut. Aber meine Frau ist nicht da. Sie ist mit unserer Tochter zum Einkaufen gefahren.«

Grundgütige, hatte er etwa Angst, dass ich über ihn herfallen würde, sobald sich die Tür hinter uns schloss? Oder war er zu doof, um einen Kaffee zu kochen und ihn mir anzubieten? Endlich trat er zur Seite und führte mich in ein Wohnzimmer, das man mit einem Wort beschreiben konnte: spießig, genauso spießig wie der Garten. Das maritime Pendant zum röhrenden Hirschen vor Tannengrün hing über einem klotzigen dunkelgrauen Ledersofa – drei Fischer mit Pfeifen und Südwester, die stahlblauen Augen kernig und durchdringend auf einen unsichtbaren Punkt hinter dem Horizont gerichtet. Die Männer sahen sich sehr ähnlich. Brüder? Na ja, ich vermutete eher, dass der Maler keinen anderen Gesichtsausdruck konnte. Immerhin schmückten keine Amigurumi-Wesen die Fensterbänke und andere aufzuhübschende Flächen, sondern lediglich künstliche Blumen. Gardinen mit Rosé-Einschlag, die in Rundbogen herunterhingen, machten die Bude blickdicht. Doch die Krönung war ein Flauscheteppich von undefinierbarem Braunton, der dem Raum den ästhetischen Todesstoß versetzte.

Ich versank in einem Fauteuil, der locker einen hundertfünfzig Kilogramm schweren Riesen aufgenommen hätte. Von hier aus konnte man die schier unbegrenzte Zahl von Familienfotos an der Wand gegenüber bewundern. Das Hochzeitsbild der Lißners prangte in der Mitte, dazu die Tochter im Alter von drei Tagen, drei Monaten und drei Jahren. Die stolzen Eltern bei der Einschulung, das Kind mit Schultüte, aber ohne Vorderzähne. Sven inmitten seiner Bierdeckel, Doris im Garten, sich halb nackt auf einer Liege rekelnd. Ein familiärer Overkill sozusagen, deutlich in der Aussage, die da lautete: Die Kernfamilie ist alles, darüber hinaus gibt es nichts. Karl Lißner fehlte, soweit ich das feststellen konnte.

»Also?«, fragte sein Sohn, als er sich mit breitbeinigem V unter die Fischer gesetzt hatte. Er bot mir nichts an.

Also informierte ich ihn in groben Zügen, wer ich war und was ich hier wollte.

»Eine Privatdetektivin sind Sie? Was für ein … äh … ungewöhnlicher Beruf«, lautete sein Kommentar, als ich fertig war. Es klang, als hätte ich mich entschieden, ein Restaurant in der Tiefsee direkt neben einem schwarzen Raucher zu eröffnen. »Das hätte dem Alten gefallen. Ermordet zu werden, meine ich. Und nicht an so einem schnöden Herzstillstand einzugehen. Er stand gern im Mittelpunkt.«

Es sollte vermutlich locker klingen; tat es aber nicht, sondern es klang, wie es nach so einem Testament klingen musste: bitter.

»Ihr Vater hat seinen gesamten Besitz Frau Schüssler-Knack vermacht. Für Sie bleibt nur der Pflichtteil übrig. Können Sie mir sagen, weshalb er das tat? Das ist doch eher … ungewöhnlich, oder nicht?« Das war eine billige Retourkutsche, zugegeben, aber ich konnte es mir nicht verkneifen.

»Oh«, er räusperte sich, schlug die Beine übereinander und begann umgehend mit dem rechten Bein auf dem linken zu wippen. Er war nervös, der Junge, keine Frage. »Mir reicht der Pflichtteil. Ich führe mein eigenes Leben und habe auch nicht damit gerechnet, dass mein Vater ausgerechnet mich bedenken würde.« Er hüstelte. »Wissen Sie, er hielt nicht viel von mir. Und ich später als Erwachsener auch nicht von ihm. Wir mochten uns nicht, kann man beschönigend sagen. Deshalb waren weder sein Ende noch sein Testament ein allzu schwerer Schlag für mich. Aber der Arzt hat an seinem Tod nichts Auffälliges bemerkt, oder?«

»Nein.« Ich schenkte ihm ein dünnes Lächeln der Marke »Ich weiß mehr, mein Lieber«. »Aber das muss nichts heißen. Bei vielen Todesfällen geht es nicht mit rechten Dingen zu. Gründliche Untersuchungen kosten Geld. Das spart man lieber, zumal wenn das Opfer alt ist.«

Seine Miene blieb skeptisch.

»Tja, wenn Sie meinen. Wie soll er denn ermordet worden sein? Also, ich frage nur aus Neugier.«

»Keine Ahnung«, musste ich einräumen. »Da gibt es ja etliche Stoffe, die zum Herzstillstand führen.«

»Was allerdings nicht mehr nachzuweisen ist«, konterte er.

»Der Alte ist schon verbrannt und kann nicht mehr seziert werden. Suchen wir also nach einem möglichen Motiv.«

»Sie hätten eins«, sagte ich freundlich. »Er hat Sie enterbt, und Sie mochten ihn nicht, wie Sie gerade selbst zugegeben haben.«

Er machte eine wegwerfende Handbewegung. Das Bein wippte weiter.

»Ich sagte Ihnen doch, das ist Schnee von gestern. Knöpfen Sie sich lieber mal die Schüssler-Knack vor. Die hatten bestimmt was miteinander. Der Alte war ein Womanizer. Und bei dem ganzen Geld, was die jetzt erbt, hat sie schließlich ein Motiv, das auf der Hand liegt.«

»Das tue ich, keine Sorge. Aber sie behauptet, sie sei mit Ihrem Vater lediglich befreundet gewesen. Sie hätten keine sexuelle Beziehung gehabt«, klärte ich ihn auf.

Er lachte, als hätte ich den Witz des Jahrtausends gerissen.

»Dann lügt das Fräulein. Weshalb sollte er ihr dann wohl sein gesamtes Vermögen vermacht haben? Das ist ja nicht gerade wenig, und Karl war bis zum letzten Atemzug … äh … vollkommen richtig im Kopf, hat man mir versichert. Nur weil sie gelegentlich mit ihm geschäkert oder ihm die Schnabeltasse mit einem koketten Zwinkern gereicht hat, soll er sie mit seinen Millionen bedacht haben? Da kennen Sie meinen Alten schlecht.« Er lachte erneut. Es klang eher schaurig als komisch und bestärkte mich in der Überzeugung, dass er vom Tod seines Vaters und diesem Gespräch weitaus angefasster war, als er sich gab. Mal ganz abgesehen davon, dass ich das Wort Fräulein bestimmt vor zwanzig Jahren das letzte Mal gehört hatte. »Schauen Sie doch mal im Apothekenschrank der Madame nach. Da finden Sie sicher eine Pille, die ganz unauffällig zum Herzstillstand führt.«

Ich ging nicht darauf ein.

»Ihr Vater scheint ein ziemlich unkonventioneller Mensch gewesen zu sein.« Die Frage, ob er kurz vor Karl Lißners Tod noch einmal im Wohnpark gewesen war, wie Freya behauptete, wollte ich mir als Knaller für den Schluss aufsparen.

»Er war ein Filou, ein Casanova und ein ziemlich verantwortungsloser Mensch.« Jetzt war die Bitterkeit deutlich zu hören. »Der sein Leben lebte und sich einen Dreck um seine Frau und seinen Sohn kümmerte.« Lißners Kinnpartie wirkte plötzlich wie gemeißelt. »Der Alte war ein Abenteurer und ein mordsreicher Sack. Uns trennten Welten. Er gab sich hart, ich bin eher ein weicher Charakter. Ich liebe meine Frau und meine Tochter; Mutti und ich waren ihm dagegen absolut gleichgültig. Deshalb hatte ich auch kaum Kontakt zu ihm.«

So, jetzt kamen wir der Sache also schon einen entscheidenden Schritt näher.

»Sie haben Ihren Vater nie im ›Elysium‹ besucht?«

Er hörte auf zu wippen und stellte beide Beine nebeneinander. Mir entging keineswegs, dass beide Hände, die nun auf den Oberschenkeln lagen, zu Fäusten geballt waren.

»Doch, ein Mal.«

»Wann?«

»Kurz nachdem er dort eingezogen war. Er hat mir eine Karte der Marke ›Bin umgezogen‹ geschickt. Und als wir in den Urlaub fuhren – Doris und ich lieben Fehmarn, und da liegt Bokau ja auf der Strecke –, haben wir bei ihm reingeschaut. Ziemlich kurz, weil er uns ja doch nur unter die Nase reiben wollte, was er sich alles leisten konnte und dass er uns nicht brauchte.« Er schüttelte den Kopf. »Für Lisa, unsere Tochter, benötigten wir für diesen Besuch eine Sondergenehmigung. Das halten Doris und ich für völlig bescheuert. Und ich fand, dass der Park nicht zu ihm passte. Alles ist geregelt, Sicherheit geht vor Freiheit. Das wäre früher absolut nicht sein Ding gewesen, und er hätte sich das Maul über so etwas zerrissen.«

»Na ja, er wurde eben auch älter«, bemerkte ich.

»Er ist wütend geworden, als ich ihm das unter die Nase rieb«, sagte Sven Lißner mit leisem Triumph in der Stimme. »Sehr wütend sogar. Und dann hat er wieder auf mich eingedroschen. Ich hätte doch mein ganzes Leben so sterbenslangweilig verbracht wie die Leute hier, während er als junger Mann die Sau rausgelassen habe.«

»In Lissabon«, lieferte ich ihm das nächste Stichwort.

»Genau. Woher …? Ach so, ja, der Reiseweg der Urne. Als ich klein war, ist er oft nach Portugal geflogen und hat Mutti und mich allein gelassen.« Ich wurde von Minute zu Minute hellhöriger.

»Und was hat er da gewollt?«, fragte ich neugierig.

Lißner zuckte mit den Schultern.

»Sicher weiß ich es nicht, aber er dürfte da wohl eine Geliebte gehabt haben. Oder gleich mehrere. Sonst hätte er in seinem bekloppten Testament ja nicht gleich zwei Orte angegeben, an denen er noch einmal vorbeischauen wollte.«

»Zwei?«, wiederholte ich verblüfft. »Ich weiß nur von Lissabon.«

»Ja, ja, aber dort hat er zwei spezielle Stellen genannt«, klärte er mich auf. »Ein Café namens ›De Nada‹ und irgend so ein Kastell. San George oder so. Ich hab's vergessen. Ist nicht mein Bier. Nicht einmal bei meiner Geburt war er hier.« Er verzog erneut weinerlich das Gesicht. »Ich bin 1969 am Tag der ersten Mondlandung geboren, und er hat später immer gewitzelt, dass der gesamte menschliche Pioniergeist wohl da oben im All geblieben sei. Sein Sohn zumindest habe nichts davon abbekommen.«

»Das war bestimmt nicht leicht für Sie«, sagte ich zerstreut. Von diesem Café und dem Kastell hatte Marga gar nichts erzählt. Ich vermutete, dass sie es nicht wusste oder dieses Detail vergessen und deshalb lediglich die Stadt in ihrem Hirn abgespeichert hatte.

»Nein. Und als kleines Kind brauchen Sie nun einmal Ihren Vater. Das sehe ich ja an Lisa. Aber meiner war in der Kindheit oft nicht da, sondern eben in Lissabon bei seinen … Geliebten.« Lißners Bein wippte jetzt wieder. Dieses Mal war es das linke. Er bemerkte meinen interessierten Blick, atmete tief durch und stellte es fest auf den Boden. »Aber das sind alte Kamellen, die nur die Familie etwas angehen. Wenn Sie Zweifel an den Todesumständen von Karl haben, wenden Sie sich an seine Erbin. Ich kann Ihnen nicht helfen.«

Er stand auf. Ich blieb sitzen.

»Sind Sie sicher, dass Sie Ihren Vater nur ein Mal im ›Elysium‹ besucht haben?«, fragte ich sanft.

Er starrte auf mich herab.

»Was soll denn das jetzt heißen?«

»Jemand behauptet, Sie ein paar Tage vor seinem Tod dort gesehen zu haben.«

»Wer?«, kam es wie aus der Pistole geschossen.

Ich schüttelte den Kopf.

»Ich verrate meine Quellen nicht.«

Er hakte seinen Daumen in die Gürtelschlaufen und fing an, auf den Ballen zu federn.

»Brauchen Sie auch nicht. Die Schüssler-Knack war's, da wette ich drauf. Die hat nun wirklich alle Motive dieser Welt, das zu behaupten. Und Sie fallen darauf rein. Eine schöne Privatdetektivin sind Sie. Knöpfen Sie sich besser das Fräulein noch einmal vor. Ich war nämlich nicht im ›Elysium‹, also zumindest nicht zu dem Zeitpunkt. Da lügt sie entweder, oder sie verwechselt mich. Und wenn sie den Alten tatsächlich abgemurkst haben sollte, geht das für mich auch in Ordnung. Ich weine ihm keine Träne nach.«

Das war ein unverblümtes Statement. Von wegen, ihm sei sein Vater mittlerweile völlig wurscht. Das war eine glatte Lüge. Er nahm immer noch übel. Und wie. Und noch etwas kam hinzu: Ich glaubte seinen Beteuerungen nicht, dass er den alten Karl nur einmal besucht hatte. Keine Ahnung, weshalb das so war. Aber ich spürte es einfach.

Nach dem Gespräch schlenderte ich in den Ort zurück und setzte mich bei einer Friesentorte – Blätterteig, Pflaumenmus und ein zarter Hauch von Sahne – in ein Café, um nachzudenken. Dazu gönnte ich mir eine Tote Tante. Für Leute aus dem Süden: Das ist ein heißer Kakao mit einem Schuss Rum und einem Klacks Sahne obenauf. Die Mischung wärmt einen zuverlässig selbst bei arktischen Temperaturen wieder auf. Und sie schmeckt an sich schon ziemlich gut, denn, na ja, so kalt war es eigentlich gar nicht. Auch die Torte war eine Wucht, ließ allerdings in mir den dringenden Wunsch entstehen, in diesem Leben nie wieder etwas zu essen. Und die Tote Tante machte ungemein friedlich. Erst als beides in meinem Magen verschwunden war, lenkte ich träge meine Gedanken in Richtung Lißner.

Der Sohnemann hatte zweifellos ein ebenso bombenstarkes Motiv, den alten Karl umzubringen, wie die gute Freya. Er hasste seinen Vater, hatte ihn immer gehasst, die Schüssler-Knack erbte. Das war doch schon mal was. Ich gab der Bedienung ein großzügig bemessenes Trinkgeld, mümmelte mich wieder ein und trat vor die Tür. Die Sonne schien immer noch, und das Meer roch ausgesprochen würzig. Und bei Marga konnte ich doch schummeln, wenn ich die Wahrheit leicht aufhübschte und behauptete, ich hätte mich zweimal mit Lißner unterhalten.

Lange Rede, kurzer Sinn – ich beschloss, trotz leise zwackelnden Gewissens, doch eine Nacht auf Amrum zu verbringen. Im »Elysium« würde dadurch schon kein weiteres Grauköpfchen sterben. Und so machte ich am Nachmittag einen wunderschönen Spaziergang auf den Holzstegen durch den Dünengürtel, um dann am ellenlangen breiten Strand von Nebel nach Norddorf zu marschieren. Dabei checkte ich die Muschellage, unterhielt mich mit einer neugierigen Möwe und winkte schließlich der Südspitze von Sylt zu. Nur vereinzelt kamen mir Leute entgegen. Man nickte sich verhalten, aber freundlich zu, und das war's. Wir hatten Ostwind, sodass das Meer ganz friedlich aussah, trotzdem war ich froh, dass ich eine Mütze eingepackt hatte.

Abends reichte mir – oh Wunder – eine Suppe. Und am nächsten Morgen stand ich früh auf, um auch die andere Seite der Insel, die dem Festland und Föhr zugewandte, zu erkunden. Ich lief von Nebel nach Wittdün und zurück und fand es herrlich, dabei die Austernfischer, Enten und Möwen zu beobachten, die im Watt eifrig nach ihrem Mittagessen Ausschau hielten. Die Föhrer Küstenlinie war deutlich zu sehen, und in der Ferne rauschte eine der Fähren heran. Doch, ja, Sven Lißner mochte zwar eine Pfeife sein – und eine verdächtige noch dazu –, aber mit seinem Wohnort hatte er ausgesprochen Glück gehabt. Amrum ist wirklich ein absolutes Highlight im Meer, wenn man ein Faible für die Natur hat.

Es dämmerte bereits, als ich am nächsten Tag meinen Wagen am Haupthaus abstellte und den Weg zu meiner Villa hinuntertrabte. Auf Silvias Wiese gähnte die kühische Leere, natürlich, es war ja immer noch ziemlich kalt, aber so langsam vermisste ich meine tierische Nachbarschaft mehr und mehr. Silvia konnte nämlich wunderbar zuhören, und wir beiden Mädels hatten miteinander schon so manchen Fall geknackt. Na ja, noch einen Monat, dann war die Menagerie wieder vollzählig, denn dann würde ich auch Gustav und Hannelore samt ihrer Brut aus dem Kühlschrank holen.

Ich schloss meine Tür auf. Das heißt, ich versuchte es, doch das erwies sich als gar nicht nötig. Denn sie war nicht abgeschlossen. Vorsichtig schob ich sie auf und linste hinein. Im Wohnzimmer und an der Küchenzeile war niemand. Du liebes Lottchen, wurde ich etwa auch schon tüddelig und hatte vergessen abzuschließen? Das war mir noch nie passiert, und ich hätte auf alle heiligen Bücher der Welt geschworen, dass ich es auch dieses Mal nicht versäumt hatte. Egal, jetzt war erst einmal etwas anderes wichtiger. Ich eilte ins Bad, ließ mich auf der Brille nieder – und erstarrte. Aus meinem Schlafzimmer erklangen Töne. Hastig zog ich die Hose hoch, hielt die Hände kurz unter den Wasserstrahl, eilte zur Küchenzeile, bewaffnete mich mit meinem längsten Küchenmesser, atmete tief durch und riss mit einem Ruck die Schlafzimmertür auf.

»Grrhgg – öh«, machte Harry mit geschlossenen Augen und völlig entspannten Gesichtsmuskeln. Und noch einmal »ggrrrgh – öh«. Dann murmelte er verschlafen etwas, das entfernt nach »Hemlokk?« klang, und drehte sich mit einem Grunzen zur Wand. Ich ließ das Messer sinken und trat verdattert den Rückzug an. Was machte er denn hier – außer seltsamen Tönen? Ich würde ihn das zweifellos fragen. Aber erst einmal musste ich wieder gefühlsmäßig runterkommen und meine Ganzkörpergänsehaut in den Griff kriegen. Zu diesem Zweck bereitete ich mir einen Darjeeling zu und setzte mich mit der dampfend heißen Flüssigkeit in meinen Schaukelstuhl. Selbstverständlich besaß Harry einen Schlüssel zur Villa, doch es wäre schon netter gewesen, wenn er irgendein Zeichen seiner Anwesenheit gegeben hätte, um mir diesen Überraschungseffekt zu ersparen. Ich stolpere nicht gern über uneingeladene Männer in Heim und Bett.

Nach einer Stunde weckte ich ihn.

»Hemlokk, meine Rose, da bist du ja«, begrüßte er mich gähnend, als ich ihn an der Schulter rüttelte. Ich hatte gar nicht gewusst, dass auch der Weisheitszahn hinten rechts plombiert war.

»Moin, Harry. Stehst du auf?«

Er schwang die Beine über die Kante.

»Wo warst du denn? Ich bin eingenickt.«

»Das sehe ich. Ich war auf Amrum.«

»Ein Inselchen, das zweifellos Teil eines wunderbaren Archipels ist. Richtig schön soll es dort sein, habe ich aus verschiedenen Mündern vernommen. Der weite Strand, das Meer, die Nordseeluft ...«

»Harry«, unterbrach ich ihn liebenswürdig.

»Mhm?«

»Kann es sein, dass du faselst?«

»Man nennt das Konversation, Hemlokk«, gab er beleidigt zurück.

»Willst du einen Tee?«, bot ich an. Vielleicht klärte das ja sein Hirn.

»Gern.«

Er verschwand kurz im Bad, ich schenkte ihm derweil ein, und wir setzen uns. Er – wie immer – auf die rote Couch, ich – wie immer – in meinen Schaukelstuhl.

»Also, weshalb bist du hier?«, fragte ich ganz direkt, nachdem er die halbe Tasse ausgetrunken hatte. Denn ich kannte doch Harry Gierke. Da kam noch etwas.

»Hast du was zum Feiern im Haus?«

Oha. Ich wappnete mich unwillkürlich.

»Nein«, log ich, als ob das jemals geholfen hätte.

»Na, macht nichts«, meinte Harry so aufgedreht, dass ich wirklich Schlimmes ahnte. Ich versuchte es mit einem Witz.

»Gib's zu, die Brieftaubenreportage hat sich zu einem richtigen Kracher entwickelt.«

»Die was?« Er wirkte ehrlich verblüfft.

»Der Artikel über die Brieftauben- und Karnickelzüchter«, wiederholte ich stur. »Den du schreiben sollst. Mit human touch. Es ist eine Auftragsarbeit, die bezahlt wird.«

»Ach das. Darum habe ich mich noch gar nicht gekümmert. Keine Zeit. Nein, hör zu …«

Um es kurz zu machen: Es war der Super-GAU. Zumindest in und für Schleswig-Holstein. Das Land hatte sich von der Affäre immer noch nicht vollständig erholt, und vergessen würde das sowieso so leicht niemand, der damals alles mitbekommen hatte. Was ich meine? Waterkantgate oder die Barschel-Affäre. 1987 hatte der CDU-Ministerpräsident Uwe Barschel seinen SPD-Kontrahenten Björn Engholm im Wahlkampf auf mieseste Art und Weise bespitzeln und anschwärzen lassen. Der Mann fürs Grobe saß in der Staatskanzlei und war sein Medienreferent Reiner Pfeiffer gewesen. Es wurde geschoben und betrogen, verdreht und geleugnet, dass sich die Balken bogen. Letztlich auf beiden Seiten, wie sich später herausstellte, aber auf der Regierungsseite konnte man schon von schwer kriminellen Machenschaften reden. Uwe Barschel fürchtete um seine Macht. Und als immer mehr Fiesitäten ans Licht kamen, gab Barschel zur Krönung des Ganzen noch sein »Ehrenwort«, dass er mit allem nichts, aber auch rein gar nichts zu tun gehabt habe. Seitdem ist das »Ehrenwort« in Schleswig-Holstein verbrannt. Anschließend brachte sich Barschel in einem Genfer Hotel um. Oder wurde ermordet, wie manche behaupten. Von wem auch immer. Die Geheimdienste der Welt standen in dieser Hinsicht hoch im Kurs, aber auch zahlreiche Waffenschieber-Organisationen, die jeden, der eine Pumpgun halten konnte, mit selbiger versorgten. Niemand weiß das bis heute so genau, obwohl eine Menge für einen Selbstmord spricht, wie ich schon immer fand.

»Nein«, rutschte es mir spontan und heftig heraus, als Harry geendet hatte. »Die Frage, ob es Selbstmord oder Mord war, klärst du mir nicht.«

»Und ob ich das tue. Das ist meine Story. Mein Lebensthema. Damit komme ich ganz groß raus.«

»Oder du gehst grandios unter, Harry. Das wird doch nichts und kann gar nichts werden. In diesem Fall siehst nicht nur du bei all den Verschwörungstheorien den Wald vor lauter Bäumen nicht.« Gut, das Bild hing sprachlich etwas schief. Egal. Was Harry da vorhatte, war der helle Wahn. Journalistischer Selbstmord. Völlig aussichtslos. Er würde in einem Sumpf von Intrigen untergehen. »Versuch es doch lieber mit Heide Simonis und der fehlenden Stimme bei der gescheiterten Wiederwahl zur Ministerpräsidentin«, schlug ich rasch vor. Da wusste auch niemand, wer sie ihr als bis dato einziger Frau in diesem Amt 2005 verweigert hatte. Dafür spielten allerdings, anders als bei Barschel, lediglich erbarmungslos meuchelnde Parteifreunde und keine Geheimdienste und Waffenschieber eine Rolle, die es bestimmt überhaupt nicht schätzten, wenn da erneut jemand in dem Fall herumwühlte. »Denk doch an Liza«, schob ich hinterher.

Harry hatte mit der Frau zusammengearbeitet, um Sig Sauer in Eckernförde und der Waffenlobby wegen krummer Geschäfte ans Bein zu pinkeln. Liza Trent hatte das nicht überlebt.

»Man lernt dazu, Hemlokk«, wischte Harry meine Bedenken großspurig beiseite. »Ich spüre ganz genau, dass das mein Thema ist. Alle haben bis jetzt versagt. Ich werde es nicht tun.«

»Dann stimmt etwas mit deinem Gefühl nicht, Gierke«, gab ich zurück. War ich zu deutlich? Nein, dieser Unsinn musste im Keim erstickt werden. »Mit wem willst du denn sprechen? Pfeiffer und Barschel sind tot.«

»Aber Engholm und die ganzen Hintermänner leben.«

Ich rollte mit den Augen.

»Und du glaubst, dass die dich nett zum Kaffee oder zum

Wein einladen und sich unschuldig wie kleine Häschen von dir ausfragen lassen? Spinnst du jetzt total, Harry?« Ob der Mann vielleicht eine Linie Koks reingezogen hatte? Alles sprach dafür. Er war doch sonst nicht so blind für die Realitäten.

»Nein, tue ich nicht.« Er griente und pikste mit dem rechten Zeigefinger in meine Richtung. »Ich bin darauf nämlich nicht angewiesen. Mein Ansatz ist total anders. Ich setze auf die neuen technischen Möglichkeiten.« Er hielt mir seine leere Tasse hin. Ich schenkte ihm schweigend nach. Das war trotzdem der helle Wahn. Und diese Einschätzung konnte angesichts der gewaltigen Dimension dieser Staatsaffäre glatt als die Untertreibung des Jahres durchgehen. »Es gibt heutzutage nämlich wirklich wunderbare Apps für das Handy, ich habe mich da schlaugemacht. Da reichen ein paar unbeobachtete Minuten, um sie runterzuladen und der … äh …«

»Geschädigte«, sagte ich muffig.

»Der Besitzer des Handys bemerkt die zwischen seinen ganzen anderen Apps gar nicht. Die heißt nämlich völlig unverdächtig ›Browser‹. Ist das nicht genial?« Harry schlug mit der Hand auf den Tisch, dass seine Teetasse wackelte. Wenn er diese Marotte kultivierte, mussten wir etwas dagegen unternehmen. »Aber sie leitet alle Anrufe weiter, zeigt mir den Standort der Zielperson per GPS, deren Mails, andere Textnachrichten, und auch das Mikrofon lässt sich aus der Distanz einschalten. Da wird schon einer mal plappern.«

»Das Handy wird also zur Wanze umfunktioniert«, brachte ich es ohne viel Hoffnung, dass es etwas bewirken würde, auf den Punkt. »Das ist illegal, Harry.«

»Ja, ja.« Er winkte ungeduldig ab. Natürlich sagte ich ihm da nichts Neues. »Das weiß ich auch. Und im Normalfall stimme ich dir ja zu. Aber hier hat die Öffentlichkeit ein ganz besonderes Interesse an den abgeschöpften Informationen. Die Leute haben ein Recht darauf, zu wissen, was damals wirklich passierte.«

»Na ja …«, sagte ich. »Grundsätzlich schon. Aber das Mittel stimmt nicht. Das ist es, was mich schon jetzt stört und den Staatsanwalt zu gegebener Zeit stören wird.«

»Pillepalle«, erwiderte Harry im Brustton der Überzeugung. »Manchmal muss man ungewöhnliche Wege gehen.«

»Ungesetzliche«, verbesserte ich ihn.

»Meinetwegen auch das«, ließ Harry diesen Einwand ebenfalls unbeeindruckt an sich abperlen.

Ich würde ihn besuchen, wenn er bei Brot und Suppe wochenlang in der U-Haft schmorte und auf seinen Prozess wartete. Das war ich ihm schuldig.

»Versteh doch, Hemlokk. Die Beteiligten werden bestimmt über die Barschel-Affäre reden. Das ist ja wie ein Trauma für die. Und sie werden offen sein, wenn sie miteinander sprechen. Weil sie keine Ahnung haben, dass sie abgehört werden. Und zwar von mir.« Seine Augen fingen an, ungesund zu leuchten. »Stell dir vor, der Rechtsmediziner hat dem toten Barschel sogar die Haut abgeschält, um nach versteckten Blutergüssen zu suchen. Die haben nichts gefunden. Trotzdem hält der damals zuständige Staatsanwalt auch heute noch an der Mordthese fest.«

»Woher hast du das denn?«, fragte ich misstrauisch.

»Dass mit der Haut? Beziehungen«, sagte er nebulös.

Oje. Da fing es mit der Verschwörerei schon an.

»Damit du es weißt, ich mache da nicht mit«, gnatterte ich. »Das ziehst du allein durch, klar? Und wie willst du überhaupt an all die Leute, die damals eine Rolle spielten, herankommen? Oder hast du bereits eine Reihe von solchen ›Beziehungen‹ aufgebaut?«

Was stellte er sich denn vor? Dass er den Überlebenden dieser politisch-moralischen Katastrophe bei einem feuchtfröhlichen Kneipenabend mal so eben Wanzen in sämtliche Handys einbauen konnte? So leicht würde das nicht gehen. Die verhielten sich alle, wie sie da waren, Fremden gegenüber bestimmt immer noch sehr, sehr vorsichtig. Barschel war vermintes Gelände. Auch heute noch. Und eine Einladung zum Männerabend bei Barschels Fahrer, einem seiner Bodyguards oder sonst wem aus dem Pool der damaligen Besatzung würde nicht so mir nichts, dir nichts zu ergattern sein. Oder wollte er vielleicht anfangen, in Öl zu malen, um an den kunstsinnigen Engholm heranzukommen? Um dann bei einem vertiefenden Gespräch über den Pinselstrich bei Rembrandt mal eben die Lausch-App aufs Handy des Ex-Politikers zu laden? Und angenommen, dieses wahnwitzige Vorhaben würde bis zu diesem Punkt von der technischen Seite her klappen – wie lange wollte der große Enthüllungsjournalist seine Opfer abhören, bis sie irgendwann im Laufe der nächsten Wochen, Monate, Jahre tatsächlich auf dieses Thema kommen würden? Und warum sollten sie das überhaupt tun? Nein, kein Zweifel, Harry G. hatte eine Meise – die man schnellstens vom Ast holen musste! Und ich wusste auch schon, wie.

»Harry«, sagte ich in sehr versöhnlichem Tonfall. »Hör mal, im ›Elysium‹ gibt es eine Serie von höchst seltsamen Todesfällen. Stell dir vor, drei Leute sind schon gestorben und –«

»Das mit dem Barschel wird der größte Coup meines Lebens.«

»Wie damals in den neunziger Jahren die falschen Hitler-Tagebücher beim Stern«, entfleuchte es mir.

»Ach was. Die Jungs haben sich da allesamt einwickeln lassen und besoffen geredet. Ich gehe ganz anders vor.«

Oh, Harry. Der Junge war wirklich ein Terrier. Wenn er sich erst einmal in etwas verbissen hatte, ließ er so leicht nicht locker. Das kannte ich schon. Trotzdem versuchte ich es noch einmal; das war ich ihm als Freundin schuldig. Und wenn ich die Sache dabei vielleicht ein klitzekleines bisschen dramatisierte, schadete das ja nichts.

»Marga spricht schon von einem Todesengel«, informierte ich ihn also mit ernster Stimme. »Weißt du, wie dieser Krankenpfleger aus Niedersachsen, der wahrscheinlich einhundert Leute und mehr auf dem Gewissen hat. Er hat denen was gespritzt, und es hat Lichtjahre gedauert, bis überhaupt jemand Verdacht schöpfte.«

»Der kannte sich ja sozusagen berufsbedingt aus«, bemerkte Harry und war mit seinen Gedanken ganz woanders.

Mist. Ich legte noch eine Schippe drauf.

»Ich glaube, Marga hat richtig Angst. Und es ist überhaupt

nicht abzusehen, wann die nächste Leiche anfällt. Stell dir vor, wenn da nun tatsächlich auch so einer sein Unwesen treibt. Dann müsste man dem natürlich schnellstens das Handwerk legen. Marga rechnet jedenfalls mit dem Schlimmsten.« Zumindest das stimmte hundertprozentig.

»Wo war das gleich?«, fragte Harry, der Dösbaddel, zerstreut, als hätte ich keinen Pieps gesagt.

»Im ›Elysium‹. Dem Wohnpark neben dem Flüchtlingsheim«, wiederholte ich mühsam beherrscht. »Das wäre doch mal ein echter Clou, wenn du so eine Todesfee zur Strecke bringen würdest.«

Die Jagd auf eine Killerin hätte vielleicht noch mehr Reiz, dachte ich. Jetzt hatte ich ihn. Er lüpfte seine rechte Augenbraue, ein sicheres Zeichen, dass er irritiert war.

»Todesfee, Hemlokk? Schreibst du seit Kurzem etwa für die Zeitung mit den vier großen Buchstaben? Das ist doch kalter Kaffee«, schnarrte Harry. »Um solchen Kram sollen sich andere kümmern. Ich spiele mit den großen Jungs.«

»Aber die nicht mir dir«, rutschte es mir heraus.

»Das«, sagte Harry im Brustton der Überzeugung, »werden wir ja sehen. Kümmere du dich um die alten toten Tanten. Ich bleibe bei Barschel.«

Er machte wirklich hackedicht. Zumindest momentan hatte es keinen Sinn, es in dieser Richtung weiter zu versuchen. Also änderte ich meine Strategie.

»Aber deine Ermittlungen werden erst einmal kein Geld einbringen. Im Gegenteil, das wird kosten«, wandte ich sehr vernünftig ein. »Und zwar bestimmt nicht wenig. Auf jeden Fall benötigst du einen langen Atem.«

»Ja«, stimmte er mir nachdenklich zu. »Das könnte tatsächlich Monate dauern.«

»Wenn das man reicht«, unkte ich, um schnell hinterherzuschieben: »Deshalb solltest du die Brieftauben-und-Karnickelzüchter-Story keinesfalls aus dem Auge verlieren. Die bringt das nötige Kleingeld. Und trägt zur Tarnung bei. Beides brauchst du dringend.«

Er wollte offenbar protestieren, verschluckte sich jedoch und fing an zu husten. Ich gab mir einen Ruck und nutzte die Chance.

»Wenn du magst, begleite ich dich zu den Tauben … äh … Tieren. Ich fand das … äh … schon immer interessant.«

Auf Harrys Gesicht breitete sich die schiere Ungläubigkeit aus. Mit offenem Mund starrte er mich an, die Augen suppentellergroß. Na gut, fast.

»Das wusste ich ja gar nicht, Hemlokk.«

Ich auch nicht. Bis jetzt. Aber alles, wirklich alles war besser, als diese spinnerte Barschel-Sache weiterzuverfolgen.

VIER

Was hatte ich getan? Missmutig streckte ich meinem Spiegelbild am nächsten Morgen die Zunge raus. Ausgerechnet Brieftauben und Kaninchen. Die Viecher waren ja wirklich so unspannend wie eingeschlafene Füße. Dagegen konnten Gustav und Hannelore interessantheitsmäßig als echte Champions gelten. Gut, das war Geschmackssache. Aber die Brieftaubenfans ... bestimmt trafen sich da lauter ältere Herren mit grauer Gesichtsfarbe und braunen Strickjacken. Wie viel lieber hätte ich mich mit Marga getroffen, um Näheres über das Ableben von Maria Glade und Karla von Terheyde zu erfahren. Ich grinste in mich hinein. Mittlerweile brachte es mir richtig Spaß, möglichst viele unterschiedliche Worte für das Rendezvous mit Freund Hein zu finden. Und vielleicht hatte ja in den letzten beiden Nächten sogar ein weiteres Opfer dran glauben müssen. Um Harry von seinen aberwitzigen Plänen abzubringen, wäre das gar nicht schlecht. Mit einer Leiche mehr hätte ich ihn vielleicht ködern können. Ich verdrehte die Augen. Pfui, Hemlokk, wie tief bist du gesunken.

Mein Lover war gleich nach dem Frühstück aufgebrochen. Wir hatten uns für morgen Nachmittag verabredet. Bis dahin wollte er schon einmal eine Runde barscheln, wie er es nannte, während ich es zunächst mehrmals vergeblich bei Marga versuchte und mir anschließend einen Termin bei Karl Lißners Arzt besorgte. Ich hatte Glück. Gleich am Nachmittag fiel jemand aus, sodass sich der Herr Doktor in der Lage sah, »zeitnah« mit mir zu kommunizieren.

Das Gespräch verlief kurz und unerfreulich. Der Mediziner gab sich beleidigt und empört, dass ich ihm unterstellte, möglicherweise bei der Untersuchung der Leiche etwas übersehen zu haben. Es habe sich eindeutig um einen natürlichen Tod gehandelt, einen Herzstillstand. Daran sei nichts, aber auch gar nichts Verdächtiges gewesen. Das wäre ihm selbstverständlich aufgefallen. Außerdem sei der Tote schließlich keine zwanzig mehr gewesen, sondern in einem Alter, wo das … äh … Dahingehen nun einmal zum … äh … Leben gehöre. Punkt. Wenn ich ihm nicht glaubte, sei das meine Sache. Er arbeite sorgfältig und nach allen Regeln der ärztlichen Kunst. Sollte ich etwas anderes behaupten, würde er juristische Schritte gegen mich einleiten. Auf Wiedersehen. Oder besser nicht. Und tschüss. Verdattert stand ich zehn Minuten später wieder vor der Praxistür. Wenn der Doktor ebenfalls der Hausarzt von Maria Glade und Karla von Terheyde sein sollte, konnte ich mir einen weiteren Besuch schenken. Der Junge hatte seinen Sermon ohne Pause abgelassen und eindeutig den Empathie-Grundkurs an der Uni geschwänzt.

Ich fuhr nach Hause und kochte mir einen Kaffee, schwarz und stark wie die Nacht. So kam ich also nicht weiter. Prompt verbrühte ich mir die Oberlippe, als ich einen Schluck des Höllentrunks nahm. Es war einen Versuch wert gewesen, um an ein paar harte und nachprüfbare Fakten heranzukommen – die ich zu gegebener Zeit Harry als Appetithäppchen vor die Nase hätte hängen können. So blieben uns lediglich die Amrumer Ergebnisse: die Schüssler-Knack, die behauptete, Sven Lißner kurz vor dem Tod des Vaters im »Elysium« gesehen zu haben. Und Lißner, der das abstritt. Wobei die Frage lautete, weshalb Sven Lißner den Besuch nicht zugab, wenn er keinen Dreck am Stecken hatte. Oder log die Schüssler-Knack, um den Verdacht von sich abzulenken? Denn die Amigurumi-Spezialistin besaß natürlich ein richtig gutes Motiv, um den betuchten Karl um die Ecke zu bringen. Da hatte wiederum Lißner junior recht. Mehrere Millionen Euro mehr in der Börse zu haben, ist nicht zu verachten. Für niemanden, da kann man schon schwach werden. Doch dann musste ich der Frau hieb- und stichfest nachweisen, dass sie das Testament gekannt hatte. Ich war dermaßen in Gedanken versunken, dass ich mir mit einem weiteren kräftigen Schluck Kaffee Unterlippe und obere Mundhöhle verbrühte. Autsch. Und bei all den Ungereimtheiten blieb natürlich als absolute Seltsamkeit diese beknackte Urnen-Sause nach Lissabon.

Der Kaffee war getrunken – und ich keinen richtigen Schritt weiter gekommen. Natürlich musste ich endlich mit Marga über Maria und Karla sowie mit Freya sprechen, um sie mit Sven Lißners Aussage zu konfrontieren. Doch es gab noch einen anderen Weg, um sich unauffällig Neuigkeiten über die Frau zu verschaffen. Ich rief Johannes an. Schließlich musste er weitere Informationen über seine Fuck-up-Night-Managerin haben. Sonst stellte man jemanden doch nicht an. Tja, ich hatte Pech, hatte er nicht. Er vertraue Marga. Und die Chemie zwischen Freya und ihm habe sofort gestimmt, teilte er mir mit. Schon allein wegen des Grünkohls damals bei Inge Schiefer … Und weil ich ihm doch gesagt hätte, er solle so ein Event auf keinen Fall selbst durchziehen, sondern sich einen Profi suchen … ja, also, deshalb sei er froh gewesen, weil sie Ahnung zu haben schien, wie man so etwas durchzieht. Und wenn Marga eben auch meinte, sie könne das … Da wären sie doch schon zu zweit gewesen.

Ach Johannes. Er hatte es nicht so mit den Fakten; er vertraute eher auf sein Gefühl. Wir plauderten noch eine Runde, anschließend rief ich erneut bei Marga an. Sie war immer noch nicht zu Hause und hasste es, außer in absoluten Notfällen, am Handy belästigt zu werden. Tja, dies war ein Notfall, zumindest aus meiner Sicht.

»Ich bin wieder in Bokau«, meldete ich mich. »Wo bist du? Können wir uns treffen?«

»Nein. Ganz schlecht.« Sie sagte noch mehr, aber das versackte in einem Funkloch riesigen Ausmaßes. Wir hier in der Probstei sind noch nicht flächendeckend verkabelt, verfunkmastet und vernetzt, weshalb manche Touristen das Gefühl beschleicht, sie befänden sich hinter der Zivilisationsgrenze. Tja, hier geht halt alles etwas langsamer zu.

»Karla und Maria«, brüllte ich, als ob Lautstärke in so einem Fall jemals geholfen hätte. Es knisterte. Und knackte.

»Mord!«, hörte ich Marga schreien. »Keine Beweise … Muss irgendetwas sein … schon im Krematorium … Karl … Leitung … ›Elysium‹ schweigt … Personal auch … dazu verdonnert …«

Mein Gott, war das ätzend. Ich hasse es, wenn man etwas Wichtiges zu besprechen hat und die Technik es nicht tut.

»Polizei?«, grölte ich zurück. Das hörte sich nun wirklich schlimm an.

»Nix … naive Dumpfbacken … keine Ahnung«, blubberte sie. Zumindest diese Aussage war, wenn auch ebenfalls gestört, eindeutig.

»Wir reden später«, schrie ich.

»Waaas? Ich … nicht … Verbin… schlecht.« Das konnte man so sagen. »Ge… Me… sieht nicht gut aus … bald nicht mehr … nicht so weitergehen … was passieren …«

Ich drückte sie weg, sonst bekam ich noch vor lauter Frust einen Herzanfall. War ich jetzt schlauer? Nein, keinen Deut. Aber Frau Schölljahn konnte nicht behaupten, ich hätte es nicht versucht. Was immer auch »Ge… Me…« war. Um eine frische Leiche würde es sich schon nicht handeln, denn dann hätte Marga anders gestammelt oder mich bereits vorher angerufen.

Zum Runterregeln brühte ich mir eine Kanne Tee auf. Es half nichts, es war wieder einmal Zeit, die Detektivin in die Versenkung zu schicken und eine schöne Stange Geld zu verdienen. Und da Harry brotlos barschelte, sollte Vivian besser gleich für zwei etwas einfallen. Also stellte ich der LaRoche zur Aufmunterung die Schokoladenkekse hin, die ich uns aus Amrum mitgebracht hatte. Die Gute sollte es mit einer Heimatschmonzette versuchen, hatte ich mir überlegt, die – wat für 'n Wunder – auf einer nordfriesischen Insel spielte. Der vor der Ödnis und Enge des Insulanerlebens in die Großstadt geflohene Richard fand die abgeschieden daliegende elterliche Pension immer noch zum Gruseln langweilig, während unsere Camilla einzig und allein von einer Karriere als Strandhaferkönigin träumte. Logisch, dass das nicht zusammenging.

Ob ich einmal mit der Leitung des »Elysium« über die Todesfälle sprechen sollte? Aber in welcher Funktion? Als besorgte Bürgerin konnte ich mich ja schlecht ausgeben. Und die Private-Eye-Nummer würden mir diese tagtäglich mit Millionen jonglierenden Leute todsicher nicht abnehmen, sondern mich achtkantig vor das schmiedeeiserne Rolltor setzen. Die wollten bestimmt als Erstes meine Lizenz sehen und waren obertough. Wie Lißners Hausarzt. Auf der anderen Seite würden sie vielleicht ganz schnell genauer hinschauen, wenn auch nur der vage Verdacht geäußert wurde, dass da jemand vom Personal möglicherweise nicht ganz koscher war. Ich nahm noch einen Schluck Tee und verzog das Gesicht. Es tat weh. Ich hatte mir mit dem Kaffee tatsächlich den gesamten Mundbereich verbrüht.

Nein, ein solches Gespräch zu führen und nichts Konkretes in der Hand zu haben, sondern lediglich darauf verweisen zu können, dass Lißners Fall ungewöhnlich war und die Leute in letzter Zeit im »Elysium« wie die Fliegen starben, war entschieden zu wenig. Wenn *ich* nicht einmal so richtig davon überzeugt war, dass sich im Park ein krankes Hirn austobte, was wollte ich dann wohl dem Geschäftsführer der Edelanlage erklären? Nein, ich würde mich nur lächerlich machen.

Also Leichen hin, Leichen her, vielleicht sollte die LaRoche das zähe Heimatgesumsel lassen und es besser wieder einmal mit einem Blaublüter probieren. Reichsgraf küsst Büromaus in den Adelsstand, die intrigante Cousine wandert ins Amazonasgebiet aus, um dort Gutes zu tun, und alle sind glücklich? Versuchen sollten wir es auf jeden Fall, denn eine zu lange Auszeit sah unsere Agentin gar nicht gern. Und tatsächlich: Adel lag der LaRoche heute mehr. Vivian verfrachtete die betagte, bornierte, den turtelnden Liebsten im Weg stehende Tante in einen sauteuren Wohnpark für Hundertjährige, wo sie bis an ihr Lebensende mit eiserner Hand den Amigurumi-Club leitete, und verordnete dem Oberlangweiler von verliebtem Großcousin eine Mitgliedschaft im örtlichen Brieftaubenverein, wo er fortan die Ställe ausmisten musste. Und – zack – hatten sie sich. Dann schickte ich Vivian in die für sie reservierte Abteilung meines Kopfes und gönnte mir zur Belohnung für so viel Tatkraft und Eifer ein Stück warm geräucherten Stremellachs. Dazu kredenzte ich mir einen Wildreis. Und danach verzog ich mich mit einem Krimi von Fred Vargas ins Bett.

Am folgenden Nachmittag – Marga hatte sich seltsamerweise nicht gemeldet, worüber ich jedoch ehrlicherweise ganz froh war – stiefelte ich Punkt drei zum Haupthaus hinauf. Der Wind blies frisch an diesem Apriltag, und die Luft roch feucht. Harry lehnte bereits an Nörpel, seinem betagten Golf.

»Hi«, grüßte ich und gab ihm einen Kuss auf die Wange.

»Moin, Hemlokk.« Und mit diesen Worten zog er mich an sich, bog schwungvoll meinen Rücken nach hinten und küsste mich so leidenschaftlich, als befänden wir uns in Folge sechs eines Richard-und-Camilla-Sülzheimers. Du liebe Güte, der Mann dampfte ja geradezu vor Energie und Tatkraft. Dem saß das Testosteron augenscheinlich direkt unterm Pony. Und das alles wegen des dreißig Jahre toten Barschels. »Das Ganze wird nicht lange dauern. Wir rauschen da schnell hin, lassen die alten Knaben kurz über ihre Flattermäuse schwafeln, schießen ein paar Fotos von den Viechern, und das war's. Das Geseier fürs Herz drum herum denk ich mir zu Hause aus.«

»Wir fahren also zuerst zu den Tauben«, entnahm ich seinen einfühlsamen Worten. »Und ich weiß nicht. Ich würde es lieber sorgfältig und gründlich angehen.« Eine vorsichtige Mahnung war angesichts seines enthusiastischen Verhaltens durchaus angebracht, fand ich. »Die Bezeichnung ›Flattermaus‹ kommt bestimmt nicht so gut an.«

Er lachte unbekümmert.

»Du warst schon immer eine gottverdammte Pedantin, Königin meines Herzens. Aber wenn du meinst, dass die komisch werden, klemme ich mir eben die Flattermaus, okay? Stell dir vor, ich habe da eine ehemalige Mitarbeiterin von Barschel aufgetan. Die arbeitete in seinem Stab und hat ihn gut gekannt.«

»Na toll«, brummte ich wenig begeistert und ließ mich auf den durchgesessenen Beifahrersitz von Nörpel fallen. »Und die ist echt?«

Er wackelte mit dem Kopf, während er krachend den ersten Gang einlegte.

»Selbstverständlich ist die echt. Sprechen und Kaffee trinken kann sie jedenfalls. Was soll das denn jetzt?«

»Oh, manche Leute spielen sich einfach gern auf und wollen wichtig sein«, präzisierte ich meine Bedenken.

Wir bretterten vom Hof. Harry fuhr heute wahrlich einen heißen Reifen. Eine mögliche Leichenserie im »Elysium« als journalistischer Knüller hatte eindeutig nicht den Hauch einer Chance. Ich versuchte es daher gar nicht erst.

»Du bist manchmal wirklich eine alte Unke, Hemlokk. Frauke geht auf die achtzig zu und ist garantiert echt. Die hat so etwas gar nicht mehr nötig.«

»Hat sie denn überhaupt ein Handy?«, stichelte ich. Irgendetwas musste ich schließlich tun, um ihn von dieser hirnrissigen Idee wegzulocken, auch wenn die Chance minimal war. Ich war schließlich seine Freundin. »Und kann man so eins mit Großtasten für arthritische Finger und schwache Augen auch appmäßig bestücken, meine ich. Oder fängt es dann an zu tuten?«

Harry gab keine Antwort. In ungemütlichem Schweigen rauschten wir durch Bokau. Es gab da, erinnerte ich mich dunkel, ein Vereinsheim der Brieftaubenfreunde zwischen Lutterbek und Wendtorf. Das schien unser Ziel zu sein.

»Hast du dich denn überhaupt vorbereitet?« Ich kam mir vor wie Mutti, die ihren Achtzehnjährigen ermahnt, ja auch schön zu lernen und die Finger vom Bier zu lassen.

»Wenn du die dämlichen Tauben meinst, nein«, sagte Harry grantig. »Was gibt es da denn vorzubereiten? Die kleinen Scheißer werden irgendwo hingekarrt, man macht die Käfigtür auf, und sie fliegen nach Hause. Wer am schnellsten ist, hat gewonnen. Wobei das die Täubchen selbst sicher nicht die Bohne interessiert, sondern nur ihre Taubenväter. Das ist alles.«

Er blinkte, wir bogen rechts ab und standen wenig später vor dem besagten Flachbau, der haargenau so aussah wie das, was er war: ein Vereinsheim aus den letzten Jahrzehnten des vergangenen Jahrtausends. Schmucklos, mit staubigen Wimpeln und Pokalen in den Fenstern, Asphalt vor der Tür und einer stilisierten Brieftaube – Vogel mit Umschlag im Schnabel – neben dem Kasten für die Post.

»Los geht's«, stöhnte Harry, »bringen wir es hinter uns.« Er stieg aus, knallte die Autotür zu, ohne auf mich zu warten, und war schon im Gebäude verschwunden, als ich noch mit dem Sicherheitsgurt kämpfte. Das konnte ja heiter werden. Angefasst stakste ich hinter ihm her. Ein bisschen netter hätte sich mein Liebster schon geben können, fand ich. Schließlich war ich nur seinetwegen hier, was er sehr genau wusste, auch wenn er vorgestern Abend so getan hatte, als nähme er mir mein Interesse für den Taubensport ab.

Als ich eintrat, plauderte Harry bereits mit Theo, Margas Freund und Kampfgenossen, wenn es um den Schutz der Meere ging. Er sah nicht gut aus; müde, missgelaunt und miesepetrig, wenn ich es zusammenfassen sollte. Neben ihnen stand ein hochgewachsener hagerer Mann in den Siebzigern, der Harry mit einem Kopfnicken begrüßte. Der Brieftaubenchef, vermutete ich mal. Der Saal war ziemlich voll. Mehrere Tische mit hellgrauer Resopalplatte standen herum, und an allen saßen männliche Fünfzig-plus-Menschen. Nein, eine jüngere Frau in roter Strickjacke belebte das Bild. Man hatte bestimmt gefachsimpelt, jetzt beäugten die Züchter Harry – und vor allem mich – interessiert.

»Ah, nicht die Lollo, aber auch ziemlich ansehnlich«, ertönte plötzlich schräg hinter mir eine bekannte Stimme. »Hab ich das gesagt, Frank, oder hab ich das nicht gesagt?«

Ich drehte mich um. Und tatsächlich, da saßen die beiden Amigurumi-Knaben und lächelten mir zu wie die Opas aus der Muppetshow. Nanu, was wollten die denn hier? In so einem weitgehend frauenfreien Verein wie diesem? Hatte ich sie in ihrem brennenden Interesse für das weibliche Geschlecht etwa doch falsch eingeschätzt? Aber anders gefragt: Ging mich das etwas an? Nein. In Bokau und Umgebung konnte man schließlich an allem teilnehmen, wonach einem war. Offenbar gehörten die zwei in die Kategorie begeisterte Betriebshansel, die auf jeder Hochzeit tanzten. Harry, der von meiner Amigurumi-Bekanntschaft nichts ahnte, warf lediglich einen kurzen irritierten Blick nach hinten, dann sprach er weiter mit dem Chef.

»Peter Boldt«, stellte sich der Lollo-Fan vor, erhob sich halb und streckte mir seine Rechte entgegen. »Wenn man sich andauernd über den Weg läuft, sollte man sich bekannt machen, nicht? Sie besuchen uns doch bestimmt bald wieder im ›Elysium‹.«

Ich sagte nichts. Weil mir nichts einfiel.

»Frank Hicks«, übernahm daraufhin sein Nachbar die Initiative. Wir wiederholten die Shakehands-Prozedur. »Angenehm.«

»Hanna Hemlokk.« Die Bokauer Welt war wirklich klein, und na ja, der Wohnpark war selbstverständlich kein Knast. Trotz der martialischen Sicherungsanlage konnten die Insassen natürlich raus- und reingehen, wie es ihnen beliebte. Es wurde wirklich hohe Zeit, mein Bild vom »Elysium« zu korrigieren.

»Ist bekannt«, schnarrte Hicks, grinste und legte dabei ein makelloses Gebiss frei, das so gleichmäßig war, dass es nur falsch sein konnte. »Bei uns bleibt nichts lange geheim. Wir Alten sind neugierig. Sie haben wegen Karls Tod mit Freya gesprochen? Das ist ja auch seltsam. Und deshalb –«

»Nun langweile die junge Dame doch nicht mit so einem Kram«, unterbrach ihn sein Kumpel. »Sonst kommt sie nie wieder. Interessieren Sie sich für Brieftauben?«

»Äh … nein, eher nicht«, gab ich ehrlich zu, während sich in meinem Kopf eine Idee festsetzte. Wie wäre es denn, wenn ich Pat und Patachon hier mal unauffällig nach der Schüssler-Knack befragte, während Harry sich mit den Täubchen und ihrem Chef abplagte? »Ich begleite nur meinen Freund.«

»Der war aber nicht bei Ihrem Besuch im ›Elysium‹ dabei«, stellte Boldt fest.

»Nein. Das ist hier eine Ausnahme.« Ich beugte mich zu den beiden alten Knaben hinunter. Irgendwann würde es ja sowieso herauskommen. Dann konnte ich die Information auch jetzt gewinnbringend einsetzen. »Ich arbeite als Privatdetektivin.«

»Nein!« Das kam von Frank. Peter fing vor lauter Aufregung an zu husten. Ich nickte gewichtig, als sei mein Kopf mindestens zentnerschwer von all den geheimen Daten, Verdächtigungen und erfolgreichen Überführungen. Dazu untermalte ich die Vorstellung mit einem satt brummenden zustimmenden Ton.

Frank stach mit dem Zeigefinger nach mir. »Und Sie … also Sie haben Freya im Visier? Weil sie ihn beerbt. Oder ist sie nur eine Zeugin in einem … äh … anderen Fall?«, hauchte er.

»Beides.« Wumm. Manchmal machte es einfach Spaß, voll aufzudrehen, zumal Harrys Linke auffordernd hinter seinem Rücken in meine Richtung zu wedeln begann. Ich ignorierte sie.

»Und dabei wirkt die Frau so normal«, krächzte Hicks fassungslos.

»Und manchmal sogar langweilig«, ergänzte Peter Boldt, der sich wieder gefangen hatte. »Die hat keinen Pfeffer im Hintern. Wir haben uns alle gewundert, weshalb Karl ihr die Millionen hinterlassen hat. Der Junge hatte nämlich Eier. 'tschuldigung.«

»Schon okay«, beruhigte ich ihn. »Hatten die zwei denn was miteinander?«

Franks weißhaariges Haupt wogte hin und her.

»Ich habe nichts gesehen oder gehört. Du, Peter?«

»Nein. Aber das soll nichts heißen. Man kann sich natürlich auch außerhalb des ›Elysium‹ treffen. Da kriegt so leicht keiner etwas mit.«

»Sicher.« Frank schürzte die Lippen. »Aber ich schätze mal, Karl hätte damit angegeben, wenn er sie flach… also, wenn da was zwischen ihnen gewesen wäre.« Peter schwieg nachdenklich. Sein Gesicht war eingefallen und grau.

»Karl Lißner war also kein stiller Genießer?«, fragte ich unschuldig.

»Nee.« Das kam von Frank. Er hatte wirklich so eisblaue Augen wie Daniel Craig, Mr Bond persönlich. »Und ich könnte schwören, dass Freya nichts von dem Testament gewusst hat. Sie war völlig aus dem Häuschen, als sie es erfuhr. Total von der Rolle. Und das war nicht gespielt. Oder, Peter?«

»Nein, würde ich auch nicht sagen. Und Sie sind wirklich Privatdetektivin?« Mein Job schien ihn tierisch zu beeindrucken. Wahrscheinlich sprengte es trotz aller Tatort-Ermittlerinnen immer noch die Vorstellung solch eines alten Knasters, dass nicht nur ein überaus lässig in der Gegend herumstehender

Humphrey Bogart einen Bösewicht zur Strecke bringen konnte, sondern dass auch weibliche Wesen zu denken, zu ermitteln und zu handeln vermochten. Die von ihm ja offenbar so verehrte Gina Lollobrigida entsprach da wohl doch eher seinem Denken.

»Ja, bin ich. Hören Sie, was halten Sie denn von den Todesfällen Maria Glade und Karla von Terheyde?« Wo wir schon dabei waren, konnte eine Frage nicht schaden.

Harry wedelte erneut. Kann man verzweifelt wedeln? Er ja. Doch ich war noch nicht fertig mit meinem Job; er musste also zusehen, wie er zunächst allein mit dem Taubenchef klarkam.

»Da sind Sie dran?«, fragte Frank erschüttert.

»Auch«, erwiderte ich diplomatisch.

Beide Jungs starrten mich an, als sei ich die Wiedergeburt der heiligen Muttergottes. Oder des Satans.

»Sind die denn ... ich meine, die beiden Mädels sind doch im Schlaf gestorben«, wandte Peter Boldt unsicher ein. »Oder etwa nicht? Das hat man uns zumindest erzählt. Im Schlaf. Ganz friedlich.«

»Hemlokk«, ließ sich Harry in diesem Moment ungeduldig vernehmen. Es war also vorbei mit der Wedelei. »Ich möchte dich Herrn Matthiessen vorstellen.« Was zu Deutsch hieß, er kam mittlerweile ums Verrecken nicht weiter. Ich kannte doch das Harry-Schätzchen.

»Jahaa«, zwitscherte ich. »Komme gleich. Einen Augenblick noch.« Ich war fast fertig und beugte mich ein letztes Mal zu den beiden alten Knaben hinab. »Hören Sie, haben Sie Karls Sohn zufällig in letzter Zeit mal im ›Elysium‹ gesehen?«

»Sven heißt er, richtig?« Frank dachte nach. »Nein, ich glaube nicht.« Dann lächelte er mich zaghaft an. »Aber ich hätte den Mann auch nicht erkannt. Ich kenne ihn ja gar nicht. Erst als Karl tot war, hat er die Sachen seines Vaters abgeholt. Also, er hat so ein Unternehmen beauftragt, die Wohnung auszuräumen. Die haben dann alles in einen Container gepfeffert. Er selbst ist mit einer Tasche so groß wie ein Einkaufsstoffbeutel vom Hof gezogen. Viele Erinnerungsstücke hat er also nicht mitgenommen. Na ja, besucht hat er ihn nie.«

»Doch, ein Mal, glaube ich«, korrigierte Boldt ihn. »Da war mal so ein jüngerer Mann, der nach Karl gefragt hat.«

»Wann?«, hakte ich nach.

Boldt kniff die Augen zusammen, hob den Kopf und fixierte einen Fliegenschiss an der Decke. Tja, sich genau an ein Ereignis in den letzten Wochen oder Tagen zu erinnern, kann ziemlich anstrengend sein. Besonders für einen älteren Herrn, der im Zweifelsfall eher weiß, was es vor dreißig Jahren den Samstag vor Pfingsten zum Mittagessen gegeben hat.

»Mhm, warten Sie. Ein paar Tage vor seinem Tod war das, glaube ich. Aber sicher bin ich mir nicht. Sie sollten da vielleicht einmal Gesine fragen. Gesine Meeser. Die ist jetzt zwar krank, aber als sie noch krauchen konnte – also der entging nichts so leicht, wenn Sie verstehen, was ich meine.«

Oh ja, ich verstand ihn ausgezeichnet. Die Frau war das Zentralorgan des Parks. Die hörte das Gras wachsen, der entging nichts. Das war ein guter Tipp.

»Danke«, sagte ich und speicherte den Namen in meinem Hirn ab.

Ob die nette Dame mit der wohlriechenden Tasche, die mir den Weg zu Schüssler-Knack gezeigt hatte, wohl zu dieser Meeser gewollt hatte? Ich meinte mich düster zu erinnern, dass sie von einer Gesine gesprochen hatte, die nichts gegen eine lauwarme Tarte haben würde. Gesine Meeser mit den Anfangsbuchstaben Ge und Me. Hatte Marga bei unserem Funkloch-Telefonat nicht etwas in der Art gerufen? Irgendetwas sähe nicht gut aus, hatte sie noch gebrüllt. Hatte sie besagte Gesine Meeser gemeint und mir lediglich sagen wollen, dass die Frau zwar ernstlich erkrankt, aber noch nicht tot sei? Möglich war's. Ich musste sie bei der nächsten Gelegenheit unbedingt darauf ansprechen.

»Hemlokk!«, rief Harry wieder ungeduldig. »Wo bleibst du denn?«

»Danke, meine Herren«, sagte ich zu dem Duo. Peter und Frank nickten mir ernst und synchron zu.

»Und Sie arbeiten wirklich nur –«

Boldt legte seine Hand auf Hicks Unterarm und brummte ärgerlich.

»Nun lass mal die Deern, Frank. Du siehst doch, dass sie keine Zeit hat. Kümmern Sie sich nicht um den alten Mann.« Boldt lächelte zwar, doch in seinen Augen las ich etwas anderes. Wachsamkeit, ja, genau das war es. Ich wäre allerdings auch im höchsten Maße alarmiert gewesen, wenn man in meinem Wohnquartier offenbar nicht mehr nur starb, weil die Natur es so wollte.

»Das ist Herr Matthiessen«, stellte Harry uns vor, als ich mich neben ihn und den Taubenchef gestellt hatte. »Hanna Hemlokk.«

»Ja«, sagte Herr Matthiessen und nahm mich nicht einmal ansatzweise wahr. »Also, bis zu eintausend Kilometer fliegen die Tiere. Das ist überhaupt kein Problem für sie, weil sie ein großartiges Orientierungsvermögen haben. Die Forschung streitet noch darüber, ob der Geruchssinn dabei eine herausragende Rolle spielt oder nicht. Die einen meinen ja …«

Harry fixierte mich starr und bewegte dabei die Lippen. Ich verstand nicht. Doch. Als er seine Pantomime wiederholte und sein Gesichtsausdruck dabei immer verzweifelter wurde, hätte auch jemand mit erheblichen Sehschwierigkeiten gewusst, was von ihm erwartet wurde: Würg ihn auf eine möglichst nette Art ab, Hemlokk, flehte der Mann an meiner Seite mich an, bitte, bitte, bitte!

Doch just in diesem Moment klingelte mein Handy. Es dauerte eine Weile, bis ich es registrierte. Sollte ich …? Umständlich klaubte ich es aus meiner Hosentasche. Die Nummer auf dem Display verriet mir, dass meine Sülzheimer-Agentin etwas von mir wollte. In einem Anfall von Leichtsinn hatte ich ihr im letzten Herbst meine Nummer gegeben. Och nö.

»… finden die Tauben immer wieder in ihre Schläge zurück. Es ist ein Wunder.« Matthiessen hatte ohne Unterbrechung weitergesprochen.

»Meine Lydia nicht«, ließ sich plötzlich ein uralter Gnom, der mit drei weiteren uralten Gnömen an einem Tisch vor einem Orangensaft und zwei kleinen Pils saß, betrübt vernehmen.

»Ja«, sagte Matthiessen. »Das ist wirklich ein Jammer, Erhard. Aber so etwas kommt vor. Wissen Sie, wir haben uns als Züchter in der Probstei zu einer Reisevereinigung zusammengeschlossen, um die Tiere zum Standort zu bringen. Das ist erheblich preiswerter. Von dem aus fliegen sie dann los. Und –«

»Meine Lydia war immer die Schnellste«, bemerkte der Gnom laut. »Immer die Erste im Schlag. Immer die Siegerin. Und egenköppsch war sie auch.«

Matthiessen bedachte seinen stolzen Vereinskameraden mit einem Ton, der missbilligend und abwehrend zugleich war. Offenbar hielt er nicht viel von Lydias Ausnahmestellung und ihrer Beschreibung als Charakterkopf.

»Vielleicht hat sie jemand aus dem Hinterhalt abgeschossen«, schlug Harry, der Dussel, launig vor. Niemand lachte. »Mitten im Flug. Gerade weil sie immer die Erste war. Wie der FC Bayern im Fußball. Das wird ja auch irgendwann langweilig. Da kochen die Emotionen dann hoch.«

Die Brieftaubenleute starrten ihn stumm an, einschließlich Peter Boldt, Frank Hicks und Theo.

»Na ja«, fuhr Harry gereizt fort, als das Schweigen auf dem Raum lastete wie eine herabgestürzte Betondecke, »das kann doch sein. Da spielen sicher auch Neid, brennender Ehrgeiz und die Taubenzüchter-Ehre eine Rolle. Während Geld«, er ließ seinen Blick für jedermann sichtbar durch den kargen Raum schweifen, »in diesem Sport nicht so das Thema ist, nehme ich mal an.«

Himmel, der Mann steckte wirklich bereits voll im Sensationsmodus und barschelte, was das Zeug hielt. Es fehlte nur noch, dass er das organisierte Verbrechen in die Waagschale warf. Konnte er sein Genervtsein nicht im Dienste der Sache etwas weniger deutlich zur Schau stellen? Das brachte doch nichts. Ich funkelte ihn an, aber die Blitze prallten an ihm ab wie an einem Faradaykäfig.

»Das würde ich so nicht sagen«, ließ sich ein Zwei-Zentner-Mann vom Fenster nach gefühlten eineinhalb Stunden zweifelnd vernehmen. Er sah ungepflegt aus. Ein Friseurbesuch mit einer ordentlichen Prise Shampoo hätte ihm gutgetan. »Geld spielt bei uns schon eine Rolle. Hier geht es nicht um zwei fuffzig, wie Sie zu glauben scheinen, junger Mann. Der Chinese blättert schon ordentlich was hin.«

»Oder der Araber und die Russen«, meinte sein Nachbar, ein zaunbalkendürres Männlein mit einem zu großen Adamsapfel. »Die zahlen Unsummen für echte Renner. Sechsstellig«, hauchte er ehrfürchtig.

»Hunderttausend Eier für eine blö… äh … Taube?«, ächzte Harry ungläubig. »Das glaube ich jetzt nicht.« Er machte sich wirklich keine Freunde heute.

»Können Sie aber«, beschied ihn der Vorsitzende knapp und deutlich verstimmt.

»Aber das sind ja Summen …« Harry wackelte mit dem Kopf. »Da müssen Sie aufpassen, dass sich in Ihrem Verein nicht die russische Mafia breitmacht.« Hatte ich es doch gewusst, dass er damit kommen würde! »Oder irgendein südamerikanisches Kartell. Die gehen ja überall rein, wo es Geld zu holen gibt. Und so als weiteres Standbein neben dem Drogenhandel und den Waffengeschäften …« Er unterdrückte nur mit Mühe ein Lachen. Na ja, die Vorstellung, dass sich hier unter den ganzen biederen Herren ein weltweit operierender Gangsterboss befand, war schon erheiternd. Trotzdem …

»Hemlokk, du solltest das hier also sicherheitshalber alles sehr genau im Auge behalten.«

»Ja, tue ich, Harry.« Und jetzt halt endlich die Klappe, versuchte ich ihm augenrollend nochmals zu verstehen zu geben. Konzentriere dich lieber auf die Taube Lydia. Doch was machte der Knallkopp? Blinzelte launig in meine Richtung. Manchmal stand der Junge wirklich auf der Leitung.

»Die Chinesen, die Araber und die Russen wetten gern«, erklärte Herr Matthiessen mit bierernstem Gesicht. »Deshalb kommen dann schon mal leicht ein paar Euros zusammen. Mit einhunderttausend kommen Sie da nicht aus. B72 war zwar nicht ganz so viel wert, aber für fünfzig oder auch hundert Euro wäre sie keinesfalls über den Tresen gegangen.«

Harry und ich wechselten einen ratlosen Blick. B72?

»Lydia«, erklärte der Gnom. »Ich habe das Tierchen so getauft. Eine Nummer ist so seelenlos. Und ich habe sie gerngehabt, auch wenn sie manchmal schon eisch war. Mir ging es gar nicht ums Geld.« Das glaubte ich ihm aufs Wort, während ich mich insgeheim über die »eische«, also unartige Lydia amüsierte.

»Du meine Güte.« Harry hingegen hatte die hunderttausend immer noch nicht richtig verdaut. »Dann ist Ihre Lydia vielleicht doch von so einer Art Tauben-Camorra gekidnappt worden.« Um seine Mundwinkel herum begann es verdächtig zu zucken. Na ja, ein Vogel mit den Füßen in einem Betonsockel, der dem Grund der Donau entgegenrauschte …

»Oder ein anderes Verbrecher-Syndikat hat sie gepflückt«, phantasierte Harry weiter, dessen Laune sich prächtig erholt hatte. »Es muss ja nicht die Camorra sein; die geht ihren Geschäften vielleicht eher in Neapel und Kampanien nach und nicht in der Probstei. Obwohl … diese Clans operieren mittlerweile bestimmt weltweit. Aber ein stinknormales Bankenkonsortium reicht in diesem Fall auch. Bei diesen Summen tummelt sich bei Ihnen ja bald die gesamte organisierte Unterwelt, wenn Sie nicht aufpassen.«

Himmelherrgott, Harry! Ich funkelte ihn erneut an. Gut, er nahm die Männer mit ihrem Hobby nicht ernst, weil er gerade heftig mit scheinbar Größerem und Wichtigerem beschäftigt war, aber deshalb musste er sich nicht gleich zum Horst machen.

»Das ist doch alles barer Unsinn«, nahm der Vorsitzende entschlossen das Heft wieder in die Hand. »Das Verschwinden von B72 hat eine ganz natürliche Ursache. Es –«

»Oh, das würde ich so nicht sagen«, fiel Harry ihm heiter ins Wort. »Bei diesen Summen kann es doch nun wirklich sein, nein, es ist sogar weitaus wahrscheinlicher, dass –«

Mein Handy bimmelte erneut. Nanu, schon wieder meine Agentin. Es musste also, schloss die Detektivin in mir daraus, wichtig sein. So hartnäckig war sie sonst nie. Vielleicht ein Angebot aus Hollywood? Schreiben Sie uns doch einmal rasch ein Drehbuch für einen Blockbuster mit Rollen für Jennifer

Aniston, George Clooney, Matt Damon, Helen Mirren, Julia Roberts und Leonardo DiCaprio. Garantierte Gage eine Million. Du liebe Güte, jetzt fing ich auch noch an zu schnackeln. Das musste an den teuren Tauben liegen.

»'tschuldigung«, sagte ich laut in die Runde und leiser ins Mikrofon: »Ja?«

»Frau Hemlokk, ich grüße Sie«, hörte ich meine Agentin mit Nachdruck in der Stimme sagen. »Wie geht es Ihnen?«

»Äh … gut. Danke der Nachfrage. Aber der neue Arztroman ist noch nicht fertig.«

Sie perlte ausgiebig, sodass sich unweigerlich Matthiessens Stimme mit ihrem Gezwitscher vermengte.

»… schaffen die Tiere über zweitausend Meter pro Minute, was einem Tempo von mehr als einhundert Ka-em-ha entspricht.«

»Deshalb rufe ich Sie gewiss nicht an.«

»Wie bitte?«, sagte ich.

»Störe ich?«

»Äh … ja«, gab ich zu.

Matthiessen ließ sich von alldem nicht beirren. An Harrys nunmehr wieder genervtem Gesichtsausdruck sah ich, dass sein Gegenüber erneut in einen Monolog verfallen war.

»Gut, dann mache ich es schnell. Alsooo …« Julia Schiebrecht, gefühlte dreißig Jahre jünger als ich und ständig voller Elan und neuer Pläne, neigte zur Spannungssteigerung. Das war mir schon bei früheren Gesprächen aufgefallen. Wenn ich zu Hause gewesen wäre, hätte ich jetzt angefangen, in der Schnur meines schon aus diesem Grund nicht ausgetauschten Uralt-Telefons zu ringeln. Das tue ich ja immer, wenn ich nervös oder angespannt bin, wenn mich etwas besonders beschäftigt, ich nicht ganz bei der Sache bin oder auch so. Nein, schon deshalb kommt mir etwas Drahtloses nicht in meine Villa.

»Läuft heute alles über GPS«, hörte ich den Vorsitzenden sagen. »Das war früher anders.«

»Faszinierend«, murmelte Harry tödlich gelangweilt. »Das ist ja hier wie bei der Formel 1. Ich meine, da geht es auch um das ganz große Geld und die irren Geschwindigkeiten. Kein Wunder, dass Lydia ...«

»... sind diese Geschichten der letzte Schrei, wie die aktuellen Umfragen ergeben haben, und ab-so-lut verkäuflich«, drang die Stimme meiner Agentin an mein Ohr.

Mist, ich hatte keine Ahnung, wovon sie redete, weil ich einen Moment abgelenkt gewesen war.

»Welche Geschichten?«, flüsterte ich.

»Na, die sogenannten wahren Geschichten, von denen ich soeben sprach«, wiederholte die Schiebrecht, wobei sich in ihre Stimme verständlicherweise ein ungeduldiger Unterton einschlich. »Die sind, wie gesagt, momentan der Renner auf dem Markt.«

Bei dem Wort »Renner« machte es irgendwie Klick in meinem Kopf.

»Geht es da auch um Millionen, von denen man als Normalbürger überhaupt nichts ahnt?«, fragte ich sie. Sie perlte erneut. Dieses Mal konnte man es einen echten Heiterkeitsausbruch nennen.

»Na ja, Millionen vielleicht jetzt nicht. Also nicht für die Autoren, meine ich. Aber für die Verlage schon.«

»Das war ein Scherz«, beruhigte ich sie.

Harry fuchtelte derweil mit den Armen. Ob er etwa schon wieder eine Komplott-und-Konspiration-Theorie zum Besten gab? Die arme Lydia. Und ihr noch ärmerer Ex-Besitzer.

»Diese Storys sind in der ersten Person verfasst. Da schreibt keiner über jemanden oder erzählt eine Geschichte, nein, da klagt eine Frau selbst ihr Leid und spricht so die Leserin ganz direkt an. Intimer, als beichte sie ihrer besten Freundin, die bei einer guten Tasse Kaffee zuhört, ihre tiefsten Geheimnisse.«

»Mhm«, machte ich skeptisch. Sympathisch war mir das nicht.

»Ach, das ist nicht weiter schwer«, zwitscherte sie, mein Unbehagen missinterpretierend. »Das ist ein Klacks für eine versierte Schreiberin wie Sie. Denn es geht dabei selbstverständlich auch nur um die allgegenwärtigen Frauenprobleme: zu dick, zu dünn, die Schwiegermutter, Ärger im Job, das Kind nimmt Drogen oder ist hochbegabt, der Mann geht fremd. Na, Sie wissen schon. Daraus basteln Sie etwas zusammen, rühren um und voilà, fertig ist die Geschichte in der Ich-Form. Und dann gibt es so unten links oder rechts einen kleinen grauen Kasten, in dem der Psychologe zu alldem etwas sagt. Also, den gibt es natürlich nicht in echt, das wäre viel zu teuer, den Kasten schreiben Sie auch gleich mit. Das wird super bezahlt. Was sagen Sie dazu?«

»Nein«, sagte ich instinktiv. Am anderen Ende der Leitung herrschte Schweigen.

»… ist natürlich die Zucht wichtig«, erklärte Matthiessen gerade. »Und die Pflege. Unsere Tiere sind Spitzensportler. Deshalb bekommen sie auch vor dem Wettkampf eine fett- und kohlehydrathaltige Kost und danach eiweißreiches Futter und Vitamine.«

»Lydia bekam immer ein Extra-Leckerli, wenn sie wieder da war«, bemerkte der Gnom traurig. »Sie freute sich richtig darauf. Das hab ich ihr angemerkt.«

»Ist sie denn ordnungsgemäß gestartet?«, fragte Harry in die Runde. Niemand beachtete mich. Ob er die Story an dem tragischen Schicksal der schnellen Lydia aufhängen wollte?

»Hallo, Frau Hemlokk, sind Sie noch dran? Die Verbindung ist so schlecht.«

»Ja«, sagten der Gnom und ich.

»Wann kann ich mit der ersten Geschichte rechnen?« Wie gesagt, Julia Schiebrecht war von der dynamischen Sorte.

»Aber so eine gesunde Taube fällt doch nicht einfach vom Himmel«, meinte Harry. Ich tat meine Zustimmung zu dieser These kund, indem ich bekräftigend nickte. Genauso wenig wie ein Schmalzheimer oder eine Fake-Geschichte in Ich-Form. »Also ist doch die Frage: Wer wollte Lydia Böses? Wer hat sie runtergeholt? Wie hat er das gemacht? Und warum?«

Dabei zwinkerte er mir zu wie ein schlechter Clown, was den Herren nicht entging. Harry übertrieb wirklich schamlos, fand ich. Außerdem tat mir der Gnom leid.

Doch ehe ich einschreiten konnte, quakte es aus meinem Handy: »Frau Hemlokk?«

»Ja. Entschuldigung. Ich bin hier gerade bei … äh … Lydia. Die Arme hat ein trauriges Schicksal. Also höchstwahrscheinlich. Hören Sie, ich fürchte, ich möchte das nicht machen. Aber ich denke noch einmal darüber nach.« Mein Bauchgefühl funkte in dieser Hinsicht völlig unmissverständliche Warnsignale. Es riet mir allerdings auch, meine Agentin besser nicht ohne Not und so mir nichts, dir nichts vor den Kopf zu schlagen.

»Wie bitte?« Schiebrecht klang ehrlich verblüfft.

»Schauen Sie«, ich rang nach Formulierungen, die meine spontane Empfindung in Worte fasste, »es ist tatsächlich so, ich halte das für irgendwie … unehrlich. Erst erfinde ich ein Problem, und dann tue ich so, als ob das in einem kleinen Kästchen und ohne richtige Ahnung zu lösen wäre. Wenn jemand das nun für bare Münze nimmt, ist das doch … Beschiss.«

»Beschiss?«, echote sie hörbar indigniert, dann herrschte Schweigen in der Leitung. So tief wie der Marianengraben. »Es wird aber gut bezahlt«, erinnerte sie mich schließlich hilflos. »Sehr gut sogar.«

»Das glaube ich Ihnen ja. Und ich könnte das Geld auch wirklich wunderbar gebrauchen und finde es toll, dass Sie sich so viele Gedanken um mich machen.« Honig um den Bart, Hemlokk, zentnerweise Honig, das milderte den Schlag vielleicht auf ein erträgliches Maß ab, einmal abgesehen davon, dass sie durch meine Weigerung natürlich ebenfalls Geld verlor und da eine weitere Krux lag. »Trotzdem möchte ich so etwas nicht machen.«

»Aber heutzutage coacht doch wirklich jeder jeden; ohne jegliche Ausbildung und ohne irgendwelche fachspezifischen Kenntnisse«, wandte sie hörbar konsterniert ein. »Und dies ist doch nichts anderes, nur schriftlich. Es gibt schließlich mittlerweile Beziehungscoaches, Selbst-sein-Coaches, Souling-Coaches, Coaches für die Röntgenblick-Methode. Das ist doch gang und gäbe.«

»Hier nicht.«

Sie betrieb ihre Agentur in Hamburg. Wir hier in Bokau waren da eher bodenständigerer Natur. Wir optimierten uns nicht auf Teufel komm raus selbst und schnackten eher mit Freunden und über den Gartenzaun, wenn es ein Problem gab, statt uns in die Hände eines wie auch immer gearteten Coaches zu begeben.

»Aber Sie denken sich auch Liebesgeschichten aus.« Eine derartige Weigerung war ihr hörbar noch nie untergekommen. Sie klang verschnupft bis piesepampelig. Ich überlegte kurz.

»Ja, das tue ich.« Matthiessen redete derweil mit Händen und Füßen auf Harry ein, als gäbe es kein Morgen. »Allerdings ist das etwas anderes. Da weiß jeder, dass das ein Märchen ist. Aber bei diesen Ich-leide-unter-meiner-bösen-Schwiegermutter-und-bin-so-verzweifelt-weil-mein-Mann-auf Bohnenstangen-steht-Dingern würde ich so tun, als ob richtige Probleme tatsächlich zwischen Abnehmtipps und Sahnetortenrezepten zu lösen sind. Und das sind manche eben nicht.«

Da hatte ich es endlich, das war das in Worte gefasste Argument meines Bauchgefühls. War ich zu deutlich geworden? Egal. Jetzt war sie dran. Ich entspannte mich.

»Und da wurde Lydia vielleicht von Google durch eine Drohne geklaut. Zur sicheren Übermittlung hochgeheimer Daten«, bemerkte Harry in die Stille am anderen Ende der Leitung hinein. »Jetzt fliegt sie vielleicht schon als Kuriertaube zwischen Singapur und New York hin und her. Im Tauben-Linien-Verkehr.« Er krönte den Witz mit einem schallenden Lachen. Theo und die anderen Männer verzogen keine Miene.

»Ich finde Ihre Haltung ein wenig übertrieben und grundfalsch, wenn Sie mir diese Ehrlichkeit gestatten«, bemerkte meine Agentin spitz. »Da ist das letzte Wort noch nicht gesprochen. Denken Sie bitte noch einmal in Ruhe über mein Angebot nach.« Ende.

Verdutzt schaute ich erst auf mein Smartphone, dann in die Runde, denn Peter Boldt und Frank Hicks hatten sich jetzt zu Theo, Herrn Matthiessen und Harry gestellt. Die Stimmung zwischen den Männern schien angespannt, was bei Harrys Geläster natürlich kein Wunder war.

»Junger Mann«, donnerte Peter, der Lollo-Fan, da auch schon. »Sie brauchen hier keine solche Show abzuziehen oder in blödsinnigen Verschwörungstheorien zu machen. Ein grundlegendes Wissen in Biologie reicht.« Er hielt Harry die Faust mit abstehendem Daumen unter die Nase. »Punkt eins: Lydias Heimfindeverhalten war hervorragend.« Der Zeigefinger fuhr heraus. »Punkt zwei: Sie ist unter Zeugen gestartet. Da wissen wir als Züchter natürlich, was passiert ist. Der Habicht oder der Wanderfalke haben sie geholt.«

Touché! Harry sah in diesem Moment herrlich belämmert aus.

»Was meinen Sie denn, weshalb wir unsere Wettkämpfe im Frühjahr stattfinden lassen?«, assistierte Boldts Kumpel Hicks aggressiv. »Und nicht zwischen September und März? Weil im Frühjahr Brutzeit ist und die Greifvögel auf ihren Nestern sitzen und mausern. Da ist die Gefahr, dass eine Taube nicht wiederkommt, sehr viel geringer.« So einfach war das also. Und was das schöne Wort »Heimfindeverhalten« betraf, speicherte ich es hurtig in meinem Hirn ab. Wer weiß, wozu ich es noch einmal brauchen konnte!

FÜNF

Nein, auch nach allerruhigster Überlegung und einer gemütlichen Nacht bei pladderndem Regen im Bett unter einer oberkuscheligen Decke, ich würde keine problembehafteten Romane in der ersten Person mit integrierter Grau-Kasten-Lösung schreiben. Ich nicht. Klookschieter-Storys würde Bauer Plattmann sie kurz und bündig nennen. Denn genau das waren sie: Klugscheißer-Geschichten ohne einen wie auch immer gearteten fundierten Hintergrund. Das war einfach nicht mein Ding, ganz zu schweigen von den Kommentaren, die ich von Marga bei dieser Sache zu erwarten hätte. Fauler Zauber, Nepp und Beschiss wäre da noch das Netteste, was ihr einfallen würde.

Stattdessen versuchte es Vivian am nächsten Morgen frisch und ausgeruht mit einem sogenannten Ladykrimi. In so einem Ding geht es um Spannung, gekoppelt mit einer gehörigen Portion Liebe oder zumindest Beziehungskuddelmuddel. Ich hatte so etwas noch nie geschrieben, doch die Storys liefen ebenfalls gut, wie mir meine Agentin in den letzten Monaten immer wieder versichert hatte. Bislang hatte ich mich da noch nicht herangewagt; ich weiß auch nicht, wieso. Vielleicht weil ich beruflich so viel mit Kriminalfällen zu tun hatte? Doch nun sollte es sein. Es war ein guter Kompromiss, fand ich. Also:

… brauste »Edwin«, der dritte Frühjahrssturm dieses furchtbaren und grausamen Jahres, wie ein Irrwisch über das kleine, im äußersten Zipfel der Grafschaft Cornwall gelegene Dorf St. Patrick hinweg, rüttelte seit Stunden heulend an den windschiefen Dächern und brachte die Fensterläden zum Klappern. Camilla, die im Wohnzimmer ihres behaglichen Häuschens blicklos und verstört in den erloschenen Kamin gestarrt hatte, lauschte mit angehaltenem Atem. Es war so laut, als ginge die Welt unter. Fast hätte sie gelacht. Denn genau das tat sie ja, zumindest ihre Welt existierte nicht mehr, wie sie sie gekannt und geliebt hatte. Und sie ganz allein war schuld. Doch halt!

Sie zuckte erschrocken zusammen. War da nicht ein leises Geräusch, das dort nicht hingehörte und nichts mit den grausamen Naturgewalten zu tun hatte? Jetzt meinte sie sogar, das Tappen leiser Schritte auf dem Flur zu hören. Und sie war doch mutterseelenallein im Haus!

»Oh Richard«, flüsterte sie mit kaum hörbarer Stimme und rang voller Angst die Hände. »Weshalb bist du nur gegangen und hast mich hier alleingelassen?«

Da. Schwere Schritte kamen unüberhörbar näher. Camillas Hals war so trocken wie eine Dörrfeige. Kein Ton entwich ihren bleichen Lippen. Dabei wusste sie es doch ganz genau: Richard hatte sie verlassen, weil sie ihn mit ihrer maßlosen unbegründeten Eifersucht aus dem Haus getrieben hatte. Sie sah immer noch sein bleiches verhärmtes Gesicht vor sich, als er gegangen war. Gelähmt vor Furcht, starrte Camilla auf die Türklinke, die sich nun langsam senkte. Richard? Bei dem Gedanken machte ihr Herz unwillkürlich einen gewaltigen Satz. Oh ja, bitte, lieber Gott, lass es mein über alles geliebter Richard sein. Sie sprang auf und wollte sich ihm schon mit einem glückseligen Schrei entgegenwerfen, als die Tür ganz aufschwang und den Blick auf den Eindringling freigab. Unwillkürlich entfuhr Camilla ein lautes Stöhnen.

Nein, es flutschte nicht. »Ein Hals so trocken wie eine Dörrfeige« gehörte weder in einen Schmalzheimer noch in einen Ladykrimi. Diese blöden Klookschieter-Storys gingen mir ums Verrecken nicht aus dem Kopf. Stellte ich mich vielleicht doch an? Meine Agentin meinte das ja. Aber die hätte auch ihre Mutter an einen hungrigen Eisbären verkloppt, wenn er nur genug geboten hätte. Und mit Marga und Harry war darüber nicht zu reden. Marga hätte sich, wie gesagt, lediglich an die Stirn getippt und »sowieso alles Schwachsinn« geblökt, »verkleistert nur die Rübe«; Harry hätte mir zugeraten.

Seit er im Internet für seine Single-Anmach-Börse »Mr & Mrs Right« tätig war und ein aufgemotztes Profil nach dem nächsten erstellte, war seine Hemmschwelle in solchen Dingen deutlich gesunken. Außerdem fühlte er sich momentan ja zu

Höherem berufen, was er gestern bei den Brieftaubenfreunden mit seinen blöden Bemerkungen und dem überflüssigen Verschwörung-wohin-das-Auge-blickt-Gelaber auf das Schönste demonstriert hatte. Als wir wieder vor dem Haupthaus standen, hatten wir uns daher in beiderseitigem Einvernehmen weitgehend wortlos voneinander verabschiedet. Ein gemeinsames Essen oder auch mehr hätte nichts gebracht. Ich hätte ihn nur angepampt wegen dieser unprofessionellen Vorstellung, er hätte so getan, als wüsste er gar nicht, wovon ich redete. Es war nicht das erste Mal, dass ich froh war über meine Villa, die ich ganz allein bewohnte.

Nein, in dieser Hinsicht blieb nur eine Person, mit der ich über das Thema sprechen konnte: meine Mutter. Unser Verhältnis war nicht immer rosig gewesen – um ehrlich zu sein, hatten unsere Gespräche jahrelang nur um meine alte Schulkameradin Dorle Bruhaupt und ihr verkorkstes Leben gekreist, um die Sendepause zwischen uns zu übertünchen –, aber die Zeiten waren vorbei, der Grundgütigen sei Dank. Ich griff zum Telefon.

Traute meldete sich beim dritten Klingeln. Sie saß also am Computer, was das dezente Klackern im Hintergrund bestätigte. Sie tippte irgendetwas auf der Tastatur.

»Ist es wichtig, was du da gerade machst?«, erkundigte ich mich routinemäßig.

Meine Mutter hatte sich schon vor Monaten, nein inzwischen waren es wohl bereits Jahre, quasi aus dieser Welt verabschiedet und lebte jetzt hauptsächlich in der virtuellen. Mit Computern, dem Netz und Social Media kannte sie sich bestens aus. Da machte ihr niemand so leicht etwas vor; sie toppte jede normal begabte Zwanzigjährige locker.

»Ja, das kann man so sagen. Ich informiere mich über Big Data. Diese Datenmengen, die da über das Netz reinkommen … Also, das ist langsam richtig gruselig. Der Mensch wird gläsern, und niemand zieht die Reißleine.« Das Tippen hatte aufgehört. »Alle sagen nur ja, ja, was soll schon passieren, und die Staaten hinken sowieso meilenweit hinterher mit der Gesetzgebung, und so spähen dich Facebook und Co. mühelos komplett aus.

Die wissen dadurch, was für ein Müsli du isst und welches Klopapier du benutzt. Und du hilfst ihnen auch noch dabei, indem du dich im Netz tummelst und so Spuren über Spuren hinterlässt. Da kannst du Margas dreckige Meere als Aufreger komplett vergessen. Aber das würde sie natürlich nie zugeben, weil sie einfach keine Ahnung hat. Nein, das entscheidende Thema der Zukunft wird Big Data sein, wenn wir die Big Four nicht in den Griff bekommen.«

Ich schwieg. Um Nashorn, Elefant, Löwe und Leopard handelte es sich dabei bestimmt nicht.

»Facebook, Amazon, Google und Apple«, zählte Mutti auch schon grimmig auf. »Das sind alles Datenkraken von einem Ausmaß … furchtbar.« Sie war eindeutig in ihrem Element, klang lebhaft und so gar nicht rentnermäßig gedimmt oder nach Muss-ja-Fraktion. Wahrscheinlich trug sie ihre neue blaue Bluse, von der sie mir bei unserem letzten Telefongespräch erzählt hatte.

Ich gönnte ihr die Leidenschaft von Herzen, obwohl sie mir manchmal auf die Nerven ging. So wie jetzt.

»Geht's dir und Papa gut?«, fragte ich höflich.

Sie stutzte. Ich konnte es durch die Leitung hören.

»Ja, natürlich. Machst du dir etwa Sorgen um uns? Das brauchst du nicht. Wir kommen gut zurecht. Aber stell dir doch bloß einmal vor, Hanna, Facebook hat eins Komma vier Milliarden Nutzer täglich, fünfhundert Milliarden Emojis werden da pro Jahr verschickt, und mehr als eine Billion Likes kommen insgesamt zusammen. Wenn du diesen Datensalat richtig auswertest, kannst du im Nullkommanichts Hinweise der Nutzer aufs Geschlecht, auf die sexuelle Orientierung, die Religion oder den Charakter ausmachen, ganz zu schweigen von den Konsumvorlieben. Das geht doch nicht. Das muss man kontrollieren. Sonst werden diese Daten verkauft. An die Richtigen und an die Falschen, wobei es die Richtigen wohl gar nicht mehr gibt.«

»Ja.« Ich schwieg erneut. Das war ein Riesenthema, zugegeben. Aber im Moment war es einfach nicht meins.

»Was ist los, Hanna?«

Angesichts der Dimension von Muttis Problemen kam mir meins geradezu piefig vor, trotzdem erzählte ich es ihr. Sie musste nicht lange überlegen. Die Idee, einen Ladykrimi als Kompromisslösung anzubieten, fand sie gut. Denn wenn ich mit diesen angeblich aus dem Leben gegriffenen Pseudo-Geschichten samt integrierter Scheinlösung meine Schwierigkeiten hätte, was sie gut verstehen könne, sollte ich die Finger davon lassen. Immer nur mit einem schlechten Gewissen am PC zu hocken, halte ja die versierteste Autorin nicht aus. Selbst im Schmalzheimer-Gewerbe würden Überzeugungen gelten, das müsse meine Agentin doch einsehen.

Tat sie höchstwahrscheinlich nicht, aber die Bemerkung verkniff ich mir. Sie, Traute, bereite jedenfalls just aus diesem Grund gerade eine Petition an den Bundestag, die Landtage, sämtliche Abgeordnete in beiden Kammern sowie an die Bundes- und Landesregierungen vor, in der sie die Gefahren von Big Data minutiös und für jeden Trottel nachvollziehbar aufliste. Es sei eine Heidenarbeit, und Marga Schölljahn – die beiden waren seit einer gemeinsamen Aktion befreundet – könne ihr Engagement überhaupt nicht nachvollziehen. Ja, Marga sei offenbar richtig verschnupft, dass sie nicht mehr unbegrenzte Zeit für die Parteiarbeit bei DePP habe oder mit ihr eine neue Aktion zum Schutz der Meere aushecke. Deshalb suche sie jetzt wohl auch nach neuen Partnern in »diesem Park für Olle«, wie Mutti das »Elysium« despektierlich nannte.

Ich hörte ihrem Lamento noch ungefähr fünf Minuten zu und ringelte dabei in der Telefonschnur. Wir schieden in bestem Einvernehmen.

Anschließend laborierte Vivian noch eine Weile an unserem Ladykrimi herum, aber irgendwie fehlte der Drive. Es wurde zwar immer gespenstischer im beschaulichen St. Patrick, gar schröckliche Böen knatterten durch die kahlen Äste des gesamten im Park befindlichen Baumbestandes, aber aus unerklärlichen Gründen wollte uns beiden momentan ums Verrecken nicht einfallen, wer denn nun der unheimliche Eindringling an der Klinke sein könnte: der überaus attraktive Nachbar? Ein alter Lover, der überraschend hereinschaute? Der Gärtner? Ein einsamer Wanderer, der um ein Schluck Wasser bat und die grünsten Augen auf diesem Planeten sein Eigen nannte? Oder doch der kürzlich enteilte Richard?

Ach, vergiss es für heute, Vivian!

Ich drehte dem Computer den Saft ab, schickte die LaRoche in die Wüste und machte mich auf den Weg ins »Elysium«. Mein Ziel war die Haupterbin und Amigurumi-Spezialistin Schüssler-Knack, die ich mit Sven Lißners Behauptung, kurz vor dem Tod seines Vaters keinesfalls im Wohnpark gewesen zu sein, konfrontieren wollte. Denn auf die überaus vagen Erinnerungen der beiden Taubenfreunde Hicks und Boldt gab ich nicht viel. Und auf die noch weitaus vageren Verdächte von Marga, was Maria Glade und Karla von Terheyde betraf, auch nicht. Denn wenn es tatsächlich so dramatisch wäre, wie sie stets tat, dann hätte sie doch wohl zurückgerufen. Oder wäre vorbeigekommen. War sie aber nicht. Es war wirklich ein Jammer, dass die Info-Börse des »Elysium«, diese Gesine Meeser, von der Marga höchstwahrscheinlich als »Ge Me« gesprochen hatte, ausgerechnet jetzt krank darniederlag und nicht vernommen werden konnte. Solche Leute gehören zwar nicht zu den sympathischsten Nachbarn, aber sie sind Gold wert, wenn man auf informelle Informationen angewiesen ist. Denen entgeht nichts; kein verräterisches Husten, keine neue Liebelei, keine seltsame Abwesenheit. Na ja, sie würde sich schon wieder berappeln, sonst hätten Boldt und Hicks etwas angedeutet. Und dann würde ich auf ihrer Matte stehen. Es wäre allerdings hilfreich zu wissen, ob Marga in diesem Fall offenkundig maßlos übertrieben hatte. Von wegen »sieht schlecht aus« und »ist bald nicht mehr« oder so ähnlich.

Aus dem Flüchtlingsheim drang Babygeschrei, als ich mit dem Rad vorbeifuhr. Es wehte zwar ein ordentlicher Wind wie eigentlich fast immer hier im hohen Norden, aber es war trocken. Deshalb hatte ich beschlossen, etwas für die Fitness zu tun und das Auto stehen zu lassen. Ich lauschte voller Interesse, hatte ich doch letztens gelesen, dass bereits die ganz Lütten in Melodie und Rhythmus unterschiedlich schreien, weil sie schon im Mutterleib die Sprache ihrer Umgebung hören. Mhm, klang das Gequäke nun arabisch? Oder kurdisch? Es klang laut und quengelig, zumindest daran gab es keinen Zweifel.

Ich sauste weiter, bis ich vor dem schweren geschlossenen Tor des Wohnparks zum Stehen kam. Kurz schaute ich mich um. Doch dieses Mal war kein Müllwagen in Sicht. Außerdem wollte ich mir keinen unnötigen Ärger mit dem Wachmännchen einhandeln, deshalb klingelte ich artig. Prompt summte die Fußgängertür, und ich drückte sie auf. Der Matrosen-General schoss aus dem Häuschen und deutete ohne ein Wort des Grußes auf mein Velo.

»Radfahren ist nicht erlaubt. Sie müssen schieben.«

»Oh, ist das zu hektisch für Ihre Insassen? Und hallo, Ihnen auch einen schönen Tag. Was für ein Superwetter heute, was?« Der Mann ging mir einfach nur auf die Nerven, und ich konnte ihn mir immer müheloser als Meuchelmörder vorstellen, der Gift in welke Arme injizierte und Kissen auf rissige Lippen drückte.

»Ich habe die Regeln nicht gemacht.« Er zeigte seine Zahnlücke. »Und das Wort ›Insassen‹ mögen wir hier im ›Elysium‹ gar nicht. Das erinnert an ein Gefängnis. Oder an eine Klinik. Beides sind wir nicht. Deshalb bevorzugen wir den Begriff ›Klienten‹. Oder ›Mieter‹.«

Ich hatte keinen Nerv, mich auf derlei Wortspiele einzulassen. Und ich hatte ebenfalls keinen Nerv auf ihn und darauf, mit Fragen nach Karla von Terheyde und Maria Glade Nebelkerzen zu zünden. Denn mehr würde es nicht sein, bevor ich nicht endlich mit Marga gesprochen hatte, um zu hören, ob ihrem Verdacht vielleicht doch nicht nur Hysterie, sondern darüber hinaus auch etwas Handfesteres zugrunde lag.

»Ich will noch einmal zu der Schüssler-Knack«, teilte ich ihm daher schnörkellos mit.

Er überlegte offenbar kurz, ob er mir die Bitte abschlagen konnte, dann winkte er mich jedoch mit der Hand durch. Ich wollte schon seine Anweisung ignorieren und trotzig wie ein kleines Kind aufs Rad steigen, als er sich mit Feuer in den Augen vorbeugte.

»Ihre Freundin Marga ist schon da. Ist vor einer Stunde gekommen. Was für ein Weib!« Er seufzte tief und theatralisch. Der Ton entfleuchte hörbar aus dem Inneren seiner Seele. Dann räusperte er sich mehrmals, bevor er in verschwörerischem Tonfall raunte: »Sagen Sie, ist sie irgendwie gebunden?«

»Marga?«, erwiderte ich perplex.

»Marga«, sagte er, hob die Rechte zu den Lippen und küsste enthusiastisch seine Fingerkuppen.

Grundgütige! Ich starrte ihn verdutzt an.

»Na ja«, stotterte ich. Um ehrlich zu sein, hatte ich keine Ahnung, wie es momentan um meine Freundin und Theo stand. *Er* hatte ja seine Brieftauben, *sie* fand die blöd, langweilig und spießig. Aber steuerten die beiden deshalb gleich auf eine Trennung zu? Und fand Marga diesen Türsteher auch nur ansatzweise interessant? Njet. Vorstellen konnte ich mir das nicht. »Da fragen Sie sie lieber selbst.«

Sprach's, schwang mich auf den Sattel und brauste gegen alle Regeln los.

»Halt«, brüllte er hinter mir her. »Sie dürfen hier nicht …«

Ich scherte mich nicht um ihn, sondern bog rasch um eine Ecke in den Pott-un-Pann-Wech ein. Dort stieg ich – wohlerzogen, wie ich nun einmal war – ab. Es war ein kurzes Vergnügen gewesen, doch ich wollte keinen nachhaltigen Ärger, der zweifellos meine Ermittlungen erschweren würde. Also schob ich an den bonscherfarbenen Scheibenhäusern mit ihren Terrassen, Balkons und Wintergärten vorbei bis zur nächsten Kreuzung. Dort hielt ich mich links. Wenn mein Orientierungssinn keine Macken hatte, mussten in dieser Richtung der zentrale Marktplatz und das Gemeinschaftshaus liegen. Dort würde ich Marga bestimmt antreffen, denn etwaiges Publikum war da zweifellos am zahlreichsten, um flammenden Reden über die Verschmutzung der Meere vornehmlich mit Plastikmüll zu lauschen oder – ganz altersgerecht – etwas über die gefährlichen

Reste all der Pillen zu hören, die wir medizinisch so top versorgten Menschen in den hoch industrialisierten Ländern der Welt gerade im fortgeschrittenen Alter tagtäglich tonnenweise schlucken und entsprechend verdauen. Denn die Frage wurde immer drängender, hatte Marga Harry, Johannes und mir an einem der langen Winterabende bei Grünkohl und anschließendem Glühwein mit heiligem Ernst erzählt, wie sich all die ausgepieselten Überbleibsel der Blutdrucksenker, Vitaminpräparate, Cholesterinpillen und Diabetestabletten auf den Hering auswirkten. Oder auf die Ohrenqualle, die trotz ihres Namens bisher gar nicht über solche verfügt. Wuchsen den armen Viechern in Zukunft vielleicht tatsächlich echte Horchorgane von all der Chemie? Oder verlangsamte sich ihr Herzschlag dermaßen, dass sie alsbald kieloben trieben?

Ich bog raschen Schrittes auf den Leckertung-Platz ein, als ich tatsächlich Marga und die Frau, die mir bei meinem ersten Besuch den Weg zu der Schüssler-Knack gewiesen hatte, auf der Golden-Gate-Version von Wohnparkbrücke erspähte. Zwischen ihnen hopste ein Mädchen mit nussbrauner Hautfarbe und kräftigen schwarzen Zöpfen, die von knallroten Schleifen gebändigt wurden. Die Kleine war ungefähr sieben, trug einen roséfarbenen Pullover, silberne Schuhe und schwarze Leggings.

»Schätzelchen«, rief Marga erfreut, als sie mich sah. »Was machst du denn …? Ach so.« Sie schenkte mir einen beziehungsreichen Blick der Marke: nicht vor dem Kind.

»Genau«, sagte ich laut und schob mein Rad auf die kleine Gruppe zu. »Deshalb bin ich hier.«

»Das ist Sandrine«, stellte Marga ihre Begleiterin vor.

»Hallo«, grüßte ich. »Wir kennen uns ja schon. Hanna Hemlokk.«

»Sandrine Übich.«

Wir schüttelten uns die Hände. Ich schnupperte unauffällig. Ja, die Frau war Raucherin, ich hatte mich bei unserer ersten Begegnung nicht getäuscht. Seit dem Eindampfungsverbot in öffentlichen Gebäuden und Restaurants war ich in dieser Hinsicht viel sensibler geworden. Früher hatte mich der Geruch von kaltem Zigarettenqualm nicht gestört. Jetzt schon. Ich wollte mich gerade dem Kind zuwenden, doch Marga beanspruchte sofort meine Aufmerksamkeit.

»Sandrine erwägt, DePP beizutreten und sich an der nächsten Aktion zu beteiligen.« Bei diesen Worten fing sie an zu strahlen wie ein Honigkuchenpferd. Dann wurde ihr Gesicht wieder ernst. »Deine Mutter hat ja keine Zeit mehr für uns. Aber Sandrine ist ganz meiner Meinung, was den Schutz der Meere angeht.«

Ich lächelte unverbindlich. Sandrine – was für ein Name! Aus welchem Grund hatten die Eltern der armen Frau wohl das angetan? War das Kind vielleicht nicht gewünscht gewesen, oder hieß so eine Großtante mit viel Geld?

»Sicher«, stimmte die neue Mitkämpferin zu. Es klang allerdings nicht nach Feuereifer, fand ich. »Und dies ist Ayasha.« Damit legte die Übich dem Mädchen beide Hände auf die schmalen Schultern und schob es in meine Richtung. Es war eine ausgesprochen liebevolle Geste.

»Hallo, Ayasha«, sagte ich freundlich.

»Moin ... äh ...« Sie verstummte. In den tiefbraunen Augen las ich Ratlosigkeit und Unsicherheit.

»Hanna«, kam ich ihr zur Hilfe. »Einfach Hanna.«

»Ayasha und ich haben uns beim Sprachunterricht und bei den Spieleabenden drüben im Heim kennengelernt«, erklärte Sandrine Übich, während das Entenpaar unter uns ungeduldig hin und her schwamm und schnatterte, um uns daran zu erinnern, dass wir nicht nur dumm herumstehen sollten, sondern gefälligst ein paar Brotkrümel fallen lassen könnten. »Und jetzt besucht sie mich manchmal.«

»Das ist aber nett«, stellte ich anerkennend fest. »Dafür würde ich gern ein Eis spendieren.« Marga hatte ja recht. Eine mögliche Morduntersuchung führte man nicht in Anwesenheit eines Kindes.

»Au ja«, juchzte Ayasha. Doch zu meiner Überraschung schüttelte Sandrine Übich energisch den Kopf.

»Kommt nicht in Frage. Ihr esst sowieso alle zu viele Süßigkeiten. Zucker, Zucker, Zucker, sage ich nur. Das ist nicht gut.« Und an mich gewandt: »Ich bin Diätassistentin, müssen Sie wissen. Und es ist mir wirklich ein Graus zu sehen, dass so viele Kinder drüben mit Schokolade, Keksen und Marzipan gefüttert werden. Oder mit Chips. Gott sei Dank essen sie ja keine Gummibärchen, weil da mit der Gelatine ein Schweineprodukt drin ist. Ich predige allerdings gegen Wände.«

»Bist du nicht zu streng?«, wandte Marga ein, weil sie meine Absicht erkannt hatte. »Eine Kugel Eis kann doch nicht schaden.«

»Nein«, lehnte Sandrine ab.

Mist. Und was jetzt?

»Du hast einen Verehrer«, teilte ich Marga mit, während Ayasha wortlos ein Brötchen aus einem Stoffbeutel holte, es zerkrümelte und den Enten hinwarf. »Rudi Schenke, den Pförtner. Er hält dich für ein Rasseweib.«

Marga zuckte nicht einmal mit der Wimper.

»Na, das bin ich doch auch. Schau mich an.« Dabei drehte sie sich so schwungvoll um die eigene Achse, dass ihre Hutkreation von ihrem Kopf segelte und unter der Brücke haarscharf neben dem Wasser landete. Ayasha sauste kichernd los und brachte das Prachtstück zurück.

»Danke«, sagte Marga, stülpte das Topfmodell wieder über, kramte anschließend in ihrer Tasche und drückte dem verdutzten Mädchen ein Geldstück in die Hand. »Du hast meinen Hut gerettet. Das ist ohne jeden Zweifel ein Eis wert.«

Doch Ayasha zögerte und guckte Sandrine Übich unsicher an.

»Na gut, nun lauf schon«, erlaubte die ihr gnädig das unschuldige Vergnügen. »Aber nur eine Kugel, hörst du!«

»Ja, Erdbeer mag ich am liebsten.« Die Kleine sprach akzentfrei und fließend Deutsch. Da hatten Kindergarten und Schule ganze Arbeit geleistet. Dann rannte sie davon, so schnell ihre Silberschuhe sie trugen.

»Sie ist schon eine Süße«, plauderte Sandrine weiter. Es war ihr offenbar ein Herzensbedürfnis. Na ja, allzu viele Bio-Deutsche hörten ihr mangels Interesse bestimmt nicht zu. Bei mir war das zwar nicht so, trotzdem hätte ich sie in diesem Moment liebend gern abgewürgt, um mit Marga endlich Tacheles über Maria, Karla und Ge Me reden zu können. So lange würde der Kauf einer Kugel Eis nicht dauern; mir lief daher die Zeit davon.

»Marga«, begann ich entschlossen. »Wir müssen endlich ...« Keine Chance.

»Ich kümmere mich ein wenig um die Kleine«, fuhr Übich so unbeirrt fort, als hätte ich überhaupt nichts gesagt. »Es ist ja für die Leute nicht leicht. So vieles ist fremd. Manche Kinder, aber auch zum Teil die Erwachsenen wirken anfangs manchmal wie erstarrt. Als ob sie im Inneren vereist sind. Und dann immer diese Schreiben von den Ämtern. Sicher, es geht nicht anders, aber die machen den Menschen richtig Angst. Oft ist man ja auch schon als Muttersprachler damit überfordert.«

Das konnte ich mir lebhaft vorstellen. Wenn etwa ein Wortungetüm vom Kaliber des »Heimfindeverhaltens« in einem Anschreiben auftauchte, waren schon die meisten Deutschen hoffnungslos verloren. Einem Syrer, Iraker oder Eritreer blieb dann nicht nur der ganze Brief rätselhaft, sondern auch die Welt, in die er hier geraten war.

»... ist ja alles nicht so eindeutig, wie es manchmal auf den ersten Blick scheint«, dozierte Sandrine ungebrochen weiter. »Es ist eben nicht alles schwarz oder weiß, sondern vieles befindet sich in so einem Mittelbereich.« Ja doch. Wer die dreißig überschritten hatte, wusste das, oder er war doof.

»Marga, können wir kurz –«, grätschte ich in eine Lücke, als die engagierte Helferin Luft holte. Vergeblich. Es fehlte nicht viel, und ich würde vor lauter Ungeduld anfangen, von einem Fuß auf den anderen zu treten.

»Also Schweinefleisch geht gar nicht, Alkohol dagegen bei Männern sehr wohl, obwohl der im Islam eigentlich auch verboten ist.«

»Tja«, flötete Marga gedehnt. »Wer hätte das gedacht? Schätzelchen, sollten wir nicht –«

»Und Kinder bekommt man völlig unabhängig von der Situation«, verkündete Sandrine ernst, ohne Marga oder mich zu beachten. Die Frau wirkte wie aufgezogen. Ich bewunderte sie ja für ihren Einsatz, trotzdem ging sie mir inzwischen entsetzlich auf den Keks. »Für uns ist das nur schwer verständlich, und viele Frauen haben mir anfangs auch versichert, dass sie keinen weiteren Nachwuchs wollten. Aber –«

»Dazu gehören immer zwei«, meinte Marga trocken. »Hör mal, Sandrine. Hanna und ich müssten mal eben –«

»So ist es«, stimmte Sandrine zu, Margas Absetzbewegung großzügig missachtend. »Wie oft habe ich den Satz gehört ›Ich habe schwanger‹.« Jetzt lachte sie. »Nun wissen zumindest alle, dass es ›Ich bin schwanger‹ heißt. Na ja, es ist manchmal schon … problematisch. Trotzdem möchte ich die Arbeit nicht missen. Sie ist so sinnvoll. Und deshalb ungemein erfüllend.«

»Kann ich mir vorstellen«, murmelte ich und griff nach Margas Arm.

Doch die Übich ignorierte auch diesen Versuch, das Thema zu wechseln, und redete gnadenlos weiter.

»Gott oder wem auch immer sei Dank gibt es ja keine Bekehrungsversuche mehr im Flüchtlingsheim. Das fand ich wirklich unmöglich. Da versuchen wir den Menschen beizubringen, dass bei uns Religion und Staat getrennt sind. Und dann kommen die –«

»Kirchen?«, fragte Marga erschüttert.

Ich ließ ihren Arm los. Am liebsten hätte ich sie geschüttelt. So wurden wir Sandrine doch nie los!

»Nein, Sekten waren es. Baptisten, glaube ich. Unmöglich!«

»Ja«, stimmte Marga zu und wandte sich entschlossen an mich. Ayasha stand jetzt vor der Tür des Eissalons und schleckte hingebungsvoll an einer rosa Kugel. »Gibt es eigentlich irgendwelche Fortschritte bei den Ermittlungen, Schätzelchen? Hanna ist nämlich Privatdetektivin, und zwar eine gute«, erklärte sie Sandrine Übich nicht ohne Stolz in der Stimme. Ich fand das rührend. »Sie untersucht Karls Tod. Und den von Maria und Karla ebenfalls.«

Es ging nicht anders. Sandrine Übich war wie besessen von dem Thema Flüchtlinge. Dann hatten wir eben keine Geheimnisse vor ihr und dem Rest der »Elysium«-Bewohner. Mir sollte es recht sein.

»Genau. Und da bräuchte ich langsam noch ein paar Informationen, sonst komme ich nicht weiter. Wieso hast du dich nicht gemeldet, Marga, ich denke, es ist so wahnsinnig dringend?« Von einer Todesserie im »Elysium« wollte ich in Gegenwart einer Insassen-Klientin dann doch nicht sprechen. Einmal, um nicht unnötig die Pferde scheu zu machen, aber auch, weil das Wort nach dem jetzigen Stand der Informationen nichts als schiere Sensationshascherei war.

Marga, meine normalerweise durch nichts in Verlegenheit zu bringende Freundin Marga, errötete sanft.

»Hätte ich schon noch gemacht, Schätzelchen. Aber momentan hab ich ... äh ... ein bisschen Ärger mit Theo. Der wird nämlich immer langweiliger. Gut, er ist ein alter Mann, aber muss man denn gleich derart unflexibel werden?« Sie atmete so schwer durch die Nase, als seien ihr über Nacht ganze Wälder von Polypen gewachsen. »Er kennt nur noch ein Thema.«

»Essen«, sagte Sandrine. »Und dass es pünktlich auf dem Tisch steht.« Es war eine Feststellung, keine Frage, und ließ tief blicken.

»Nee. Ganz so schlimm ist es noch nicht«, entgegnete Marga bedrückt. »Aber er redet in letzter Zeit nur noch über Tauben. Das macht mich wahnsinnig.«

»Oh«, sagte ich. Hatte ich es doch geahnt, dass da etwas im Busch war. Aber im Beisein einer Dritten erübrigte sich eine weitere Nachfrage selbstverständlich. Margas Liebesleben ging niemanden etwas an.

Einen Moment beobachteten wir daher alle drei stumm das startende Entenpaar, das eine Runde über den Marktplatz drehte, um dann mit lautem Geschnatter vor einer elegant gekleideten Grande Dame zu landen, die mit einer Tüte am Arm an den Geschäften längsbummelte. Als sie kurz zu uns herüberschaute, hob sie die Hand zum Gruß, machte aber keinerlei Anstalten, ihre Schritte umzulenken; Sandrine und Marga winkten zurück.

»Susanne Serva«, sagte Marga. »Ist erst siebenundsechzig und allein. Kein Hund, kein Kind, kein Rind, wie man so sagt.«

Wie schrecklich, hier kannte wirklich jeder jeden.

»Ich habe anfangs versucht, mit ihr in Kontakt zu treten. Keine Chance«, ergänzte Sandrine, den fehlenden Hund und das fehlende Rind in ihrem eigenen Leben souverän ignorierend. Als Kindersatz hatte sie ja immerhin, wenn auch nur zeitweise, Ayasha. »Sie hat mir ziemlich drastisch zu verstehen gegeben, dass sie ihre Ruhe haben will.«

»Tja, manche Menschen sind eben gern für sich allein. Das muss man respektieren«, meinte Marga. »Obwohl sie weder dumm noch uninteressiert ist. Als ich ihr die Sache mit DePP erklärte, verstand sie sofort. Allerdings hat sie auch gleich signalisiert, dass sie kein Interesse hat.«

Für Marga war das völlig unverständlich, für mich nicht. Es ist nun mal nicht jeder Mensch so eine Betriebsnudel wie sie.

»Und was hat es nun mit Karls Tod auf sich?«, fragte Sandrine, als Susanne Serva um die Ecke in einer der plattdeutschen Tralala-Straßen verschwunden war. »Und natürlich auch mit dem von Maria und Karla. Denn Sie meinen doch wohl alle drei, denke ich.«

»Ja, das tut sie«, antwortete Marga für mich. »Es ist schon so manches komisch daran, finden wir.«

Ayasha setzte sich in Bewegung. Dadurch entging ihr dankenswerterweise das Ehepaar – er mit Rollator, sie mit Krücke –, das ihren Rücken mit missbilligenden Blicken traktierte.

»Na denn«, brummte Übich. Es klang skeptisch. Offenbar hatte sie noch keinerlei Gedanken an Lißners, Marias oder Karlas Tod verschwendet. Wieso auch? Die Frau war offenkundig komplett ausgefüllt von »ihren« Flüchtlingen. Es wurde hohe Zeit, dass ich das Ruder übernahm.

»Hast du bei unserem letzten Telefongespräch mit deinen nebulösen Andeutungen Gesine Meeser gemeint, Marga? Den Namen habe ich auf dem Schiff nicht genau verstanden. Nur Ge Me und ›bald nicht mehr‹.«

»Ja, hab ich. Und die Andeutungen waren nicht nebulös. Die Frau ist sehr krank.«

»Aber nicht tot.«

»Noch nicht.

»Ich habe mit Zeugen gesprochen, die haben nichts in der Richtung angedeutet«, hielt ich dagegen.

»Wer sind denn deine Zeugen? Die haben doch keine Ahnung.«

Sandrine beobachtete unseren Schlagabtausch wie die Zuschauerin eines Pingpongspiels. Rechts – links, rechts – links ging ihr Kopf hin und her.

»Aber du weißt selbstredend Bescheid.« Ich konnte mich nicht zurückhalten. »Wie ist es mit den Fakten, Marga? Gibt's da welche?«

»Sie wird immer schwächer. Niemand weiß, warum. Das ist, zumal vor diesem Hintergrund, entschieden nicht normal.«

»Na ja.« Himmelherrgott, es wäre wirklich leichter gewesen, wenn wir keine Zuhörerin gehabt hätten. Es war nicht anständig, Marga vor dieser Sandrine bis auf die Knochen zu blamieren. Also wechselte ich ohne allzu viel Hoffnung das Thema.

»Hat sich denn bei der Glade und der Terheyde inzwischen etwas Neues ergeben?«

»Du sagst das so komisch, Schätzelchen.« Mittlerweile war sie nicht nur auf der Hut, sondern auch auf der Zinne.

»Weil ich mit diesen vagen Angaben nicht so recht weiterkomme.«

»Das ist ja wohl dein Problem. Bist du die Detektivin oder ich?«

Sandrine Übichs Mund stand jetzt halb offen. Hätten Marga und ich ihr tatsächlich ein Pingpongspiel vorgeführt, hätte der kleine Ball mühelos in das dadurch entstandene Loch gepasst.

»Also hast du sowohl bei Terheyde als auch bei Glade und Meeser nach wie vor nichts weiter außer einen Verdacht.« Sie antwortete nicht. »Marga?«

»Lässt du Karl bei dieser Aufzählung bewusst raus, Schätzelchen? Oder ist der deiner Meinung nach auch an Altersschwäche eingegangen?«

»Der Fall liegt anders. Da gibt es immerhin Verdachtsmomente«, gab ich zu.

»Aha. Das höre ich gern.« Dabei schaute sie mich dermaßen durchdringend an, dass auch ein Blinder gemerkt hätte, dass sie mir mit diesen vier Worten etwas von immenser Wichtigkeit mitteilen wollte. Ich wusste auch, was es war: Es begann mit T wie Tod und ging weiter mit S wie Serie.

»Gut. Oder vielmehr nicht gut«, setzte ich mich entschlossen über ihren stummen Einwand hinweg. »Was weißt du über die Schüssler-Knack?«

»Ist das ein Verhör?«

»Ja.« Am liebsten hätte ich sie geschüttelt. Was meinte sie denn, wie das in meinem Gewerbe lief? Mit Ahnungen, Verdächtigungen und nebulösen Andeutungen war da kein Staat zu machen. Das reichte höchstens für eine Verleumdungsklage.

»Die Frau erbt Karls Vermögen und –«

»Nein, nein«, unterbrach ich sie. »Also, ich meine, ja. Was ich wissen will: Weshalb hast du sie Johannes für seine Fuck-up-Nights empfohlen? Gab es da einen speziellen Grund?«

Marga dachte nach. Sandrine und ich warteten. Doch was dabei herauskam, war eher mager.

»Nein«, sagte sie bedächtig. »Ich habe sie ja erst hier im Park kennengelernt. Nach einem der Kurse, die sie gab. Wir kamen ins Gespräch, und sie schien mir mit beiden Beinen auf der Erde zu stehen. Sie kann vor großen Gruppen reden und braucht ... äh ... brauchte das Geld. Und Johannes suchte doch händeringend nach so jemandem.«

»Das war alles?«, entfuhr es mir enttäuscht. Was hatte ich denn erwartet? Mehr. Ganz einfach.

»Was sollte denn da noch sein?« Margas Miene war abweisend und ratlos.

Ayasha hopste auf die Brücke zu. Von dem Eis war nicht mehr viel nach. Dafür war der selige Gesichtsausdruck der Lütten zum Knutschen. In diesem Moment war sie sichtbar eins mit sich und der Welt. Und das lag nur an einer Kugel Eis. Ich riss mich zusammen. Philosophische Betrachtungen konnte ich auch noch später anstellen.

»Ich hatte gehofft, dass du die Frau inzwischen näher kennst und mir vielleicht einen miesen Charakterzug verrätst, dem ich nachspüren könnte.«

»Miesen Charakterzug?«, echote Marga immer noch ratlos. Offenbar hatte sie langsam den Eindruck, dass bei mir im Schrank ein paar Tassen schepperten.

»Ja, wie lügen zum Beispiel«, sagte ich fest.

»Nein, das tut Freya eigentlich nicht, oder, Sandrine?«

»Nein. Ich glaube nicht.«

Die beiden wechselten einen Blick, der eindeutig besagte: Die spinnt, die Hemlokk. Na ja, hohe Verhörkunst konnte man es wirklich nicht nennen, was ich da gerade hinlegte. Doch es war schwierig, im Beisein dieser Sandrine die entscheidenden Fragen zu stellen. Davon einmal abgesehen, dass alles mangels vernünftiger Informationen einem Herumgestochere im Nebel glich.

»Und wieso sollte Freya denn überhaupt lügen, Schätzelchen?«, fragte Marga behutsam. »Könntest du uns da möglicherweise kurz aufklären?«

»Ja, kann ich«, antwortete ich seufzend. »Sie behauptet, Lißners Sohn ein paar Tage vor dessen Tod hier im Park gesehen zu haben. Der bestreitet das aber. Und nun ist natürlich die Frage, wer lügt. Lißner oder Freya? Ich bin deshalb auf dem Weg zu ihr und –«

»Lißner«, unterbrach mich Sandrine. »Sven Lißner lügt. Er war nämlich tatsächlich wenige Tage vor Karls Tod hier im ›Elysium‹. Ich habe ihn auch gesehen. Hilft Ihnen das weiter?«

SECHS

Und ob es das tat! Ich sparte mir den Besuch bei der Schüssler-Knack und marschierte auf der Stelle wieder nach Hause, um mein Köfferchen zu packen. Richtig, Amrum war mein Ziel, denn ich schätzte es überhaupt nicht, wenn man mir dreist ins Gesicht log. Zudem war das nach wie vor die einzig handfeste Spur, die ich in diesem vermaledeiten Fall hatte – so es denn überhaupt einer war. Margas permanentes Gerede über Berge von Leichen sowie teuflische Pfleger machte mich mittlerweile ganz wuschig.

Gleich am nächsten Morgen fuhr ich los. Dieses Mal hatte ich mich telefonisch angemeldet, weil ich noch am selben Abend mit der Fähre zurückfahren wollte. Sven Lißner war von meinem angekündigten Besuch gar nicht begeistert gewesen.

»Was ist denn noch?«, hatte er gemault, als seine Gattin ihn mir mit hörbar spitzen Fingern gereicht hatte. »Können wir das nicht am Telefon besprechen? Es passt mir morgen schlecht.«

»Nein.« Mehr hatte ich nicht gesagt, um ihm eine wunderschöne schlaflose und grüblerische Nacht zu bescheren. Wir hatten uns an der Neblumer Kirche verabredet. Er hatte den Ort vorgeschlagen. Offenbar wollte er mich nicht noch einmal ins traute Heim lassen.

Mein Telefon klingelte auf der Höhe von Tonne 41, gerade als die »Nordfriesland« richtig Gas gab. Es war Marga.

»Ich dachte, ich melde mich noch einmal, Schätzelchen. Wir müssen reden.«

»Ja«, sagte ich. Viel gab es meiner Meinung nach momentan zwischen uns allerdings nicht zu besprechen.

»Das ist gestern ziemlich schiefgelaufen.«

»Ja.«

»Du bist böse auf mich.«

»Ja«, bestätigte ich zum dritten Mal. »Weil du mir nicht hilfst. Du setzt Gerüchte in die Welt.« Sie wollte protestieren, doch ich würgte sie ab. »Gerüchte, Marga! Mehr ist es doch nicht. Du hast keinerlei Beweise.«

»Nein«, gab sie zu. »Trotzdem habe ich so ein komisches Gefühl. Kümmerst du dich denn wenigstens um Karl?«

»Ja.« Eine Möwe kreischte. Ich hielt ihr das Smartphone vor den Schnabel. »Hörst du die? Ich bin auf dem Weg nach Amrum.«

»Danke«, sagte meine Freundin nur. Sie musste wirklich ziemlich fertig sein, sonst hätte sie mir die Hölle heiß gemacht. Wenn Marga etwas richtig gut konnte, dann war es das.

»Und nun erzähl mal. Was ist mit Theo und dir?«, fragte ich sanft. Man ist ja schließlich nicht stets und ständig im Dienst. Manchmal, nein, oft ist auch eine Privatermittlerin schlicht und ergreifend als Seelentrösterin gefragt.

»Na ja, wir haben eine Auszeit voneinander genommen«, teilte mir Marga mit. »Wegen der blöden Tauben. Deshalb habe ich auch nicht angerufen. Mir ging's nicht so gut. Er fehlt mir.«

»Dann sag ihm das doch.«

»Das kann ich nicht. Er ist ordentlich sauer. Weil ich ihn für spießig halte. Das habe ihn verletzt, meint er.« Marga gurrte, zumindest nahm ich an, dass es ein Gurren sein sollte. Eine echte Taube hätte allerdings einen Dolmetscher benötigt. »Aber es ist spießig und dabei auch noch unnötig grausam!«

»Grausam?« Ich wusste nicht, was sie meinte.

»Ja, grausam«, wiederholte sie. »Oder wie nennst du es, wenn man die Tiere vom Nest oder von den Jungen wegkarrt, damit sie so schnell wie möglich zurückfliegen? Das heißt Nestmethode, hat Theo mir erklärt. Woraufhin ich ihm gesagt habe, dass ich das richtig scheiße finde.«

»Äh, ja.«

»Was heißt das denn?«, fragte Marga argwöhnisch. »Findest du das etwa in Ordnung?«

»Nein, nein, finde ich nicht«, beteuerte ich wahrheitsgemäß, aber doch mit einer gewissen Vorsicht. Wir hielten auf Wyk zu. In wenigen Minuten würden wir anlegen.

»Siehst du. Und die sogenannte Witwerschaftsmethode – du

merkst, ich habe ihm aufmerksam zugehört. Immerhin, da kann er nicht meckern –, also dieses zweite Verfahren, um die Viecher möglichst schnell wieder in den Schlag zu locken, ist auch keinen Deut netter. Da trennt man die Tauben nach Geschlecht, karrt sie sonst wohin und freut sich mit ihnen, wenn die Tiere nach der Rückkehr endlich ihren Partner wiedersehen. Und da hab ich bei unserem letzten gemeinsamen Abendessen zu Theo gesagt, er solle man ja nicht glauben, dass ich mich freuen würde, wenn man so etwas mit mir anstellen würde. Und dass ich das für eine ganz miese Nummer halte, habe ich wohl auch gesagt. Na ja, seitdem herrscht Funkstille zwischen uns. Er ist noch vor dem Nachtisch gegangen. Und dabei gab's rote Grütze.«

Es kam selten vor, aber in diesem Fall konnte ich beide Seiten verstehen. Margas Empörung über die Behandlung der Tiere und Theos Wunsch, nicht immer nur in ihrem Windschatten zu segeln und einmal etwas Eigenes zu machen. Wie Evelyn Hamann in dem Loriot-Sketch mit dem Jodel-Diplom. Denn ich vermutete mal, dass es im Kern das war, was ihn so verbissen zu den Taubenfreunden hinzog. Der Wunsch nach Eigenständigkeit.

»Kannst du ihm nicht einfach sein Hobby lassen? Du musst ihn ja nicht begleiten, wenn er die Täubchen besucht«, schlug ich um Versöhnung bemüht vor.

»Ja, darauf wird es wohl hinauslaufen.« Sie schwieg einen kurzen Moment. Dann räusperte sie sich. »Ich bin noch nicht so weit.«

Ich versuchte es mit einem Witz, um das Gespräch nicht erdenschwer enden zu lassen.

»Dann halt dich an den Generalissimo von ›Elysium‹-Pförtner. Da weißt du nach kürzester Zeit Theo wieder zu schätzen, und außerdem kannst du den Mann dabei unauffällig in die Mangel nehmen. Der hört bestimmt das Gras wachsen und weiß so manches, was er nicht verraten darf.«

Letzteres leuchtete ihr ein. Allerdings war ich wirklich ziemlich sicher, dass der Doorman nicht gerade ihren Typ verkörperte. Obwohl er sie für ein Rasseweib hielt. Doch er war eben kein Klassemann, soweit ich das beurteilen konnte. Theo schon. Na ja, zumindest manchmal. Das bis dahin ruhig wie ein Raumgleiter dahinfahrende Schiff versackte klatschend in einem Wellental.

»Hoppla«, rief ich überrascht, während ich automatisch mit der Linken nach der Reling grapschte und mich breitbeinig wie eine sturmerprobte Piratenbraut hinstellte. Wir hatten mittlerweile Wyk wieder verlassen, und jetzt wurde die Nordsee spürbar kabbeliger, was auch rein optisch an den weißen Schaumkronen deutlich erkennbar war. Und wir hatten noch eine Weile Zeit, bis wir in Wittdün anlegten. Die man nutzen konnte.

»Marga«, sagte ich. »Lass uns noch einmal über Maria Glade und Karla von Terheyde sprechen.«

»Wieso?« Prompt fuhr sie die Stacheln aus. Ich ging nicht darauf ein.

»Lassen wir die Mordthese einmal beiseite: Was kannst du mir über die zwei Frauen erzählen? Weißt du mittlerweile etwas über ihre letzten Stunden? Was waren sie für Menschen? Was sagen die anderen Bewohner über sie?«

Sofort wurde sie lebhafter.

»Oh, Karla hat noch am Vortag bei der Gymnastik mitgemacht und war guter Dinge, meint Renate. Sie habe über nichts geklagt, sondern habe sich ausgezeichnet gefühlt. Am Nachmittag war sie mit einer Freundin sogar zum Schwimmen verabredet. Sie freute sich darauf, weil sie das so lange nicht gemacht hatte. Und Maria litt nur unter einer leichten Erkältung, aber das war auch schon alles! Die Frau war rummsgesund. Von einem Schnupfen stirbt man nicht über Nacht.«

So gesehen nicht, nein.

»Was ist mit ihren Testamenten?«, fragte ich. Vielleicht brachte die Motivschiene uns ja weiter.

»Da ist nichts Verdächtiges dran, soweit ich gehört habe«, gab Marga bedauernd zu. »Karla war kinderlos, da erbt ein Neffe, der seine alte Tante regelmäßig besucht hat. Ihr Nachbar Rüdiger meinte, der Junge sei ein richtig Netter und habe Karla wirklich geliebt. Er sei sehr geduldig mit ihr umgegangen. Er habe ihn dafür manchmal bewundert. Und Maria hatte nicht so viel weiterzugeben, weil sie das meiste für den Kauf der Wohnung aufbrauchen musste. Die Kinder waren damit einverstanden. Ihren restlichen Besitz hat sie gerecht zwischen den dreien aufgeteilt. Und auch der Erlös, den sie für den Verkauf des Apartments bekommen hat, geht durch drei. Also Geld scheidet wohl als Motiv aus.«

»Eifersucht? Rache? Hass?«, schlug ich vor. »Wie ist es denn damit?«

Amrum wurde derweil immer größer, sodass man die Wittdüner Mehrgeschosser nun deutlich ausmachen konnte. Eine Schönheit waren sie in ihrer Klotzartigkeit nicht, aber immerhin hatte man den Ort nicht mit einem Zwanzigstöcker verschandelt, der noch locker von Edinburgh, Newcastle oder Hull aus zu sehen gewesen wäre.

»Karla war sehr beliebt. Maria nicht so, weil sie ruhiger war. Aber sie hat viel beobachtet. Maria hatte ein scharfes Auge und manchmal auch eine scharfe Zunge.«

»Wie Gesine Meeser, die Tratsch-Zentrale des ›Elysium‹, meinst du? Gibt es da etwas Neues?«

»Der Arzt war heute Morgen länger bei ihr. Aber man hat das Bulletin nicht ans Schwarze Brett genagelt. Und der Buschfunk schweigt ebenfalls.«

»Schade. Dann schlage ich vor, dass du dich mal unauffällig im Park umhörst. Du bist doch oft dort. Da kannst du Augen und Öhrchen aufsperren, wenn du mit den Leuten über DePP redest. Dir vertrauen sie. Vielleicht kommen wir über eine unbeabsichtigte oder auch unachtsame Bemerkung weiter.«

Das war doch eine Superidee. Ich konnte mir gar nicht erklären, weshalb sie mir nicht schon früher gekommen war. Ich ernannte Marga quasi zum Hilfssheriff. Das lenkte sie von ihrem Kummer mit Theo ab und brachte uns vielleicht sogar ein Stück in der Sache weiter. Und plötzlich wusste ich auch, weshalb mir diese Möglichkeit erst jetzt eingefallen war. Oder besser gesagt, weshalb ich diesen Gedanken erst jetzt zugelassen hatte: Obwohl Margas Angaben so vage blieben, verspürte ich seltsamerweise Angst um sie. Denn wenn der mordende Hilfspfleger nun doch existierte und Lunte roch, wenn er ahnte, dass man ihm auf den Fersen war – was würde er, ohne zu zögern, tun? Genau. Auf eine Tote mehr oder weniger kam es dann auch nicht mehr an. Aber, beruhigte ich mich, höchstwahrscheinlich gab es ihn ja lediglich in der Phantasie meiner Freundin. Sie befand sich also gar nicht in Gefahr.

»Bei wem soll ich denn mal nachhaken?«, fragte Marga, die von meinen Überlegungen natürlich nichts ahnte.

»Oh, bei allen«, erwiderte ich nebulös. »Wir sondieren die Lage, verstehst du? Da kann sich auch das scheinbar Unwichtigste später als höchst bedeutsam entpuppen. Behalte auf jeden Fall das Personal im Auge, aber die Bewohner ebenfalls. Wer verhält sich seltsam? Wer weicht von der Routine ab? Wer redet verdächtiges Zeugs? Wer hat überhaupt die Möglichkeit, jemanden unauffällig umzubringen? Wer hat ein Motiv, sei es auf den ersten Blick auch noch so abstrus? Es ist in diesem Fall wirklich sinnvoller, wenn du dich erst mal umhörst und diskret Fragen stellst. Das fällt gar nicht auf. Tschüss, Marga!«

Wir steuerten jetzt direktemang auf den Anleger zu. Und auch diesmal würden sicher schon nach gefühlt nur wenigen Augenblicken die ersten Wagen von der Fähre rollen. Ich musste mich beeilen, sonst nahm mich das Schiff wieder mit zurück nach Dagebüll.

Von Sven Lißner war weit und breit nichts zu sehen, als ich an der Neblumer St.-Clemens-Kirche ankam. Also schaute ich mir die alten Grabsteine der Seefahrer und Kapitäne an, auf denen es eindeutig mehr Schiffe als Jesusse zu bestaunen gab: den Tod symbolisierende abgetakelte Zwei- oder Dreimastsegler oder die vom Betrachter unter vollen Segeln weg ins Paradies oder in die Hölle schippernden Barken. Und darunter wurde in groben Zügen vom Leben der Verstorbenen berichtet. Bei einem Oluf Jensen »hemte eine trübe Wolcke des Glückes heitern Schein«; sein Sohn wurde von den »Türcken genommen«, kam aber wieder frei, hieß es weiter im Text auf dem Grabstein. Oder Marret Harck Nickelsen, die eine »zweiunddreißigeinhalb jährig sehr vergnügte und friedliche Ehe geführet« hatte, bis der Gatte 1770 starb. Die Zeit danach brachte sie im »stillen und frommen Wittwenstande« zu, »bis Gott sie durch den Tod von dieser Welt abgefordert und zu Ihren Vätern versammelt hat«.

Ich hatte gerade beschlossen, mir die Kirche einmal von innen anzuschauen, als sich Sven Lißner näherte. Er wirkte mitgenommen und sah müde um die Augen herum aus. Also hatte meine Strategie angeschlagen, und er war neugierig und nervös zugleich. Sehr schön.

»Also, was wollen Sie von mir?«, begrüßte er mich ohne irgendeine Einleitung und machte keine Anstalten, mir die Hand zu geben. Im Gegenteil, beide Arme hingen so kraftlos herab, als seien es zwei Seile, die nicht zu seinem Körper gehörten.

»Das kann ich Ihnen sagen«, schoss ich umgehend zurück. »Sie haben gelogen, als Sie behaupteten, nicht kurz vor dem Tod Ihres Vaters im ›Elysium‹ gewesen zu sein. Ich habe Zeugen.«

Zack. Und nun kommst du, mein Lieber.

»Äh … so … Zeugen … häh«, lispelte Sven Lißner, während Gesichtsfarbe und Hautoberfläche von gräulich blass zu rosigfeucht wechselten.

Ein junges Mädchen eilte an uns vorbei. Es kannte ihn offenbar, denn es senkte grüßend den Kopf und versuchte seine Neugier durch einen betont gleichgültigen Gesichtsausdruck zu kaschieren, während es zielstrebig in Richtung Kurverwaltung ging. Heute Abend wusste garantiert das gesamte Wattenmeer einschließlich der noch vorhandenen Plattfische und Robben, dass Sven Lißner sich mit fremden Frauen unterhielt und dabei gar nicht gut aussah.

»Was, häh?«, schnauzte ich ihn an. »Sie waren da. Leugnen hilft nichts. Was wollten Sie von Ihrem Vater? Und weshalb haben Sie das nicht zugegeben?«

Druck aufbauen und die Spannung halten, Hemlokk. So steht's bestimmt in jedem Leitfaden für Private Eyes. Und wenn es sich da aus unerfindlichen Gründen nicht finden sollte, gehörte es umgehend in das Kapitel »Verhörtechniken – leicht gemacht«.

»Hrhmmpf«, grunzte er jetzt. Wenn der Typ nicht wie eine eingeschlafene Socke gewirkt hätte, hätte er einen guten Comic-Helden abgegeben. Die neigen ja von alters her auch nicht zu ganzen Sätzen.

»Kommen Sie schon, Herr Lißner, geht es nicht etwas genauer?«, pikste ich ihn an. Er rang mit sich. Ich konnte das Rotieren und Klötern der kleinen grauen Zellen in seinem Hirnkasten geradezu hören.

»Setzen wir uns doch«, schlug er vor und deutete dabei auf das kleine Grün vor Friedhof und Kirche, auf dem vier Bänke standen. Eine davon war noch frei. Wortlos folgte ich ihm die paar Schritte und ließ mich auf ihr nieder. Lißner tat es mir nach. Dann seufzte er so tief und laut, dass die beiden Wellnessdamen auf der Nachbarbank – Anfang sechzig, tiefenentspannt, zart gebräunt, sichtbar gecremt, gesalbt und nach allerlei Gelen und Ölen duftend – ihn mit mitfühlenden Mienen bedachten. Wahrscheinlich hielten sie mich für die nervige Ehefrau, die ihren Gatten mit sonst welchen ungerechten Verdächtigungen malträtierte. Ich konnte gerade so an mich halten, um ihnen nicht die Zunge rauszustrecken.

»Also gut. Sie haben recht. Ich war da. Aber nur kurz.«

Na also, es ging doch. Ich wartete stumm.

»Doris meinte … na ja, sie kennt den Alten nicht so gut wie ich. Deshalb meinte sie, fragen könnte ich ihn doch zumindest einmal.« Bei diesen Worten starrte er auf den Boden und sah einem Spatz zu, der sich hoffnungsvoll hüpfend unserer Bank näherte. »Ich habe ihr gleich gesagt, dass ich das für aussichtslos halte. Aber sie ließ nicht locker.«

»Und da haben Sie in der Woche vor dem Tod Ihres Vaters die Fähre nach Dagebüll genommen und sind rüber ins ›Elysium‹ gefahren.«

»Nein. Also ja. Ich war am Sonntag da, weil ich unter der Woche arbeite.«

»Gut, das hätten wir also. Was wollten Sie von ihm?« Ich konnte es mir zwar denken, doch ich wollte es aus seinem Mund hören.

Er presste die Lippen kurz zusammen, bevor er nuschelte: »Eine gewisse finanzielle Unterstützung. Ich bin schließlich immer noch sein Sohn. Und Doris meinte, Blut sei eben dicker als Wasser. Das wisse jeder. Und im Alter sei er doch vielleicht milder geworden.« Sven Lißner lachte hart auf. »Sie hatte ja keine Ahnung. Mein Papa wäre auch mit dreihundert nicht altersweise oder mild geworden.«

»Geld wollten Sie also von ihm«, sagte ich trocken.

»Ja, Geld wollte ich von ihm. Ganz genau.« Jetzt wandte er den Kopf in meine Richtung und stierte mich unergründlich an. Seine grüngraubraunen Augen schwammen geradezu in ihrer wässerigen Trübnis, man konnte es nicht anders nennen. Ich kam mir vor wie ein auf eine Nadel gespießter Falter. »Meine Frau und ich interessieren uns für ein Grundstück ganz in der Nähe unseres jetzigen Heims. Wir wohnen da zur Miete, wissen Sie. Und ein eigenes Haus hatten wir uns auch schon ausgeguckt. Aber das Bauen ist teuer heutzutage. Unerschwinglich für unsereinen. Und der Alte saß doch auf dem Geld.«

»Er hat Ihnen aber nichts gegeben?«

»Nein. Natürlich nicht«, brummte Sven. Seine Lippen waren weiß. »Ich hätte es Doris vorher sagen können, aber sie wollte ja nicht hören. Ausgelacht hat er mich, als ich ihm sagte, wir wollten das Geld gar nicht als Geschenk, sondern nur als Darlehen. Ich bin tot, bevor du das zurückzahlen kannst, hat er gesagt und mich mit diesem Gesichtsausdruck angeschaut, als wäre ich ein lästiges Insekt. Das hat er schon gemacht, als ich ein Kind war. Ich habe es gehasst. Gehasst. Gehasst!« Er war unwillkürlich laut geworden. Die beiden Wellnessdamen, durch seinen Ausbruch empfindlich in ihrer tiefenentspannten Ruhe gestört, standen auf wie ein Mann und eilten davon, dem nächsten Gurken-Grünkern-Grünkohl-Smoothie entgegen. Gegen alternde Haut und rotte Knie; was für ein Jammer, dass das ganze Wellnesstamtam beim Hirn so versagte. Sven Lißner ballte die Fäuste und versetzte seinem Oberschenkel mit der Rechten einen Hieb, der bestimmt morgen deutlich als blauer

Fleck zu sehen sein würde. »Ich hätte dem Alten die Fresse polieren und ihn umbringen können.«

»Und – haben Sie?« Fragen konnte man ja schließlich einmal.

Er schüttelte den Kopf, schien meinen Vorstoß jedoch nicht übel zu nehmen.

»Nein, natürlich nicht. Obwohl ich es fast schon bedauere. Und hätte ich es getan, wäre er endlich einmal stolz auf mich gewesen da in seiner Urne. Dann hätte ich nämlich Mumm gezeigt, wenn ich ihm an die Gurgel gegangen wäre. So war er. Ein Kerl, ein Macker, ein ganzer Mann.«

Die Kränkung, dieses Nichtgenügen, saß offenbar immer noch sehr, sehr tief. In diesem Moment tat er mir fast leid.

»So sah sich ihr Vater selbst. Aber es gibt auch andere«, wandte ich ein. Harry zum Beispiel. Na gut, manchmal hatte der Gierke etwas von einem Kindskopf an sich und schoss über sämtliche Ziele hinaus – Stichwort Barschel, sage ich da nur –, aber derart breitbeinig und großkotzig durchs Leben zu gehen, wie das offenbar Karl Lißner getan hatte, war nicht sein Ding. Das hatte er nicht nötig.

»Nein, in der Welt meines Vaters gibt es die nicht. Gab, wollte ich natürlich sagen. Er lebte noch, als ich ging.« Jetzt hier, auf Amrum, schien er seine damalige Untätigkeit wirklich ernsthaft zu bedauern.

»Aber nicht mehr lange«, bemerkte ich leise.

»Sein Pech«, sagte der liebende Sohn. »Mir ist es völlig egal, ob der Alte tot ist oder lebt. Für mich ist er schon lange gestorben. Soll er doch in seiner Urne machen, was er will. Das hat er schließlich immer getan. Und zwar ohne Rücksicht auf Verluste.« Seine Stimme klang heiser. Er musste sich mehrmals räuspern, bevor er weitersprach. »Wie ich Ihnen schon bei unserem ersten Treffen empfohlen habe: Kümmern Sie sich um seine Erbin, wenn Sie den Verdacht haben, da ist bei seinem Tod etwas nicht mit rechten Dingen zugegangen. Die hatte ein Motiv, das mehrere Millionen schwer wiegt. Und im Park war sie auch die ganze Zeit über. Ich nicht.«

»Frau Schüssler-Knack behalte ich im Auge, keine Sorge«,

versicherte ich ihm. Jetzt war allerdings er erst einmal dran. »Wann genau waren Sie im ›Elysium‹?«

Vor lauter Konzentration begann er an der Unterlippe zu saugen.

»Wie gesagt, am Sonntagnachmittag vor seinem Tod. Den Donnerstag darauf ist er in der Nacht zu Freitag vor seinen himmlischen Schöpfer getreten.« Die kirchliche Umgebung schien seine Sprache massiv zu beeinflussen.

»Also vier Tage, bevor Ihr Vater starb«, formulierte ich es deutlich weniger pastoral.

Auf seinen hängenden Gesichtszügen erschien in Zeitlupe ein Grinsen, gekrönt von dem triumphierenden Ausruf: »Sehen Sie, ich kann ihn also gar nicht umgebracht haben. Es gibt kein Gift, das erst nach so langer Zeit zum Herzstillstand führt.«

Womit er recht hatte. Leider. Doch so leicht flutschte er mir nicht vom Haken.

»Och«, setzte ich ihn auf den Pott, »dass Sie aus dem Schneider sind, würde ich so nicht sagen. Was haben Sie ihm denn als Präsent mitgebracht? Pralinen mit einer Eisenhutfüllung beispielsweise, die man in einer stillen Stunde genießt? Und die kam halt erst am Donnerstagabend. Oder einen guten teuren Cognac versetzt mit einem hochwirksamen und hochgiftigen Chemiecocktail, der unweigerlich zum Herzstillstand führt? Oder haben Sie Ihrem Vater überhaupt kein Mitbringsel überreicht, was ihn vermutlich ohnehin nur gewundert hätte, sondern sind lediglich kurz vor Ihrer Abreise im Badezimmer verschwunden, um seine Tabletten ein wenig durcheinanderzuwürfeln? Oder vielleicht auch, um gezielt das eine oder andere Blutdruckmedikament durch Placebos zu ersetzen? Soll ich fortfahren?«

Er schüttelte benommen den Kopf.

»Nein, hören Sie auf. Ich habe schon verstanden. Aber ich war's nicht.«

»Weshalb haben Sie mich dann angelogen, was Ihren Besuch im ›Elysium‹ betrifft?«, fragte ich scharf.

Er wandte kurz den Kopf ab, biss sich auf die Lippen und

erwiderte widerstrebend den Gruß eines alten Mannes, der schlingernd mit dem Rad an uns vorbeifuhr. Erst als der außer Hörweite war, blaffte er: »Können Sie sich das nicht vorstellen? Es war mir peinlich, weil ich nichts erreicht habe. Und den ganzen Familienquark muss ich ja nicht unbedingt vor Fremden breittreten und mit jedem besprechen.«

Plötzlich breitete sich ein feines Lächeln auf seinem Gesicht aus.

»Nachzuweisen ist aber von alldem nichts mehr. Das ist sozusagen alles Schnee von gestern. Denn Papa«, er spuckte das Wort aus, als handele es sich um einen mit Gift kontaminierten Rattenköder, »ist ja mittlerweile Asche und haust in einer Urne. Vielleicht sollten Sie mal in diese Richtung ermitteln.«

»In welche?«, fragte ich dämlich.

»Lissabon.«

Er wisperte den Namen der portugiesischen Hauptstadt geheimnisvoll und voller Dramatik in die Amrumer Luft, ganz so, als handelte es sich um das sagenumwobene Atlantis oder das untergegangene Troja.

»Na ja«, bemerkte ich skeptisch. *Das* war nun wirklich Schnee von gestern und hatte mit dem aktuellen Fall höchstwahrscheinlich wenig bis gar nichts zu tun.

»Doch, doch«, ereiferte sich Sven Lißner, »da hat er sein Vermögen gemacht und die Millionen nur so gescheffelt. Und dabei gewinnt man naturgemäß nicht nur Freunde. Mein Vater ging … äh … über Leichen, wenn er etwas haben wollte. Da kannte er nichts. Rücksichten nahm er nie. Es ist doch vorstellbar, dass das auch jemandem in Lissabon ziemlich missfallen hat, oder?«

»Nach so vielen Jahren?«, wandte ich zweifelnd ein.

Lißner junior lachte. Er meinte jetzt eindeutig, Oberwasser zu haben.

»Oh, echter Hass, über Jahre genährt, sitzt tief, das können Sie mir glauben.« Das tat ich. Und ich würde es mir merken, aber das verriet ich ihm nicht. »Vielleicht hat es ja einfach so lange gedauert, bis sie ihn da in seinem Seniorenparadies ausfindig gemacht haben. Oder irgendwer hatte erst jetzt das Geld und die Zeit, um sich zu rächen.«

»Weil vorher die Kinder klein waren und man das Haus noch nicht abbezahlt hatte?«, spottete ich. Was für einen ausgemachten Kokolores erzählte er mir denn da!

»Ja, ja, Sie lachen«, sagte Lißner ruhig. »Aber Sie kannten meinen Vater nicht. Das ist nicht an den Haaren herbeigezogen, falls Sie das denken. Er war anders. Und seine Feinde sind es auch. Ich kann mich zumindest sehr gut daran erinnern, dass er immer ziemlich misstrauisch Fremden gegenüber war. Regelrechte Panik hat er eine Zeit lang gehabt. Ich musste als kleiner Steppke mal monatelang im Haus bleiben und durfte nicht draußen spielen. Das war echter Schiss, wenn Sie verstehen, was ich meine.« Er schlug mit der Faust auf die Lehne der Bank, dass die Sitzfläche vibrierte. »Und an irgendwelche Gifte kommen die natürlich völlig problemlos ran.«

»Wenn Sie mit ›die‹ Berufskiller meinen, die töten eher mit Pistolen«, warf ich vorsichtig ein.

Der Mann schien sich regelrecht an der Vorstellung, dass jemand seinen Vater umgebracht haben könnte, zu berauschen. Nein, das war falsch und gerade deshalb fast schon unheimlich. Sven Lißner schien die Möglichkeit eines Mordes an seinem Vater so emotionslos in Betracht zu ziehen, als schätzte er die Regenwahrscheinlichkeit für den frühen Abend ab. Sonderbar.

»Gut, Sie haben da sicherlich mehr Erfahrung.« Er kniff die Augen zusammen. Dermaßen lebhaft, spöttisch und überheblich zugleich hatte ich den Mann noch nie zuvor erlebt. Er schien mit sich das erste Mal im Reinen zu sein. Ob hinter seinem merkwürdigen Gebaren ein Geheimnis steckte, das er mir nicht verriet? »Aber es muss ja niemand aus der Mitte der alten politischen oder militärischen Seilschaften gewesen sein, der jemanden nach Bokau geschickt hat. Vielleicht hat sich endlich eines seiner zahllosen Betthäschen gerächt. Oder irgendein Halbbruder von mir, den er damals gezeugt hat, besitzt mehr Mumm als ich.«

»Wann ist denn ›damals‹?«, fragte ich.

»Oh, ich spreche von den sechziger und siebziger Jahren des letzten Jahrhunderts. In dieser Zeit fackelte man nicht lange, und zwar weder hier noch in Lissabon. Das war eine Epoche ganz nach dem Geschmack meines Vaters. Bedenken, gar Skrupel kannte man nicht. Politisch waren wir die Guten, die anderen die Schlechten. Ende der Durchsage. Und wer etwas anderes behauptete, war ein Idiot und ein Spinner. Ich war, wie gesagt, damals noch ein Kind.« Er hustete, doch seine Stimme hatte einen eigentümlichen Klang, als er weitersprach. »Er war nie da, wenn wir ihn brauchten. Nie. Immer war er in Lissabon. Mutti hat viel geweint damals.«

Das alles machte Karl Lißner nicht sympathischer, das stimmte schon. Aber was hatte diese familiäre Tragödie mit seinem Tod zu tun? Und nur das ging mich etwas an. Ich schielte aus den Augenwinkeln zu Sven Lißner hinüber. Seine Kiefer mahlten. Das Papa-Thema schien ihm immer noch außergewöhnlich nahezugehen. Mir kam ein ungeheurer Verdacht. Hatte er also seinen Vater vielleicht gar nicht wegen der verloren gegangenen Millionen und der Enterbung umgebracht, sondern weil er es »dem Alten« endlich heimzahlen und einmal in seinem Leben ein echter Kerl sein wollte? Versuchte er mir deshalb die Lissabon-Spur schmackhaft zu machen? Um von sich abzulenken? Mhm. Auf der anderen Seite hatte Karl Lißner höchstselbst verfügt, dort in seiner Urne vorbeischauen zu wollen. Also irgendetwas hatte es mit der Stadt tatsächlich auf sich, daran gab es keinen ernsthaften Zweifel. Eine unvergessene Geliebte? Möglich. Oder auch mehrere, wie Junior behauptete? Denkbar war bestimmt auch das. Aber reichte das für eine so schwer sentimentale Anwandlung, noch einmal als Ascheflusen bei den Frauen vorbeizuschauen? Lißner der Ältere war beinhart und höchstwahrscheinlich komplett unsentimental gewesen. Sein gesamtes Vermögen stammte aus der Lissabonner Zeit, behauptete Sven. Millionäre haben Feinde. Das ist zwar ein Klischee, aber nichtsdestotrotz wahr. Und er war ein unkonventioneller Mensch, der sein Geld verpulverte, wie es ihm beliebte. An seinem Sohn Sven hatte er offenbar nicht gehangen.

Und der nicht an ihm, was man ihm nicht verübeln konnte. Aber was war mit den anderen Söhnen und Töchtern? Nahmen die ihrem Vater vielleicht krumm, nicht von ihm im Testament bedacht worden zu sein? Es ging schließlich nicht um irgendwelche Kleckerbeträge, sondern um etwas mehr. Doch wie war die portugiesische Lißner-Brut an das Testament herangekommen? Und ergab es einen Sinn, den Vater noch vor der Änderung der Erbbestimmungen ins Jenseits zu befördern? Sicherheitshalber würde ich das Personal im »Elysium« durchchecken. Vielleicht traf ich da ja auf einen portugiesischen Staatsbürger mit einer ungeheuren Wut im Bauch.

»Hören Sie, wenn ich Ihnen Flug und Hotel bezahle, würden Sie dann Nachforschungen für mich anstellen?« Sven Lißners Frage siebte in meine Gedanken wie ein angriffslustiger Wolf in ein wirr durcheinanderrennendes Rehrudel.

Im ersten Moment verstand ich ihn deshalb nicht und fragte dusselig: »Wo?«

»In Lissabon natürlich. Sie müssen ja nicht erste Klasse fliegen, und zum Schlafen muss etwas Billiges reichen. Und allzu lange wird es doch nicht dauern, oder?«

»Keine Ahnung«, sagte ich ebenso automatisch wie wahrheitsgemäß. »Das kann man nie vorhersagen.« Ich beugte mich zu ihm hinüber. »Aber verstehe ich Sie richtig? Sie wollen mich beauftragen, die Vergangenheit Ihres Vaters in Lissabon zu erforschen?« Was war das denn? Die Aufarbeitung eines alten Vater-Sohn-Traumas und die Suche nach etwaigen Geschwistern? Oder die Fahndung nach einem Auftragsmörder aus vergangener Zeit?

»Ja. Genau das will ich.« Plötzlich wirkte er nicht mehr wie ein verschreckter fünfzigjähriger Bubi, sondern ziemlich entschlossen. »Ich wollte schon immer wissen, woher das ganze Geld stammt und was er da gemacht hat. Aber meine Frau darf davon nichts erfahren. Das müssen Sie mir versprechen.«

»Tja«, sagte ich. Das kam nun wirklich sehr plötzlich.

»Was tja?«, revanchierte er sich ungeduldig für den Anfang unseres Gesprächs, als ich ihn unter Druck gesetzt hatte. »Ja oder nein? Wenn Sie meinen, dass der Alte ermordet wurde, diese Schüssler-Knack tatsächlich nichts von dem Testament zu ihren Gunsten wusste und ich ihn auch nicht getötet habe, dann führt die Spur unverkennbar nach Lissabon. Da könnte der Ausgangspunkt liegen. Das begreift sogar ein Laie wie ich.«

Was irgendwie logisch war. Und bezahlt wurde der Trip auch noch, ein Umstand, der auf meinen anderen Auftrag von der frisch ernannten Hilfssheriffine Marga bekanntlich nicht zutraf. Bei ihr wusste ich zudem Karla und Maria in den besten Händen. Beide alten Mädchen waren bereits verbrannt. Wenn also tatsächlich an der Serienmord-These etwas dran sein sollte, dann ließ sich durch die Körper sowieso nichts mehr nachweisen. Eile tat daher nicht not. Und um die kränkelnde Gesine Meeser kümmerten sich aufopferungsvoll der Doktor und Sandrine Übich. Was hielt mich also in Bokau? Genau.

»Gut«, gab ich würdevoll nach. »Aber ich fliege nicht mit einer Airline, auf deren Sitzen man gezwungen ist, drei Stunden mit den Knien in den Mandeln herumzubohren. Und ich lege mich auch nicht auf einer Isomatte unter eine Brücke. Ein Zimmer mit Bett und Dusche muss es schon sein.«

Oh Mann, Lissabon war zu dieser Jahreszeit bestimmt nicht zu verachten. Sonne, Wärme, ein laues Lüftchen, bei dem man nicht unwillkürlich ohne Hals über den Deich schlich, ein gut gekühlter Vinho Verde und dazu eine ordentliche Portion Bacalhau, wie die Portugiesen ihr Nationalgericht, den getrockneten Kabeljau, nennen. Ich war auf der Stelle schwer entschlossen, ihn in allen verfügbaren Varianten zu probieren: gegrillt, das weiße gekochte Fleisch gezupft und mit Ei serviert oder in Tomatensoße getunkt. Danach frischeste Sardinen, leckerste Tintenfische in Knoblauchsoße und körbeweise Pimientos. Herrlich! Magen und Seele, was wollt ihr mehr?

Um elf Uhr abends trudelte ich wieder in Bokau ein. Ziemlich groggy, aber höchst zufrieden mit mir. Lissabon im Frühling! Und das auch noch als bezahlte Dienstreise. Welche Privatdetektivin ohne Lizenz konnte wohl so etwas vorweisen? Ich kannte keine. Und das letzte Problem hatte ich auf der Höhe von Rendsburg gelöst: Ich würde Johannes bitten, während meiner Abwesenheit ein- oder zweimal die Schildkröten in ihrem Kühlschrank zu lüften. Mehr war ja nicht nötig, weil sie in ihrem Winterschlaf alles runtergefahren hatten: Herzschlag, Atmung, das Denken im Allgemeinen und im Besonderen … Und Johannes war in dieser Hinsicht höchst zuverlässig, weil er Tiere jeglicher Art liebte, ganz gleich ob sie einen Panzer trugen, vier oder zwei Beine hatten, gackerten, bellten, miauten oder quietschten.

Mein Anrufbeantworter blinkte, als ich die Tür zu meiner Villa öffnete. Nanu. Ich tippte auf meine nervende Agentin, doch es war Harry. Er habe es auf meinem Handy versucht, da springe nur die Mailbox an. Also habe er draufgequatscht und sicherheitshalber auch gleich hier. Ach Gott, ja, ich hatte nach dem Gespräch mit Sven Lißner tatsächlich vergessen, mein Handy wieder einzuschalten. Lissabon und die Frage, was eventuell dran war an dieser Spur, hatten mich die ganze Fahrt über beschäftigt. Erst als ich die Autobahn in Kiel verließ, war ich zu dem Schluss gekommen, dass es wenig nützte, weiterzugrübeln. Ich musste tatsächlich hinfahren und selbst recherchieren. Den Weg bis nach Bokau hatte ich daher intensiv mit der T-Shirt-oder-Pullover-Frage verbracht und mit der, ob ich nicht noch ein paar nette Tage ranhängen sollte, einfach so. Beides hatte mich kolossal abgelenkt. Es sei dringend, sagte Harry nun. Ob ich bitte schnellstens zurückrufen könne. Ups!

Hastig drückte ich seine Nummer, doch er ging nicht ran. Mir wurde auf der Stelle mulmig. Ob ihm der russische Geheimdienst auf den Fersen war? Wegen Barschels diverser dubioser Waffengeschäfte oder was immer der Mann noch so Krummes eingefädelt hatte? Die Putin-Jungs töteten ihre Gegner doch immer mal wieder mit irgendwelchen hochtoxischen Nervengiften auf englischen Parkbänken, und der Kreml-Herrscher gab sich anschließend so unschuldig wie ein neugeborenes Kind. Ich sauste rasch zur Toilette, dann versuchte ich es noch einmal. Wieder nichts, nur die Box sprang an. Mist. Und nun?

Ich probierte es bei Marga. Beim Festnetzanschluss erreichte ich ebenfalls nur den Anrufbeantworter. Also versuchte ich es über ihre Handynummer, denn dies hier war eindeutig wieder mal ein Notfall. Es rauschte, schepperte, knatterte, dann lachte jemand glucksend.

»Ja, wer da?«, meldete sie sich schließlich.

Mein Gott, das klang, als ob sie einen Butler-Kurs absolviert hätte. Nur ohne blasiertes Näseln. Oder hatte sie angesichts der späten Stunde vielleicht einen Kleinen im Tee? Egal.

»Weißt du, wo Harry ist?«

»Hier jedenfalls nicht«, lautete die gut gelaunte Antwort.

»Wo bist du denn?« Ich verspürte null Lust auf irgendwelche Spielchen.

»Ich bin im ›Elysium‹, Schätzelchen, und sitze mit Peter, Frank, Heike, Sandrine, Rudolf und Regina zusammen. Wir schnacken«, teilte sie mir in einem derart raunenden Tonfall mit, dass man mit den winkenden Zaunpfählen Silvias Wiese komplett hätte einfrieden können. Es war also nicht schwer, Margas versteckte Botschaft zu begreifen, die da lautete: Ich höre mich genau wie versprochen total unauffällig um, Schätzelchen.

Jetzt sprach sie ganz normal weiter.

»Wir werden hier eine neue Sektion von DePP gründen. Da geht die Post ab. Alle finden die Idee großartig. Dann hast du zum Möwenfüttern keine Zeit mehr, Sandrine. Dann ist Action angesagt. Gegen den zunehmenden Krach im Meer. Die setzen nämlich mittlerweile Airguns ein, das sind Druckluftkanonen, um den Meeresboden nach Erdgas- und Erdölvorkommen abzusuchen. Und Kurt will höchstwahrscheinlich auch noch mitmachen. Er –«

»Marga«, unterbrach ich ihren Redefluss drohend. »Weißt du, wo Harry ist, oder nicht?«

»Ja«, sagte sie schlicht. »Ich merke schon, dich interessiert unsere Arbeit nicht.« Pause. »Ich komme gut voran, Schätzelchen.« Erneute Pause. Natürlich meinte sie die Fortschritte in ihrem Job als Hilfssheriff. Die mussten allerdings ebenso warten wie die Suche nach einer etwaigen portugiesischen Pflegekraft oder einem Gärtner mit ebensolcher Staatsbürgerschaft, der sich nach dem Mord an Lißner senior umgehend aus dem Staub gemacht hatte.

»Oh, bei den Fällen, ja, sehr gut«, lautete mein lahmer Kommentar. »Wo ist er? Es ist wirklich dringend, Marga.«

»Ja doch. Ich verstehe schon. Er wollte sich noch einmal mit einem der Bodyguards von Barschel treffen. Der habe Informationen, die höchst brisant seien. Mit denen könne er den Mächtigen mal so richtig Feuer unter dem Hintern machen, hat er gesagt.«

»Wo?«, schnappte ich.

»Keine Ahnung. Das hat er nicht gesagt. Was ist daran denn so wichtig? Das ist doch alles super. Da hat der Junge endlich mal eine richtige Story, die man auch südlich von Hamburg liest.«

Und das wollte ein Hilfs-Watson sein?

»Barschel, Waffen, Geheimdienste!«, brüllte ich in die Membrane. »Noch nie davon gehört, dass manche Leute so ein nettes Plauderstündchen mit dem KGB, der CIA oder dem Mossad nicht überleben?«

Himmel, Arsch und Zwirn noch mal, sie hatten Harry vielleicht schon an einen geheimen Ort verschleppt, er kämpfte bereits mit dem Tod, und Marga stellte sich strunzdumm. »Die sind nämlich überhaupt nicht zimperlich!« Da gaben sich die russischen, amerikanischen und portugiesischen Geheimdienste bestimmt nicht viel. Bei all diesen Diensten saßen Pistolen und Gifte im Notfall locker. Und dann verschwand Harrys Leiche – mit einem Schubs aus einem Flugzeug befördert – auf Nimmerwiedersehen im Atlantik oder Pazifik.

»Schätzelchen –«

Ich drückte sie weg und überlegte fieberhaft. Plötzlich rückten die T-Shirt-Frage und Lißners Lissabon-Connection in weite Ferne. Wenn Harry Gierke durch seine exorbitante Dusseligkeit etwas passierte, dann würde ich ihn vierteilen und anschließend teeren und federn. Darauf konnte der Junge Gift nehmen!

Mein Telefon klingelte. Ich zuckte erschrocken zusammen. Kurz vor Mitternacht pflegte ich eher wenig zu telefonieren.

»Ja?«, meldete ich mich vorsichtig.

»Schöne Maid, hast du heut Abend für mich Zeit«, trällerte es in mein Ohr. So sprach niemand, der in einem finsteren Verlies gefoltert wurde oder, randvoll mit Blausäure und Zyankali, dahingeschieden auf seinen Abwurf in die Tiefen des Ozeans wartete.

»Hast du was genommen, Gierke?«

»Eine Currywurst vom Grill und zum Nachtisch drei Sahnebonbons mit Karamellgeschmack. Die Wurst war nicht so super. Ich muss – wie sagt man doch gleich in diesen Breitengraden? – egaalweg aufstoßen.«

Ich plumpste auf meine Couch und fing an, in meiner Telefonschnur herumzuringeln. Manchmal machte mich dieser Mann wahnsinnig. Und plattdeutsche Worte benutzte er sonst nie.

»Was gibt es denn so Wichtiges, Harry?«, ranzte ich ihn an.

»Sind wir nicht gut drauf, Königin meines Herzens?«

Ich verdrehte die Augen. Und ringelte. Eher würde ich mir die Zunge abbeißen, als ihm zu erzählen, dass ich mir vor Angst um ihn fast in die Hose gemacht hatte. Die Genugtuung würde ich ihm nicht gönnen!

»Ich bin ziemlich müde, weil ich eben erst von Amrum zurückgekommen bin. Also, mach's kurz. Ich will in die Heia.«

»Tja.« Plötzlich klang er ziemlich unsicher. »Das ist dann vielleicht nicht der richtige Zeitpunkt.«

»Für was, Harry?«

»Ich wollte dich um etwas bitten.«

»Ja, das habe ich verstanden. Was ist es?«

»Ich denke, ich melde mich morgen einfach noch mal. Schlaf schön, Hemlokk. Und träum süß.«

»Harry Gierke«, explodierte ich. »Wenn du mich überreden willst, Barschel heimlich wieder auszugraben, um seine Leiche, oder was von dem Mann übrig ist, untersuchen zu lassen, oder Engholm zu entführen, um ihn unter Druck zu setzen, dann kann ich dir jetzt schon sagen: Mach diesen Käse allein. Und ich will überhaupt nicht wissen, was der Bodyguard dir so Sensationelles erzählt hat. Es interessiert mich nicht, verstehst du?«

»Darum geht es doch gar nicht«, sagte Harry. Er klang verdächtig sanft.

»Nein?«, fragte ich drohend.

»Nein. Und der Bodyguard war eher eine ... äh ... Luftnummer. Nein, es ist vollkommen harmlos, worum ich dich bitten möchte. Es betrifft diese beknackte Brieftaubenstory. Die Bilder sind nicht richtig geworden. Manche sind unscharf, bei anderen ist der Ausschnitt blöde und nicht vorzeigbar. Und du kommst doch super mit den Leuten zurecht.«

Unwillkürlich richtete ich mich bei seinen Worten auf und unterbrach mein Ringeln. War es etwa das, was ich vermutete?

»Ich soll mitkommen, wenn du noch mal hinfährst, um neue Bilder zu schießen?«, fragte ich belämmert und kam mir unsagbar doof vor. Von meuchelmordenden Geheimdiensten über portugiesische Todespfleger, stocksaure Geliebte oder uneheliche Kinder und rachsüchtige ehemalige Geschäftspartner zur – Brieftaube. Das war doch mal ein Abstieg.

»Ja, das wäre wirklich furchtbar nett.« So etwas kam ihm sonst nie über die Lippen. »Wenn die Bilder bei einer Story nichts taugen, ist das schlecht. Sehr schlecht. Und du meinst doch, ich solle mich da richtig hinterklemmen.«

»Ja«, sagte ich. Dann fiel mir etwas ein. »Aber ich kann nicht mitkommen. Ich fahre nach Lissabon.«

»Wegen der Urne? Das gibt es doch nicht.« Seine hörbare Überraschung tat mir gut. Ich konnte auch mit den Großen spielen, nicht nur er.

»Doch. Und ich kriege Flug und Hotel sogar bezahlt.«

»Von wem?«

»Sven Lißner.«

»Und was soll das? Zieht's bei dem etwa im Oberstübchen?« Harry, ganz der Alte, klang, als sei mein Auftraggeber komplett meschugge.

Ich erzählte es ihm trotzdem. Dass ich Sven zwar weiterhin

als Vatermörder in Verdacht hatte, er jedoch zu Recht auf die Lissabon-Spur hingewiesen habe, weil dort sowohl im privaten als auch im geschäftlichen Bereich ein mögliches Mordmotiv zu finden sei. Und was tat Harry? Er lachte.

»Also wirklich, Hemlokk, das ist doch nichts weiter als eine dieser bescheuerten Komplott-Theorien, die heute so en vogue sind. Nach so langer Zeit tut sich doch da nichts mehr. Wer will denn so einem alten Knacker nach vierzig Jahren ans Leder? Nee, der Lißner will dich ablenken. Und seit wann spielst du überhaupt die Psychotante und arbeitest verkorkste Kindheiten für Männer auf, die kurz vor der Rente stehen?«

»Es könnte eine Spur sein, Harry. Sie ist zwar nicht heiß, zugegeben, trotzdem kann ich sie nicht außer Acht lassen.« Aus irgendeinem unerfindlichen Grund war ich verschnupft. »Und so ist es gar nicht.«

»Unsinn«, schimpfte Harry. »Der hat sie ja nicht mehr alle. Aber wenn er dich für seine Klatsche bezahlt, soll's recht sein. Ich hätte dazu keine Lust.«

»Nach Lissabon zu reisen?«, fragte ich sanft.

»Doch, die Stadt ist bestimmt schön. Aber ich kann momentan nicht weg. In der Barschel-Sache tut sich nämlich einiges. Da gibt's ja nicht nur so einen labernden Personenschützer.« Ich tat ihm nicht den Gefallen nachzufragen. Er verstand. »Also, wann fliegst du?«

»Höchstwahrscheinlich übermorgen. Sobald ich einen Flug kriege.«

»Wunderbar«, sagte Harry. »Die drei Unterhosen, die du für den Trip brauchst, packen sich ja von allein. Dann hast du morgen den ganzen Tag über Zeit für die Piepmätze.«

Och nö. Mir war ganz und gar nicht nach Herrn Matthiessen und seinen drögen Jungs.

»Nein, habe ich nicht«, widersprach ich also. »Ich muss mir nicht nur den Flug besorgen und das Hotel buchen, sondern auch noch Johannes anrufen wegen Gustav und Hannelore.«

»Um elf, Hemlokk?« Harrys Stimme klang plötzlich butterweich. »Es dauert auch bestimmt nicht lange. Bitte, bitte, bitte.«

Er sprach es aus wie »bütte, bütte, bütte«. Und dabei machte er bestimmt so eine Schnute, der ich noch nie hatte widerstehen können. Zugespitzt und mit äußerst kussfreudigen Lippen. Und er hatte ja recht: Ein Nachmittag reichte dicke, um alles auf die Reihe zu kriegen.

»Na gut«, gab ich mich geschlagen. »Aber spätestens um eins will ich wieder zurück sein.«

SIEBEN

Am nächsten Morgen buchte ich gleich nach dem Frühstück im Netz einen Direktflug von Hamburg nach Lissabon und eine billige Pension im Campo de Ourique, einem zwar etwas außerhalb vom Zentrum gelegenen, aber immer noch höchst angesagten Viertel, wie mir auf der Homepage des Etablissements auf Portugiesisch, Spanisch, Englisch, Französisch und Russisch versichert wurde.

Es war erst halb zehn. Also machte ich mich über die Wetterdaten her, um die T-Shirt-oder-Pullover-Problematik endgültig zu klären. Tagsüber kamen wir auch schon mal auf zwanzig Grad, nachts fielen die Temperaturen auf schlappe zwölf. Mhm. Da griff anziehtechnisch wohl eindeutig das Zwiebelprinzip, will heißen, wenn es hart auf hart kam, sollte ich Jacke, Pullover, T-Shirt und Unterhemd je nach Bedarf an- oder ausziehen können. Denn wer wusste schon, wo ich bei meinen Ermittlungen landete? Und ob ich nicht auch nachts arbeiten musste? Mafioso-Konferenzen finden doch eher im Dunkeln statt. Oder waren die Paten jetzt schon so weit, dass sie sich ganz offen um elf Uhr vormittags in einem Kongresszentrum trafen, um ihre kriminellen Angelegenheiten bei einem Chai-Tee oder einem Latte macchiato zu besprechen? Keine Ahnung. Ich würde es herausfinden.

Seltsam fand ich nur, dass Marga Lißners portugiesische Zeit niemals erwähnt hatte. Wusste sie nichts davon, oder hatte er ihr die bewusst verschwiegen? Aber weshalb? Ich rief sie an. Nein, sie habe nichts von Karls Lissabonner Vergangenheit geahnt, teilte sie mir mit. Sei das nicht verdächtig, fragte ich. Nein, der Mann habe sich einfach nicht gern in die Karten gucken lassen und eben nicht unter Logorrhöe – »Das ist krankhafte Geschwätzigkeit, Schätzelchen« – gelitten, lautete die Antwort. Nun denn. Ich fragte nach etwaigem portugiesischem Personal im »Elysium«. Marga wusste nichts. Zwei Pflegerinnen aus der Ukraine kannte sie, eine Köchin von den Philippinen und einen Hilfsgärtner aus dem Jemen oder Syrien, der zwar immer freundlich lächelte, allerdings kein Wort Deutsch sprach. Aber einen Portugiesen? Nein, nicht dass sie wüsste, sie würde sich jedoch umhören. Ob denn mit Harry alles in Ordnung und ich mit Karls Sohn weitergekommen sei? Ich beruhigte sie und erzählte ihr von meinem Lissabon-Trip, was sie zu einem leisen Pfiff durch die Zähne und der Bemerkung »Mehrere uneheliche Kinder in Portugal? Ja, das kann ich mir bei Karl locker vorstellen. So war er. Der ließ nichts anbrennen« veranlasste.

Von irgendwelchen umwerfenden Erkenntnissen, die sie durch ihre Gespräche im »Elysium« gewonnen hatte, sagte sie nichts. Was mir verriet, dass sie wohl nur im Lichte des Abends und des einen oder anderen Glases Weins so sensationell gewesen waren. Gerade als ich den Stapel mit den neueren Shirts auf meinem kombinierten Arbeits-, Ess- und Vergnügungstisch noch einmal kritisch sichtete, ploppte eine Mail meiner Schmalzheimer Agentin auf. Kein Dreizeiler wie sonst üblich, mit knappen geschäftsmäßigen Anweisungen nach dem Motto »Adel tut mal wieder not«, sondern ein satter Dreißigzeiler. Oha. Widerwillig und genervt, dass sie mir mitten in meine Reisevorbereitungen siebte, fing ich an zu lesen.

Zunächst versicherte mir Julia Schiebrecht hoch und heilig, dass sie meine Bedenken hinsichtlich der Problem-Geschichten mit integrierter Lösung in Ich-Form voll und ganz verstehe, akzeptiere und respektiere. Das war für meinen Geschmack des Guten etwas zu viel. Aaaber – wer hätte das gedacht, gell? – sie habe, und dies wolle sie mir lediglich völlig unverbindlich mitteilen und zu bedenken geben, jetzt noch einen weiteren potenziellen Abnehmer für derartige Storys an der Hand, sodass es, sollte ich mich doch entschließen können, solche Geschichten zu schreiben, fast einer Abnahmegarantie gleichkäme. Puh, das war wirklich eine richtig dicke, fette Wurst, die sie mir da unter die Nase hielt. Denn in Vivian LaRoches Gewerbe ist zunächst einmal alles unsicher. Nichts Genaues weiß man nicht, zumindest als Autorin: Ob überhaupt und wann ein Schmalzheimer angenommen wird, steht immer in den Sternen. Was natürlich direktemang Auswirkungen auf das Portemonnaie hat und in suboptimalen Tagen die ohnehin schlechte Laune zusätzlich trübt.

Tja, und was nun, Vivian? Ich schob den T-Shirt-Stapel beiseite und setzte mich. Bleiben wir bei unserer ablehnenden Haltung aus Prinzip, oder geben wir nach und passen uns den Realitäten an, Hemlokk? Unglücklich stierte ich auf den Bildschirm, als mich ein Hämmern an der Tür erlöste. So hämmerte nur eine, und richtig, Bruchteile von Sekunden später stand eine atemlose Marga auf meiner Schwelle.

»Schätzelchen …«, keuchte sie.

»Noch eine Leiche?«, fragte ich alarmiert und sprang auf. »Setz dich doch erst mal. Du siehst aus, als würdest du gleich aus den Puschen kippen.« Ich angelte nach einem zweiten Becher, füllte ihn mit Tee, tat zwei Löffel Zucker hinein, dazu noch einen ordentlichen Schubs Milch und rührte um. Dann hielt ich ihn Marga hin.

»Trink«, befahl ich autoritär wie Richard in seinen besten Zeiten, wenn das Camillchen schwächelte. Marga gehorchte. »Also, wer ist gestorben?«

»Noch niemand. Aber Gesine geht es wirklich immer schlechter. Wir fürchten alle, dass sie es nicht mehr lange macht. Heute Nacht war der Arzt schon wieder da.«

»Und?«

»Das Personal schweigt wie ein Mafia-Clan. Wir wissen nichts. Datenschutz, behaupten die offiziell.«

»Da könnte etwas dran sein«, wagte ich zu bemerken.

»Papperlapapp«, wies Marga mich aufgebracht zurecht. »Doch nicht in so einem Fall. Da geht es um Leben und Tod, und wir haben ein Recht darauf, grundlegend informiert zu werden.« Ich beließ es dabei. Es hatte keinen Sinn; Marga und der in dieser zunehmend durchdigitalisierten Welt immer wichtiger werdende Gedanke des Datenschutzes existierten in unterschiedlichen Sphären.

»Und was ist mit dieser Sandrine?«, fragte ich stattdessen. »Die bringt ihr doch Essen. Weiß die denn nichts?«

»Nein. Die durfte in den letzten zwei Tagen nicht mehr zu ihr.« Das war nun wirklich seltsam. Oder auch nicht, denn wenn es der Meeser schlechter ging, hielt man Besuch besser fern. Und Übich war keine enge Verwandte. »Man hat sie aufgefordert, das Essen einer Pflegekraft zu übergeben. Die werde es dann an Gesine weiterleiten, haben sie gesagt. Aber sie lassen sie nicht mehr zu ihr. Wovor haben die Angst? Da stimmt doch etwas nicht, Schätzelchen!«

Das sei dahingestellt, dachte ich heimlich, still und leise. Aber was sollte bloß diese Geheimnistuerei? Das machte die Leute doch nur misstrauisch.

»Du musst dich endlich ordentlich darum kümmern. Ich allein komme da nicht weiter«, sagte Marga und hielt mir den leeren Teebembel hin. Ich füllte nach. »Die rotten uns aus! Das ist Altendiskriminierung.«

»Mhm«, machte ich. »Das wird schwierig. Ich muss gleich mit Harry noch einmal zu den Brieftauben. Und morgen düse ich, wie du weißt, nach Lissabon.«

Marga guckte mich bittend an.

»Kannst du den Flug nicht ein, zwei Tage oder besser noch eine Woche verschieben?«

»Nein, das geht schlecht«, lehnte ich spontan ab. Zugegeben, es war auch ein Hauch von Egoismus dabei. Nachher überlegte es sich Sven Lißner womöglich noch anders. Und dann konnte ich sehen, wie ich eine Dienstreise nach Lissabon bekam. »Es ist bereits alles gebucht. Und ich fahre ja nicht zum Vergnügen hin, sondern –«

»Weiß ich doch«, brummelte Marga. »Ich fühle mich allein bloß so schrecklich hilflos. Meine Stärken liegen auf anderen Gebieten. Ich bin nun einmal keine Detektivin.«

»Nein«, stimmte ich ihr nachdenklich zu. Da waren wir ganz einer Meinung. »Aber weißt du was? Ich werde Harry fragen, ob er dir hilft. Was hältst du davon?«

»Oh ja.« Marga war die Erleichterung anzuhören. »Das ist eine gute Idee.«

Da war ich mir zwar nicht so sicher, aber ich schluckte meine

Zweifel hinunter. Ich würde mein Bestes geben, um ihn von der Notwendigkeit dieses Einsatzes zu überzeugen. Barscheln konnte er auch später noch. Der Mann hatte schließlich bereits vor über dreißig Jahren das Zeitliche gesegnet, und alle Spuren dürften mittlerweile eiskalt sein, während im »Elysium« brandheiß gestorben wurde. Außerdem betrachtete er Marga als Freundin, und sie brauchte ihn.

Nachdem eine beruhigte Frau Schölljahn einen weiteren Becher Tee getrunken hatte und anschließend gegangen war, setzte ich mich wieder an den Computer. Es half ja nichts, eine Antwort an meine Agentin musste her. Und zwar je eher, desto besser. In solchen Moment vermisste ich meine tierischen Ratgeber wirklich mehr denn je. Silvia hätte bestimmt vielsagend ihren Schwanz gehoben und den Rücken gekrümmt, um einen heißen Strahl abzulassen, was in ihrer Sprache bedeutete: Ganz gleich, womit die Sülzheimerine verführerisch wedelt, lass die Finger davon. Gustav hingegen gehörte eher der materialistischen Fraktion an. Mein Kröterich dachte nur an seine Salatblätter und würde zu jedem Zugeständnis raten, damit ich ihm und Hannelore die zuverlässig besorgen konnte. Doch war schnöder Mammon für mich jemals ein Argument gewesen?, überlegte ich, als der Laptop in Ruhestellung ging und der Bildschirm sich abschaltete. Nein, war er nicht. Weder in Form von Salatblättern noch in Form von Euroscheinen oder Abnahmegarantien.

»Liebe Frau Schiebrecht«, haute ich also in die Tasten, nachdem ich mich mit einem weiteren Tee gestärkt hatte; die Brieftaubenleute würden ja wohl ein Klo in ihrem Vereinsheim besitzen. Ich wüsste ihr Engagement wirklich zu schätzen, aber die Antwort lautete aus den bekannten Gründen immer noch nein. Ich säße allerdings mittlerweile an einem Ladykrimi. Den zu schreiben, falle mir nicht schwer, log ich dreist, sodass sie sich darauf einstellen könne, künftig von der LaRoche auch mit Mordgeschichten versorgt zu werden, in denen es inmitten der ganzen Todesfälle, Diebstähle und Betrügereien zwischen Richard und Camilla knistere wie nach einer Brandstiftung. Okay, ich formulierte es einen Tick anders. Dann grüßte ich sie freundlich und schickte die Mail ab. Viertel vor elf. Ich musste los, Harry und die Brieftauben warteten.

Draußen war es noch grundkühl – wenn es hochkam, schätzte ich die Gradzahl auf maximal dreizehn bis fünfzehn –, aber die Sonne versuchte bereits mit Macht, Abhilfe zu schaffen, als ich den Weg zum Haupthaus hinaufhastete. Harry wartete schon auf mich. Ein Blick in sein Gesicht verriet mir, dass es mit seiner Laune nicht zum Besten stand. Seine Mundwinkel merkelten, und der Brilli in seinem rechten Ohrläppchen schien jede Strahlkraft verloren zu haben. Meine Marga-Mission würde keine leichte sein.

»Da bist du ja endlich, Hemlokk«, empfing er mich auch schon knurrig, ganz ohne Kuss und Tango-Einlage, was ohne Zweifel zwar rückenschonender, aber auch langweiliger war. Wir schrieben zwei Minuten vor elf.

»Moin, Harry«, grüßte ich fröhlich zurück, verzichtete in Anbetracht der Dinge, die da kommen sollten, auf eine Replik und stieg ein. Ich summte sogar vor mich hin, als wir an der »Heuschrecke« vorbeikurvten.

»Dir geht's ja gut«, stellte der Miesepeter an meiner Seite düster fest.

»Ja, tut es. Dir nicht so ganz, wie ich sehe«, wagte ich mich vorsichtig vor.

»Unsinn. Es läuft alles bestens«, wehrte er auch schon ab. Was kompletter Schwachsinn war, dafür hätte ein kurzer Flirt mit dem Spiegel gereicht. War das ein Vorteil für mich? Ich würde es gleich erfahren.

»Ach ja?«, bemerkte ich zweifelnd.

»Ja, tut es«, kam es patzig zurück. »Ich kriege eine Info nach der nächsten. Das ist wirklich alles hochinteressant. Einer der anderen Personenschützer von Barschel zum Beispiel – der Mann stand natürlich vierundzwanzig Stunden unter Schutz und wurde von einer ganzen Truppe bewacht – ist eine richtig heiße Nummer.«

»Er kannte Uns Uwe also richtig gut?«, versuchte ich die

angespannte Atmosphäre mit einem Fußballerwitz der älteren Generation zu lockern.

»Haha, sehr komisch. Aber doch, ja, ich denke schon.« Harry touchierte fast einen Radfahrer, der uns mit erhobenem Arm den Stinkefinger zeigte. Recht hatte der Mann.

»Behauptet er.« Grundgütige, Gierke, was bist du doch bloß manchmal für ein naives Kerlchen. Der Knabe wollte sich höchstwahrscheinlich lediglich wichtigmachen und brauchte jemanden zum Schnacken. Da lag die Krux, nicht in irgendwelchen hochgeheimen Geheiminformationen.

»Fakten, Harry. Fakten«, stieß ich meinen Liebsten mit der Nase auf sein eigenes Credo. »Was ist damit? Wie oft hat er ihn beispielsweise bewacht? Über welchen Zeitraum? Bei welcher Aktion? Zu welcher Tages- oder Nachtzeit?«

»Na ja, ständig war er wohl nicht um ihn herum. Das ließen die Dienstpläne nicht zu.«

»Die Dienstpläne. Aha.«

»Ja doch«, knurrte Harry gereizt. »Personenschützer sind Beamte. Die machen –«

»Dienst nach Vorschrift. Ich verstehe.«

»Gar nichts verstehst du.«

Es folgte ein ungemütliches Schweigen.

»Na ja, also wie auch immer, bei dem war ich gestern«, nuschelte Harry, bevor ich ihn mit weiteren unangenehmen Fragen unterbrechen konnte. »Nahm sich vielleicht selbst ein bisschen wichtig, aber dafür habe ich auch einiges aus ihm herauskitzeln können.«

Was ich bezweifelte. Auf den Mann waren bestimmt im Laufe der Jahrzehnte schon etliche Journalisten und Autoren zugekommen. Die von ganz anderem Kaliber gewesen waren als mein Harry-Schätzchen! Um es rundheraus zu sagen: Ich tat ihm einen Riesengefallen, wenn ich ihm einen Ausweg aus der Barschel-Misere eröffnete, indem ich ihn um Hilfe für Marga bei den »Elysium«-Toten bat. Harry konnte sein Gesicht wahren, wenn er den Ex-Ministerpräsidenten an den Nagel hängte, und Marga ward geholfen. Einmal ganz davon abgesehen, dass er durch sein Eingreifen vielleicht eine weitere Tragödie im Park verhindern konnte.

»Hör mal«, begann ich behutsam, denn Harry konnte manchmal ein echtes Sensibelchen sein. »Marga war heute Vormittag bei mir.«

»Schön. Und?«

»Sie hat Angst. Im ›Elysium‹ steuern sie nämlich gerade auf einen weiteren Todesfall zu. Und –«

»Nein«, sagte Harry, stur wie ein übel gelauntes Muli auf die Straße starrend sowie die grandiose Möglichkeit zum Ausstieg ignorierend, die ich ihm bot.

»Was nein?«

»Ich habe dir schon einmal gesagt, dass mich das nicht interessiert.«

Ja, hatte er. In aller Deutlichkeit. Ich war die Ruhe selbst.

»Aber Marga braucht dich«, gab ich beherrscht zu bedenken. »Dringend sogar. Und das wäre mal ein richtiger Scoop. Damit würdest du beruflich ganz groß rauskommen. Überregional, ach was, international vermutlich. Und es hat den Vorteil, dass da noch keiner dran war.«

»Nein, verdammt! Ich bin mit Barschels Ex-Bodyguard so kurz vor dem Ziel.« Er illustrierte seine Behauptung, indem er mir Daumen und Zeigefinger unter die Nase hielt. Zwischen beide passte knapp eine liegende Stecknadel. Ich unterdrückte nur mit Mühe ein unwilliges Ächzen. Der Mann hatte ja ganze Tomatenfelder auf den Augen.

»Unsinn, Harry. Dieser verkabelte Sonnenbrillen-Ex-Gorilla –«

»Lass deine Vorurteile in der Schublade, Hemlokk. Nein, sagte ich. Ich bleibe an der Barschel-Sache dran. Da hat Marga Pech. Tut mir leid. Der Bodyguard ist nämlich eine wirklich heiße Nummer. Er hat mir bereits Details verraten, die ich noch nirgendwo gelesen oder gehört habe.«

»Einfach so? Ohne Wanzen-App im Handy?«, stichelte ich, weil ich es nicht in Ordnung fand, dass er die arme Marga so hängen ließ und ein Betreten der goldenen Brücke, die ich ihm baute, schnöde verweigerte. Und vielleicht merkte er ja nun dank meiner verbalen Schützenhilfe von allein, was für einen Schwachsinn er da erzählte. »Oder hast du den armen Mann verappen können, als er mal kurz für kleine Jungs ging? Und jetzt plaudert der tagein, tagaus mit allen damals wichtigen Leuten?«

Gut, es war vielleicht nicht ganz so klug, derart darüber zu spotten, aber dass Harry Gierke gleich so hochgehen würde, hätte ich nicht gedacht.

»Was ist denn das für ein saublödes Wort? ›Verappen‹ sagt doch kein Mensch!«, schnauzte er mich an und versetzte dem Lenkrad mit der Rechten einen Schlag.

»Ich finde es schön«, bemerkte ich, während wir in halsbrecherischem Tempo hinter Lutterbek die Kreisstraße Richtung Wendtorf entlangschlingerten. Ich begann ernsthaft, um meinen Ermittlungsurlaub in Lissabon zu fürchten.

»Harry«, säuselte ich daher begütigend. »Die Täubchen sind bestimmt nicht alle ausgeflogen. Wir müssen uns nicht so beeilen.«

»Du weißt immer alles besser, was!«, knirschte er, während wir uns so flott in eine Kurve legten, dass jeder Ferrari-Pilot vor Neid erblasst wäre. Unwillkürlich stemmte ich haltsuchend die Füße gegen den Boden.

»Hör mal, wenn du Nörpel gegen eine Pappel setzt, ist auch niemandem geholfen«, wandte ich ein. Harry bremste scharf ab. Wir standen wie eine Eins.

»Willst du fahren, Hemlokk?«

»Nein. Es ist dein Auto«, gab ich spontan zurück.

Herrjeh, wie unterirdisch war das denn? Wir zankten uns ja wie ein Ehepaar kurz vor der goldenen Hochzeit. Ich musste über mich selbst den Kopf schütteln.

»Komm, lass uns noch einmal von vorn anfangen«, bat ich nach drei tiefen Atemzügen. »Was hat er denn nun gesagt, dein Personenschützer?« Auch wenn es mir sauschwer fiel – Marga und die Todesfälle im »Elysium« mussten warten. In Harrys derzeitiger Verfassung wäre es keine kluge Idee, ihn überreden zu wollen, sich darum zu kümmern. Selbst die leiseste Andeutung, dass er in einer Sackgasse steckte, würde ihn abzischen lassen wie die sprichwörtliche Rakete.

»Er ist nicht mein –«

»Schon klar«, gab ich dem Mimöschen augenblicklich nach. »Der Bodyguard also. Was hat er gesagt?«

Auf Harrys Gesicht erschien zumindest der Ansatz eines triumphierenden Grinsens. Krachend legte er den ersten Gang ein, und wir fuhren in normalem Tempo weiter.

»Oh, er hat angedeutet, dass Barschel überhaupt nicht mit seinem Konkurrenten Engholm umgehen konnte, weil er sich ihm total unterlegen gefühlt habe. Seit der Oppositionsführer geworden sei, habe er unter dem gelitten. Weil Engholm ja ein Mann von Welt gewesen sei, während Barschel aus kleinen Verhältnissen stammte und sich ständig minderwertig fühlte. Deshalb sei er komplett verkrampft gewesen, als der Wahlkampf losging und Engholm aufholte.«

»Ach Gottchen«, entfuhr es mir unwillkürlich. Aus den Socken hauen tat mich diese Information nun wahrlich nicht. Das hatte schon damals in einigen Gazetten gestanden und wurde auch jetzt noch regelmäßig hervorgehoben, wenn sich der Jahrestag von Barschels Badewannentod jährte. Doch sollte ich ausgerechnet jetzt den ziemlich empfindsamen Investigativjournalisten darauf hinweisen? Ganz sicher nicht.

»Ein Mensch mit zwei richtigen Doktortiteln wie Barschel, ich meine, ohne einen ehrenhalber, war mir schon immer suspekt«, bemerkte ich stattdessen launig.

Harrys Miene verfinsterte sich augenblicklich. Stur stierte er geradeaus.

»Haha«, bequemte er sich schließlich zu knurren. Mit dem Mann war heute wirklich nicht zu reden!

»Und weiter?«, fragte ich so freundlich, wie ich konnte. Es fiel mir ziemlich schwer. Hoffentlich blieben wir nicht auch noch irgendwo im Stau stecken, ich mit Harry Seite an Seite, seiner fixen Idee ausgeliefert! Brieftauben waren mir mittlerweile dreimal lieber als dieser blöde tote Barschel. »Hat deine Quelle noch mehr verraten?«

»Ja, hat sie. Aber du willst das ja bestimmt nicht hören.«
»Doch, Harry. Ich will. Also, spuck's aus.«
»Na ja, er hat auch noch gemeint, Niederlagen seien für Uwe Barschel überhaupt nicht denkbar, Erfolge dagegen alles für ihn gewesen. Dafür habe er alles, wirklich alles getan«, teilte mir Harry mit so ernster Stimme mit, als gäbe er ein lang gehütetes Staatsgeheimnis preis.
»Und das alles will der Mann höchstpersönlich bei ein paar Einsätzen als Leibwächter mitgekriegt haben? Arbeitet der jetzt vielleicht als Profiler beim FBI?«, entfleuchte es mir, bevor ich meine Zunge verknoten konnte.
Harry gab einen sperrigen Laut von sich. Immerhin tippte er nur leicht aufs Gaspedal, sodass wir die nächste Kurve lediglich mit spürbar wirkender Fliehkraft, aber ohne quietschende Reifen nahmen.
»Nein, tut er nicht.«
»Was tut er dann?«
Schweigen.
»Harry!«, sagte ich schließlich gereizt, während ich spürte, dass mein noch vorhandenes Quäntchen Geduld schmolz wie ein Zitroneneis in der sommerlichen Mittagsglut. »Irgendetwas muss der Mann doch arbeiten. Im Beschützergewerbe wird man nicht so reich, dass es für den Rest des Lebens genügt. Oder ist er schon Rentner?«
»Nee. Erst in drei Jahren ist es so weit.« Harry räusperte sich so vorsichtig, dass ich sofort Lunte roch. Du meine Güte, der Sicherheitsmann arbeitete doch nicht etwa als Profimeuchler in der Schönberger Szene? Oder drehte Pornos von Pensionären für Pensionäre im Gemeinschaftsraum des »Elysium«, die er dann auf dem Leckertung-Platz in aller Heimlichkeit verscherbelte?
»Also, Heiner ist Wachmann bei einer Securityfirma in … äh … Bredstedt.«
Grundgütige! Das war ja noch besser. Denn zu Deutsch hieß das, der Mann schlich abends und nachts durch leere Büroräume, machte das Licht aus und setzte anschließend einen Ha-

ken auf irgendeine Liste, bevor er den Fernseher anschaltete oder im Internet daddelte.

»Na, wenn das keine ausgewiesene Fachkraft ist, was das Seelenleben gewesener Ministerpräsidenten betrifft«, spottete ich. Sonst war Harry Gierke doch nicht so ein Einfaltspinsel. Mit diesen sogenannten Informationen konnte er nicht einmal seine Oma aus dem Lehnstuhl locken, geschweige denn einen journalistischen Knaller landen. »Harry, ich denke, wir müssen wirklich noch einmal ernsthaft über diesen Job reden. Marga meint, im ›Elysium‹ –«

»Nein, müssen wir nicht.«

»Doch.«

»Nein!«

Nörpel fing schon wieder an zu schlingern. Wenn wir Glück hatten, schlidderten wir lediglich auf einen Blechschaden und nicht auf zwei Genickbrüche zu. Ich ließ mich trotzdem nicht beirren.

»Du übernimmst dich damit meiner Meinung nach total. Und deshalb wäre es besser, wenn du jetzt am Anfang die Reißleine ziehen würdest. Mensch, direkt vor deiner Nase liegt im ›Elysium‹ eine Bombenstory. Ich muss nach Lissabon, ich kann Marga bei ihren Ermittlungen nicht helfen, aber du kannst es. Wenn ihr beide zusammen –«

»Nein!«, wiederholte er heftig. »Ich will mein Leben nicht mit Reportagen über Brieftauben- und Karnickelvereine beenden. Das musst du einfach verstehen.«

Ja doch, natürlich, das tat ich ja. Aber eine Nummer kleiner würde es für den Anfang auch tun. Das war ›Fakt‹, um eines von Harrys Lieblingsworten zu zitieren. Und so leicht gab eine Hanna Hemlokk nicht auf.

»Ich rede nicht von Brieftauben und Karnickeln, sondern von dreieinhalb Toten im Wohnpark«, stellte ich daher klar, um ihn endlich wachzurütteln.

Harry jaulte genervt auf, man konnte es nicht anders nennen. Mir war bislang gar nicht bewusst gewesen, was er für Töne auf Lager hatte.

»Mein Gott, du und Marga! Ihr bildet euch da doch nur etwas ein! Du langweilst dich zu Tode mit deinen Sülzletten, und Marga wird offenbar langsam senil. Deshalb seht ihr Gespenster, wo es keine gibt. Das ist nun einmal ein Park für alte Leute. Da wechseln die Bewohner, nun ja, zwangsläufig relativ häufig. Da ist nichts seltsam dran.«

»Aber derart viele sterben nicht mal eben in so kurzer Zeit weg. Das ist verdächtig«, hielt ich dagegen, ohne meine eigenen Zweifel an der These zu erwähnen. Die würden wir später erörtern. Marga hätte ihre helle Freude an meiner Argumentation gehabt. Und auf seine Beleidigungen würde ich nicht eingehen, das brachte nichts.

»Ach, und das weiß Hanna Hemlokk natürlich wieder einmal ganz genau!«

»Nein, weiß sie nicht. Aber ich werde schon hellhörig, wenn da fast jede Nacht jemand mit den Füßen voran rausgetragen wird«, log ich.

Er beschränkte sich auf ein herablassendes Schnaufen.

»Und Marga kann dir die ganzen Kontakte herstellen. Sie kennt die Leute. Zur Barschel-Szene hast du dagegen keinerlei Zugang«, argumentierte ich hitzig. »Die wirklich wichtigen Leute tricksen dich doch aus wie einen dummen Jungen. Das ändert sich auch durch so eine Belauschungs-App nicht.«

Wir bretterten auf den Hof der Brieftaubenfreunde. Harry brachte Nörpel fast mit einer Vollbremsung zum Stehen.

»Harry?«, sagte ich vorsichtig und ignorierte tapfer den Schweißfilm auf meiner Stirn, als er schwieg. Seine Hände umklammerten das Lenkrad. Und ja, die Knöchel werden wirklich weiß, wenn man nur feste genug zulangt.

»Du hältst mich für einen kompletten Versager. Gib's zu, Hemlokk.«

»Nein. Das stimmt nicht«, protestierte ich. Oje, was hatte ich da bloß angestoßen. »Aber in diesem speziellen Fall ist es erstens unklug und zweitens aussichtslos weiterzumachen. Du verrennst dich da in etwas. Und du hast mit den ungewöhnlich vielen Toten im ›Elysium‹ eine Alternative.« Irgendwo war verdammt noch eins Schluss mit dem Herumgerede um den heißen Brei.

»Du traust mir nichts zu. Darum geht's.«

»Falsch. Ich traue dir nur diesen Job nicht zu. Den im ›Elysium‹ hingegen schon. Das ist ein himmelweiter Unterschied.«

Gerade wollte ich noch ein paar abmildernde und tröstende Worte hinterherschieben, als uns ein lautes Klopfen an meiner Beifahrerseite zusammenzucken ließ.

»Das ist aber eine Überraschung«, dröhnte Herr Matthiessen durch die geschlossene Scheibe. Ich ließ sie herunter. »Wollen Sie unserem Verein beitreten? Wir könnten junges Blut wunderbar gebrauchen.«

»Nee«, nölte Harry, »eher spring ich –«

»Hallöchen, Herr Matthiessen«, flötete ich dazwischen, während ich meinem Lover unauffällig einen Rippenstoß versetzte. »Das ist aber schön, dass Sie gerade hier sind.« Ich setzte eine angemessen betrübte Miene auf. »Aber nein, so einem zeitintensiven Hobby wie der Brieftaubenzucht zu frönen, erlauben uns unsere beiden Berufe leider nicht.«

»Schade«, sagte Herr Matthiessen.

Harry starrte mich ob der verschrobenen Wortwahl bass erstaunt an. Ich beachtete ihn nicht und legte nach, denn er war momentan eindeutig nicht in der Lage, seinem Job professionell nachzugehen.

»Die Fotos, die Herr Gierke letztens für seine Reportage gemacht hat, entsprechen leider nicht seinen Vorstellungen und Standards. Wir müssten Sie deshalb wiederholen. Das geht doch sicher problemlos, oder?«

Herr Matthiessen öffnete schon den Mund, doch Harry, das Trampeltier, machte den ganzen schönen Eindruck kaputt.

»Einige Aufnahmen sind verwackelt, und auf den anderen gucken Menschen wie Tauben höchst dämlich«, blubberte er.

»Gierke«, zischte ich ihn aus dem Mundwinkel heraus an. Ich hätte vielleicht doch besser einen anderen Zeitpunkt wählen sollen, um ihn auf Barschel, Marga und die momentane Leichenballung im »Elysium« anzusprechen. Aber hinterher ist man halt immer klüger. Eine Binsenwahrheit, sicher, doch eine, die auch für sensible Journalistengemüter und toughe Privatermittlerinnen gilt.

»Jaha«, zwitscherte ich also entschlossen in Matthiessens Richtung, während ich Harry unauffällig einen zweiten, derberen Stoß versetzte, »den Humor sollte man sich auch im schwersten Job bewahren, nicht wahr?«

»Äh ... ja«, sagte ein irritierter Herr Matthiessen, der offenbar anderer Meinung war. Als Spaßkanone ging der Brieftaubenvereinsvorsitzende bestimmt nicht durchs Leben. Eher als Spaßbremse.

Ich stieg aus. Harry rührte sich nicht. Bei allen Tauben dieser Welt, wollte er etwa den ganzen Tag hinter dem Lenkrad verbringen? Ich musste packen. Lissabon wartete. Und ich war lediglich ihm zuliebe mitgekommen. Sensible Seele hin, sensible Seele her, ich spürte, wie ich langsam wirklich stinksauer wurde.

»Nun komm schon«, ranzte ich ihn an.

Endlich drehte er sich schwerfällig um, griff nach der auf der Rückbank liegenden Kamera und wuchtete sich betulich wie ein alter Mann aus dem Wagen.

Im Vereinsheim war es zu meiner Überraschung proppenvoll. Alle Resopaltische waren besetzt. Ich winkte einem missgelaunt dreinschauenden Theo zu sowie den Herren Boldt und Hicks, die uns aufmerksam musterten. Vor ihnen sowie auf drei weiteren Tischen standen leere Biergläser, was auf eine Art Frühschoppen schließen ließ.

»Alle mal herhören«, trompetete Herr Matthiessen in das Geraune und Gerede hinein. »Herr ... äh ... muss noch ein paar Fotos schießen, weil die ersten nichts geworden sind.«

Frank Hicks warf Peter Boldt einen langen inhaltsschweren Blick zu, der besagte: Was ist das denn für einer? Kann der keine Kamera halten? Das packt doch heutzutage nun wirklich jeder Idiot. So ganz unrecht hatte er ja nicht. Jetzt fingen die beiden alten Knaben auch noch mit ernsten Gesichtern an zu tuscheln, als säßen sie in der Schule auf der hintersten Bank.

»Alle mal lächeln«, dröhnte Herr Matthiessen.

Niemand reagierte. Also strahlte ich vertrauenerweckend in die Runde; dafür begleitete ich Harry schließlich. Doch der Einzige, der meine Bemühungen würdigte, war Theo. Auf seinem griesgrämigen Gesicht erschien der Anflug eines Grienens, das allerdings als Frohsinn pur nicht durchgehen konnte. Ich musste wirklich noch einmal mit Marga sprechen. Der alte Knabe litt. Weder ihr noch ihm bekam der Tauben-Zoff. Boldt und Hicks hatten sich genervt von unserem Auftritt weggedreht und beachteten uns gar nicht. Wie etliche andere.

»Jetzt mach hin, Harry«, kommandierte ich leise, als ich auch noch das lüsterne Gestarre eines klapperdürren Endsechzigers mit Ponyfrisur auffing, der mich mit stechenden Augen auszog. Dagegen war Lollobrigida-Boldt noch ein richtiger Charmeur.

»Das blöde Ding klemmt.«

Nun fing Harry tatsächlich an, die Kamera zu schütteln, was natürlich ungemein unprofessionell wirkte.

»Ich hab einen Schraubenzieher im Auto. Soll ich den holen?«, bot Theo an.

Einige lachten. Ich schloss die Augen. Das konnte nur schiefgehen.

»Sehr komisch«, pampte Harry ihn da auch schon an. »Wohnst du hier eigentlich schon?«, erkundigte er sich aggressiv bei Margas Ex-Lover. »Und schläfst auf einer Luftmatratze unter den Tischen, um den Täubchen nahe zu sein? Ich sehe dich bei uns jedenfalls überhaupt nicht mehr.«

Theo guckte fragend zu mir herüber. Ich zuckte mit den Achseln und rollte mit den Augen. Was sollte ich tun? Nix. Harry war komplett von der Rolle, daran gab es nichts zu deuteln.

»Wir warten alle auf Gregor«, sagte Theo schließlich unsicher. »Sämtliche anderen Tiere sind wieder da. Aber Gregor hat sich verspätet.«

»Dann sitzt da sicher irgendwo neben der Flugstrecke ein Falke mit einem dicken Bauch im Baum und verdaut den blöden Täuberich«, behauptete Harry laut und deutlich. »Wohl bekomm's!«

Die letzten Gespräche erstarben. Niemand sagte etwas, doch die Atmosphäre hatte sich durch Harrys Ausfall spürbar in Richtung Frost verändert.

»Möglich«, meinte Theo schließlich vorsichtig.

»Er könnte sich auch tatsächlich nur verspätet haben. Das kommt hin und wieder vor«, sagte Boldt.

Sein Kumpel Hicks nickte bedächtig. Beide fanden unsere Vorstellung offenbar plötzlich hochinteressant. Sie ließen uns zumindest nicht aus den Augen. Na ja, so eine richtig spannende Beziehungskrise mit allem Pipapo bekamen sie sicherlich nicht alle Tage geboten.

Harry fletschte die Zähne, ein Lächeln konnte man es nicht nennen, während er den sich angespannt am Tresen festhaltenden Matthiessen in voller Lebensgröße fotografierte.

»Tja, für Vermisstenmeldungen ist ja die überaus erfolgreiche Privatdetektivin hier an meiner Seite zuständig.« Seine rudernde Linke zuckte kurz in meine Richtung. »Wie ist es, Hemlokk? Übernimmst du den Fall? Oder geht dir das möglicherweise grausame Schicksal des armen Gregor am Allerwertesten vorbei?«

Wie meins, wollte er damit sagen. Ich verstand es schon. Ach Harry.

»Sie sind Privatdetektivin? Wirklich?« Matthiessen wirkte plötzlich höchst interessiert. »Kann man denn davon leben?«

»Oh, das ist kein Problem. Sie knackt die schwierigsten Fälle. Niemand ist vor ihr sicher«, gab Harry zur Antwort. »Dagegen sind alle Tatort-Kommissare die reinsten Luschen. Sie ist wirklich gut.«

Er betonte das »sie« und das »wirklich« auf eine Art und Weise, die die anderen nicht verstanden, ich aber sehr wohl. Ich hatte ihn mit meinen Bemerkungen und Zweifeln tief verletzt. Dabei war das gar nicht so gemeint gewesen. Und wenn er nicht so furchtbar durchhängen würde, hätte er das auch kapiert.

»Harry«, versuchte ich ihn zu bremsen.

»Aber so ist es doch, Hemlokk«, sagte er, während er jetzt die Pokale ablichtete, die auf einem Bord über dem Kühlschrank standen. »Du bist super in deinem Job, während ich ... eben nicht so super bin.«

Eine ungemütliche Stille folgte seinen Worten. Den meisten Herren war unser Geplänkel, das diesen unterhaltsamen Rahmen inzwischen eindeutig sprengte, nun doch sichtlich unangenehm. Mein Gott, musste er denn auch unseren Streit hier vor aller Augen und Ohren ausbreiten? In diesem Moment fing ich Boldts abschätzenden, ja abschätzigen Blick auf. Er war wirklich überaus distanziert, der Mann stand eindeutig auf Harrys Seite, ohne auch nur ansatzweise den Streitpunkt zwischen uns zu kennen. Blödmann! Am liebsten hätte ich ihm einen Vogel gezeigt, aber ich beherrschte mich.

»Ich fürchte, Peter, Gregor kommt tatsächlich nicht mehr, den können wir abschreiben«, versuchte Matthiessen die Situation nicht sehr geschickt zu entschärfen.

»Ich warte«, verkündete Peter Boldt stoisch.

»Ich auch«, sprang Hicks seinem Freund bei.

»Ich nicht«, sagte Matthiessen. »Machen Sie Ihre Bilder, Herr ... äh ... und dann geht's ab zum Mittagessen. Heute gibt's zu Hause Rinderbraten mit Rosenkohl. Darin ist meine Elfie ein Ass.«

Ich hatte nicht den Eindruck, dass Frau Matthiessens Kochkünste in diesem Raum irgendwen außer ihrem Mann interessierten.

»A529 ist wirklich ein Superflieger«, sagte Boldt.

Es klang regelrecht beschwörend. Der Gnom, der Lydia bei unserem ersten Besuch an den Falken verloren hatte und am Nachbartisch vor einem Glas Tee saß, schaukelte so heftig zustimmend mit dem Oberkörper, dass sein Stuhl umfiel, als er gleichzeitig aufstand.

»Dann kannst du den jungen Mann ja zu den Schlägen begleiten, damit er da auch noch zu seinen Fotos kommt, Peter«, schlug Matthiessen vor, während er sich seine Jacke überzog.

»Mache ich gern«, sagte Boldt.

Nach und nach erhoben sich nun die Brieftaubenfreunde, schlüpften einer nach dem anderen umständlich in ihre Jacken und verabschiedeten sich mit einem drögen »Na, tschüss denn mal« und »Hol di fuchtig, Peter« – die plattdeutsche Ermunterung, es gut zu machen und die Ohren steifzuhalten.

»Also ... Herr ... äh ...« Wahrscheinlich konnte sich Herr Matthiessen den Namen einer Taube weitaus leichter merken als den eines Menschen. »Wiedersehen dann. Hat mich gefreut. Und wenn Sie es sich doch noch anders überlegen mit der Mitgliedschaft –«

»Nee.«

»Das dachte ich mir. Und Sie, Frau Hemlokk?«

Ich hätte nie gedacht, dass ich einmal den Tag verfluchen würde, an dem man mich mit Namen anredete – und Harry nicht.

»Nein«, lehnte ich ab. »Wie gesagt, mein Job ist sehr zeitaufwendig. Und regelmäßig könnte ich mich auch nicht um die Tiere kümmern, weil ich nie weiß, wann ich wo sein werde.«

»Verstehe«, sagte Herr Matthiessen ernst. »Die ganzen Beschattungen und so. Verstehe. Da ist nichts vorhersehbar.« Ein Krimigucker, eindeutig.

»Genau.«

»Aber haben Sie denn überhaupt oft größere Aufträge?«, platzte Frank Hicks heraus. »Ich meine, in Bokau ist das Verbrechen ja nicht gerade zu Hause, soweit ich weiß.«

Ich kommentierte seine offenbar witzig gemeinte Bemerkung, indem ich ein unergründliches Lächeln auf meine Lippen zauberte.

»Nein«, erwiderte ich dann freundlich. »Da geht es eher friedlich zu. Das ist richtig. Aber ich ermittle ja nicht nur in Bokau. Ich –«

»Sie ermittelt auch in England. Oder Schweden«, meldete sich Harry mit unbewegter Miene zu Wort. »Auf Helgoland war sie auch schon. Und in Lüneburg, Stralsund und Celle. Die Detektei Hemlokk ist weltweit tätig. Sie ist sozusagen international im Geschäft.« Er zahlte es mir wirklich prächtig heim.

»Sind wir bald fertig, Gierke?«, fuhr ich ihn an.

»Aber ja doch.« Inzwischen hatte sich das Vereinsheim

weitgehend geleert. »Nur noch ein paar schöne Bilder von den glücklich heimgekehrten Täubchen auf der Stange ... Hören Sie, meinen Sie wirklich, dass Ihr Gregor noch erscheint? Dann schieße ich ein Foto von ihm, zerzaust, aber glücklich in der Hand seines Besitzers.«

»Ich hoffe es«, sagte Boldt ernst.

Harry grinste wie ein hungriger Hai. Ich wappnete mich innerlich, denn ich kannte ihn; er war noch lange nicht fertig.

»Das ist doch mal eine Superheadline, die alles in den Schatten stellen wird: ›Wo ist Gregor?‹ Das muss natürlich balkengroß rauskommen.« Er breitete die Arme aus, um zu demonstrieren, wie mächtig er sich die Überschrift vorstellte. »Und darunter nicht viel kleiner: ›Für seinen Liebling verzichtet Taubenbesitzer aufs Mittagessen.‹ Und das Ganze geht natürlich gar nicht ohne mindestens zwei Ausrufezeichen.«

Boldt und Hicks sahen sich mit einer Mischung aus Ratlosigkeit, Genervtsein und Anspannung an. Doch das war es nicht allein, was mir verriet, wie sehr ihnen Harrys unsensibles Gerede und der Verlust Gregors auf den Magen schlugen.

Boldt hatte heute keinen einzigen Lollobrigida-Witz gerissen. Und das sollte schon etwas heißen.

ACHT

Der Flug nach Lissabon verlief ohne Zwischenfälle. Ich trank den obligatorischen Tomatensaft und mümmelte mit schlechtem Gewissen an einem Käse-Schinken-Sandwich herum, während ich versuchte, nicht wahlweise an den gekränkten Harry und meinen überforderten Hilfssheriff Marga sowie die Toten im »Elysium« zu denken, sondern mich ganz einfach auf die Stadt im Frühling zu freuen und Lißners geheimnisvolle Vergangenheit spannend zu finden. Was mir allerdings nicht sonderlich gut gelang. In meinem Frust strubbelte ich mir rücksichtslos durch die Haare, sodass meine Nachbarin – eine aufgedrehte Mutti mit einer noch aufgedrehteren Fünfjährigen – ihrer Tochter lachend etwas zuflüsterte, das ich nicht verstand. Ich ignorierte es. Die Frau hatte ja keine Ahnung, was für Verwicklungen es auch in einem Winz-Kaff wie Bokau geben konnte.

Als wir landeten, hatte ich mit mir selbst einen Kompromiss ausgehandelt. Auch wenn es schwerfiel, würde ich höchstens drei bis fünf Minuten länger als nötig in Lissabon bleiben. Das war ich Marga, den Leichen, der offenbar noch gerade so lebenden Gesine, meinem Gewissen und nicht zuletzt Harry schuldig. Doch bis dahin galt: volle Kraft voraus in Sachen Karl und dem weitgehend im Dunkeln liegenden portugiesischen Teil seiner Lebens- und Liebesgeschichte! Ich war ehrlich gespannt, wie viele Halbgeschwister ich Sven nach meiner Rückkehr als Jagdbeute vor die Füße legen konnte.

Er steuerte direkt auf mich zu, als ich in die Sonne blinzelnd aus dem Terminal trat.

»Hi«, grüßte er höflich. »Ich bin Pedro. Do you need a lift?«

»Taxi?«, fragte ich und zögerte.

Er nickte wortlos und wartete geduldig auf meine Entscheidung. Eigentlich hatte ich mich auf die U-Bahn eingestellt, aber so war es natürlich viel bequemer und schneller. Und vielleicht konnte mir dieser Taxifahrer ja auf der Fahrt in die Innenstadt gleich mit ein paar Informationen dienen. Außerdem schien sein Englisch ganz passabel zu sein, was nicht zu unterschätzen war. Denn – so viel hatte ich bei den Durchsagen im Flugzeug schon mitbekommen – im Portugiesischen zischte es gewaltig, sodass die Sprache als ein Brei von diversen S- und Sch-Lauten auf das nordeuropäische Ohr traf. Mit anderen Worten: Ohne Dolmetscher hatte ich nicht den Hauch einer Chance, etwas anderes als das, worauf man zeigen konnte, zu benennen.

Also nickte auch ich, er griff nach meiner Tasche, und gemeinsam trabten wir ins Parkhaus. Mein Begleiter war jünger als ich, so um die dreißig, schätzte ich, und sein Englisch erwies sich als wirklich ausgezeichnet, während ich die hintersten Kammern meines Hirns durchforsten musste, um an die gewünschten Vokabeln heranzukommen. Tja, bei Bäcker Matulke ist die Umgangssprache Plattdeutsch, daher war ich völlig aus der Übung, was das Internationale betraf. Wir plauderten also mit gewissen Einschränkungen über unsere Länder, deren Geschichte, wobei ich mich gleich mal auf die sechziger und siebziger Jahre konzentrierte, sowie die Gemeinsamkeiten und die Unterschiede zwischen unseren Staaten, während wir auf der Autobahn an den Trabantenstädten vorbeirauschten, die mittlerweile jede Großstadt auf dieser Welt zieren.

Nach etwa zwanzig Minuten wurde es besser – sprachlich, weil bei mir zu meiner eigenen Verblüffung durch das erzwungene Reden sehr schnell wieder verloren geglaubte Englischkenntnisse aus den unergründlichen Tiefen des Unterbewusstseins auftauchten, und architektonisch richtig gut, als Pedro vor der Tür der Pension hielt. Ein Zitronenbaum stand im Garten gegenüber, und ein Löwenzahn hatte sich mit seinen Blüten so trotzig durch eine Ritze im Kopfsteinpflaster geschoben, als wollte er sagen: Seht her. Mich gibt's, mich kriegt nichts und niemand klein.

Ich atmete tief durch. Portugal – das Land, in dem die Zitronen blühen. In diesem Moment verstand ich Karl Lißner und sein Faible für den Süden nur allzu gut.

Pedro grinste gutmütig. Offenbar kannte er das schon. Ich

zeigte die typische Reaktion eines Nordlichts angesichts südlichen Flairs und südlicher Sonne. Vorsichtig fragte er, ob ich vielleicht einen Führer für die nächsten Tage bräuchte. Er als Einheimischer kenne da ganz besondere Ecken, die nicht in den Reiseführern stünden.

»Ich bin nicht als Urlauberin hier.«

»Ah«, machte er nur. Und wartete.

»Kannst du mir was über die portugiesische Geschichte erzählen? Mich interessieren besonders die sechziger und siebziger Jahre«, sprang ich ins kalte Wasser.

»Die sechziger und siebziger Jahre?«, fragte er gedehnt. »Danach hat noch nie ein Tourist gefragt.«

Nein, natürlich nicht. Von den dunklen Zeiten will man normalerweise nichts hören, wenn man ein paar unbeschwerte Tage in Lissabon verbringt.

»Ich muss etwas über einen Deutschen herausfinden, der in diesen Jahren oft hier gewesen ist.«

Pedro schürzte die Lippen und guckte mich einen Moment stumm aus seinen tiefbraunen Augen an.

»Ich bin 1989 geboren«, begann er dann langsam, »habe die Zeit also nicht selbst erlebt. Damals regierte Salazar. António de Oliveira Salazar. Ein Faschist, der den Estado Novo, den Neuen Staat, ausgerufen hat.« Seine Stimme blieb völlig ausdruckslos. Du liebe Güte, er meinte doch nicht etwa, ich sei als begeisterte Salazar-Anhängerin hier?

»Den Neuen Staat. Ja, ich weiß«, sagte ich ungeduldig und schob ein entschiedenes »furchtbar« hinterher. »Mich interessiert einzig und allein dieser Lißner. Karl Lißner heißt er. Der hat nämlich damals viel Geld hier in Lissabon verdient, und ich will wissen, womit und mit wem. Und außerdem muss ich wissen, ob er sich damit Feinde gemacht hat und ob es Kinder von ihm hier in Portugal gibt.«

Pedro lachte so heftig, dass er husten musste. Jetzt war es an mir, geduldig zu warten, bis er sich wieder eingekriegt hatte.

»Kinder und Feinde?«, keuchte er dann. »Natürlich hat der Mann sich Feinde gemacht. Todfeinde wahrscheinlich sogar.

Das geht gar nicht anders, wenn du in dieser Zeit so reich geworden bist. Und die Kinder …« Er zuckte mit den Achseln. »Wenn der Mensch wirklich so oft hier war, wie du sagst, dann ist es wohl möglich, dass er nicht gerade wie ein Mönch gelebt hat.«

»Also, hilfst du mir, obwohl ich keine Sehenswürdigkeiten anschauen will?«, fragte ich ohne Umstände. »Ich kann keine Millionen zahlen, aber etwas schon.«

Wir verhandelten ein paar Minuten, dann waren wir uns einig.

»Womit fangen wir an, Hanna?«

Das, immerhin, war ja wohl klar wie Kloßbrühe: mit einem zünftigen Bacalhau-Essen natürlich. Ich hatte nämlich einen Mordsappetit, war neugierig auf den berühmten Stockfisch und würde meinem Fremdenführer dabei gleich alles Wesentliche erzählen.

Nachdem ich mich frisch gemacht hatte – das Zimmer war schlicht, aber ganz passabel –, lotste Pedro mich zu Fuß durch die engen Gassen zu einer unscheinbaren Kneipe. Wir bestellten einen eisgekühlten Vinho Verde, er eine Portion gegrillte Sardinen, ich den Trockenfisch, zerrupft und mit Rührei. In dieser Form schmecke der Bacalhau besonders lecker, hatte Pedro gemeint. Nun denn. Er war der Fachmann.

»Also, was willst du wissen?«, fragte er, nachdem wir die ersten Bissen verputzt und er mir eine von seinen Sardinen zum Probieren gegeben hatte. Wunderbar. Am Morgen oder zumindest am gestrigen Tag hatte die bestimmt noch im Atlantik gepaddelt.

Ich erzählte es ihm. Bei der Sache mit der reisefreudigen Urne hob er leicht die Brauen, sagte aber nichts. Als ich geendet hatte, nahm er einen ordentlichen Schluck Wein, bevor er antwortete.

»Dann fangen wir am besten mit den damaligen Zuständen an. Daraus ergibt sich bestimmt ein Anhaltspunkt, wo wir die Söhne und Töchter suchen können. Also, in den sechziger und siebziger Jahren war Portugal ja schon lange eine Diktatur. In Spanien gab es Franco, in Italien hatte es Mussolini und in

Deutschland Hitler gegeben. Unser Salazar war nicht ganz so schlimm wie die, dafür hat er sich länger gehalten. Erst 1974 hat das Militär geputscht und seinen Staat und seinen Nachfolger hinweggefegt. Seitdem ist Portugal eine Demokratie. Das muss man über die Zeit wissen.«

»Die man die Nelkenrevolution nennt«, ergänzte ich mit einem wissenden Nicken. Ich war ja nicht völlig unbedarft losgezogen, sondern hatte mich im Flugzeug kundig gemacht.

»Richtig.«

»Gut. Lißner muss also mit den alten faschistischen Eliten paktiert haben. Ohne die ging damals gar nichts. Gibt's die noch?«

»Und ob.« Pedro zerbröselte ein Stück Brot zwischen seinen schlanken Fingern. »Da existieren immer noch ganze Seilschaften im Hintergrund, von denen wir als Normalbürger nichts ahnen.«

In dieser Hinsicht war Portugal keine Ausnahme, das kannten wir nach dem Zweiten Weltkrieg und ebenfalls im wiedervereinigten Deutschland nur zu gut.

»Die natürlich nach wie vor alle Möglichkeiten haben, jemanden umbringen zu lassen. Auch im Ausland«, sinnierte ich versonnen.

»Sicher. Das ist bestimmt kein Problem.«

»Nein«, sagte ich zerstreut und kam mir vor wie Harry mit seiner Barschel-Sache. Nur dass *ich* überaus klar erkannte, dass dies hier eine Nummer zu groß für mich war. Wie sollte ich wohl als Einzelkämpferin ohne Verbindungen innerhalb weniger Tage an die ehemalige Elite Portugals herankommen? Das war doch völlig aussichtslos – und gefährlich. Wer einmal morden ließ, fackelte bestimmt nicht lange, wenn ihm eine Bokauer Privatermittlerin in die Quere kam.

»… könnte dieser Lißner natürlich auch sein Geld in den afrikanischen Kolonien gemacht haben«, bemerkte Pedro in meine Überlegungen hinein. Ich starrte ihn überrascht an. »Tja, auch da waren wir etwas später dran als die anderen europäischen Staaten. Mosambik und Angola sind erst 1975, also ein

Jahr nach der Nelkenrevolution, unabhängig geworden. Und natürlich ging das nicht friedlich über die Bühne, es hat in beiden Ländern Befreiungskämpfe und schwere Unruhen gegeben.« Er lächelte fein. »Dein Karl könnte sein Geld also auch mit Waffen gemacht haben.«

Das wurde ja immer besser. In diesem Moment hätte ich ein komplettes portugiesisches Menü samt Wein für eine noch zu entdeckende uneheliche neidische Tochter Karls gegeben. Oder einen wutentbrannten, weil nicht erbenden Sohn. Die Spur wäre entschieden handfester gewesen.

»Lißner könnte sogar doppelt verdient haben«, spekulierte Pedro. »Das war ganz leicht. Einmal hat er Waffen an die Aufständischen geliefert, dann an die regierungstreuen Truppen, sodass beide Seiten sich gegenseitig mit seinen Gewehren und Pistolen erschossen haben. So läuft's ja überall.«

»Immer noch und immer wieder«, stimmte ich verzagt zu. Die ganze Angelegenheit wurde wirklich von Minute zu Minute unübersichtlicher. Mittlerweile lag mir der Stockfisch wie Blei im Magen. Was nicht an dem schmackhaften Flossentier lag. Eine faschistische Diktatur mit ihren Folterkellern, außerdem noch Aufständische in Afrika und dazu –

»Diamanten«, sagte Pedro plötzlich. »In Angola gibt's etliche Minen. Daher könnte das viele Geld natürlich auch stammen.«

Bevor ich diese Neuigkeit verdaut hatte, klingelte mein Telefon. Es war meine Agentin. Och nö. Klookschieter-Storys und die höchst realen dunklen Kapitel in Portugals Geschichte sowie die Suche nach möglichen meuchelnden Nachfahren Karl Lißners passten nun wirklich nicht zusammen. Ich ließ sie auf die Mailbox reden. Die Frau entwickelte sich langsam, aber sicher zu einer regelrechten Pest. Und dieser zupackende Karl wurde mir immer unsympathischer. Denn wie man es auch drehte und wendete, es lief eindeutig darauf hinaus, dass an Lißners Geld aller Wahrscheinlichkeit nach eimerweise Blut klebte. Blut von Portugiesen, Angolanern oder Mosambikanern. Egal. In diesem Moment fand ich es goldrichtig, dass der Mann nicht mehr als atmender Mensch, sondern als Aschehaufen um die Welt jettete.

Aber konnte dafür tatsächlich seine kriminelle geschäftliche Vergangenheit verantwortlich sein? Anders gefragt: Brachten solche Leute wie ehemalige Befreiungskämpfer, Waffenschieber oder gewesene Generäle und Geheimdienstchefs einen Greis im Bokauer »Elysium« um?

Grundsätzlich ja, lautete die unzweideutige Antwort. Morden gehörte schließlich zum Berufsbild dieser Gruppe. Aber sie taten das nicht nach vierzig Jahren. Nein, die Zeitspanne sprach zweifellos dafür, dass etwas Persönliches im Spiel sein musste. Nach menschlichem Ermessen verlief diese Spur also im Sand. Und sollte es wider Erwarten nicht so sein, gestand ich mir unmissverständlich ein, hatte ich als Privatdetektivin ohne Lizenz, zu Hause in einem Dörfchen am Rande der europäischen Peripherie, keinerlei Chance, daran etwas zu ändern.

Als ich mit meinen Grübeleien so weit gekommen war, gönnte ich mir einen zünftigen Schluck Vinho Verde. Der Wein hatte zwar nur neun Umdrehungen, aber trotzdem begann ich den Alkohol zu merken. Gerade wollte ich meine Gedanken Pedro mitteilen, um mit ihm gemeinsam zu überlegen, wie wir die Kinder-und-Erben-Spur angehen konnten, als mein Telefon erneut dazwischensiebte. Grundgütige, gab diese Schnulzendealerin denn nie auf? Die war ja zäher als verkochter Haferbrei!

»Ich kann jetzt nicht«, ließ ich die Schiebrecht etwas heftiger als eigentlich beabsichtigt wissen. »Und ich habe meinen Standpunkt doch klargemacht. Ich werde keine Geschichten schreiben, in denen es –«

»Frau Hemlokk?«, unterbrach mich eine verdutzte Männerstimme. »Sven Lißner hier.«

»Oh«, bemerkte ich eloquent.

»Ja, ich habe da noch etwas im Nachlass meines Vaters gefunden, was Sie interessieren könnte.«

»Was denn?« Es gelang mir nicht, von jetzt auf gleich auf höflich umzuschalten.

»Ein Name. Hilft Ihnen das weiter?«

»Das weiß ich nicht, aber her damit«, befahl ich burschikos.

Pedro lächelte mich an. Er hatte sehr hübsche, sehr gerade

und sehr weiße Zähne, die offenbar noch nie mit Tee oder Rotwein in Berührung gekommen waren. Was höchstwahrscheinlich Quatsch war. Dann musste er allerdings eine Paste verwenden, die sein Gebiss in spätestens zehn Jahren bis auf die Wurzeln heruntergeschmirgelt haben würde.

»Ana Vieira«, sagte Lißner. »Soll ich es buchstabieren?«

»Ja bitte.« Ein Hauch von Fado ertönte plötzlich aus der Wohnung gegenüber – jene typisch portugiesische Musik, die von Sehnsucht, Schmerz und Liebe handelt und die nach Meinung des Reiseführers nur die Einheimischen verstehen.

»Wo sind Sie eigentlich?« Lißner klang überrascht.

»In Lissabon.«

»Oh. Und haben Sie schon –«

»Ich bin dran«, unterbrach ich ihn.

»Können Sie sprechen?«

»Mhm«, brummte ich.

Du liebe Güte, was hatte der Mann denn für Vorstellungen? Sicher, Amrum gehörte eher zu den ruhigen Plätzchen auf diesem Erdenrund, aber in Lissabon ging es auch nicht an jeder Straßenecke zu wie in einem südamerikanischen Problemviertel.

»Die Frau hat mehrmals Geld von meinem Vater bekommen.« Er flüsterte jetzt. »In den siebziger Jahren.«

»Viel?«, flüsterte ich zurück. Wenn er Sherlock Holmes und Dr. Watson spielen wollte, bitte – war alles im Preis inbegriffen.

Pedro runzelte die Stirn. Ich verdrehte die Augen und tippte mir an den Kopf, was international ist und überall auf der Welt bescheuert und ein bisschen verrückt heißt. Er bestellte noch einen Wein.

»Ja, das waren ganz ordentliche Summen. Die erste Zahlungsanweisung lautet auf dreißigtausend, die zweite auf sechzigtausend und die dritte, warten Sie, auf einhunderttausend D-Mark.«

»Das ist viel.«

»Ja, und es ist ja wohl keine Frage, wofür das Geld war. Er hatte ein Kind oder mehrere mit dieser Geliebten. Das sind Unterhalts- und Schweigezahlungen.«

»Wieso sind Sie da so sicher?«, fragte ich im normalen Tonfall.

»Vorsicht«, mahnte Sven. »Dem Geräuschpegel nach zu urteilen, sitzen Sie in einem Lokal oder auf einem öffentlichen Platz.«

»Richtig«, gab ich leiser zurück. Ach Junge.

»Es passt zu meinem Vater«, antwortete Sven, ohne auch nur eine Sekunde zu zögern. »Ich hab's immer gewusst. Aber ich weiß nicht, ob ich meine Halbbrüder oder -schwestern überhaupt kennenlernen will.« Unser Wein kam, und Pedro schenkte mir großzügig ein. Ich nahm einen Schluck. Köstlich. »Haben Sie sonst noch etwas herausgefunden?«

Davon einmal abgesehen, dass ich eine oder mehrere Geliebte samt Kinderschar noch gar nicht entdeckt hatte, nö, eher nicht.

»Ja«, sagte ich. »Mein Informant meint, Ihr Vater habe sich damals offenbar mit Leuten eingelassen, mit denen nicht zu scherzen sei.«

»Ihr Informant?«

»Er steckt komplett in der Szene drin.« Pedro war schließlich Portugiese, eine direkte Lüge konnte man das also nicht nennen. »Es war nicht ganz leicht, ihn aufzutreiben. Aber jetzt –«

»Mehr zahlen kann ich nicht! Doris –«

»Keine Sorge«, beruhigte ich ihn. »Das ist alles inkel.«

In diesem Moment enterte eine erkleckliche Zahl älterer Herren das Lokal. Man grüßte lautstark, und Pedro winkte einem von ihnen zu.

»Mein Gott, ist Ihre Tarnung aufgeflogen?«, flüsterte Sven auf Amrum entsetzt.

»Nein, nein«, beruhigte ich ihn. »Ich hab alles im Griff.« Pedros und meine Füße stießen unter dem Tisch zusammen. Er zuckte nicht zurück. Und ich auch nicht.

»Na, dann ist ja gut«, raunte Sven an der heimatlichen Nordsee erleichtert. »Machen Sie weiter. Und wenn der Alte dreißig Kinder da unten gehabt hat. Ich will es wissen. Aber denken Sie bitte daran, dass ich im Gegensatz zu meinem Vater kein Krösus bin.«

»Okidoki«, raunte ich cool zurück. »Ana Vieira und all die anderen Frauen. Ich kümmere mich um sie.«

Pedro brachte mich wie ein Gentleman formvollendet nach Hause. Bis vor die Tür. Er verabschiedete sich mit einem Wangenkuss und roch verteufelt gut. Beschwingt eilte ich die steile Treppe in mein Zimmer hinauf. Er war zwar um und bei zehn Jahre jünger als ich, aber er fand mich ohne Zweifel attraktiv und zeigte es auch. Und das konnte ich nach dem alten Muffelkopp Harry, der momentan mit sich und seiner verwundeten Männerseele beschäftigt war, bestens gebrauchen. Und Ana Vieira? Ich gähnte herzhaft, während ich mir sorgfältig die Zähne putzte. Morgen war auch noch ein Tag, an dem Pedro und ich uns um die Frau kümmern konnten. Jetzt war es für eine Telefonsession ohnehin zu spät, da erschien es mir weitaus vernünftiger, ins Bett zu kriechen und eine anständige Mütze voll Schlaf zu nehmen, um morgen fit und voller Energie nach Lißners verflossener Flamme zu forschen.

Tja, dumm nur, dass in Portugal fast jede dritte Frau offenbar Ana Vieira heißt, wie ich zehn Stunden später zu meinem Leidwesen lernte. Der Name war im Lande des Fado so verbreitet, wie sich bei uns die Meiers, Müllers, Schulzes oder Schmidts tummeln.

Pedro hatte mich zum Frühstück abgeholt, und danach hatten wir uns in die wärmende Sonne am Tejo gesetzt, um die schier endlose Liste der Ana Vieiras abzutelefonieren. Der Wind vom Atlantik blies kühl an diesem Vormittag. Trotzdem genoss ich es, auf die Brücke des 25. April, dem Tag der Nelkenrevolution, sowie auf den überdimensionalen Jesus am Kreuz auf der gegenüberliegenden Uferseite zu schauen. Eine Schönheit stellte das Kunstwerk nicht gerade dar, das verhinderte schon der klobige Betonsockel, auf dem das Kreuz stand. Aber es war mit seinen über einhundert Metern Höhe – zweiundachtzig Meter Sockel, achtundzwanzig Meter Heiland – für alle und von jeder Ecke der Stadt aus sichtbar, und darum ging es.

Ich hatte es anfangs bei drei Anas auf Englisch versucht, doch das hatte nichts außer Verwirrung gebracht. Am anderen Ende der Leitung wurde das Portugiesisch immer lauter, während mein Englisch immer schlechter wurde. Also telefonierte Pedro allein. Ich glaste derweil in der Gegend herum und folgte mit den Augen unwillkürlich einer alten, ganz in Schwarz gekleideten Frau, die kryptisch und zahnlos vor sich hin murmelte und dabei einen Korb mit Gemüse eng an den eingefallenen Brustkorb drückte. Diesen Rentnertyp gab es bei uns so gar nicht mehr, trotzdem beamte mich dieses Hutzelweiblein schlagartig ins »Elysium«. Ich überlegte gerade, ob ich nicht kurz einmal Marga anrufen sollte, um zu hören, ob Harry vielleicht zur Besinnung gekommen war und ihr bei den Maria-und-Karla-Ermittlungen half. Und wie es dieser Gesine ging, ob sie noch lebte oder ob sich sonst etwas getan hatte, als Pedro plötzlich in einem ganz anderen Tonfall und mit Doppel-S am Anfang fragte: »Sim?«

Am anderen Ende der Leitung antwortete jemand, und seine Miene hellte sich mehr und mehr auf. Dann verabschiedete er sich mit einem höflichen »Obrigado«, was die männliche Form von »danke« war, wie ich seit gestern wusste. Ich als Frau hätte »obrigada« sagen müssen.

Pedro steckte das Handy weg.

»Ich habe sie! Sie wohnt direkt hinter dem Castelo de São Jorge.«

Ich sprang auf, das »Elysium« war vergessen. Wir eilten zu der vierspurigen Straße, die am Ufer des Tejo entlangführte und Wasser und Stadt trennte. Pedro winkte, ein Taxi hielt, und wir stiegen ein. Nach etwa fünfzehn Minuten Fahrt, in der ich in den engen Altstadtgassen, Straßen und krummen Wegen jegliche Orientierung verlor, hielten wir vor einem dreistöckigen Haus, das ganz mit Azulejos verziert war, den bunten Keramikkacheln, für die Lissabon berühmt ist. Momentan hatte ich allerdings keinen Blick dafür. Ich war aufgeregt. Endlich tat sich etwas. Pedro klingelte, und umgehend ertönte der Summer.

Unsere Ana Vieira wohnte im dritten Stock und erwartete

uns an der Tür. Sie war eine schmale, kleine Frau mit krummem Rücken und wachen Augen. Man sah ihr an, dass ihre Züge einmal rein und ebenmäßig gewesen sein mussten. Ohne Zweifel war sie eine Schönheit gewesen. Doch etwas war mit ihrem Gesicht passiert. Ich kam nicht gleich darauf, was es war. Und als ich es begriff, stockte mir der Atem. Die eine Wange zeigte Ätzspuren, das linke Augenlid hing ein wenig herab.

»Boa tarde«, grüßte ich höflich, als sie zur Seite trat, um uns einzulassen.

»Guten Tag«, erwiderte sie auf Deutsch.

Wir mochten uns auf Anhieb. Sie führte uns in ein modern eingerichtetes Wohnzimmer, das die Zugehörigkeit zur gehobenen Mittelschicht verriet. Bücher über Bücher standen in zahlreichen Regalen, und Originalgemälde und -zeichnungen hingen an den Wänden. Sie hinkte stark beim Gehen, fiel mir auf. Die Hüfte, dachte ich. Wie bei so vielen alten Leuten. Oder das Knie. Altersbedingt eben. Wie falsch ich damit lag, sollte ich gleich erfahren.

Sie bot uns einen Espresso an, als wir saßen. Pedro stimmte umgehend zu. Wir tranken ihn schweigend. Er war stark, heiß und süß.

»Karl Lißner«, sagte sie dann bedächtig, nachdem wir unsere Tassen abgestellt hatten, und wechselte ins Portugiesische. »Ja, den kenne ich. Ist er tot?«

Pedro übersetzte.

»Ja«, antwortete ich, bevor er fertig war. Ich hatte ihre Frage auch so verstanden, einfach weil sie nahelag.

»Das ist gut«, erwiderte sie. Die Frau strahlte dabei eine fast schon unheimliche Ruhe und Grandezza aus. »Was wollen Sie nun von mir wissen?«

Ich erzählte ihr von der Urne und Lißners Anweisungen. Sie hörte stumm zu, doch als ich das Café erwähnte sowie das Kastell schüttelte sie leicht den Kopf.

»Dio mio«, wisperte sie.

Es klang erschüttert, aber mehr kam nicht. Also berichtete ich ihr auch, dass Karls Sohn auf den Bankauszügen die Zahlungen an sie entdeckt hätte und nun neugierig sei, was es damit auf sich habe.

»Deshalb sind Sie also hier. Nach so langer Zeit.« Sie wandte das Gesicht ab und schwieg eine ganze Weile, wohl um sich zu sammeln. »Trotzdem habe ich nichts vergessen. Wie könnte ich auch?« Sie schwieg erneut, Pedro und ich warteten respektvoll. Sie würde schon sprechen, wenn es für sie so weit war. Wir wollten sie nicht drängen.

»Wir waren damals ein Paar, Karl und ich«, fing sie schließlich mit kräftiger Stimme an. »Ich wusste zwar, dass er in Deutschland verheiratet war, denn daraus hat er nie ein Hehl gemacht. Aber das war weit weg, und ich liebte ihn. Oh ja, das tat ich.« Für einen winzigen Moment huschte ein träumerischer Ausdruck über ihr Gesicht. »Den großen, starken blonden Karl aus Deutschland. Oben auf dem Kastell haben wir eine unserer schönsten Liebesnächte verbracht. Er schien es ja genauso gesehen zu haben, sonst hätte er nicht ... in der Urne ...« Ihre Miene war jetzt starr, nein, nicht nur, das traf es nicht. Sie war auch – ich brauchte eine Weile, bis ich das Wort fand – völlig ausdruckslos. »Genau eine Woche später hat er mich dann verraten«, setzte sie neu an. »Karl interessierte sich für Geld. Je mehr er davon kriegen konnte, desto besser. Er handelte ohne den Anflug eines schlechten Gewissens mit Waffen und verschob Diamanten aus den Kolonien. Die Arbeitsbedingungen – die Leute in den Minen schufteten wie Sklaven – waren ihm völlig gleichgültig. Ich hätte es sehen können. Aber ich war blind vor Liebe.«

»Was«, ich musste mich räuspern, »was hat er getan?«

Ana Vieira lächelte fein. Es kam mir vor, als ob ihr Gesicht splitterte.

»Oh, er selbst hat mir kein Haar gekrümmt. Insofern war er tatsächlich ein großer deutscher blonder Ehrenmann. Er hat mich bloß an Salazars Folterknechte verraten, weil ich ihm im Weg stand. Ich arbeitete damals im Widerstand mit, müssen Sie wissen. Wir wollten ein freies, menschenwürdiges Portugal errichten. Salazars Leute hatten mich schon lange auf ihrer

Liste, und als sie mitbekamen, dass Karl mein Geliebter war, haben sie ihn vor die Wahl gestellt: die Geschäfte oder ich. Er hat sich für die Geschäfte entschieden. Möchten Sie noch einen Espresso?«

»Nein«, lehnten wir unisono ab. »Danke.«

»Sie haben mich nach allen Regeln der Kunst gequält. Aber ich habe die anderen nicht verraten.«

Was sagt man in so einer Situation? Hut ab? Klasse? Toll? Nein, ganz sicher nicht. Man hält den Mund, damit bezeugt man für mein Gefühl am meisten Respekt.

»Sie haben das Café De Nada erwähnt, zu dem Karl ebenfalls gebracht werden wollte«, setzte Ana Vieira ihren Bericht mit klarer Stimme fort. »Dort trafen sich zur Zeit der Salazar-Diktatur die wichtigen Leute und solche, die sich dafür hielten. Karl gehörte zu den Ersteren. Heute essen dort die Touristen Sapateiras und Lagostas.« Taschenkrebse und Langusten, übersetzte Pedro leise. »Na ja, die Welt wandelt sich, und das ist gut so. Später tat es Karl wohl doch leid, was er getan hatte. Er hat mir mehrmals Geld geschickt, aber nie versucht, mich noch einmal zu treffen. Ich hätte ihn auch vom höchsten Turm des Kastells geworfen. Und, glauben Sie mir, trotz meiner kaputten Hüfte wäre mir das gelungen.«

»Die Hüfte ist auch …« Mein Mund fühlte sich entsetzlich trocken an.

»Die geht auch auf das Konto der Schergen Salazars, ja. Und dass mir keine Kinder vergönnt waren. Mehr müssen Sie nicht wissen.« Ich war ihr dankbar dafür. »Konnte ich Ihnen weiterhelfen?«

»Ja«, sagte ich, während ich fieberhaft überlegte, ob ich der alten Frau meine nächste Frage zumuten durfte. Aber es half nichts, sonst zog ich unverrichteter Dinge wieder ab.

»Waren Sie Lißners einzige Geliebte?«, fragte ich leise und registrierte gleichzeitig, dass Pedro die Frage nur sehr widerwillig übersetzte. Ana Vieira hingegen zuckte nicht mit der Wimper. Die Frau war zwar nicht mehr die Jüngste, aber aus ganz anderem Holz geschnitzt als Pedro und ich.

»Was glauben Sie? Die Antwort können Sie sich bestimmt selbst geben.«

Ein leichter Unterton von Spott hatte sich in ihre Stimme geschlichen. Über ihre damalige Verblendung? Über meine dämliche Frage? Ich wusste es nicht.

»Ja«, sagte ich. »Er hatte noch andere.«

»Natürlich.«

»Wissen Sie vielleicht die Namen und ob er mit den Frauen … Kinder hatte?«, tastete ich mich weiter vor. Ich konnte mich nicht erinnern, mich bei einem Verhör jemals dermaßen unwohl in meiner Haut gefühlt zu haben.

»Nein, Namen kann ich Ihnen nicht nennen. Da war Karl diskret. Ich habe die Frauen lediglich an ihm gerochen. Und ob und wie viele Kinder er gezeugt hat, das weiß ich auch nicht. Suchen Sie die Nachfahren Karls?«

»Ja. Auch.«

»Es geht also ums Geld«, bemerkte sie hellsichtig. »Wie immer und überall.«

»Ja. Auch«, sagte ich wieder. »Es könnte jedoch ebenfalls ums Töten gehen.«

»Ah. Wegen des Geldes?« Sie schürzte die Lippen. »Wenn eines seiner Kinder Karl umgebracht hat, um an sein Vermögen heranzukommen, wäre das ein angemessener Tod für ihn.«

»Ja«, stimmte ich zu und dachte an Sven Lißners Reaktion, als er vom möglichen Mord an seinem Vater hörte. »Sie müssen diesen Mann gehasst haben.«

Ich hätte Karl Lißner an ihrer Stelle filetiert, wenn er mir in die Finger geraten wäre. Was für ein riesengroßes, widerliches Arschloch. Ich würde Marga noch in der Nacht, wenn ich wieder in Bokau ankam, über diesen Mann aufklären. Zupackend und kein Weichei, hatte sie geschwärmt. Nein, das war er nicht gewesen, aber zweifellos ein charakterlicher Mistkerl sondergleichen. Da sollte sie besser nicht über den ach so langweiligen, aber grundanständigen Brieftaubenfreund Theo nörgeln. Wenn sie Lißner in meiner Villa noch einmal lobend erwähnte, flog sie achtkantig raus!

»Ja, ich habe Karl Lißner eine Zeit lang gehasst«, sagte Ana Vieira gelassen und schaute mir offen ins Gesicht. »Karl ist also nicht eines natürlichen Todes gestorben.« Sie war alt, aber keinesfalls auf den Kopf gefallen.

»Man weiß es nicht genau«, relativierte ich ehrlich. »Es könnte sein.«

Sie lachte laut und herzlich.

»Und jetzt verdächtigen Sie seine Kinder und mich der Rache?« Sie schüttelte sacht den Kopf. »Ja, früher habe ich ihn aus tiefstem Herzen verabscheut, und es hat mir in der … schweren Zeit geholfen, mir auszumalen, was ich alles mit ihm anstellen würde, sollte ich ihn noch einmal wiedersehen. Doch das alles ist lange her. Und irgendwann ist mir klar geworden, dass ich mein, nicht sein Leben verschenke, wenn ich immer nur an Rache denke.« Sie zuckte mit den schmalen Schultern. »Also habe ich es gelassen. Wann genau ist Karl denn gestorben?«

Ich sagte es ihr.

Sie zwinkerte mir kumpelhaft zu. »Da habe ich ein Alibi. Wegen meiner Hüfte musste ich wieder einmal ins Krankenhaus. Dort bekam ich eine Lungenentzündung. Ich lag lange auf der Intensivstation und war anschließend zu geschwächt, um nach Deutschland zu fliegen und Karl umzubringen. Sie können das überprüfen. Ich habe nichts dagegen.«

Ich glaubte ihr, Pedro ebenfalls. Die alte Frau sah erschöpft aus. Ich hätte ihr zum Abschied gern noch ein paar liebevolle, bewundernde oder aufmunternde Worte gesagt, doch mir fiel nichts ein. Also nahm ich sie kurzerhand in den Arm und drückte sie in der Hoffnung, dass sie verstand.

»Danke«, sagte sie auf Deutsch und strich mir mit einem Lächeln über die Wange.

»Wir gehen zu Fuß zurück«, meinte Pedro, als wir wieder unten in der Sonne standen und ich tief durchatmete. »Das lenkt ab und vertreibt den Horror der Vergangenheit. Außerdem bekommst du so immerhin ein paar Eindrücke von meiner Stadt.«

Mir war zwar überhaupt nicht nach Sightseeing, aber er hatte natürlich recht. Und als er wie selbstverständlich nach meiner Hand griff, ließ ich mich willig mitziehen. Wir sprachen nicht über den Besuch bei Ana Vieira oder Lißners höchstwahrscheinlich zahlreiche Kinderschar, während wir um das Kastell herum Richtung Kathedrale und Altstadt schlenderten. Die engen malerischen Gassen der Alfama waren eindeutig für Fußgänger und Pferdekarren gemacht, nicht für Autos. Auf dem Kopfsteinpflaster holperte und rumpelte es, dass es eine Pracht und das genaue Gegenteil vom »Elysium« mit seinen rollatorgerechten Straßen war. Grundgütige, konnte ich dieses Graukopf-Paradies vor den Toren Bokaus denn nicht einmal hier vergessen?

Hand in Hand bummelten wir zum Tejo hinunter und setzten uns ans Ufer. Die Sonne schien, und um uns herum wuselten Touristen aus aller Herren Länder, die einzeln oder in Großgruppen strammen Schrittes durch die Stadt marschierten, um sich mit deren Sehenswürdigkeiten zu verewigen. Makamoto Hibashi vor Brunnen, Ernst Meier vor Säule, Helen Cross vor Nationaldenkmal. Dazwischen boten Einheimische Drogen feil, und Jung-Portugiesen setzten sich wie Filmstars in Szene fürs Selfie: Arm hoch, Lächeln an, und ab mit dem Bild in die Weiten des Netzes. Langsam kam ich wieder im Hier und Jetzt an.

Sven Lißners Einschätzung seines »Alten« hatte sich also voll und ganz bestätigt. Lißner senior war ein Mistkerl erster Güte gewesen. In Lissabon und in Deutschland. Die späte Genugtuung würde dem Sohn bestimmt guttun. Und was hatte mir der Besuch ermittlungstechnisch gebracht? Auf den ersten Blick nicht viel. Auf den zweiten sah die Sache jedoch anders aus. Einmal sollte ich die Kinderschiene zweifellos im Hinterkopf behalten, selbst wenn sie vage blieb, denn ich hatte keine realistische Chance, jetzt hier in Lissabon in dieser Hinsicht irgendwelche Spuren zu verfolgen. Dafür fehlte mir alles. Zeit, Geld, Informationen und Hintergründe. Zum anderen kam ich um eine Erkenntnis reicher nach Bokau zurück. Wer sein ganzes Leben lang ein mieser Vater und ein gemeiner Charakter war, bleibt beides auch im hohen Alter. Die Wahrscheinlichkeit, dass Lißner sich also im »Elysium« nicht gerade fair und gentlemanlike verhalten und sich dadurch Todfeinde gemacht hatte, war daher groß.

Pedro drückte meine Hand und rückte ein wenig enger an mich heran. Unangenehm war mir das nicht, musste ich gestehen. Und ich hätte nicht sagen können, wie das mit uns weitergegangen wäre, wenn nicht … ja, wenn nicht mein Smartphone dazwischengefunkt hätte.

Es dudelte los, gerade als ich überlegte, ob ich einen Kussversuch tugendhaft abwehren sollte oder nicht. Zunächst ignorierte ich die Störung, weil ich vermutete, dass das schon wieder die Nervensäge von Agentin war. Aber die Quak-Maschine ließ nicht locker, und schließlich schaute ich doch auf die Nummer. Harry. Unwillkürlich rückte ich ein Stück von Pedro ab.

»Ja, Gierke, was ist denn?«, begrüßte ich ihn nicht eben freundlich. Pedro schob sich sofort hinterher. »No, Pedro«, sagte ich zu ihm. »A moment. Please, don't …«

»Wo bist du, Hemlokk?« Gut, Harry Gierke hielt nicht viel von Höflichkeitsfloskeln, doch ein »Hallo« oder etwas in der Art hätte er sich schon abkneifen können.

»In Lissabon. Das weißt du doch.«

»In Lissabon. Wie schön. Amüsierst du dich auch gut da unten? Lacht denn die Sonne?«, fragte Harry und klang seltsamerweise – erleichtert? Außerdem sagte er so etwas Banales sonst nie. »Du hast ja vor, etwas länger in Portugal zu bleiben, oder etwa nicht? Wegen der Ermittlungen. Die laufen schleppend, was? Na ja, ich kann das gut verstehen, die Sonne, wie gesagt, der überaus leckere Wein und das vorzügliche portugiesische Essen.«

»Äh, ich –«, versuchte ich ihn verdattert zu bremsen. Was redete der Junge denn da für einen Stuss? Im Hintergrund sagte plötzlich jemand etwas in scharfem Ton, untermalt von einem undefinierbaren Geräusch. Es klang wie eine Maschine, die stotterte. Nur gedämpfter. Aber die Verbindung an sich war auch alles andere als überragend.

»Ja, ja, Lissabon ist schon eine tolle Stadt«, erklärte Harry jetzt mit merkwürdig neutraler Stimme. »So viel Geschichte und gleichzeitig so viel hippes Leben. Und so viele attraktive Portugiesen.«

Meinte er etwa Pedro? War Harry jetzt komplett übergeschnappt? An meinen fremdgängerischen Gedanken konnte es nicht liegen. Harry besaß keine seherischen Fähigkeiten, soweit ich wusste. Unwillkürlich linste ich gen Himmel, ob ich da vielleicht eine Drohne entdeckte, die Bilder ins ferne Bokau sandte. Aber nein, da war nichts.

»Harry«, sagte ich vorsichtig.

Unser gemeinsamer Brieftaubenbesuch und unser Krach über sein journalistisches Können oder Nicht-Können hatten ihn doch nicht vollends aus der Bahn geschmissen? Prompt meldete sich mein schlechtes Gewissen, außerdem machte mich Harry Gierke mit seinem seltsamen Gefasel ganz wuschig.

»Harry«, sagte ich noch einmal. »Was –«

»Natürlich wäre es toll, wenn du schneller zurückkommen könntest.« Hörte sich seine Stimme nicht merkwürdig gepresst an? »Aber ich verstehe es natürlich, wenn du im wunderschönen Lissabon –«

Irgendjemand sagte offenbar schon wieder etwas zu ihm. Es war mehr ein Flüstern. Ich verstand es nicht, doch es klang … ja wie? Fast drohend! Dann war da wieder dieser seltsame Ton, den ich nicht zuordnen konnte – fremd und bekannt zugleich. Wo, um Himmels willen, befand sich Harry? Und was war mit ihm los? Ich wurde immer nervöser.

»Bleibst. In Lissabon«, sagte er jetzt fast autoritär. »Es ist besser für –«

»Gierke!«, brüllte ich. Ich war mittlerweile total aufgelöst durch sein wirres Gerede. Harry schnackelte ja total. Wieso sollte ich denn nicht nach Hause zurückkommen? »Was – ist – los?«

»Oh, nichts, Hanna. Es ist wirklich alles in Ordnung. Mach dir keine Sorgen.« Hanna? Er nannte mich bekanntlich in sämtlichen nur denkbaren Situationen Hemlokk. Augenblicklich begannen alle, aber wirklich alle Alarmglocken in meinem Inneren zu schrillen. Und wieso sollte ich mir überhaupt Sorgen machen? Irgendetwas stimmte da oben in Bokau ganz und gar nicht. Konnte er überhaupt frei sprechen, oder hielt ihm jemand vielleicht eine Pistole an den Kopf?

»Harry, mein Schatz«, gurrte ich, spitzte die Lippen und küsste schmatzend mein Handy, »ich habe solche Sehnsucht nach dir. Ich glaube, ich nehme den nächsten Flieger nach Hamburg.«

»Hemlokk! Nein!«, brüllte Harry regelrecht entsetzt. Dann war die Verbindung unterbrochen.

Ich sprang alarmiert auf. Pedro, der zwar nichts von den Worten verstanden, aber mein Gesicht beobachtet hatte, erhob sich ebenfalls.

»I am sorry«, stieß ich hervor, »but I have to go home immediatly. A close friend …«

NEUN

Harry war wie vom Erdboden verschluckt, und meine Sorge um ihn wuchs von Minute zu Minute. Ich hatte tatsächlich noch einen Platz im nächsten Flieger ergattert, mich von Pedro mit einem flüchtigen Wangenkuss verabschiedet, war planmäßig in Hamburg gelandet und hatte den letzten Flughafenbus erwischt, der gen Kiel fuhr. Dort saß ich fest. Der Bus Richtung Schönberg war weg, Harry ging immer noch nicht ans Handy, und ich winkte in meiner Not ein Taxi heran. Es nieselte und pfiff unangenehm an den Ohren, doch das nahm ich nur am Rande wahr.

Was mir bei der ganzen Sache am meisten zu schaffen machte, war, dass er mich Hanna genannt hatte. Es hörte sich so falsch an. Denn das hatte er nicht einmal getan, als wir uns kennenlernten. Er hatte mich als Journalist sehr von oben herab, wie ich fand, über die Schmalzheimer-Schreiberei interviewt, und nach einer ziemlich schwierigen Anlaufphase war er dann umstandslos von Frau Hemlokk zu Hemlokk übergegangen. Aber Hanna? Never.

Also wollte er mir damit zweifellos etwas mitteilen – doch was? Ich hatte mir bereits während des Fluges das Hirn darüber zermartert und setzte die Quälerei fort, als ich zu nachmitternächtlicher Stunde wie eine gefangene Wölfin durch meine Villa tigerte. Auf dem Festnetz hatte er auch nicht angerufen. Nichts blinkte, nichts piepte. Es herrschte Grabesruhe in meinem Heim.

Ich gönnte mir einen Schluck Wasser, während ich hinüber auf das dunkle Grau von Silvias verwaister Wiese starrte. Mir wäre zwar wahnsinnig nach einem großen kühlen Bier gewesen, doch in einer derartigen Situation musste der Kopf selbstverständlich klar bleiben. Also blieb es bei Wasser, bis ich wusste, was während meiner Abwesenheit in Bokau und mit Harry geschehen war. Denn außer der Sache mit der ungewohnten

Anrede galt es ja auch noch sein geradezu panisch gebrülltes »Hemlokk! Nein!« zu bedenken, kurz bevor die Verbindung abbrach. Und dabei hatte ich ihm doch nur angeboten, früher nach Hause zu kommen. Er wollte mich also nicht in Bokau haben. Das war offenkundig.

Hatte er mich warnen wollen? Wahrscheinlich. Aber wovor? Und vor wem? Dass die Brieftaubenleute aus dem Ruder gelaufen waren und ihn bedrohten, weil er … ja was? Nicht angemessen über das Heimfindeverhalten von Zv65 schrieb oder Lydia mit A509 verwechselt hatte? Das war ja wohl eher unwahrscheinlich, weil einfach nur lächerlich. Ich nahm noch einen großen Schluck von dem inzwischen lauwarmen Wasser. Oder hatte er tatsächlich ein Mordkomplott im »Elysium« aufgedeckt, als er Marga bei der Recherche dann doch zu Hilfe geeilt war? Und sie hatten den Matrosen-General von Pförtner losgeschickt, um Harry mundtot zu machen? Na ja. Ausgeschlossen war das nicht, aaaber … Mir fielen eine Menge Abers ein. Nein, ich gab es nur höchst ungern zu, doch es blieb als einziger Anhaltspunkt für sein mysteriöses Verschwinden nur die Barschel-Sache.

Ein Schatten huschte auf dem Weg zum See vorbei. Höchstwahrscheinlich ein Fuchs auf seinem nächtlichen Beutezug. Oder eine Katze. Ein Mensch war es zumindest nicht, es sei denn, er kroch im Affenzahn auf allen vieren dahin. Ich schüttete das restliche Wasser weg und füllte mir ein neues Glas ab. Hatte ich den guten alten Harry also sträflich unterschätzt mit BB, dem Barschel-Bodyguard? Hatte er da tatsächlich in ein Wespennest gestoßen? Mir wurde ganz schwummrig bei dem Gedanken. Denn Ana Vieira und Pedro hatten ja recht: Die sechziger und siebziger Jahre waren in Portugal und seinen Ex-Kolonien für Menschen mit Charakter und einer anderen Einstellung als der der Herrschenden zweifellos schlimm gewesen – aber hatte sich daran grundlegend etwas geändert? Nein. Wer dem Geld und den Mächtigen dieser Welt im Weg steht, wird beseitigt oder zumindest mundtot gemacht. Auch heute noch. Siehe den missliebigen saudischen Journalisten Kashoggi, den seine Landsleute in ihrer Botschaft in der Türkei erst gefoltert, dann ermordet und anschließend in Stücken entsorgt hatten. Oder wie Karl Lißner, der seine Geliebte für Geld und Diamanten verraten hatte.

Ich sank auf meine Couch. Es war mittlerweile halb drei Uhr nachts. Ich fror. Da half auch die Decke nicht, unter der ich fast gänzlich verschwand. Doch ins Bett zu gehen, um eine ordentliche Runde zu schlafen, traute ich mich nicht. Vielleicht war ich ja von einer Sekunde auf die andere gefragt. Und wenn ich dann erst in Hose und Shirt schlüpfen musste … ein unvorstellbarer Gedanke. Also dämmerte ich so vor mich hin, bis es Zeit zum Telefonieren war. Um sechs versuchte ich es bei Marga. Sie ging nicht ran, ich sprach auf ihren Anrufbeantworter und bat sie dringend um einen Rückruf. Dann versuchte ich es bei Johannes. Als Langschläfer war er ein Genie darin, Geräusche, die er zu überhören wünschte, nicht zur Kenntnis zu nehmen. Wie das nervtötende Läuten des Telefons zu frühmorgendlicher Stunde. Ohne viel Hoffnung probierte ich es erneut mit Harrys Nummer, während ich mir die Zähne putzte, um den nächtlichen Muff aus meinem Gebiss zu bürsten. Nichts. Keine Mailbox schaltete sich ein, geschweige denn, dass sich ein wütender Harry meldete, der irgendwo liebessatt neben einer Tinderella lag und mich nach Strich und Faden betrog. Momentan wäre das eine glatte Erleichterung gewesen. Ich schaute in den Spiegel. Ein käsiges angespanntes Gesicht blickte mir entgegen. Ach Harry. Ich blinzelte. Dass ich mir jemals dermaßen Sorgen um ihn machen und er mir so sehr fehlen würde, hätte ich nicht gedacht.

Ich duschte in Rekordzeit, das Handy auf der Ablage neben dem Handtuch, würgte aus Vernunftgründen ein Stück Toast hinunter und kippte dazu zwei Tassen Tee in mich hinein. Dann rief ich als Letzten, der mir noch einfiel, Harrys Neffen Daniel an. Mit seinen inzwischen fünfzehn Jahren sprach er nun auch wieder mit Leuten über dreißig, die er neuerdings nicht mehr als total vergreist ansah. Das war pubertätsbedingt in den vorangegangenen Monaten anders gewesen und hatte seinen Onkel sehr mitgenommen. Ich kannte den Jungen gut und mochte ihn sehr. Und aus dem Bett gefallen war er sicher auch bereits, denn die Schule begann in einer Stunde. Er meldete sich prompt. Und erst da merkte ich, dass ich mir in meiner Panik überhaupt keine Strategie zurechtgelegt hatte.

»Äh … hallo Daniel«, begrüßte ich ihn lahm. »Hier ist Hanna.«

Das Kind stutzte, wie ich an seinem veränderten Atemgeräusch merkte.

»Ja?« Es war hörbar auf der Hut. »Ist was passiert?«

»Nein, nein.« Ich lachte glockenhell und ziemlich gekünstelt. »Ich suche nur deinen Onkel. Ich habe da nämlich ein Problem«, improvisierte ich drauflos. »Dabei könnte er mir helfen. Es wäre deshalb wirklich wichtig, ihn zu finden. Also, weil eben nur er mir helfen kann, verstehst du?« Laber-Rhabarber. Was für ein Quark.

»Ja«, sagte Daniel langsam, dessen Ohren bei meinem Gestammel bestimmt immer länger geworden waren.

»Du weißt nicht zufällig, wo er ist?«

»Nein. Er hat nichts gesagt. Was ist passiert, Hanna?« Er klang alarmiert.

»Och, nichts Schlimmes«, wiegelte ich ab. Ich konnte dem Kind doch nicht sagen, dass ich seinen Onkel wenn schon nicht für tot, dann aber für schwer gefährdet hielt. »Keine Sorge. Wir … äh … hatten bloß eine kleine Meinungsverschiedenheit. Na, du kennst das ja …« Tat er natürlich nicht, der Junge war fünfzehn, und von einer jungen Liebe hatte Harry noch nie etwas erzählt, »… und da ist dein Onkel Harry verschwunden … äh … gegangen, weil er sauer auf mich war.« Ich hatte wirklich schon einmal besser gelogen.

»Und jetzt machst du dir also doch Sorgen?«, fragte Daniel ganz vernünftig. Er war wirklich ein helles Kerlchen.

»Na ja, ich bin jedenfalls nicht so ganz entspannt«, gab ich zu. Draußen war es plötzlich hell geworden. Ich hatte den Sonnenaufgang gar nicht bemerkt. Als ich es bei Marga versucht hatte, war es noch stockdunkel gewesen.

»Nicht so ganz entspannt«, äffte Daniel mich nach. »Und

deshalb rufst du um sieben Uhr morgens bei mir an? Das kannst du deiner Oma erzählen, Hanna.«

»Ach so.« Ich gab schon wieder dieses schrecklich künstliche Geräusch von mir, das Leute, die mich nicht kannten, für ein Lachen halten konnten. Daniel kannte mich gut. »Aber das tue ich doch nur bei dir. Weil ich weiß, dass du aufgestanden bist und zur Schule musst.«

Hoffentlich glaubte er mir. Daniel liebte seinen Onkel, auch wenn es manchmal nicht so recht rüberkam. Wenn Harry tatsächlich etwas passiert sein sollte, wie es euphemistisch so hübsch heißt, würde ihn das schwerstens beuteln.

»Wir haben letzte Woche miteinander telefoniert«, sagte Daniel zögernd. »Er hat da so Andeutungen fallen lassen über eine ganz heiße Sache, an der er dran war.« Barschel! Also doch! »Ist das gefährlich, Hanna?« Den letzten Satz sprach ein ängstliches Kind. Und ob, Kleiner. Sogar saugefährlich.

»Nein. Bestimmt nicht. Nicht dass ich wüsste. Er hat mir auch davon erzählt. Das ist total harmlos«, log ich im Brustton der Überzeugung. Wenn das doch nicht stimmen sollte, würde der Junge es noch früh genug erfahren. »Wie gesagt, wir hatten nur ein bisschen Stress miteinander. Mach dir keine Sorgen.« Ich schluckte. »Aber wenn du etwas von ihm hörst, egal was und in welcher Form, gibst du mir bitte Bescheid, hörst du!«

»Ja, ist gut. Tue ich.«

»Und ich muss es sofort wissen.«

»Das habe ich kapiert, Hanna.«

»Sehr schön. Und jetzt will ich dich nicht länger von der Schule abhalten. Was liegt denn in der ersten Stunde an?« Ich klang wie meine eigene Urgroßtante. Es hätte nur noch gefehlt, den Satz mit einem »Lernst du denn auch schön?« zu krönen.

»Mathe.«

»Ein tolles Fach«, sagte ich herzlich. Und dieses Mal log ich nicht. Ich hatte zwar von Mathematik nicht allzu viel Ahnung, aber ich war keineswegs stolz darauf wie so viele Leute, sondern bedauerte es ehrlich. Wenn man auch nur ansatzweise so denken konnte wie Einstein, musste das klasse sein.

»Hanna …?«

»Tschüss, Daniel.«

Mehr Zweifel hielt ich nicht aus. Deshalb drückte ich ihn so rabiat weg. Ich war ohnehin schon eine grottenschlechte Lügnerin, aber wenn ich dermaßen unter Dampf stand wie jetzt, war ich schlicht hundsmiserabel.

Mein Festnetztelefon schrillte. Mit einem Hechtsprung war ich bei ihm.

»Gierke?«

»Nein, ich bin's, Schätzelchen. Was ist denn los?« Margas Stimme klang noch ganz rostig und rau von der Nacht. »Und was machst du überhaupt schon wieder in Bokau?«

»Harry ist spurlos verschwunden«, platzte ich heraus. »Oder weißt du, wo er ist?«

»Nein. Ich habe ihn … warte …«

»Und er hat nichts gesagt?«, drängte ich. »Eine Andeutung vielleicht, was er so vorhatte?«

»Nein«, entgegnete sie verwirrt. »Wir haben uns auch nur im Treppenhaus getroffen. Er hat nach dem ›Elysium‹ gefragt und –«

»Ach du Scheiße«, rutschte es mir heraus. »Wollte er sich etwa doch um Maria und Karla kümmern? Hat er sich nach denen erkundigt?«

»Nicht direkt, nein«, kam es zögerlich zurück. »Ich hatte eher den Eindruck, dass es mehr höflich gemeint war. Echtes Interesse war das jedenfalls nicht.«

Aber ich kannte Harry Gierke besser.

»Denk nach, Marga«, beschwor ich sie. »Was genau hat er gesagt?« Entdeckte ich da vielleicht einen Hinweis? Wahrscheinlich hatte er Marga nicht beunruhigen und einfach erst einmal selbst sehen wollen, was Sache ist. Hauptsache, sein Verschwinden hatte nichts mit Uwe Barschel zu tun!

»Schätzelchen …«

»Verdammt, nun mach schon, Marga!«, fauchte ich sie an. »Äh … bitte.«

»Also, so direkt kann ich mich gar nicht erinnern«, begann

sie vorsichtig. »Ich habe es nicht für so wichtig gehalten.« Ich wartete mit zusammengebissenen Zähnen. »Wir standen vor unseren Wohnungstüren, er kam vom Einkaufen. Das weiß ich, weil er eine Tüte dabeihatte, aus der ein Baguette herausguckte. Na ja, und da fragte er mich, ob ich denn im ›Elysium‹ vorankäme. Mit DePP und so. Mehr war da nicht.«

»Und nach Gesine Meeser und den beiden anderen Frauen hat er nicht gefragt?«

Sie überlegte. Ich betrommelte die Tischplatte.

»Nein. Also doch, aber er hat bloß gemeint, dass die Luft im ›Elysium‹ momentan ja wohl ziemlich ungesund sei. Wegen der ganzen Leichen, habe er von dir gehört. Hör mal, Schätzelchen, ich muss dir –«

»Aha«, fiel ich ihr grob ins Wort. »Er ist also misstrauisch geworden.« Das war doch schon mal was. Daraus ergab sich vielleicht eine Spur.

»Nein, das glaube ich nicht. Hör mir doch zu! So war das eben gerade nicht. Das genau versuche ich dir doch zu erklären. Wir haben mehr so Konversation gemacht. Er hielt die ganzen Toten im ›Elysium‹ für völlig normal: Aber das sind sie nicht. Ich –«

»Du hast doch einen Schlüssel für seine Wohnung, oder?« Nicht schon wieder ein Lamento über das Sterben im Alter. Wir hatten momentan wirklich Wichtigeres zu tun. Denn was ich dringend benötigte, um weiterzukommen beziehungsweise endlich mit der Suche nach Harry beginnen zu können, war etwas Konkretes.

»Ja.«

»Meiner ist seit dem letzten Sommer bei Daniel versackt. Ich habe ihm den geliehen, und wir beide haben dann nicht mehr an ihn gedacht. Ich bin in fünf Minuten bei dir.«

Ohne Margas Antwort abzuwarten, legte ich den Hörer auf, schmiss mir eine Jacke über und schlüpfte in meine Stiefel. Und wenn Harry den Barschel tatsächlich an den Nagel gehängt hatte? Und aus irgendeinem Grund, den ich nicht kannte, Marga gegenüber den Ball flach gehalten hatte, aber – meine diesbezüglichen Worte und meine Bitte im Ohr – misstrauisch angesichts der Entwicklung im »Elysium« geworden war? Und dann hatte er angefangen, unbequeme Fragen zu stellen? Und irgendjemand war damit ganz und gar nicht einverstanden gewesen, und dieser Jemand hatte reagiert?

Als ich den Weg zum Haupthaus hochstolperte, war ich davon überzeugt. Denn der Fall Barschel war doch mittlerweile kalter Kaffee. Die damals Verantwortlichen würde Harrys dilettantisches Herumgestochere ungefähr so beeindrucken wie eine Mücke, die auf dem Arm landet und nicht sticht. Aber bei den »Elysium«-Leichen sah die Sache komplett anders aus. Da hatten etliche Leute etwas zu verlieren, wenn allein der Verdacht aufkam, es könnte in dieser sauteuren Wohnanlage nicht alles mit rechten Dingen zugehen. Und ich hätte in diesem Moment schwören können, dass Margas heißer Verehrer, der Doorman, dabei seine Finger im Spiel hatte. Als Mann fürs Grobe und für alle Fälle.

Außer Atem kam ich am Haupthaus an, warf mich gegen die Tür und stürmte mit wenigen Schritten die Stufen hinauf. Marga empfing mich auf dem Treppenabsatz im Morgenmantel. Obwohl ich ziemlich neben mir stand, entging mir seine Schönheit nicht: grün-orange gestreift war das Teil, eindeutig eine Hommage an die siebziger Jahre. Ich hatte den Mantel noch nie an ihr gesehen. Na ja, zu derart nachtschlafender Zeit trafen wir uns normalerweise auch nicht.

»Schick«, keuchte ich.

»Praktisch und nicht totzukriegen«, entgegnete sie gelassen. »Und um es gleich vorwegzunehmen, Schätzelchen. Ich lasse dich nicht in Harrys Wohnung. Du hast dich umsonst herbemüht, es sei denn, wir trinken einen Kaffee zusammen. Denn das tut man nicht.«

Und ob man das tat! Sie konnte ja die Augen zumachen, wenn ich in Harrys Wohnung nach einem Hinweis auf seinen Verbleib suchte. Aber suchen würde ich ihn, so wahr ich hier stand!

»Es ist ein Notfall, Marga.«

»Meinst du.«

»Ja. Hör zu.« Ich erzählte ihr von dem seltsamen Anruf. Und dass seitdem komplette Funkstille herrschte.

»Mhm, das ist wirklich merkwürdig«, gab sie nachdenklich zu. Sie stand immer noch im Türrahmen, die Arme vor der Brust verschränkt, ich inzwischen immerhin nicht mehr ganz so luftknapp auf dem Treppenabsatz. »Tja, und es wird noch seltsamer, wenn man weiß, dass es in der Zwischenzeit schon wieder einen Todesfall im ›Elysium‹ gegeben hat.«

»Gesine Meeser«, sagte ich erschüttert und stützte mich mit der Rechten gegen die Wand, ein Bild von Harry vor Augen, wie er auf einer schmuddeligen Pritsche im Nirgendwo lag, die Augen glasig vor lauter Gift. »Um die stand es ja schon lange nicht mehr zum Besten, meinte diese Sandrine.«

»Nein, nein, bei Gesine geht es sogar wieder in Ansätzen aufwärts. Die lebt. Peter Boldt hat es vorgestern Nacht erwischt. Ganz unerwartet, wie bei den anderen. Am Abend hat er noch Tango getanzt, am Morgen darauf war er tot. Und obduziert wird er vermutlich ebenfalls nicht.« Margas Lippen glichen einem Strich. »Ein alter Kerl mehr, der es nicht geschafft hat. Was soll's? Diese Denke kennen wir ja mittlerweile zur Genüge.«

»Peter Boldt?«, echote ich erschüttert. Der Mann wartete nun also wo auch immer sehnsüchtig darauf, dass die hochbetagte Lollobrigida ihm folgte, damit er sie im wahrsten Sinne des Wortes ganz direkt anhimmeln konnte.

»Ich könnte mir Insulin vorstellen«, sagte Marga dumpf. »Das hat dieser Altenpfleger benutzt, der auch hier ganz in der Nähe gemordet hat. Auf Fehmarn war das, glaube ich. Wenn dem die ihm anvertrauten alten Knacker und Knackerinnen auf den Keks gingen, hat er ihnen Insulin gespritzt und ihnen dann nichts zu essen gegeben. Das wirkt immer. Dann bist du total unterzuckert und fällst ins Koma. Die Tochter eines der Opfer hat versucht, die Kripo darauf aufmerksam zu machen, und den Mann angezeigt.« Sie schwieg und presste die Lippen womöglich noch ein Stück fester zusammen.

»Und, was geschah?«, stupste ich sie an, obwohl ich es mir denken konnte.

»Nichts, selbstverständlich. Die offiziellen Stellen gingen dem Verdacht nur halbherzig nach, so formulierte es die Zeitung. Der Täter wäre damit durchgekommen, wenn er nicht weiter getötet hätte.«

Das war Mist, ohne Zweifel. Doch mich interessierte in diesem Moment nur eines.

»Wusste Harry davon?«

»Von dem Tod auf Fehmarn?«

»Nein, von Peter Boldts natürlich.« Ich rollte nicht mit den Augen. Immerhin.

»Ach so, ja, klar. Ich weiß es nicht. Von mir hat er es jedenfalls nicht erfahren, weil ich ihn nach Peters Tod nicht mehr gesehen habe. Aber ich bin ja nicht die einzige Quelle für solch eine Information.«

Genau, das war sie nicht. Ich pikste mit dem Zeigefinger zwischen ihre Brüste.

»Schließ Harrys Tür auf, Marga Schölljahn. Ich muss da rein.«

»Schätzelchen …«

»Wird's bald!«, donnerte ich. »Oder muss erst noch jemand den Löffel abgeben?«

Jetzt zögerte sie nicht mehr länger, wandte sich um und griff hinter sich ans Schlüsselbrett.

Gemeinsam traten wir auf Harrys Tür zu. Marga klingelte Sturm, ich wummerte mit der geöffneten Hand gegen das Holz, sodass es mächtig schepperte. Wenn Harry dadrinnen und nicht komplett ertaubt war, musste er von diesem Krach aus dem Bett fallen. Doch nichts rührte sich. Die Wohnung war offenbar leer. Ich hatte auch nichts anderes vermutet. Also schloss ich die Tür auf, und wir rauschten hinein.

Harrys Bett war ordentlich gemacht, keine angebissene Käsestulle lag in der Küche herum, keine alte Socke zierte einen der Stühle. Soweit ich es erkennen konnte, lag und stand alles an seinem Platz; er war also nicht Hals über Kopf aufgebrochen oder mitten im Abendbrot gekidnappt worden. Ich steuerte auf seinen Schreibtisch zu, total blind für den fast direkt vor der Haustür liegenden wunderschönen Passader See, den Harry genauso liebte wie ich. Er gab es nur nicht so frei und frank zu.

»Schätzelchen«, raunte Marga und rang dabei die Hände wie eine Heroine in einem Theaterstück vor einhundert Jahren, während ich auf den Schreibtisch zusteuerte. »Meinst du wirklich, dass das nötig ist?«

»Ja.«

Ungestüm zog ich Schublade um Schublade heraus und wühlte alles durch. Irgendeinen Hinweis musste es doch geben. Harry machte sich stets und ständig Notizen, wenn er an einer Sache dran war. Doch alles, was ich fand, waren Berge von Artikeln zum Thema Barschel. Abstruseste Mord- und Dies-ist-alles-ein-abgekartetes-Spiel-Theorien mischten sich mit denen der Suizidanhänger, es lohnte ein genaueres Hinsehen nicht. Von den Toten im Wohnpark fand ich hingegen keine Spur. Keine Aufzeichnungen, kein Memo, keine Verdachtsmomente. Und Harry gehörte nicht zu den Menschen, die alles nur auf der Festplatte abspeicherten. Er hielt es ganz altmodisch mit Papier und Stift. Doch auf seinem Schreibtisch existierte das »Elysium« nicht.

Zufall? Oder war uns da vielleicht jemand zuvorgekommen und hatte alles mitgehen lassen? Andererseits war die Wohnung ordnungsgemäß abgeschlossen gewesen. Hätte das ein Einbrecher gemacht? Ein normaler sicher nicht, aber ein ganz spezieller, der andere Absichten verfolgte?

»Du solltest besser zur Polizei gehen«, meinte Marga plötzlich.

Das versetzte mir einen Stich. Nein, ich war nicht beleidigt, weil sie die Sache anscheinend für eine Nummer zu groß für die hemlokksche Detektei hielt. Ihre Worte beunruhigten mich, weil sie deutlich machten, dass sie sich offenbar ebenfalls erheblich um Harry zu sorgen begann.

»Aussichtslos«, knurrte ich, während ich die unterste Schublade herauszog und deren Inhalt schwungvoll auf den Boden kippte.

»Aber meinst du nicht ...?«

Ich schaute sie über den Schreibtisch hinweg an und schüttelte leicht den Kopf. Sie wirkte so hilflos in ihrem orange-grünen Ungetüm, wie ich mich fühlte.

»Harry Gierke ist ein erwachsener Mann. Er kann hingehen, wohin er möchte und mit wem er möchte, werden mir die Beamten sagen. Jährlich verschwinden allein in Deutschland mehrere hundert Leute Knall auf Fall, gehen nur rasch Zigaretten holen oder ins Fitnessstudio. Manche tauchen wieder auf, als sei nichts geschehen, andere wechseln mal so eben den Kontinent, um ein neues Leben anzufangen. Das beutelt zwar die Angehörigen mächtig, ist aber natürlich nicht strafbar. Nein, die Polizei hat keinerlei Handhabe, zumal Harry ja auch noch nicht so lange verschollen ist.« Es klang alles äußerst vernünftig, was ich da sagte, und doch hätte ich am liebsten vor lauter Frust und Sorge gebrüllt und irgendwen oder -was geschüttelt.

Marga räusperte sich vorsichtig, doch sie schwieg.

»Was ist?«, knirschte ich.

»Na ja«, sagte sie nebulös.

Ich unterbrach mein Gewühle und richtete mich drohend auf. Auf irgendwelche Spielchen konnte ich getrost verzichten!

»Was heißt hier ›na ja‹, Marga?«, ranzte ich sie an.

»›Na ja‹ heißt ... Also, du hörst es bestimmt nicht gern, Schätzelchen. Aber es stimmt nun mal, fürchte ich.«

»Was höre ich nicht gern, um Himmels willen?«

Sie seufzte. Ganz leise. Als drückte eine Last auf ihren Schultern.

»Harry ist tatsächlich erwachsen. Deshalb kann er machen, was er will. Und in letzter Zeit kam er mir öfters so vor, als treibe ihn etwas um. Er wirkte nicht besonders glücklich, wenn du mich fragst, sondern irgendwie ... getrieben, gepestet und traurig.«

»Aber ...«

»Hattet ihr Zoff?«

Ich schwieg.

»Na? Raus damit.«

»Wie du und Theo, meinst du?«

»Ja. Wie ich und Theo, meine ich.«

Wir beäugten uns über Harrys Schreibtisch hinweg; zwei Frauen und Freundinnen mit Beziehungskrisen. Das verbindet.

»Na ja, schon ein bisschen«, gab ich zu. Ehrlicherweise hätte ich wohl sagen müssen, dass Harry bei unserem letzten gemeinsamen Tauben-Besuch zornig und, schlimmer noch, ziemlich verletzt und gekränkt gewesen war. »Aber trotzdem ist dieser Anruf in Lissabon seltsam«, fuhr ich deshalb hastig fort. »Pedro und ich saßen gerade am Tejo und –«

»Pedro?«, unterbrach mich Marga sanft.

»Er hat mir geholfen«, erwiderte ich patzig. »Wegen der Sprache. Ich rede schließlich kein Wort Portugiesisch. Und er konnte Englisch.«

Margas Augen hatten sich bei meinen Worten zu Schlitzen verengt.

»Ich frage jetzt besser nicht, wobei er dir noch geholfen hat, Schätzelchen. Aber Harry hat schon mitbekommen, dass du nicht allein warst, oder?«

»Nein, ich glaube nicht.« Oder doch? Hatte ich während des Telefongesprächs etwas zu Pedro gesagt? Ich erinnerte mich nicht. »Also, ich kann es natürlich nicht beschwören.«

»Aha.«

Ich fing an mit den Zähnen zu knirschen, denn sonst hätte ich entweder gebrüllt oder gehauen. Oder beides getan.

»Marga, glaub mir, du bist auf dem völlig falschen Dampfer«, beschwor ich sie eindringlich. »Mit Harry stimmt etwas nicht, und das hat mit Pedro oder unserer Freundschaft nichts zu tun.«

»Dann geh zur Polizei, wenn du so sicher bist.«

Grundgütige, vergaß sie Sachen jetzt im Minutentakt?

»Hörst du mir überhaupt zu? Ich habe dir doch gerade erklärt, weshalb das keinen Sinn macht. Die werden haargenau so reagieren wie du. Und ich kann ihnen nicht von der Barschel-Sache erzählen. Die lachen mich doch aus und halten mich für verrückt.«

»Tun sie garantiert nicht, wenn du ihnen gleichzeitig von den Leichenbergen im ›Elysium‹ berichtest.«

»Da erfahren sie ja überhaupt nichts Neues«, wandte ich hitzig ein. »Die kennen die.«

»Nein, tun sie nicht. Die haben doch keine Ahnung. Da stellt der Haus-und-Heim-Arzt die Totenscheine aus, und solange den keine Zweifel befallen und er keine entsprechende Meldung macht, geht alles seinen ganz normalen Beerdigungsgang«, hielt Marga dagegen. »Deshalb müsste man ihnen erst mal von den vielen aus heiterem Himmel Verstorbenen berichten. Und wenn du dann einen Zusammenhang mit Harrys Verschwinden herstellst, werden sie –«

»– mich mehr oder weniger höflich an die Luft setzen. Denn ich kann nichts beweisen. Das ist der Punkt.«

»Gut.« Margas Stimme klang plötzlich hart. »Und was ist deiner Meinung nach die Alternative? Du hältst weiterhin schön die Klappe, und die Polizei sieht den Wald vor lauter Bäumen nicht. Genauer gesagt, sie weiß gar nicht, dass es da einen Wald zwischen all den Bäumen gibt, sprich all die Toten im ›Elysium‹ und Harrys plötzliches und unerklärliches Abtauchen, erzwungen oder freiwillig. Denn wenn das eine, nämlich das reihenweise Sterben im Wohnpark, völlig normal ist, wie alle interessierten Leute behaupten, dann hat auch logischerweise niemand deshalb Harry verschleppt.«

»Oder ermordet«, fügte ich dumpf hinzu. Die Bemerkung war wirklich wenig hilfreich.

Ich sank auf Harrys Schreibtischstuhl und deponierte meinen Kopf zwischen den Knien, sonst hätte es mich – zack – aus den Pantinen gehauen. Denn es gab nichts mehr drum herum zu deuteln: Harrys Leben, wenn er denn überhaupt noch eins hatte, war in höchster Gefahr und ich die Einzige, die es retten konnte.

ZEHN

Wie ein bedröppelter Pudel schlich ich nach Hause und legte mich ins Bett. Marga hatte mir dringend dazu geraten. Ich könne ja gar nicht mehr geradeaus gucken, geschweige denn denken, hatte sie mitleidig, aber doch knallhart diagnostiziert, als ich meinen Kopf wieder auf den Schultern trug. Schlaf eine Runde, dann siehst du die Welt klarer. Und Harry?, hatte ich in einem letzten Aufwallen eingewandt. Sei ziemlich erwachsen, hatte Marga daraufhin sehr sanft geantwortet. Ich war so fertig, dass ich ihrem Rat folgte. Es stimmte ja: Ein todmüdes Private Eye stolpert lediglich über die eigenen Füße und fabriziert nur Dung.

Drei Stunden schlief ich mehr schlecht als recht, träumte von einem altersgebeugten, grauköpfigen Personenschützer in Matrosen-General-Uniform, der den armen Harry an einem Marterpfahl festgebunden hatte und ihn mit einer Mistgabel piesackte. Daneben saß eine riesige Taube, die von Herrn Matthiessen und Peter Boldt zärtlich besprochen wurde, während Karl Lißners uneheliche Töchter und Söhne – zahlenmäßig war es ein ganzer Chor – im Hintergrund herzzerreißend Fado sangen. Doch plötzlich fing Harry an seinem Pfahl an zu lachen, löste sich von den Fesseln und schien sich prächtig über meine Sorge um ihn zu amüsieren – woraufhin ich mit geballten Fäusten und völlig gerädert erwachte.

Eine ganze Weile lag ich nur da und starrte gegen die Decke. Die Angst um Harry war ja nur das eine, was mich umtrieb; als fast genauso schlimm empfand ich es, dass ich offenbar meinen Sinnen, ja meiner gesamten Wahrnehmung nicht mehr trauen konnte. Ich war so sicher gewesen, dass der Gierke in höchster Gefahr schwebte und mir das verklausuliert in diesem vermaledeiten Telefonat mitteilen wollte. Hätte ich sonst wohl den schnuckeligen Pedro Pedro sein lassen und wäre Hals über Kopf nach Hause geflogen?

Tja, und jetzt? Knabberte ich heftig an Margas Worten, die sie mir zu bedenken gegeben hatte. Sicher, sie und Theo hatten momentan ihre Probleme, vielleicht kam ihre Sichtweise auch daher. Aber nicht zu leugnen war ebenfalls, dass Harry und ich uns recht heftig bei den Brieftaubenfreunden gestritten hatten. Er war zutiefst verletzt gewesen und hatte vor Wut auf mich geschäumt. Das stand völlig außer Frage. Doch war er deshalb noch am gleichen Abend ohne ein Wort des Abschieds in irgendein Kaff ans Ende der Welt gebrettert, um seine Wunden zu lecken? Von wegen geschundener Männerseele und so? Unwahrscheinlich, so ein Typ war er nicht. Außerdem würde er dann doch nicht gleich sämtliche Kommunikationsmittel ins Klo schmeißen. Es gab schließlich nicht nur mich in seinem Kosmos. Für den Barschel-Leibwächter wäre er doch beispielsweise immer zugriffig geblieben. Oder für seine Schwester und Daniel. Und das Telefonat war unbestritten seltsam gewesen, total seltsam sogar. Da bildete ich mir doch nichts ein!

Ächzend setzte ich mich auf und raufte mir voller Verzweiflung die Haare. Dann wankte ich unter die Dusche und schrubbte mich gründlich ab. Nach dieser Aktion ging es mir zumindest etwas besser. Und ich roch nicht länger so streng. Anschließend bereitete ich mir eine Kanne Tee, briet mir zwei Spiegeleier mit drei Scheiben Speck und servierte mir die Komposition auf zwei üppig gebutterten Toasts. Lecker. Danach fühlte ich mich immerhin so weit gerüstet, um es zumindest ansatzweise wieder mit der feindlichen Welt da draußen aufnehmen zu können.

Ich trat vor die Tür in meinen Minigarten. Die Sonne schien. Ein offenbar zu früh aus dem fernen Winterquartier eingetroffener Star hatte sich auf einer der Pappeln neben meiner Villa in die Brust geworfen und sang mit Inbrunst und vollem Körpereinsatz gegen die aus seiner Sicht bestimmt noch nicht wirklich überzeugenden Temperaturen an, sodass ich fürchtete, er könnte jeden Moment vom Ast fallen. Aber es wurde endlich Frühling, eindeutig. Nach dem ellenlangen grauen norddeutschen Winter war das jedes Jahr wieder ein Erlebnis. Ob ich vielleicht Gustav,

Hannelore und ihre Brut aus dem Winterschlaf holen sollte, überlegte ich. Denn wenn ich hier nur herumsaß und Däumchen drehte, wurde ich verrückt. Vivian LaRoche aufwecken zu wollen, war unter diesen Umständen völlig sinnlos. Sie würde sich nicht konzentrieren können und nur Schrott zu Papier bringen. Das wusste ich aus langjähriger Erfahrung. Deshalb versuchte ich es gar nicht erst. Und mit der verschärften Suche nach Harry, beschloss ich in diesem Moment trotzig, würde ich als Kompromiss zwischen Margas Worten und meiner Sorge um ihn noch genau vierundzwanzig Stunden warten. Ich wollte mich schließlich nicht lächerlich machen. Denn ich hatte schon einmal fürchterlich überreagiert; allerdings hatte ich meinen Liebsten da in Verdacht gehabt, mich schnöde zu betrügen. Marga und Harry zogen mich immer noch damit auf. Na ja, und außerdem hatte ich nicht den Hauch einer Ahnung, wo ich mit den Nachforschungen in puncto Harry beginnen sollte.

Also deponierte ich das Festnetztelefon zentral auf meinem kombinierten Arbeits- und Esstisch, sodass ich aus jeder Ecke der Villa einschließlich Bad und Schlafzimmer mit drei bis fünf Schritten bei ihm sein konnte, und steckte mein Smartphone in die Hosentasche. Noch etwas? Ja. Sicherheitshalber schaltete ich den Laptop ein. Es war nicht dringend nötig, aber ich fühlte mich so wohler. Wenn Harry sich melden sollte, war ich auf allen Kanälen ansprechbar. Derart gerüstet, taperte ich bei sperrangelweit aufstehender Haustür um meine Villa herum zum Schuppen, wo die Kröten schliefen, und atmete dabei ganz bewusst und tief die würzige Frühlingsluft ein. Schööön.

Ich stellte den Kühlschrank auf null und öffnete ihn. Gustav und Hannelore ruhten mit geschlossenen Augen in ihren Kisten. Tja, abhauen konnten sie ja auch nicht. Als wechselwarme Reptilien sind sie auf die Außentemperatur angewiesen, um in Gang zu kommen, weil sie keine eigene Körperwärme produzieren. Kreislauf und damit auch die Bewegungsfähigkeit bestimmt allein die Umgebung. Andererseits brauchen sie aber auch eine gewisse längere Ruhezeit in der Kühle, die aber natürlich nicht unterhalb der Frostgrenze liegen darf, weil sie dann durchhärten würden. Um dieses unter Umständen tödliche Schwankungsrisiko auszuschalten, verschwanden sie während des ungemütlichen norddeutschen Winters bei konstanten Temperaturen um die vier Grad plus im Kühlschrank.

»Na, ihr Süßen«, begrüßte ich meine tierischen Wohn- und Lebensgefährten. »Aufwachen, Kinder! Die Menschheit schreibt mittlerweile ein neues Jahr. Es ist Frühling. Und die Meteorologen sagen einen affenheißen Sommer voraus.«

Das war gelogen, aber die Herzchen würden sich schon in wenigen Tagen, ach was Minuten, nicht mehr an meine Worte erinnern. Ihr Hirn war ziemlich klein. Gerade wollte ich ihnen noch von gewaltigen Löwenzahnblättern berichten, die dieses Jahr alles in den Schatten stellen würden, als ich draußen Schritte zu hören meinte. Nicht sehr sanft stellte ich augenblicklich Gustavs Kiste ab und linste um die Ecke. Doch da war niemand. Kein Harry weit und breit. Wie es schien, litt ich schon unter Einbildungen.

Bei dem Wort fielen mir prompt meine Freundin Marga und der tote Peter Boldt ein. Natürlich musste sie auch gleich wieder im »Elysium« einen enthemmten Pfleger mit der Insulinspritze am Werk sehen. Dem man, wenn überhaupt, nur durch Zufall auf die Schliche kommen würde, weil alle zuständigen Stellen versagten oder wegschauten. Handfeste Beweise hatte sie auch in Boldts Fall selbstverständlich keine, nur so einen Verdacht. Doch den hätte sie mittlerweile bestimmt auch, wenn im Wohnpark eine Maus den Löffel abgeben würde. Ich erinnerte mich nicht mehr genau an ihre Worte, weil ich so mit Harry beschäftigt gewesen war. Angsteinflößend war es allerdings schon, dass es in den letzten Jahren generell im Alten- und Pflegebereich immer wieder und augenscheinlich auch immer öfter zu ominösen Todesfällen kam. Berichtete die Presse darüber lediglich verstärkt, oder kam das tatsächlich häufiger vor, weil die deutsche Gesellschaft so überaltert war? Beides traf wahrscheinlich zu.

Total gefrustet sank ich kurz darauf auf einen klapprigen Gartenstuhl, den ich halb in die offene Schuppentür gestellt hatte, ohne ihn vorher von den winterlichen Spinnweben zu befreien. Gustav samt Familie saß mit halb offenen Äuglein zu meinen Füßen ganz im halbwegs sonnigen Freien, wo ich die Überwinterungskisten postiert hatte, und rührte sich nicht. Gleich morgen nach Ablauf meiner selbst gesetzten Harry-Frist musste ich Boldts Kumpel Frank Hicks befragen, ob er etwas wusste, vermutete oder argwöhnte. Und die Amigurumi-Freya sowie Boldts Frau und Marga. Denn wenn da im »Elysium« etwas gewaltig stank, müsste zumindest einer von denen ahnen, ob im Park tatsächlich ein skrupelloser Auftragsabknipser sein Unwesen trieb – und Harry doch in höchster Gefahr schwebte.

Draußen knackte etwas, und ich schoss hoch wie ein hypernervöses Rennpferd, das drauf und dran war durchzugehen. Bloß ein harmloser Spaziergänger, der dem See kurz Hallo sagen wollte? Unter diesen Umständen wohl eher nicht. Und der Gierke oder Marga würden sich nicht anpirschen wie Diebe auf Einbruchstour. Im Gegenteil, beide würden lauthals nach mir rufen, wenn sie mich besuchen wollten. Wer immer da draußen also heimlich still und leise herumschlich, hatte vermutlich nichts Gutes im Sinn. Hektisch guckte ich mich in dem dämmerigen Schuppen um. Aber ich entdeckte kein brauchbares Instrument, mit dem ich mich hätte wehren können; keine Forke, kein Messer, nicht einmal einen soliden Hammer hatte der Schuppen zu bieten. Aber einen Besen. Ich griff zu, denn kampflos würde ich mich nicht ergeben.

»Ihr wartet hier, verstanden«, flüsterte ich in Richtung Boden, um mir mit meiner eigenen Stimme Mut zu machen. Denn ich hatte Angst. Es ist nämlich nicht lustig, nach Strich und Faden verprügelt zu werden. Mittlerweile besaß ich da einige Erfahrung. Angeknackste Rippen tun wirklich höllisch weh und setzen einen über Wochen außer Gefecht. Und wer sagte denn, dass der Unbekannte es beim Prügeln belassen würde? Vorsichtig streckte ich den Kopf aus der Schuppentür. Nichts war zu sehen, die Welt lag so friedlich da, als könne sie kein Wässerchen trüben.

Gebückt schlich ich an der Villenwand entlang Richtung Haustür, den Besen schlag- und abwehrbereit in der Rechten. Meine Klingel ertönte. Ich öffnete nicht. Woraufhin mein Besucher es noch einmal versuchte und dann etwas murmelte, das wie ein Fluch klang. Die Stimmlage war weiblich. Ich rührte mich nicht. Auch Frauen mordeten oder prügelten schließlich, das war nichts Neues. Endlich hörte ich, wie sich Schritte entfernten. Also riskierte ich einen raschen Blick um die Ecke. Meine Besucherin schlenderte zum See hinunter und war augenscheinlich eine elegante Dame, deren Rücken ich noch nie in meinem Leben gesehen hatte. Auf ihrem Kopf saß ein feuerrotes Hütchen mit einer geradezu kecken Feder an der Seite. Eine Großstadtpflanze, eindeutig. Dazu trug sie eine schwarze Hose, schwarze flache Schuhe und ein schwarzes Cape mit einem hellgrauen Schal, den sie so lässig über die Schulter geworfen hatte wie Sherlock Holmes auf Crack. In meinem Magen fing es heftig an zu grummeln. Denn mich täuschte dieses damenhaft harmlose Outfit keineswegs. Der flotte Feger bewegte sich nämlich bei aller modischen Eleganz so geschmeidig und elastisch wie eine Raubkatze auf Beutezug.

Tja, und was jetzt, Hemlokk? Sollte ich einen Notruf absetzen? Aber was sollte ich den Beamten sagen? Hier steht eine unbekannte Frau vor meiner Tür, und ich habe Angst, weil sie mir bestimmt nichts Gutes will? Vermutlich handelt es sich sogar um eine Berufsmörderin, denn die Situation ist momentan in Bokau ziemlich delikat und unübersichtlich? Bullshit! Die Jungs würden sich augenblicklich um meinen Geisteszustand sorgen und mir, wenn sie nett waren, einen Notfallseelsorger schicken, aber keinen Kollegen mit einem Paar solider Handschellen und einer funktionstüchtigen Pistole. Und mich klammheimlich vom Acker zu machen, bis die Luft wieder rein war, kam natürlich überhaupt nicht in Frage. Das tat eine Hanna Hemlokk ganz gewiss nicht. Außerdem würde das Weib mir dann früher oder später erneut auflauern, um ihren wie immer auch gearteten Auftrag auszuführen. Nein, das Problem hier musste einer dauerhaften Lösung zugeführt werden. Und dabei war ich auf mich allein gestellt. Also, Hemlokk, streng dein Hirn an.

Mhm. Wenn ich die Frau nicht nur überwältigen und außer Gefecht setzen, sondern auch dazu bringen könnte, mir ihren Auftraggeber zu verraten, um endlich Licht in die ganze Angelegenheit zu bringen, wäre das von der Erkenntnis her natürlich so etwas wie ein Quantensprung. Doch dazu galt es, sie erst einmal in eine Position zu bugsieren, aus der sie mir nicht mehr gefährlich werden konnte. Logisch. Also musste ich sie zuallererst überwältigen und sicher verschnüren, ganz nach dem Motto der alten Westernhelden und Siedler: erst schießen, dann reden. Das war zwar überhaupt nicht mein Ding, ich halte nicht allzu viel von Gewalt und löse meine Fälle lieber mit dem Kopf. Andererseits gibt es immer Ausnahmen im Leben. Und ich bin keine Dogmatikerin. Bin ich nie gewesen. Außerdem nahte der Sommer, womit die Tage ellenlang wurden. Es würde wunderbar nach Grillfleisch duften, und die Ostsee würde satte achtzehn Grad haben. Und, nicht zu vergessen, ich hing ziemlich an den matulkeschen Cremeschnitten. Die es im Himmel bestimmt nicht gab. Mit anderen Worten: Es sprach wirklich alles dafür, keinerlei Risiko einzugehen, um das Leben weiter genießen zu können.

Jetzt blieb die Frau am Uferrand stehen und schaute kurz auf den See, um sich anschließend umzudrehen und meine Villa einer gründlichen Musterung zu unterziehen. Nein, ich kannte die Killerlady wirklich nicht und wartete unentschlossen. Als zwei Schwäne über das Wasser flogen und dabei das charakteristische Geräusch ihrer Schwingen erklang, wandte sie sich wieder dem See zu. Sie wirkte tatsächlich ziemlich durchtrainiert. Ich hatte ihr körperlich nichts entgegenzusetzen, weil ich in den Wintermonaten fitnessmäßig … mhm … ziemlich gesumpft hatte. Da half also nur eine List. Aber welche?

Meine Mundwinkel hoben sich unwillkürlich, als der Groschen fiel. Genau, so musste es gehen. Wenn es mir nämlich gelang, das Überraschungsmoment zu nutzen, sie umzukegeln und in den See zu schubsen, befand ich mich eindeutig im Vorteil. Das Wasser war kalt, mehr als zehn Grad hatte es bestimmt nicht, schätzte ich, der Schock dürfte deshalb ziemlich groß sein. Vor allem aber würde ich mich vor dem Angriff bis auf die Unterhose ausziehen, um wendig zu bleiben, während sie durch das nasse vollgesogene Cape dermaßen schwerfällig wäre, dass sie sich nur mit Mühe wehren könnte, wenn ich erst einmal auf ihr saß. Oder besser noch gar nicht.

Und dann hatte ich sie.

So rasch wie möglich pirschte ich zum Schuppen zurück und riss das blaue Kunstfaserseil – ein Baumarkt-Spontankauf, der nun ganz unvermutet seine Rechtfertigung erfuhr – vom Haken. Ich hatte es noch nie benutzt, aber es war äußerst stabil und reißfest. Damit hätte ich mühelos einen missgelaunten Elefanten anbinden können. Dann stellte ich den Besen sorgfältig wieder an seinen Platz und zog mich aus. Brrr, gemütlich warm konnte man das wirklich nicht nennen, aber mein Adrenalinspiegel war dermaßen hoch, dass ich wenigstens nicht übermäßig fror. Rasch schnappte ich mir den Tampen und rannte barfuß los Richtung See, deckungsuchend hinter jedem Baum, der mir die Gelegenheit dazu bot. Meine Gegnerin rührte sich nicht, sondern stand regungslos da wie eine Statue und schaute auf den See. Sehr schön. Hinter der letzten Pappel vor dem Ufer machte ich kurz halt, um mich zu sammeln und Schwung zu holen.

Also los, Hemlokk. Eine bessere Ausgangsposition kriegst du nicht. Fünfmal pumpte ich ordentlich Luft in meine Lungen, spannte dabei die Muskeln an, stieß mich beim sechsten Mal kraftvoll ab und sauste mit voller Kraft auf sie zu – um ihr mit einem markerschütternden Schrei ungebremst in den Rücken zu springen. Sie kreischte erschrocken auf, während wir gleichzeitig in trauter Zweisamkeit umfielen. Es platschte gewaltig, und zwei alarmierte Blesshühner flüchteten piepend aus dem Schilfgürtel.

»Arrgh«, blubberte sie, während sie heftig mit Armen und Beinen ruderte. Der rote Hut dümpelte jetzt neben ihrem Kopf und setzte einen hübschen Akzent in dem schmuddelig-schlammigen graubraunen Seewasser. Ich versuchte mich auf ihrem Rücken schön schwer zu machen, damit das Wasser an ihrer Kleidung ganze Arbeit verrichten konnte. Es war nicht sehr tief. Sie hob mühsam den Kopf und schnappte nach Luft.

»Ha!«, brüllte ich triumphierend, während ich ihr Haupt mit beiden Händen wieder unter Wasser drückte. Dabei durchflutete mich ein richtiges Hochgefühl. Ich hatte gar nicht gewusst, dass Siege zu derartigen Hormonausschüttungen führten. Sie zappelte. Ich löste meine Hände von ihrem Kopf, sodass sie wieder eine Prise von der guten schleswig-holsteinischen Luft nehmen konnte. Umbringen wollte ich sie schließlich nicht. Aber ins Gesicht schauen wollte ich ihr schon, wenn ich sie verhörte. Also rutschte ich in Richtung Steißbein, zog ihr linkes Ohr über die Wasseroberfläche und schnauzte sie an: »Umdrehen! Aber langsam und vorsichtig, sonst werd ich rabiat! Verstanden?«

Sie blubberte, was ich als freudige Zustimmung deutete, und gehorchte in Zeitlupe. Derweil schob ich mich von ihrem Po auf ihre Hüfte, dann auf ihren Bauch, auf dem ich mich wieder schön schwer machte. Mit schreckgeweiteten Augen blickte sie zu mir hoch. Die blanke Panik sprach aus ihrer Miene.

»Tja, das hättest du nicht für möglich gehalten, was!«, röhrte ich, bis zum Haaransatz voll mit Testosteron.

»Oh Gott, bitte«, röchelte sie. »Tun Sie mir nichts. Bitte.«

Unwillkürlich zuckte ich zusammen. Ich war irritiert. Kannte ich die Stimme etwa?

»Ich gebe Ihnen alles, was Sie wollen und was ich bei mir habe. Geld, die Kreditkarte, ich habe eine goldene, mein Smartphone. Es ist ein ziemlich neues und hochwertiges. Aber bitte, bitte tun Sie mir nichts. Ich verrate Sie auch ganz bestimmt nicht.«

Sie stierte mich an, die Haare strähnig, nass und wirr, das Gesicht bleich wie ein Grottenolm. Ich starrte zurück und sah wahrscheinlich auch nicht aus, als würde ich einen Model-Contest bestehen. Doch das war nicht der Grund, weshalb es sich plötzlich in meiner Magengegend anfühlte, als hätte sie jemand mit einem

Rammbock bearbeitet. Ohne Hut kam mir mein Opfer doch plötzlich vage bekannt vor. Das Tatkraft ausstrahlende Kinn, die leicht schräge Nase … Ich hatte diese Frau schon einmal gesehen.

»Ach du liebes Lottchen«, sagte ich leise zu mir selbst. »Ach du riesengroßes, blödes, beknacktes Mega-Lottchen«, wiederholte ich, als mir die Erkenntnis dämmerte, wer da vor mir beziehungsweise unter mir lag. Natürlich hatte ich zu Beginn unserer Zusammenarbeit einmal das Foto meiner Agentin im Netz angeschaut, aber das war gefühlt ewig her. Und persönlich getroffen hatten wir uns nie. Wir telefonierten lediglich miteinander, wenn es unumgänglich war. Der weitaus meiste Austausch erfolgte in diesem Job schriftlich.

»Frau Schiebrecht?«, sagte ich kaum hörbar.

Sie senkte zustimmend das Kinn. Ihre Augen waren immer noch weit aufgerissen. Ganz langsam hob ich meine Hände, als würde ich mich ergeben, und rutschte von ihrem Bauch herunter, sodass ich neben ihr im Wasser saß.

»Ich … äh …« Was sagt man in einer dermaßen abstrusen Situation? »Tut mir leid« ja wohl eher nicht. Das war eindeutig zu wenig. Aber was dann?

»Also, ich habe Kakao da«, plapperte ich entschlossen weiter. »Und einen richtig guten Rum. Und Sahne. Damit macht man eine Tote Tante. Die schmeckt wirklich gut. Und trockene Sachen habe ich auch.«

»Frau Hemlokk?«

Ich versuchte es zwar mit einem zustimmenden Lächeln, weil ich meiner Stimme nicht traute, doch heraus kam wohl eher eine Grimasse. Sie hatte mich bestimmt auch nur anfangs einmal gegoogelt und mein Aussehen dann vergessen. Außerdem erkennt man jemanden, der halb nackt in knapp zehn Grad kaltem Wasser neben einem sitzt, sicher nicht so ohne Weiteres. Doch das war jetzt alles vollkommen gleichgültig. Denn wenn wir unser Tête-à-Tête hier nicht bald beendeten, konnten wir uns ein Doppelzimmer im Krankenhaus teilen. Ich wuchtete mich hoch und hielt ihr meine Rechte wie ein Fußballspieler hin, nachdem der den Gegner mit einer Grätsche niedergestreckt hat. Sie griff sofort beherzt zu. Das musste sie auch, denn meine Rechnung war aufgegangen. Die tropfnassen Kleider hingen dermaßen gewichtig an ihrem Leib, als steckte sie in einem Schaffell. Wenn so ein Tier unglücklich fällt, kommt es manchmal tatsächlich nicht wieder von allein hoch, weil das Fell zu dick und wuschelig ist. Dann muss der Schäfer kommen, um es wieder auf seine vier Beine zu stellen. In diesem Fall war ich der Schäfer.

»Ihr Hut«, sagte ich dämlich, als wir beide standen. Dann bückte ich mich, fischte ihn aus dem Wasser und reichte ihr das ramponierte Exemplar. Ohne zu zögern, setzte sie ihn auf. Tja, was soll ich sagen? Die Situation war dermaßen absurd, dass ich einfach nicht anders konnte. Ich presste zwar die Lippen fest aufeinander, doch es half nichts. Das Lachen bahnte sich unaufhaltsam seinen Weg vom Bauchraum über die Luftröhre in den Rachen, wo es kurz vor den Zähnen haltmachte, da jedoch so heftig anklopfte, dass ich geplatzt wäre, wenn ich den Mund nicht geöffnet hätte. Ich lachte, bis mir die Tränen über die Wangen liefen. Das musste ich meiner Mutter, Harry und Marga erzählen.

Und meine Agentin?

Lachte mit. Zuerst hatte sie mich mit offenem Mund angestarrt, als käme ich von einem anderen Stern. Doch dann fingen ihre Mundwinkel an zu zucken, und schließlich lachte sie lauter als ich. Wir mussten ein Bild für die Götter bieten: zwei klatschnasse Frauen am Ufer des Passader Sees, die sich wie Bolle amüsierten; die eine trotz der nicht gerade sommerlichen Temperaturen fast nackt, die andere triefend im ehemals eleganten Outfit.

»Das glaubt mir in Hamburg niemand«, keuchte Julia Schiebrecht.

»Mir in Bokau auch nicht. Aber kommen Sie, wir müssen schleunigst ins Haus, sonst gibt's eine Lungenentzündung und wir können gar nichts mehr erzählen. Das wäre doch jammerschade.« Bei ihr hatte die Gänsehaut nämlich bereits die Wangen erreicht, und ihre Zähne schlugen jetzt unkontrolliert aufeinander.

»Ja-a-a-a-a«, klapperte sie. »Issst guhut.«

»Sie gehen zuerst unter die heiße Dusche«, befahl ich, während ich sie Richtung Villa zog. Sie widersprach und wehrte sich nicht. »Ich koche inzwischen den Kakao.«

Sie zog sich noch im Garten aus. Wir ließen die durchweichten Sachen auf der Bank liegen und krönten den tropfenden Haufen mit dem roten Hütchen. Frau Schiebrecht verschwand in der Nasszelle, während ich ihr trockenes Zeug heraussuchte und es ihr vor die Badtür legte. Mich selbst rubbelte ich rasch ab, dann holte ich meine Klamotten aus dem Schuppen und schlüpfte wieder hinein. Den in ihren Kisten vor sich hin dämmernden Kröten erzählte ich nichts von dem Fiasko, sondern eilte gleich wieder in die Villa, um den versprochenen Riesentopf Kakao zu kochen. Das war schließlich das Mindeste, was ich für meine Ex-Agentin tun konnte. Während ich das Pulver in die Milch rührte, überlegte ich geknickt, was so ein Agenturwechsel wohl alles für Ärger mit sich brachte. Erst einmal musste ich natürlich ein anderes Unternehmen finden, das möglichst genauso gut im Geschäft war wie das von Julia Schiebrecht. Dann mussten mich die Leute nehmen wollen. Ich gehörte zwar zu den Erfolgreichen im Gewerbe, und Vivian LaRoche besaß durchaus einen Namen, aber jede Agentur hat natürlich ihren Stamm von Hausautoren. Anschließend musste die Frage mit den Rechten an den alten Geschichten geklärt werden. Und zu guter Letzt kam es natürlich auf die Chemie zwischen den neuen Leuten und mir an. Die Badezimmertür klappte, zwei Arme erschienen und der trockene Kleiderstapel verschwand.

»Ich bin übrigens Julia«, sagte meine Ex-Agentin wenig später und hielt mir die Hand hin. Mein grauer Lieblingspullover stand ihr wirklich ausgezeichnet. »Ich denke, nach so einer spritzigen Kennenlernphase sollte man sich duzen.«

»Äh ... ja ... Hanna«, erwiderte ich verdutzt, nahm kurz ihre Hand, um ihr dann mit der anderen die Buddel wie eine Trophäe unter die Nase zu halten. »Mit Rum also?«

»Aber immer«, knurrte Julia kernig und schaute sich neugierig um. »Hübsch hast du es hier. Dein Haus gefällt mir.«

»Ja. Danke«, sagte ich vorsichtig, goss einen ordentlichen Schubs Rum in ihren Becher, füllte den Rest mit dampfendem Kakao auf und krönte das Ganze mit einer Sahnehaube. Allein der Geruch wärmte die Seele. Wir setzten uns – Julia nahm in meinem Schaukelstuhl Platz, ich lümmelte mich auf die Couch –, dann schlürften wir die Mischung ohne ein weiteres Wort in uns hinein. Angesichts der Umstände war es ein erstaunlich friedliches Schweigen.

»Ich wollte mit dir noch einmal über diese sogenannten wahren Geschichten reden«, begann Julia schließlich das Gespräch. Ihre Wangen waren mittlerweile leicht vom Kakao gerötet. »Ich wollte dich überrumpeln, deshalb habe ich mich nicht angemeldet. Tja, das hat man nun davon.«

Oha. Ich verschluckte mich und fing prompt an zu husten. Sie wartete geduldig, bis ich mich beruhigt hatte.

»Aber ich denke, das kann ich mir sparen.« Sie gluckste leise. Ihr Kopf glühte mittlerweile wie bei einem Teenager, dem das Objekt seiner Träume unvermutet auf dem Pausenhof begegnet. »Du bist wirklich eine ungewöhnliche Frau.«

»Das behauptet Harry auch immer«, murmelte ich, angestrengt meinen Tassenboden fixierend. Oh Gott, Harry! Den hatte ich in dem ganzen Tohuwabohu ganz vergessen.

»Dein Freund?«

»So in etwa«, sagte ich und sprang auf, um auf der Stelle mein Smartphone, den Laptop und meinen Anrufbeantworter zu kontrollieren. Doch nichts blinkte, nichts piepte, rüttelte oder brummte. Es herrschte Totenstille auf allen Kanälen. Ich sank in meinen Schaukelstuhl zurück.

»Was ist?«, fragte Julia und hielt mir auffordernd den leeren Becher hin. »Hat er dich versetzt?«

»Es gibt noch anderes auf Erden als eine romantische Beziehung zwischen zwei Turteltäubchen, die sich spätestens nach sechs Folgen kriegen«, fauchte ich sie an. Grundgütige, Hemlokk, was machst du denn da! »Entschuldigung. Ich … es war nicht so gemeint.«

»Du machst dir Sorgen«, stellte sie scharfsichtig fest. »Große

Sorgen sogar, wenn ich mich nicht täusche. Willst du darüber reden? Ich habe Zeit.«

»Nein«, lehnte ich automatisch ab. Wie sollte wohl ausgerechnet eine Schmalzheimer-Agentin Licht in diese ganze verworrene Angelegenheit bringen können? Andererseits sah sie in meinen Klamotten und ohne dieses affige Hütchen völlig normal aus. Und überhaupt nicht unsympathisch.

»Na ja«, sagte ich.

Sie grinste, während sie weiter in kleinen Schlucken genussvoll ihren Kakao schlürfte.

»Du kannst es dir ja noch einmal überlegen. Wie schon angedroht, ich habe nicht vor, sofort wieder aufzubrechen. Der Tag ist laut Plan ganz dir gewidmet. Ich wollte dich nämlich schon immer mal näher kennenlernen. Du bist schließlich eines meiner besten Pferdchen im Stall.«

»Und das bleibe ich auch?«, rutschte es mir heraus, obwohl ich das mit dem Pferdchen nicht eben komplimentös fand.

»Natürlich. Wieso …?« Sie schien ehrlich erstaunt über die Frage. »Ach so. Das war eine Panne. Und eine höchst witzige noch dazu. Damit ist die Sache für mich erledigt.«

»Danke«, sagte ich, wobei ich ihr hoch anrechnete, dass sie nicht gleich mit den Reinigungskosten für ihre ruinierten Sachen ankam. Das würden wir später erledigen, denn die musste selbstverständlich ich übernehmen. Stattdessen schwieg Julia einfach.

Und ich dachte nach. Vielleicht war es wirklich nicht verkehrt, einmal mit einer völlig Fremden das Verschwinden Harrys sowie das Problem der zahlreichen Leichen im »Elysium« durchzukauen. Manchmal sah man als unmittelbar Beteiligte die Dinge weder klar noch im richtigen Licht. Und was konnte es schon schaden? Julia Schiebrecht würde in wenigen Stunden wieder aus meinem Leben verschwinden und dorthin zurückkehren, wo sie hingehörte: an ihren Hamburger Schreibtisch, auf dem es vor hingebungsvollen Papierhelden, aber keinesfalls vor realen Toten wimmelte.

Also erzählte ich ihr alles. Sie hörte ruhig zu und unterbrach mich nur, wenn sie einen möglichen Zusammenhang nicht begriff. Als ich geendet hatte, streckte sie energisch ihr Kinn vor und sagte genau drei Sätze.

»Es macht überhaupt keinen Sinn, wie ein kopfloses Huhn in der Gegend herumzurennen und eine Vermutung an die nächste zu reihen, Hanna. Setz dich hin, analysiere die Situation und dieses Telefongespräch. Und dann denk nach!«

ELF

Und das tat ich. Währenddessen badete Julia Gustav und Hannelore samt deren Brut und plauderte dabei leise mit meiner Menagerie. Denn einmal aus dem Winterschlaf geholt, wollte ich meine Lieben nicht gleich wieder zurück in die arktische Kälte und Dunkelheit ihres Kühlschranks schicken, nur weil ich momentan Wichtigeres zu tun hatte, als den Stoffwechsel der Kröten anzuschieben. Und Julia hatte sich sofort erboten, das zu übernehmen. Während ich also in meinem Schaukelstuhl saß und nachdachte, plätscherte und klapperte es vor der Haustür, dass es eine wahre Pracht war.

»Die Fakten, Hemlokk«, hörte ich Harry sagen, wobei es sicher rein gar nichts brachte, gedanklich noch einmal die Skelette aus dem »Elysium« auszubuddeln oder die Barschel-Spur weiterzuverfolgen, da hatte Julia schon recht. Herauskommen würde in beiden Fällen nichts als bloße Spekulation. Daher begann ich mit dem Telefongespräch, dabei sinnend auf das spielzeuggroße Hollbakken am gegenüberliegenden Ufer des Sees starrend, das von der Sonne beschienen wurde und so friedlich dalag, dass wohl kein Fremder darauf gekommen wäre, welche Tragödie sich hier vor etlichen Jahren abgespielt hatte.

Fakt Nummer eins war zweifellos, dass Harry mich Hanna genannt hatte. Und ich blieb dabei, dass das etwas ganz Konkretes zu bedeuten und nichts mit Pedro zu tun hatte. Da konnte Marga reden wie ein Buch. Nein, das sollte ein Zeichen sein. Ein Zeichen dafür, dass er sich in einer ungewöhnlichen Situation befand, die so geartet war, dass er mir etwas nicht direkt mitteilen konnte, sondern lediglich verklausuliert. Er war bei dem Telefonat nicht allein gewesen, denn Stimmen im Hintergrund hatte ich sehr wohl gehört. Sollte da also jemand bloß nicht mitbekommen, dass er mich … tja … warnte, oder hielt ihm vielleicht jemand eine Pistole an den Kopf? Was natürlich sofort zu der Frage führte, weshalb er mich überhaupt angerufen hatte beziehungsweise was derjenige erreichen wollte, der Harry gezwungen hatte, mich zu kontaktieren.

»Ich brauche dringend einen Tee«, sagte ich laut zu der halb geöffneten Tür. »Die Dose mit dem Earl Grey steht oben auf dem Regal über der Spüle. Die kann –«

»Sehe ich«, sagte Julia, als sie den Kopf durch den Türspalt streckte. Auf ihren Wangen lag immer noch ein Hauch von Rosé, und auch sonst wirkte die Frau richtig zufrieden. Ich hatte gar nicht gewusst, dass meine Agentin dermaßen in Ordnung war. Ich hatte sie immer für eine überkandidelte Thusnelda aus der Großstadt gehalten. Am Telefon war sie auch oft so aufgetreten. Aber das unverhoffte Bad hatte offenbar Wunder gewirkt und ihre andere, bodenständigere Seite zum Vorschein gebracht. Sie hätte mich und den Passader See eindeutig früher besuchen sollen.

»Danke.«

Wir grinsten uns kameradschaftlich an. Sie erkundigte sich nicht nach meinen Fortschritten, sondern machte sich schweigend an der Küchenzeile zu schaffen. Noch ein Pluspunkt für sie.

Weshalb hatte Harry mich also angerufen? Ich schloss die Augen, um mich besser konzentrieren zu können. Als ich ihm spontan anbot, sofort zurückzukommen, hatte er Nein gesagt. Ach was, er hatte es nicht nur gesagt, er hatte es in einem Anflug von Panik gebrüllt. Daraus folgte logisch, dass er mich höchstwahrscheinlich warnen und nicht in Bokau haben wollte. Weil es für mich zu gefährlich war, oder weil ich ihm zu viel herumschnüffelte? Tja, Ende der Fahnenstange. Hier kam ich nicht weiter, obwohl ich eher auf Ersteres tippte. Wenn Harry meinte, ich käme ihm irgendwie in die Quere, hätte er es mir rundheraus mitgeteilt. Obwohl … nach dem Krach, den wir vorher gehabt hatten, sah die Sache vielleicht anders aus. Ich war dermaßen in Gedanken versunken, dass ich mir die Lippen verbrannte, als ich den ersten Schluck aus der Tasse nahm, die Julia ohne ein Wort neben mich gestellt hatte.

»Wir sind fertig mit dem Baden«, sagte sie in diesem Moment leise. »Ich setze mich auf die Bank im Garten.«

»Ist gut.«

Ich stand auf, ging zum Fenster und stellte es auf Kipp. Unser nasses Badeoutfit lag zwar draußen, trotzdem müffelte es in der Bude. Die Oberfläche des Sees glich einem polierten Stein. Es war völlig windstill, nicht einmal das Schilf wogte hin und her. Eigentlich erfreute mich so ein Anblick, aber heute blieb mein Herz kalt – was auch daran lag, dass es draußen an der Pappel zweimal laut und vernehmlich klatschte. Es war ein Geräusch, das ich schon unzählige Male gehört hatte: Wenn Ringeltauben losfliegen, schlagen sie schwungvoll die Flügel über dem Rücken zusammen. Das kennt jeder, der auf dem Land wohnt oder auch mit offenen Ohren und Augen durch die Stadt geht. Tauben.

Etwas begann sich in meinem Kopf zu formen. Als Harry und ich telefonierten, war da doch dieses merkwürdige Geräusch im Hintergrund gewesen, das ich nicht zuordnen konnte. Ich hatte es wegen der schlechten Übertragungsqualität spontan für einen nicht rundlaufenden Motor gehalten. Aber das war es nicht gewesen. Ich hielt mich am Fenstergriff fest und schloss erneut die Augen, um mich zu konzentrieren und in mich hineinzuhorchen. Nein, ich irrte mich nicht. Im Hintergrund hatte ich zwar leise, aber eindeutig mehrere Tauben gurren gehört. Ru-kuh, ru-kuh hatten sie durcheinander und untermalt von Flügelschlägen gemacht. Diese Mischung war mein Motor gewesen. Mhm. Was hatten diese anscheinend doch nicht ganz so harmlosen Taubenleute mit Harry und seinem geheimnisvollen Verschwinden zu tun? Völlig wurscht. Endlich besaß ich einen Anhaltspunkt und damit eine Spur, der ich nachgehen konnte, um ihn zu retten. Und das allein zählte. Über das Warum und Wieso konnte ich mir später Gedanken machen.

»Ich muss los«, sagte ich zu der auf der Gartenbank dösenden Julia, die mich fragend anblickte, als ich in der Tür stand und in meinen rechten Stiefel schlüpfte. »Tut mir leid, aber es ist wichtig.«

»Das sehe ich«, entgegnete sie trocken, während ich den

Reißverschluss des linken Stiefels hochzog. »Der Fall? Das Nachdenken hat also etwas gebracht?«

»Genau. Hat es. Danke. Wenn du noch eine Weile hierbleiben möchtest, kannst du das gern tun. Den Schlüssel –«

Sie hob die Hand.

»Hanna.«

»Ja. Was ist denn?«, erwiderte ich ungeduldig. Himmel, sie musste doch einsehen, dass ich jetzt keine Zeit für irgendwelche Klookschieter-Diskussionen hatte.

»Kann ich nicht mitkommen? Ich störe dich auch bestimmt nicht und mache alles, was du sagst. Aber ich würde wirklich für mein Leben gern einmal ... verstehst du? Ich sitze sonst nur am Schreibtisch. Und ich habe so etwas noch nie gemacht.«

Entgeistert glotzte ich meine Agentin an, man kann es nicht anders nennen. Ich musste mich beherrschen, um nicht mit dem Zeigefinger im Ohr herumzujuckeln, als hätte mein Hörvermögen Schaden genommen. Das gab es doch nicht!

»Aber es kann gefährlich werden«, wandte ich – zugegeben äußerst lahm – ein. Ich war so perplex, dass mir nichts anderes einfiel.

»Das weiß ich.«

»Sehr gefährlich sogar«, setzte ich dramatisch nach, obwohl ich das insgeheim doch für reichlich übertrieben hielt. Die Brieftaubenfreunde hatten höchstwahrscheinlich Dreck am Stecken, aber als Mordbubenbande würden sie sich bestimmt nicht entpuppen, auch wenn Harrys mysteriöses Verschwinden eindeutig etwas mit ihnen zu tun hatte, wie ich nun überzeugt war.

»Ja, das ist mir klar.« Plötzlich lachte Julia hell auf. »Pass auf, wir machen einen Deal. Du nimmst mich mit, dafür lasse ich dich auf ewig mit den, wie hast du sie genannt?« Sie überlegte kurz. »Es war irgendetwas mit Schwiegermüttern, Bohnenstangen und Männern. Na ja, mit dieser Art von Geschichten lasse ich dich jedenfalls dann in Ruhe. Das ist doch fair, oder?«

Unsere Blicke trafen sich. Ja, das war es. Außerdem sahen und hörten vier Augen und Ohren mehr als zwei. Und allzu dusselig würde sie sich schon nicht anstellen, das hatte sie mit ihrem Verhalten in den letzten zwei Stunden bewiesen. Trotzdem war eine unverblümte Ansage angebracht, fand ich.

»Gut. So machen wir das. Doch damit das unmissverständlich und eindeutig ist und du dich nachher nicht herausreden kannst: Ich bin die Chefin bei dieser Aktion. Du musst mir zu deiner eigenen Sicherheit versprechen, dass du wirklich widerspruchslos machst, was ich anordne. In manchen Situationen sind Diskussionen nämlich eher schädlich.«

»Ist mir vollkommen klar.« Mit diesen Worten stand sie auf, hob ihre Rechte zum Schwur, wobei sie sich gleichzeitig um einen ernsten Gesichtsausdruck bemühte, der ihr allerdings nicht so recht gelingen wollte. »Hiermit schwöre ich feierlich auf die Glimmstängel der königlich dänischen Margarethe, auf die Ginbuddel der verblichenen Queen Mum und die diversen Lover von Lady Di, dass ich genau das tun werde.«

Tja, was soll ich sagen? Es war die Mischung, die mich überzeugte.

Wir parkten den Wagen etwa hundert Meter vor dem Brieftaubenvereinsheim in einem Feldweg hinter einer Kurve, sodass er von der Straße aus nicht zu sehen war. Julia hatte ich einen meiner dickeren Pullover geliehen und ihr eine schwarze schlichte Mütze verpasst, die an Chic gerade mal so eben mit ihrem Großstadt-Hütchen mithalten konnte. Beides hatte sie ohne zu murren übergezogen, und ich hatte sogar den Eindruck, dass sie sich in meiner Garderobe gar nicht so unwohl fühlte. Was den Verdacht nahelegte, dass die Frau im Sülzheimer-Gewerbe vielleicht falsch war. Egal. Über eine mögliche Mitgliedschaft in der Detektei Hemlokk konnten wir auch noch später sprechen.

Das Heim der Brieftauben und ihrer menschlichen Freunde lag weitgehend verlassen und friedlich da. Lediglich ein Auto, ein unauffälliger Opel, parkte vor der Tür. Ich notierte mir die Nummer, was nun wirklich nicht besonders tricky war, trotzdem aber von Julia mit Hochachtung registriert wurde. Sicher, am Anfang meiner Karriere hätte ich auch erst an so etwas gedacht, wenn ich wieder daheim im kuscheligen Bett lag. Mittlerweile war mir das in Fleisch und Blut übergegangen.

»Meinst du, dass Harry hier festgehalten wird?«, hauchte sie.

Ich hatte ihr bedeutet, sich dicht hinter mir zu halten, während wir auf das Vereinsheim zuschnürten. Bei einem Holzstapel, der sich seitlich schräg neben dem Gebäude erhob und zwei Menschen mühelos verbergen konnte, hatte ich haltgemacht. Von dort aus konnte man das Haus gut im Auge behalten, hatte jedoch selbst die Möglichkeit, umgehend hinter der Deckung zu verschwinden, falls jemand auf den Parkplatz fuhr oder aus der Tür trat.

»Möglich«, sagte ich skeptisch. Dann musste es unter dem Versammlungssaal oder den Schlägen allerdings einen Keller geben. Denn Harry für alle sichtbar oben zu lassen, wäre zu riskant gewesen, auch wenn sie ihn sediert haben sollten.

»Meinst du denn, dass die ganzen Tauben lediglich der Tarnung dienen?«, plapperte Julia neben mir aufgeregt weiter, während ich überlegte, wie ich jetzt vorgehen sollte. Das einzige Auto auf dem Parkplatz des Vereinsheims ließ auf lediglich ein oder zwei Personen im Gebäude schließen. Harrys Wächter?

»... so eine Art mittelalterliche Geheimorganisation im Hintergrund wie in einem Thriller. Irgendeine Loge vielleicht, die die Weltherrschaft an sich reißen will, um endlich den Klimawandel –«

»Ruhe«, zischte ich und schubste sie samt ihren Horrorvisionen grob hinter den Holzstapel, weil in diesem Moment ein weiteres Auto auf den Parkplatz einbog. Doch deren Insassen – zwei Frauen um die dreißig – hatten sich offensichtlich lediglich verfranzt, denn die Fahrerin wendete und fuhr wieder los, ohne das Gebäude oder das Umfeld überhaupt eines Blickes zu würdigen.

Natürlich sollte ich zunächst zu einem der Fenster hinüberschleichen, um mich mit dem Inneren des Hauses vertraut zu machen, bevor ich entschied, wie ich weiter vorgehen wollte. Man muss den Gegner und die Umstände schließlich kennen.

Alles andere wäre geradezu sträflicher Leichtsinn. Ich gab Julia ein Zeichen, mir zu folgen, während ich geduckt zu der Fensterreihe schlich. Sie gehorchte wie ein braver Hund. Kaum an der Hauswand angekommen, bedeutete ich ihr mit der Hand, unten zu bleiben, während ich mich Zentimeter für Zentimeter in die Höhe schob. Kurz vor dem Sims hielt ich inne und lauschte. Doch die Fenster waren alle geschlossen, sodass kein Laut nach draußen drang. Es half daher nichts, ich musste es riskieren. Rasch holte ich den Taschenspiegel aus dem Rucksack, den ich für Notfälle immer dabeihabe. Dann stellte ich mich mit dem Rücken an die Wand, hob meinen Arm samt Hand mit Spiegel, ließ ihn mit den Ästen einer dürren, direkt vor dem Fenster stehenden Tanne verschmelzen und scannte den Raum langsam und sorgfältig ab. Das Vereinsheim war leer, nur ein einsamer, allerdings aufgeklappter Laptop stand auf einem der Resopaltische. Die Insassen des Wagens waren also entweder bei Harry im Keller, bei den Tieren in dem Raum mit den Schlägen oder auf der Toilette. Doch gehüpft wie gesprungen, die Gelegenheit, unauffällig ins Gebäude zu gelangen, war günstig.

»Wir gehen rein«, entschied ich, »das heißt, ich gehe rein. Du bleibst draußen.«

»Aber –«

»Nix aber«, würgte ich sie ab. »Zwei Menschen machen nun einmal mehr Lärm als einer. Und außerdem ist es zu gefährlich. Das sind Leute, die schrecken vor nichts zurück«, zog ich noch einmal die ganz große Show ab, ohne auch nur ansatzweise zu ahnen, wie recht ich mit dieser Einschätzung hatte.

»Dann guck doch lieber noch einmal mit dem Spiegel.« Meine Schmalzheimer-Agentin klang furchtsam. »Vielleicht sind sie jetzt schon wieder da.«

Ich tat ihr den Gefallen und wiederholte die Scanner-Prozedur. Der Spiegel zeigte erneut eine Reihe von blitzblanken Resopaltischen, die Pokale über dem Tresen, die Tür zu den Schlägen, den Tresen selbst … und davor …

»Frank Hicks«, flüsterte ich aufgeregt. Der Mann saß jetzt

mit einer sauertöpfischen Miene vor dem Laptop und trommelte dazu mit der Rechten nervös auf der Tischplatte herum.

»Ist er allein?«, raunte Julia.

Ich ließ den Spiegel wandern.

»Nein.«

»Wer ist der Zweite?«

»Die. Es ist eine Frau.«

Und ich hatte sie auch schon einmal gesehen. Als ich im »Elysium« mit Marga und Sandrine Übich auf der Golden-Gate-Brücke des Leckertung-Platzes über Flüchtlinge und Karl Lißner geredet hatte, war sie äußerst zielstrebig über den Platz geeilt, ohne allzu viel Kenntnis von uns zu nehmen. Kein Rind, kein Hund, kein Kind, hatte Marga ihre Lebenssituation dröge beschrieben, daran erinnerte ich mich. Susanne irgendwie hieß sie, hatte Sandrine mit so einem gewissen Unterton in der Stimme gesagt, der darauf schließen ließ, dass sie die Frau nicht mochte. Sila ... Sala ... nein, Serva. Genau! Susanne Serva. Jetzt beugte sie sich zu Hicks hinüber und sagte etwas zu ihm. Auch ihr Gesicht war ernst. Er antwortete mürrisch und schüttelte den Kopf. Woraufhin sie ihn mit einem Blick bedachte, der so eindeutig »Idiot« besagte, als habe sie es laut ausgesprochen. Dabei griff sie nach ihrer Handtasche, die links neben ihr stand, kramte darin herum und holte dann eine Zeitung heraus.

»Siehst du was?«, flüsterte Julia an meinem Knie.

»Sie lesen die FAZ oder die Süddeutsche«, gab ich zurück. »Oder die Zeit. Es ist jedenfalls etwas Großformatiges ohne knallige Überschriften.«

Nein, das taten sie nicht. Denn statt ihrem Kumpan einen Teil der Zeitung in die Hand zu drücken, stand die Serva auf und eilte zu der Tür, hinter der sich die Taubenschläge befanden. Hicks folgte ihr langsam und, wie mir schien, höchst widerwillig.

Ich ließ den Arm sinken und streckte mich. Diese schräge Halbhockstellung verbog auf Dauer wirklich jeden Muskel.

»Komm und bleib dicht hinter mir, ja?«

Mit diesen Worten bückte ich mich erneut und schlich unter

der Fensterreihe entlang Richtung Schläge. Der Trakt besaß auf unserer Seite lediglich ein Fenster, sodass die Auswahl nicht schwerfiel. Allerdings fehlte hier eine tarnende Tanne, für Arm und Spiegel gab es daher diesmal keinerlei Deckung. Deshalb half es nichts.

»Pass auf, wenn die mich entdecken und festsetzen, haust du auf der Stelle ab, verstanden?«, instruierte ich Julia, die zu meinen Füßen hockte und meine Knie hypnotisierte. »Sie müssen ja nicht wissen, dass wir zu zweit sind. Und wenn ich mich innerhalb einer Stunde nicht bei dir melde, dann gehst du zur Polizei.«

»Ja«, hauchte sie.

»Und mach da richtig Druck, hörst du.« Trotz der ernsten Worte bemühte ich mich um einen lockeren Tonfall. Man soll seine Schmalzheimer-Agentin schließlich nicht unnötig verschrecken.

»Du kannst dich auf mich verlassen, Hanna.«

Braves Mädchen. Ich glaubte ihr aufs Wort. Also dann, auf in den Kampf, Hemlokk! Langsam richtete ich mich auf und linste durch die dreckige Scheibe.

Mit hoch konzentrierten Gesichtern standen Serva und Hicks Schulter an Schulter vor den Schlägen, in denen es vor Tauben nur so wimmelte: große und kleinere, dicke und dünnere, graufarbige und weniger graue. Einige Tiere gurrten, andere putzten sich, während wieder andere dösten oder die Zweibeiner da vor ihnen aufmerksam beobachteten. Serva hielt ein Smartphone in der Hand, und beide Menschen schauten immer wieder angestrengt aufs Display, um dann Schlag für Schlag die echten Tiere mit einem Bild auf dem Schirm abzugleichen. Ihre Gesichter wurden dabei immer länger.

Ich unterdrückte nur mit Mühe ein Grinsen. Tja, wenn ihnen da irgendein Fachmann für die Familie der Columbinae ein Bild seines Tauben-Ferraris zugeschickt hatte und sie nun auf diese Weise ein bestimmtes Tier zu identifizieren suchten, war das sicher nicht leicht. Für mein ungeschultes Auge sahen sich die Viecher doch recht ähnlich; wie die Gustave und Hannelörchens für Nicht-Krötenfans, die auch nur einen Panzer sahen, aber keinerlei unterschiedliche Maserung, von den markanten individuellen Kopfformen ganz zu schweigen. Ich rätselte noch, was die ausgebreitete Zeitung zu ihren Füßen da wohl sollte, als plötzlich Leben in Serva kam. Eilig drückte sie Hicks das Smartphone in die Hand, öffnete einen Schlag und langte ungeschickt nach einem der Tiere darin. Das Täubchen wehrte sich und schien gar nicht beglückt über die offenbar nicht gerade artgerechte Umklammerung. Wahrscheinlich tat die Serva ihm weh.

»Nun stell dich nicht so an, blödes Vieh«, entnahm ich ihrer Lippenbewegung. »Komm schon.«

Doch X976, oder wie auch immer, zickte, schlug mit dem Flügel, wand sich und fand es partout nicht kuschelig in der menschlichen Hand. Woraufhin die Serva angeekelt das Gesicht abwandte, mit der anderen Hand ebenfalls nach dem Tier griff – und dem Vogel das Genick brach. Ich meinte es tatsächlich knacken zu hören, doch das war natürlich lediglich Einbildung. Ein Taubenhals brach nicht mit Donnergetöse. Hicks schluckte. Ich auch. Nur mit Mühe gelang es mir, den Würgereiz zu unterdrücken. Unwillkürlich hatte ich vor lauter Schreck sekundenlang die Augen geschlossen, jetzt öffnete ich sie vorsichtig wieder. Just als Serva dem toten schlaffen Vogel mit spitzen Fingern die Flügel auseinanderzog, dabei sichtlich genervt und angewidert den Kopf schüttelte und den Kadaver dann Hicks hinhielt. Der nahm ihn zwar, aber wohl war ihm erkennbar nicht dabei. Er sagte etwas zu Serva, was ich natürlich nicht verstand. Und da er halb abgewandt stand, konnte ich es auch nicht von seinen Lippen lesen. Serva erwiderte etwas. Er nickte kaum merklich und begann, an dem rechten Bein des Täubchens herumzufummeln. Dort saß ein Ring. Der Ring mit der Identifikationsnummer des Tieres.

Aber irgendetwas passte dem Mann nicht. Vielleicht war die Nummer verdreckt oder abgeschabt, keine Ahnung. Ein Teil ließ sich offenbar nicht entziffern, und die Serva machte aus ihrer Ungeduld keinen Hehl; sie fuhrwerkte mit den Händen herum, als stünde sie auf einem neapolitanischen Markt und sei gezwungen, zu einem Spottpreis Zitronen und Gemüse zu verkaufen; eine oscarreife Pantomime fürwahr. Hicks' Hände zitterten, und sein Gesicht war aschgrau, während er halbherzig den Leichnam in seinen Händen drehte und wendete und gleichzeitig an der Beringung herumschraubte und zog. Schließlich langte er in seine Hosentasche und beförderte ein Schweizer Offiziersmesser zutage. Mit dem Aufstellen der Klinge klappte es jedoch nicht gleich. Er benötigte fünf Anläufe, währenddessen ich mich bang fragte, was denn jetzt kam.

Was ging hier bloß ab, inmitten der friedlichen Probstei? Voodoo? Ein altes Druiden-Ritual? Ein neuer Wotanskult? Dabei sahen die beiden völlig normal aus, wie zwei ganz gewöhnliche Pensionäre halt. Er in grauer Cordhose mit einem blauen Pullover über dem Hemd, sie etwas schicker mit einer cremefarbenen Jacke zur schwarzen Stoffhose. Und von einem irren Gesichtsausdruck konnte bei beiden ebenfalls keine Rede sein. Sie wirkten eher konzentriert. Sei's drum. Sicherheitshalber hielt ich mir die Hand vor den Mund. Zu Recht, wie sich umgehend herausstellte. Denn nun warf Hicks den toten Vogel auf die Zeitung, kniete sich umständlich daneben und säbelte das Bein mit dem Fuß und dem Ring ab. Ich hörte mich selbst keuchen. Das war ja widerlich! Und Serva stand daneben und verzog keine Miene. Die Frau hatte eindeutig einen Dachschaden und war offenbar als Eisblock mit Hautüberzug geboren worden, damit sie als Mensch durchgehen konnte.

Nun stand Hicks schwerfällig mit der abgetrennten Extremität in der Hand wieder auf, zog den Ring über den Schnitt ab, säuberte ihn mit Daumen und Spucke und las die Nummer vor. Serva verglich sie mit einer auf dem Smartphone. Dann schüttelte sie missmutig den Kopf. Hicks schmiss das abgetrennte Bein auf die Zeitung, wo es schräg neben dem Kopf landete. Es sah aus, als trage der tote Vogel sein Bein im Schnabel spazieren.

»Was –?«, flüsterte Julia in diesem Moment an meinem Knie.

»Schscht!«, sagte ich laut und zuckte erschrocken zusammen.

Doch das tödliche Duo hinter der Scheibe hörte mich nicht, denn nun begann die Prozedur von Neuem: Auf das Display des Smartphones starren, die Tauben begucken, wieder starren, erneut nach einem bestimmten Tier suchen. Plötzlich tat Serva einen Schritt nach vorn, und mein Magen machte unverzüglich einen Satz. Noch einen Taubenmord direkt vor meinen Augen würde ich nicht ertragen. Ich musste mich mit aller Macht zwingen, weiter hinzugucken, als Hicks ihrem Fingerzeig folgte und nach einer Taube griff. Der Mann stellte sich offenbar etwas geschickter an, denn dieses Tier blieb ganz ruhig und ließ sich von ihm ohne Widerstand in die Hand nehmen. Triumphierend schaute Hicks kurz zu seiner Partnerin hinüber, doch Serva verzog nur leicht und abschätzig die Lippen.

»Los«, kommandierte sie.

Und er gehorchte. Zunächst untersuchte er die Beine der Taube; am rechten befand sich ordnungsgemäß der Ring mit der Nummer, das linke war leer, soweit ich es von meinem Beobachtungsposten aus sehen konnte. Dann widmete er sich dem Rücken, und ein feistes Grinsen machte sich auf seinem Gesicht breit. Er ballte die Hand zur Faust, hob kurz den Daumen und fing dann sichtlich erleichtert an, auf dem Rücken und an den Flügeln herumzuzerren, um seiner Partnerin wenig später ein kleines Behältnis zu präsentieren. Serva griff fast schon gierig danach und sagte etwas zu ihm. Daraufhin umfasste Hicks das Tier in seiner Hand so, dass er – oh nein – mühelos an die Beine herankam. Mit aller Kraft unterdrückte ich den Würgereiz. Der Kerl wollte doch nicht etwa dem lebenden Tier …

Nein, er hob das Täubchen lediglich hoch und las die Nummer am Beinring vor. Servas Lippen sprachen sie nach, während ihre Augen sich am Display des Smartphones festsaugten wie zwei Napfschnecken an einem Felsen.

»Bingo«, sagte Hicks so laut, als sie fertig waren, dass ich es sogar hinter meine Scheibe verstand. Vor lauter Anspannung war ich mittlerweile völlig durchgeschwitzt.

Serva bedeutete jetzt ihrem Kompagnon, den Kadaver in die Zeitung einzuwickeln, was er auch umgehend tat. Und noch während er wickelte, ging sie zurück in den Versammlungsraum. Als er fertig war, folgte er ihr mit der toten Taube.

Ich gab Julia, die immer noch wie ein Frosch zu meinen Füßen kauerte, ein Zeichen mit der Hand, und wir schlichen unter der Fensterreihe zurück zu der mickrigen Tanne, wo ich erneut den Spiegel aus meiner Hosentasche kramte. Gerade kam Hicks aus der Toilette und rieb sich die Hände mit einem Stück Papier trocken. Serva nahm keine Notiz von ihm, sondern war damit beschäftigt, den kleinen Behälter aufzubekommen. Sie hatte es damit so eilig, dass sie sich einen Nagel abbrach. Endlich gelang es ihr. Ich konnte nicht so schnell erkennen, um was es sich bei dem Inhalt handelte, aber sie steckte das Teil ohne Umschweife in den Laptopschlitz. Aha, ein Minichip also. Ich nahm es so hin. Einsortieren musste ich diese Information später.

Servas Finger glitten nun wie ein Wirbelwind über die Tastatur, Hicks setzte sich neben sie. Gemeinsam lasen sie irgendetwas auf dem Display. Anschließend legte Hicks Serva ganz kurz die Hand auf den Unterarm. Sie schauten sich an, und in ihren zufriedenen Mienen las ich, dass die seltsame Aktion von Erfolg gekrönt war. Ich hatte bloß nicht den Hauch einer Idee, worum es bei der ganzen Sache gegangen war. Oder noch ging. Das musste sich schleunigst ändern.

»Ich muss da rein«, sagte ich zu Julia. »Du sicherst die Tür. Wenn jemand kommt, pfeifst du. Und wenn sie mich entdecken –«

»Eine Stunde, hab ich kapiert. Dann bin ich bei den Bullen«, unterbrach sie mich. Du liebe Güte, sie übertrieb es wirklich mit ihrem Eintauchen in die Kriminellen- und Ermittlerszene. »Aber ich kann nicht pfeifen.«

Das hätte ich mir denken können. Schmalzheimer-Agentinnen, zumal wenn sie in der Großstadt wohnen und arbeiten, pfeifen nicht. Die flöten allenfalls. Aber diese Diskussion mussten wir auf später verschieben.

»Gut. Dann huste eben.«

Sie salutierte noch, während ich auch schon auf die Tür zueilte und sanft die Klinke hinabdrückte. Ich hatte Glück. Die beiden Taubentöter hatten nicht abgeschlossen. Vorsichtig schob ich mich in den Vorraum und ließ die Tür hinter mir butterweich ins Schloss zurückgleiten.

»Annegret ... gefährlich ...«, meinte ich zu hören. Das kam von Hicks.

»Nein ... Unsinn ... weil ...«, entgegnete Serva.

Verflixt, ich musste unbedingt noch ein Stück näher an die beiden heran, sonst brachte die Lauschaktion rein gar nichts. So behutsam ich konnte, schob ich die leicht offen stehende Tür, die den Vorraum von dem Versammlungssaal trennte, mit der Schulter noch einen Zacken weiter auf. Für alle Fälle wollte ich beide Hände frei haben, falls die Aktion in die Hose ging und die beiden sich auf mich stürzten. Die Tür knarrte. Leise zwar, aber sie knarrte.

»War da nicht was?«, fragte Hicks auch schon alarmiert und machte Anstalten aufzuspringen. Serva packte seinen Arm und zog ihn unsanft auf den Stuhl zurück.

»Unsinn, Frank. Du siehst wirklich überall Gespenster.« Ich presste mich eng an die Wand.

»Aber Peters plötzlicher Tod –«

»Kam sehr plötzlich, ja, und zu einem überaus schlechten Zeitpunkt. Aber so etwas passiert nun einmal. Menschen sterben«, unterbrach Serva ihn ungerührt. In dieser Beziehung hatte sie eindeutig die Hosen an.

»Ja. Mhm, ja, da hast du wohl recht«, stimmte Hicks zögernd zu. Doch er war keineswegs überzeugt, das hörte ich seiner flachen Stimme an. »Meinst du nicht, dass wir uns nach einem dritten Mann umsehen sollten? Jetzt, wo Peter ... nicht mehr ist.« Selbst Beinamputeuren kam das Wort »Tod« nicht so leicht über die Lippen.

»Nein, das meine ich nicht«, wiegelte Serva seine Anfrage im besten Basta-Tonfall ab. »Dank der kleinen Annegret hier haben wir doch alles im Griff.«

»Na ja«, bemerkte Hicks skeptisch und schwieg.

Ich stand dermaßen unter Strom, dass ich am liebsten mit dem Nägelkauen angefangen hätte. Himmel, rede weiter, du Kretin!

Denn noch konnte ich mir überhaupt keinen Reim darauf machen, was hier Sache war und worüber die beiden sprachen. Über den Schmuggel von Renntauben zu horrenden Preisen in die Arabischen Emirate vielleicht? Oder über eine brandneue DNA für Annegret? Und wie zum Henker passte Harry da hinein, mal ganz abgesehen von der Frage, wo er steckte.

»Was ›na ja‹?«, blaffte Serva. »Hier steht alles. Alles. Da kann nichts schiefgehen.«

»Sehe ich nicht so optimistisch«, murmelte Hicks. Ich trat noch ein Stück näher an die halb geöffnete Tür heran. »Man kann es zwar nicht leugnen, mit der Taube hat das gut geklappt. Aber wir hatten eben auch Glück, dass der Verein die Tiere ausgerechnet am letzten Wochenende nach Remagen gekarrt hat. Und dass Anneliese tatsächlich angekommen ist mit ihrer Botschaft.«

»Tja, Glück muss man manchmal eben auch haben. Das gehört zum Geschäft.« Die Stimme der Serva klang fast heiter. Man hätte tatsächlich meinen können, die beiden diskutierten den matulkeschen Cremeschnittenpreis, denn der war für Bäckerverhältnisse außerordentlich niedrig.

»Stimmt schon, ja«, gab Hicks zu. Ein Stuhl knarzte. Einer von ihnen war aufgestanden. Vorsichtshalber trat ich wieder einen Schritt zurück. »Und gegenüber den anderen behaupten wir, dass … äh …« Die Lautstärke der Stimme schwankte, also war es Hicks, der sich erhoben hatte und jetzt im Saal umherwanderte. Ein lauter Knall ließ mich zusammenzucken. Serva hatte mit der flachen Hand auf den Tisch gehauen.

»Mein Gott, Frank!« Die Frau klang jetzt gereizt wie eine erzürnte Natter. »Das haben wir doch alles bis in die kleinste Einzelheit besprochen. Dem Täubchen Annegret geht es gut, aber den toten D467 hat eben der Falke geholt. Das ist traurig, aber nun einmal Taubenschicksal. Niemand hier wird das hinterfragen. Mach dir doch nicht andauernd ins Hemd. Alles läuft wie geplant. Wir bekommen Hilfe. Da steht es doch. Sie schicken jemanden, der unser kleines Problem im Handumdrehen erledigt.«

Hicks gab ein ächzendes Geräusch von sich.

»Ist das denn wirklich nötig?«, fragte er plötzlich so leise, dass ich ihn kaum verstand. Serva seufzte derartig genervt, als müsste sie sich mit einem trotzigen Fünfjährigen auseinandersetzen, der selbst nach zehnmaligem Nein darauf beharrte, mit seinem matschigen Bagger mitten auf dem neuen Wohnzimmer-Perser zu spielen.

»Natürlich ist es nötig. Das weißt du auch. Und sie schicken bestimmt keinen Anfänger, wenn es das ist, was dir Kopfzerbrechen bereitet. Der versteht seinen Job. Denn der ... äh ... der Mann mit der Pistole wird sicher schon länger im Geschäft sein.«

Der Mann mit der Pistole? Sie meinte einen Killer! Mein Körper reagierte prompt, indem er sämtliche Härchen aufstellte und meinen Magen in Bruchteilen von Sekunden in einen Eisklumpen verwandelte.

»Aber das ist Mord«, wandte Hicks ein.

»Ja. Das ist Mord«, sagte Serva mit lauter, harter Stimme. »Der allerdings unumgänglich ist. Sonst können wir einpacken.« Mir wurde schlecht. In aller Eile zog ich mein Taschentuch aus der Hosentasche und presste es mir vor den Mund. Sicherheitshalber. Kakao und Frühstück rumorten wirklich gewaltig in meinen Eingeweiden. »... warne dich, Frank Hicks. Wenn du auch nur einen Gedanken daran verschwendest, auszusteigen und den Kronzeugen zu spielen, wirst du genauso schnell tot sein wie schon bald der Gierke. Oder diese Schnüfflerin Hemlokk.«

ZWÖLF

Noch lebten Harry und ich allerdings. Und zumindest, was mich betraf: und wie! Das war die gute Nachricht. Dass sich an diesem Zustand nach dem Wunsch einer mysteriösen Verbrecherbande schon bald etwas ändern sollte, war selbstverständlich die schlechte. Aber bevor ich möglicherweise mit einem Loch in der Stirn den Fischen zum Fraß vorgeworfen wurde, sollten die Typen Bokaus toughestes Private Eye richtig kennenlernen.

Boah ey, ich war dermaßen geladen, dass ich in diesem Moment nicht die Spur von Angst spürte, sondern lediglich eine maßlose Wut. Da bestimmten irgendwelche Kriminelle und Berufsganoven über Harrys und meinen Tod, als hätten sie alles Recht dieser Welt dazu. Als seien wir lediglich lästige Fliegen, die man totschlagen konnte, wie es einem beliebte. Aber nicht mit mir, Freunde! Nicht mit mir!

Am liebsten hätte ich mich auf Hicks und Serva gestürzt und sie nach Strich und Faden verdroschen. So leicht wie die arme Taube würde ich es diesen Gangstern ganz sicher nicht machen. Ich würde mich wehren, dass denen Hören und Sehen verging. Und dann würde ich die Serva, dieses gedungene blutgierige Biest, den niederträchtigen Hicks und vor allem deren Hintermänner austricksen und sie für Jahrzehnte in den Knast schicken. In dem sie am besten verfaulen sollten!

Drinnen im Veranstaltungsraum wurde der Laptop zugeklappt, und ein zurückgeschobener Stuhl schrammte über den Boden, woraus ich trotz meines hoch oben in den Wolken befindlichen Adrenalinspiegels schloss, dass man sich zum Gehen bereit machte. Rasch sauste ich zur Tür, schlüpfte hinaus und eilte zu dem Holzstapel, hinter dem Julia Posten bezogen hatte. Sie hatte sich keinen Millimeter gerührt und muckste auch jetzt nicht, sondern wartete ab, bis ich den Mund aufmachte.

»Es wird ernst«, setzte ich sie umgehend in Kenntnis. »Die

haben tatsächlich Harry in der Gewalt. Er lebt. Noch. Aber die wollen uns beide umbringen. Der Killer, der das erledigen soll, ist schon unterwegs.« Die Geschichte mit der Taube sparte ich mir, die Zeit dafür hatten wir nicht.

»Oh Gott«, flüsterte Julia entsetzt. Das Blut wich ihr aus dem Kopf, Wangen und Stirn wurden plötzlich ganz blass. Grundgütige, sie fiel mir doch jetzt nicht auch noch in Ohnmacht! Das war wirklich das Letzte, was ich gebrauchen konnte.

»Reiß dich zusammen«, herrschte ich sie brüsk an.

»Ja. Ja, tue ich. Du ... äh ... verschaukelst mich doch nicht?« Ihre Stimme war dünn und glich mehr einem Stimmchen, wenn man es genau nahm.

Ich schüttelte stumm den Kopf und hätte in diesem Moment, ohne zu zögern, Gustav für meine Telefonschnur gegeben. Beim Ringeln kamen mir bekanntlich die besten Ideen.

»Was machen wir denn jetzt bloß?«, jammerte Julia. »Wenn die dich umbringen wollen, musst du natürlich schleunigst abhauen und dich in Sicherheit bringen.«

»Das geht nicht wegen Harry.«

»Stimmt.« Sie holte tief Luft. Langsam bekam zumindest der Hals wieder Farbe. »Dann müssen wir uns wehren.«

»Wir?«

»Natürlich wir! Oder hast du gedacht, ich lasse dich jetzt allein und verdünnisiere mich nach Hamburg, um shoppen zu gehen?«

Sie war ehrlich empört. Ich musterte meine Agentin voller Sympathie. Wer hätte noch vor sechs Stunden geahnt, dass in dieser Wundertüte dermaßen viel Power steckte? Gut, sie hatte vom Detektivgeschäft keine Ahnung, und Serva und Hicks gehörten einer brandgefährlichen Bande an. Doch ihr Angebot kam mir gerade recht. Sie konnte mir und Harry unbestreitbar nützliche Dienste erweisen. Mit Julia Schiebrechts Hilfe würden wir beide den Fall vielleicht überleben.

»Hör zu.« Es gab nur einen Weg, an Harry heranzukommen und den auf uns angesetzten Mistkerl zu identifizieren, bevor er seinem blutigen Handwerk nachgehen konnte. »Wenn die beiden sich trennen sollten, folgst du Hicks und ich Serva.« Denn nach meiner Einschätzung war sie eindeutig die Gefährlichere von beiden.

Julia griffelte haltsuchend nach dem Holzstapel, und ich stellte fest, dass der Ausdruck, jemand sei vor Entsetzen grün im Gesicht, nicht immer übertrieben sein musste, sondern durchaus zutreffen konnte.

»Oh nein. Nein, das habe ich noch nie gemacht. Das kann ich nicht. Das kannst du nicht von mir verlangen, Hanna. Wir müssen –«

»Du musst«, schnitt ich ihr das Wort ab. Ihr Gesicht glühte jetzt und knitterte dabei ziemlich. Es hatte etwas von einer verschrumpelten Orange.

»Nein, ich ... Das ist eindeutig eine Sache für die Polizei, Hanna. Mord, um Himmels willen! Das ist eine Nummer zu groß für dich ... also für uns. Wenn da etwas schiefläuft –«

»Sind wir tot. Ganz recht. Aber es geht nicht anders, glaube mir«, beschwor ich sie. »Bis du der Polizei erklärt hast, was Sache ist, begucken Harry und ich die Radieschen von unten. Aber ich kann dich natürlich nicht zwingen. Du hast mit alledem nichts zu schaffen. Du kannst gehen, und niemand wird dir etwas tun«, legte ich die moralischen Daumenschrauben an.

War das fies? Ja, war es, aber ich sah keine andere Möglichkeit.

»Oh Gott«, flüsterte sie und steckte sich die Knöchel ihrer rechten Hand in den Mund.

Die Vereinstür wurde geöffnet, und Hicks erschien. Es war höchste Zeit, dass wir zum Auto kamen.

»Also, was ist, Frau Schiebrecht? Bist du dabei?«

Sie fasste sich an den Hals und rieb ihn. Dann ächzte sie: »Ja. Ich bin dabei.« Es klang, als sei sie über sich selbst erstaunt. Und das war sie ja wohl auch.

»Danke. Dann los.«

Denn jetzt erschien auch noch Serva, zog die Tür mit einem energischen Ruck hinter sich zu und schloss sie ab. Schweigend marschierten die beiden Taubenmörder zu dem einzigen Wagen auf dem Parkplatz. Sie stieg auf der Fahrerseite ein, er zwängte sich ungeschickt auf den Beifahrersitz. Ich bedeutete Julia, mir zu folgen. Im Laufschritt eilten wir zu meinem Auto und erreichten es gerade rechtzeitig, als Serva vom Parkplatz des Taubenzüchtervereins fuhr. Sie blinkte rechts, also ging es Richtung Wendtorf.

Julia saß wie erstarrt neben mir und hielt sich krampfhaft am Sitz fest.

»Noch ist alles im grünen Bereich«, versuchte ich sie zu beruhigen. »Und sobald wir eine Möglichkeit sehen, wohin wir die Polizei –«

»Ja. Wie sieht Harry eigentlich aus? Ich meine, wenn ich ihn finde, wäre es doch gut, wenn ich ihn irgendwie erkennen könnte.«

»Er trägt einen Brilli im rechten Ohrläppchen, zieht die rechte Augenbraue hoch, wenn er irritiert ist, und ist dreiundvierzigeinhalb. Ach ja, und seine Haare sind kurz und sandfarben.« Auf der Landstraße bog Serva Richtung Barsbek ab. Ich folgte. »Aber ich denke, du erkennst ihn, weil er entweder gefesselt oder eingesperrt sein wird. Und fuchsteufelswütend, falls man ihn nicht betäubt hat.«

»Ja«, sagte Julia. Die ganze Frau wirkte so angespannt wie ein Flitzbogen.

Serva fuhr zügig und gut. Ich hatte es auch nicht anders erwartet. In gebührendem Abstand rauschten wir hinterher, um die Aktion nicht zu gefährden. Sie kam zwar bestimmt nicht so leicht auf die Idee, dass sie verfolgt werden könnte, doch da sie durch Hicks vermutlich wusste, dass ich als Privatdetektivin arbeitete, war sie sicher eine Spur vorsichtiger als gewöhnlich.

»Gibt es irgendein Codewort, das ihr für den Notfall vereinbart habt? Harry und du, meine ich?«

Nö. Aus dem einfachen Grund, weil wir in einer solchen brisanten Lage noch nie gewesen waren. Doch ich würde den Teufel tun und das dem schlotternden Bündel an meiner Seite mitteilen.

»Hemlokk«, improvisierte ich. »Frag ihn einfach, wie er mich anredet.«

»Hemlokk. Gut. Mache ich. Muss ich noch was wissen?«

In Barsbek bog Serva nicht Richtung »Elysium« ab, sondern fuhr weiter nach Schönberg. Julia würde also höchstwahrscheinlich zum Einsatz kommen, womit sich eine nicht gerade beglückende Perspektive eröffnete.

»Nee«, sagte ich locker. »Sei nicht leichtsinnig, sieh dich vor und benutz deinen Verstand. Dann wird das schon.«

Sie äugte wie ein scheues Reh zu mir herüber, während wir dem Opel zum Hauptparkplatz Schönbergs folgten. Dort hielt die Serva. Hicks bemerkte etwas in Richtung Scheibe, dann stieg er aus und schmetterte die Tür zu.

»Los geht's«, sagte ich zu Julia. »Und viel Glück. Wir sehen uns in der Villa.«

Wortlos purzelte sie aus dem Wagen und schlenderte betont unauffällig und ohne sich noch einmal umzudrehen hinter Hicks her. Er steuerte den Fußgängerweg zur Ortsmitte zwischen Rathaus und Sparkasse an. Hoffentlich ging das gut. Wenn er sich nur einmal umdrehte, würde sie garantiert rot werden wie eine Tomate, vor lauter Schreck hinter einen zufällig vorbeilaufenden Passanten hüpfen, sich fest an ihn schmiegen und mit alldem enormes Aufsehen erregen.

Ich konnte ihr nicht helfen, es musste einfach funktionieren, denn Serva rollte jetzt wieder an, hielt an der Einfahrt zur Straße und blinkte rechts. Ich stoppte sicherheitshalber ein paar Meter hinter ihr, während ich scheinbar total mit irgendetwas auf meinem Beifahrersitz beschäftigt war, um mein Gesicht zu verbergen. Es war schließlich nicht ausgeschlossen, dass sie mich im Rückspiegel erkannte. Wenig später kurvten wir die Landstraße nach Krummbek entlang, und ich kam das erste Mal, nachdem ich gehört hatte, was man mit Harry und mir vorhatte, dazu, ein wenig nachzudenken.

In was war mein Liebster da bloß hineingeraten? Er hatte keinen Mucks von sich gegeben, musste irgendwelchen Leuten jedoch gewaltig auf die Zehen getreten sein, sonst würden die doch nicht gleich einen Profimörder schicken. Hatte das ganze Gesummsel um Barschel also lediglich der Tarnung für … ja, für was gedient? Das glaubte ich wiederum nicht. Harry war ehrlich an der Sache interessiert gewesen. So weit kannte ich doch meinen Lover und alten Kampfgefährten. Nein, irgendetwas musste da neu hinzugekommen sein. Also doch die Toten im »Elysium«?

Am Krummbeker Kreisel nahm Serva die Ausfahrt nach Passade. Aber wieso hatte er dann so stramm den Mund gehalten und, mehr noch, so getan, als interessiere ihn das nun wirklich nicht? Und wie passte ich in das ganze Szenario hinein? Mir war das alles ein Rätsel. Ich hatte doch noch gar nicht richtig mit den Ermittlungen begonnen, trotzdem wollten die mich offenbar lieber heute als morgen ins Jenseits befördern. Vor Schreck verzog ich das Lenkrad. Denn erst in diesem Moment wurde mir so richtig klar, was das bedeutete: Man wollte mich allen Ernstes ermorden.

Ein Schauer lief mir über den Rücken, und mein Magen revoltierte wie beim Tod des armen Täubchens. Nur mit Mühe behielt ich den Kakao im Bauch. All das hatte in irgendeiner Weise mit den Tauben zu tun, das immerhin war unzweideutig. Aber ansonsten? Fehlanzeige. Ich hatte mich noch nie dermaßen hilflos gefühlt. Am liebsten hätte ich aufs Lenkrad eingedroschen. Damit kam man zwar nicht unbedingt weiter, aber es ging einem nach so einem Entlastungsanfall immerhin ein paar Sekündchen besser. Nein, ich stand vor einem Rätsel, das zu einem dichten Knäuel ohne Anfang und Ende zusammenklumpte.

Und hoffentlich ging das mit Julia gut. Eine tote Schmalzheimer-Agentin ist logischerweise keine gute Schmalzheimer-Agentin. In meiner Not hatte ich sie ziemlich überrumpelt. Ein schlechtes Gewissen verspürte ich schon, denn sie war ein detektivisches Greenhorn, das ich in eine unmögliche Situation gebracht hatte. Nein, korrigierte ich mich im Stillen, sie war nicht unmöglich, sondern hochgradig gefährlich. Wenn Julia etwas passierte, würde ich mir das nie verzeihen. Ich musste wirklich so bald wie möglich die Polizei hinzuziehen.

Jetzt blinkte Serva links. Wir kurvten durch Passade, an der

Öko-Bäckerei vorbei auf das große Holzkreuz zu und hielten uns dann wieder links gen Bokau. Aha, sie wollte jetzt eindeutig nach Hause ins »Elysium«. Und so war es. Serva fuhr im Schritttempo auf die Einfahrt zu, bedachte Margas Verehrer mit einem lässigen Winken, das wehrhafte Tor rollte auf – und ich beobachtete aus sicherer Entfernung, wie sie im Wohnpark verschwand. Folgen wollte ich ihr nicht. Denn dann hätte sie mich todsicher bemerkt.

Doch ich musste da natürlich rein. Und zwar unauffällig und möglichst, ohne gesehen zu werden, damit ich mich frei bewegen und meinem Ruf als Schnüfflerin alle Ehre machen konnte. In diesem vermaledeiten Park lag der Schlüssel zu dem Mysterium. Etwas ging hier ganz und gar nicht mit rechten Dingen zu, da musste ich Marga Abbitte leisten. Außerdem hatten Hicks, Serva und der Dritte im Bunde, der verstorbene Boldt, inmitten dieser pastellfarbenen, wie die Bank von England gesicherten Kunstwelt ihr Hauptquartier. Ja, es wirkte alles so unschuldig, so sauber, so makellos und anständig, dass es einfach nicht wahr sein konnte. Das hatte ich von Anfang an gespürt, darauf beruhte meine instinktive Abneigung. Eine engelsreine Illusion, die darüber hinwegtäuschte, dass sich dahinter … tja, was verbarg? Das Grauen schlechthin und der arme Harry gefesselt in einem der Keller zum Beispiel? Ich würde es herausbekommen, das schwor ich in diesem Moment auf Gustavs Panzer. Und wer mich kennt, der weiß, was das bedeutet.

Ich wendete den Wagen und lenkte ihn nachdenklich nach Hause. Jetzt im Hellen war natürlich überhaupt nichts zu machen. Der Zerberus am Rolltor würde sich wie der Original-Höllenhund auf mich schmeißen, wenn ich versuchen sollte, das Portal ohne Anmeldung zu passieren. Ich schaute mehrmals in den Rückspiegel, als ich Bokaus Hauptstraße entlangfuhr. Ich war allein. Niemand folgte mir. Zumindest nicht ganz offen. Aber das besagte natürlich nichts. So ein Berufskrimineller würde wahrscheinlich das Überraschungsmoment ausnutzen und aus dem Nichts auftauchen, um seiner Arbeit nachzugehen.

Beklommen öffnete ich die Wagentür, als ich vor dem Haupthaus parkte. Bevor ich die schützende Kabine verließ, spähte ich die vertraute Umgebung sorgfältig aus. Ich kam mir dabei zwar ein bisschen albern vor, aber äußerste Vorsicht schien nach Lage der Dinge nun einmal geboten. Doch da war nichts. Also stieg ich aus und machte mich im Sauseschritt auf den Weg hinunter zur Villa. Als ich den Fliederbusch umrundete, der die Sicht auf meinen Minigarten versperrte, prallte ich erschrocken zurück. Da saß jemand auf meiner Gartenbank.

Für einen Moment wurde mir schwarz vor Augen, und ich taumelte. Dann erkannte ich ihn.

»Da … Da«, stotterte ich. Und noch einmal: »Da …« Erst im vierten Anlauf gelang es mir, seinen Namen vollständig auszusprechen. »Daniel, was machst du denn hier?«

Harrys Neffe und Augenstern. Ausgerechnet. Der Onkel würde mir den Kopf abreißen, wenn dem Kind etwas passierte. Und das dürfte noch die menschenfreundlichste Version der drohenden Rache oder Strafe sein.

Der Junge war aufgesprungen, als er mich sah.

»Hanna«, rief er, während ich heldenhaft versuchte, nicht hinter jedem Busch oder Baum, hinter dem Schuppen oder dem Haus selbst einen Angreifer zu vermuten, um das Knäblein nicht unnötig zu verschrecken. Alles blieb ruhig. »Was ist los? Da stimmt doch etwas nicht. Was ist mit Harry?«

»Hier nicht. Komm. Schnell.«

Ich packte ihn am Arm und zerrte ihn roh mit in die schützende Villa. Auf der Gartenbank gaben wir beide für einen Scharfschützen ein wunderbares Ziel ab. Als wir drin waren, schmetterte ich die Tür in ihren Rahmen und drehte den Schlüssel zweimal um. Daniels Augen wurden immer größer.

»Ihr hattet keinen Zoff, stimmt's?«, sagte er leise, als ich mich aufatmend gegen die Platte der Küchenzeile lehnte. »Das war eine Lüge.«

»Nein«, sagte ich, »war es nicht. Aber … das war nicht alles. Da hast du recht.«

Er parkte seinen Po neben meinem und verschränkte trotzig die Arme vor der Brust.

»Ich hab ja gewusst, dass da was faul ist. Niemand ruft morgens um sieben an. Das war doch alles Quatsch.« Er legte mir die Hand auf den Arm und schaute mich ernst an. »Hanna, wenn du mir nicht auf der Stelle verrätst, was Sache ist, drehe ich Gustav den Hals um.«

Er mochte den Kröterich. Das wusste ich. Trotzdem versuchte ich das Unvermeidliche hinauszuzögern. Daniel war schließlich noch ein Kind.

»Wie bist du hergekommen?«

»Mit dem Fahrrad. Und jetzt rede, Hanna! Ich bin keine drei mehr. Dieses Ausweichen macht mich wahnsinnig.«

Das konnte ich gut verstehen. Außerdem hatte er nun einmal Lunte gerochen und ich keine Ahnung, was ich ihm vorlügen sollte. Also sagte ich ihm die Wahrheit. Und zwar ungeschminkt.

»Uiuiui«, piepste er verschreckt, als ich geendet hatte. Wie ein Küken, das er manchmal eben noch war. Und noch einmal: »Uiuiui. Die Polizei –«

»Wird weder eine Fahndung nach deinem Onkel einleiten noch aufgrund unserer mickrigen Angaben das ›Elysium‹ durchsuchen.«

»Ja, das stimmt. Da hast du wohl recht.« Daniels glattes Jungengesicht hatte sich vor lauter Anstrengung, eine Lösung zu finden, in Knitterfalten gelegt. »Und du vermutest, dass Harry in diesem Wohnpark gefangen gehalten wird?«

»Ja.«

»Dann musst du da rein.«

»Ja.«

»So schnell wie möglich. Heute noch.« Was für ein Blitzmerker er doch war.

»Ja. Allerdings gibt es da eine klitzekleine Schwierigkeit.« Ich merkte selbst, dass ich bei den Worten auch das Gesicht verzog. »Der Park ist umzäunt und wird bewacht wie das Golddepot einer Bank.« Was eigentlich auch schon für sich genommen seltsam war. Wir lebten schließlich nicht in Südafrika, wo die Schere zwischen Arm und Reich so weit auseinanderging, dass sich die Reichen mit allem, was sie besaßen, hinter meterhohen Zäunen und Alarmanlagen verschanzen mussten.

»Phhht«, machte Daniel, der nichts von meinen Überlegungen ahnte, nur abschätzig. »Eine Lücke gibt es in jedem System.«

»Hier nicht«, unkte ich. »Die haben bestimmt an alles gedacht. Überall sind Kameras, und das Tor …« Ich brach ab und horchte. Eilige Schritte kamen auf dem Weg vom Haupthaus zur Villa herunter! »Schnell, ab ins Klo mit dir, und rühr dich nicht.«

»Aber –«

»Nun mach schon!« Ich grapschte nach seinem Arm, schob ihn unsanft Richtung Bad und donnerte die Tür hinter ihm zu. Keine Sekunde zu spät. Wenig später klopfte es an der Haustür.

»Hanna?«, rief eine verzerrte Stimme. Es hätte Männlein oder Weiblein sein können. Ich antwortete nicht, sondern griff nach dem Messerblock, als die Stimme zum Stimmchen wurde und sagte: »Ich bin's, Julia. Bist du da?«

»Ja«, erwiderte ich misstrauisch, das Messer immer noch fest umklammernd.

»Gut, ich komme jetzt nicht rein, sondern trete drei Schritte zurück, damit du mich sehen kannst.«

Ich eilte ans Fenster. Es war Julia. Ich eilte zurück und riss die Tür auf.

»Ich hab ihn verloren«, sagte sie als Erstes. »Tut mir leid, aber er bog um eine Ecke, und ich dachte, da es eine Sackgasse war, er würde zurückkommen, aber da muss es einen Fußgängerweg geben. Und damit hatte ich nicht gerechnet. Ich kenne mich ja in dem Ort nicht aus. Vorher war er in der Sparkasse und hat Geld abgehoben. Und dann hat er Paprika gekauft. Ein ganzes Netz, grün, gelb und rot. Und Bananen auch noch.«

Ich zog sie eilends ins Haus. Die Frau war ja völlig aus der Tüte.

»Ist nicht so schlimm, Julia.«

»Doch«, sagte sie geknickt.

»Harrys Neffe ist hier. Daniel!«, rief ich. »Entwarnung.«

Augenblicklich öffnete sich die Badtür.
»Hallo«, sagte Daniel überrascht.
»Hallo«, sagte Julia, immer noch geknickt.
»Frau Schiebrecht –«
»Julia«, verbesserte Frau Schiebrecht.
»Okay, Julia ist meine Agentin. Für die Schmalz… äh … Liebesgeschichten«, erklärte ich Daniel.
»Ach so«, sagte das Kind unsicher.
»Sie ist quasi in den Fall hineingeschlittert, weil sie mich heute Morgen … äh … besuchen wollte«, erklärte ich. Julia hüstelte.
»Ach so«, sagte ein unbewegter Daniel nun schon zum zweiten Mal. Es war nicht zu übersehen, dass er Julia mit Misstrauen beäugte.
»Hanna, wir sollten vielleicht …« Er brach abrupt ab, biss sich auf die Lippen und senkte bedeutungsvoll die Augen. Ich verstand.
»Sie ist in Ordnung, Daniel, und weiß Bescheid. Du kannst offen reden.«
Julias Augen huschten von Daniel zu mir.
»Soll ich uns vielleicht rasch einen Tee kochen?«, bot sie an. »In der Zwischenzeit geht ihr beiden vor die Tür und besprecht, was ihr zu besprechen habt.«
»Ja«, stimmte Daniel zu.
»Nein, zu gefährlich«, lehnte ich ab. »Wir bleiben im Haus. Und es geht eigentlich momentan nur um eine Frage: Wie komme ich ins ›Elysium‹, ohne dass mich jemand sieht, damit ich mir den Laden einmal in aller Ruhe anschauen und nach Harry suchen kann? Ich bin mir nämlich ziemlich sicher, dass er dort festgehalten wird.«
Denn im Taubenheim war er nicht, auch wenn man ihn von dort aus höchstwahrscheinlich gezwungen hatte, mich in Lissabon anzurufen.
»Und über den Zaun geht wirklich nicht?«, fragte Daniel, während Julia geschäftig an meiner Küchenzeile wirkte und uns den Rücken zukehrte.

»Keine Chance. Der ist zwei Meter hoch, oben mit NATO-Draht gesichert und hat bestimmt nirgendwo ein Loch. Außerdem vergeht viel zu viel Zeit, bis wir eines finden würden. Und den Wachmann zu bezirzen, kann ich mir auch schenken, der steht total auf Marga.«

Auf Daniels Gesicht erschien ein Grinsen.

»Na also. Und wenn wir Marga –«

»Wo ist der Müll?«, fragte Julia in diesem Moment über die Schulter hinweg, drei tropfende Teebeutel wie eine Trophäe über der Spüle schwenkend. Müll. Irgendwo in einem der hintersten Stübchen meines Kopfes klingelte da etwas. Müll. Nein, für sich genommen machte das Wort überhaupt keinen Sinn. Aber wenn man ein Auto dazu dachte, ergab es Müllauto, richtig. Und das machte Sinn. Und wie!

»Moment«, nuschelte ich völlig in Gedanken versunken. Konnte auf dem Weg vielleicht irgendetwas gehen? Die waren doch auch an dem Morgen meines ersten Besuchs ohne Rudis Hilfe ins »Elysium« gelangt, als ich so einfach hinterherschlüpfen konnte. »Unter der Spüle steht der Eimer.«

»Was ist denn, Hanna?«, fragte Daniel neugierig. »Nun sag schon.«

Ich erzählte ihm von dem Müllauto und der wütenden Reaktion von Margas Verehrer auf meine Eigenmächtigkeit.

»Und das ging ganz ohne Chip?«, fragte Daniel. »Die kamen da so rein?«

Ich schloss die Augen und konzentrierte mich. Wie war das noch gleich gewesen? Der Wagen hatte gehalten, der Beifahrer war ausgestiegen und hatte …

»Nein, da war kein Chip«, sagte ich langsam, das Bild des orangefarbenen Mannes vor dem Klingelbrett vor Augen. »Der Beifahrer hat auf ›Meier‹ gedrückt. Oder ›Müller‹. Kann auch ›Schulze‹ gewesen sein. Irgend so ein Allerweltsname. Das habe ich gesehen. Und schon ging das Tor auf.«

Daniel fing womöglich noch ein Stück breiter an zu grinsen als vorhin.

»Na also«, sagte er zufrieden. »Das ist doch schon mal was.

Die haben offensichtlich ein Zeitfenster programmiert. Und wer in dieser bestimmten halben Stunde oder Stunde auf den Klingelknopf von Meier, Müller oder Schulze drückt, der wird reingelassen. Das macht der Computer ganz von allein. Da ist Margas … Busenfreund gar nicht nötig.«

Er prustete. Ich nicht.

»Na prima«, grunzte ich. Mir war nicht nach Witzen zumute. Nicht zum ersten Mal verfluchte ich die Tatsache, dass ich so ein digitaler Analphabet war. Was nutzten mir da also alle Meiers, Müller oder Schulzes dieser Welt? Nix.

»Wo steht denn der Computer?«, erkundigte sich Daniel.

»Im Torhaus, nehme ich an.« Zumindest hatte der Matrosen-General voller Stolz hinter sich auf sein Wächterhäuschen gedeutet, als er mir erklärt hatte, dass im »Elysium« alles vollautomatisch funktioniere.

Jetzt amüsierte sich Daniel ganz offen.

»Dann reduziert sich das Ganze nur noch auf ein kleines analoges Problem. Wir brauchen einen Plan, um den Posten etwa zehn Minuten abzulenken. Der Rest ist dann ein Kinderspiel.«

Ich kniff ein Auge zu und puffte Harrys Sonnenschein mit der Faust nicht allzu sanft gegen die Schulter.

»Das ist weder ein riesengroßer Spaß noch ein Kinderspiel, Kumpel«, wies ich ihn streng zurecht. »Und ein Computerspiel, in dem die Toten unsterblich sind, obwohl sie pausenlos erschossen, zerstückelt und verbrannt werden, ist es auch nicht. Hier reicht auch nicht das Ziehen des Steckers, damit alles auf null und dann wieder von vorn losgeht, sobald man den Computer neu anschaltet. Hier geht es um das eine wirkliche Leben deines Onkels.«

Dass es ebenfalls um meines ging, verschwieg ich. Zu dicke auftragen wollte ich nicht.

»Das weiß ich. Keine Angst.« Daniel saugte an der Innenseite seiner rechten Wange. »Aber das ist der einzige Weg, um heimlich in den Park zu kommen. Ich muss den Computer umprogrammieren. Das ist unsere einzige Chance. Oder weißt du etwas Besseres?«

»Nein«, musste ich zugeben. Und die Zeit drängte. Harry war schon mehrere Tage in der Gewalt dieser Bande, und der Mensch mit der Pistole, wie die Serva es so schonend ausgedrückt hatte, war unterwegs. Trotzdem hatte ich so meine Zweifel. Jungs überschätzen sich und ihre Fähigkeiten nach meiner Erfahrung oft.

»Daniel, willst du wirklich behaupten, dass du mal so eben in zehn Minuten an dem Computer ... äh ... was verändern kannst?«

»Ja, das will ich.«

Er sagte das ganz ruhig und völlig selbstsicher. Ich musterte ihn überrascht. Julia stieß einen lauten Pfiff aus, obwohl sie doch eigentlich gar nicht pfeifen konnte.

»Wow«, schob sie beeindruckt hinterher.

»Ganz sicher?«, hakte ich noch einmal nach. Wenn wir in dieser Situation etwas absolut nicht gebrauchen konnten, war dies das Gorillaverhalten eines Halbwüchsigen, der bei der Beurteilung seiner Person und seiner Fähigkeiten maßlos danebenlag.

»Ganz sicher«, entgegnete Daniel und wirkte plötzlich sehr erwachsen. »Ich beschäftige mich schon lange damit.« Das war komplett an mir vorbeigegangen.

»Du hast nie etwas gesagt.«

»Hätte es dich denn interessiert?«, gab er ruhig zurück. »Du verdrehst doch immer nur die Augen, wenn deine Mutter dir etwas übers Netz erzählt. Oder du bist froh, dass sie beschäftigt ist. Die virtuelle Welt interessiert dich keinen Strich.«

Bumm. Aber es stimmte weitgehend. Ich konnte es nicht leugnen. Das ist nicht mein Kosmos. Ich lebe lieber in der analogen Welt, wo die Erde riecht und es regnet, wo es manchmal brühwarm ist oder der saukalte Wind einem die Nasenspitze gefrieren lässt.

»Also, gehen wir?«, drängelte Daniel.

Ich zögerte immer noch. Ich glaubte dem Jungen ja, was sein digitales Können betraf, aber Harry wäre von dem Einsatz seines Neffen keineswegs begeistert gewesen. Doch ich sah in diesem Moment – wie Daniel schon ganz richtig bemerkt hatte – ums Verrecken keine andere Möglichkeit. Das würde ich auch Onkel Harry erklären, wenn er mir nach seiner Befreiung den Hals umdrehte.

»Gut«, stimmte ich also zu. »Wir gehen. Julia, du bleibst hier in der Villa und hältst bitte die Stellung, während ich den Pförtner –«

»Nee«, fiel mir Daniel ins Wort.

»Was?«

»Marga«, sagte er nur.

Ich stutzte kurz, dann grinsten wir uns an. Er hatte natürlich recht. Was für ein aufgeweckter Knabe.

»Aber ja«, korrigierte ich mich. »Während also Marga den Matrosen-General umgarnt und Daniel so die Zeit dafür verschafft, den Computer umzuprogrammieren.«

Der Junge versetzte mir einen schmatzenden Kuss auf die Wange, bevor er mit tiefer Stimme meinte: »Onkel Harry, wir kommen. Die Rettung naht. Denen werden wir drei schon zeigen, wo der Hammer hängt, was, Hanna?«

Ach Daniel. Ich hätte ihn knutschen können, unterließ es jedoch, denn ein Fünfzehnjähriger findet so etwas selbstverständlich grässlich, furchtbar und vor allen Dingen megaoberpeinlich. Da hält sich Tante Hanna auch in solch einer Situation mal besser schön zurück.

DREIZEHN

»Das kann ich nicht«, jammerte Marga. Sie meinte es ernst, das war unschwer an der fleckigen Röte der Haut zu erkennen, die ihren Hals hinaufkroch. »Ehrlich, ich habe das Flirten mit den Männern völlig verlernt.«

»Ach nee. Und Theo?« Die beiden hatten sich schließlich erst in reiferen Jahren kennengelernt. Irgendetwas hatte da höllisch gefunkt, auch wenn sie jetzt durch die Brieftauben beziehungsmäßig in einer Sackgasse steckten.

»Ach, mit dem ging das irgendwie anders. Wir haben über DePP und den zunehmenden Plastikmüll in den Meeren gesprochen. Das ... äh ... andere kam danach und hat sich so ergeben. Nein, ich kann das nicht. Wirklich.«

»Unsinn«, widersprach ich knallhart. »Flirten ist wie Radfahren oder Schwimmen. Das verlernt man nicht, das geht auch noch nach vierzig Jahren.«

Marga thronte neben mir auf dem Beifahrersitz, Daniel lümmelte auf der Rückbank. Gott sei Dank war sie zu Hause gewesen, als wir an ihrer Tür gewummert hatten. Wir hatten nicht lange gefackelt und sie – obwohl sie lautstark lamentierte und protestierte – kurzerhand eingesackt. Auf der Treppe hatte ich ihr in knappen Worten erklärt, worum es ging und was wir von ihr erwarteten.

»Ach ja?«, fragte sie jetzt aufsässig. »Dann zeig doch mal, was du in dieser Hinsicht draufhast.«

»Marga, er findet nur dich rattenscharf, nicht mich«, erinnerte ich sie, während wir an Inge Schiefers Restaurant vorbeizischten. »Würdest du also bitte nicht so einen Zirkus veranstalten und –«

»Hallo«, meldete sich Daniel von der Rückbank zu Wort. »Könntet ihr mal aufhören zu streiten? Es geht doch um Harry. Er lebt vielleicht schon gar nicht mehr ...«

Seine Stimme fing an zu zittern, er verstummte, und ich beobachtete im Rückspiegel, wie er sich verstohlen eine Träne aus dem Augenwinkel wischte. Ich schielte zu Marga hinüber. Sie hatte zumindest das Zittern ebenfalls bemerkt und drehte sich jetzt mit zerknirschtem Gesicht zu ihm um.

»Du hast vollkommen recht, Daniel. Verzeih einer alten Schachtel. Dieses Gerede ist unnötig. Ich werde mein Bestes geben. Das verspreche ich dir.«

»Danke«, flüsterte Daniel. »Du schaffst das bestimmt.«

»Ja«, stimmte sie schlicht zu. Am liebsten hätte ich ihr einen liebevollen Puff in die Seite versetzt. Stattdessen schwieg ich. Daniels Ängste hallten auch in mir nach. Oh Gott, Harry. Mach bloß keinen Scheiß, hörst du? Das würde keiner von uns hier im Auto überleben. Ich schluckte unwillkürlich, meine Mundhöhle war staubtrocken.

»Könnten wir vielleicht noch einmal über das Passwort reden? Das brauche ich auf jeden Fall, sonst komme ich nicht in den Rechner rein.« Daniel hatte seine Fassung zurückgewonnen.

Natürlich. Also, konzentrier dich gefälligst, Hemlokk, mit Panikattacken hilfst du Harry am wenigsten.

»›Elysium‹«, begann ich. »›Bokau‹ könnte es auch sein. Oder ›123456‹? Na, wohl eher nicht.«

»Nee!«, meinte Marga ungläubig. »Das gibt's?«

Daniel gab ein bellendes Geräusch von sich, das nur entfernt an ein Lachen erinnerte.

»Doch, doch, Hanna hat schon recht. Man hält es zwar nicht für möglich, aber ›123‹ ist das häufigste Passwort weltweit. Das könnte schon sein.«

Marga schnalzte missbilligend mit der Zunge.

»Tja, da sieht man es doch mal wieder. Viele Leute haben nix in der Birne. Denn phantasievoll ist das ja nun nicht gerade.«

»Aber es ist leicht zu merken. Das vergisst du nicht«, sagte Daniel nachdenklich. »Insofern macht es vielleicht wirklich Sinn, erst mal die vordergründigen Möglichkeiten durchzuspielen.«

»Nein, macht es nicht«, widersprach ich. Ein BMW-Fahrer

rauschte an uns vorbei. Wir waren auch nicht gerade langsam, weil wir es wirklich eilig hatten, aber der brachte es im Ort auf satte neunzig Stundenkilometer. Verantwortungsloser Idiot. Marga zeigte den Rücklichtern den Stinkefinger. »Nein, die Leute, mit denen wir es zu tun haben, sind nicht Lieschen Müller oder Heinz Mustermann, sondern die sind hochkriminell. Die verstehen ihr Handwerk und verschlüsseln todsicher nichts mit ›123‹.«

»Mhm, stimmt auch wieder«, murmelte Daniel.

»Versuch es lieber mit ›Taube‹, ›Schlag‹ oder ›Heimfindeverhalten‹«, schlug ich nach kurzer Überlegung vor. Letzteres war zumindest schräg genug, um echte Sicherheit zu garantieren.

»Mit was?«, fragte der Junge.

Eingedenk der Tatsache, dass sich die Rechtschreibkünste der heutigen Schüler im freien Fall befinden und wir uns einen Fehler nicht leisten konnten, erklärte und buchstabierte ich es ihm sicherheitshalber.

»Okay. Hab ich. Heimfindeverhalten ist schon irgendwie … beknackt. Das könnte funktionieren.«

Weder Daniel noch ich sprachen es aus: Wenn das Passwort allerdings völlig sinnfrei »Ay8b15« oder »Nuhbv29« lautete – so wie es in jedem Artikel zur Netzsicherheit dringlichst empfohlen wurde, das wusste sogar ich –, war unser schöner Plan im Eimer. Wir mussten wirklich auf das sprichwörtliche Quäntchen Glück – und noch eine ordentliche Schippe mehr – hoffen.

Endlich hielten wir mit qualmenden Reifen vor dem geschlossenen Tor des »Elysium«. Mit großer Geste winkte ich unserem Zielobjekt zu, das in seinem Häuschen vor zwei Monitoren saß. Der Matrosen-General hob lässig die Linke, drückte aufs Knöpfchen, entdeckte in diesem Moment Marga an meiner Seite, fing umgehend an zu strahlen, schoss von seinem Stuhl hoch und eilte auf uns zu. Gleichzeitig gab das Tor den Weg frei, ich fuhr rasch hindurch und hielt auf dem Seitenstreifen.

»Und Action!«, flüsterte ich ihr zu, woraufhin sie die Beifahrertür halb öffnete und unbeholfen Anstalten unternahm, sich scheinbar schwerfällig aus dem Sitz zu winden. Galant riss ihr Verehrer die Tür so weit auf, dass ich fürchtete, er würde sie abbrechen, und streckte Marga die Hand entgegen.

»Darf ich?«

»Aber immer, Rudi«, entgegnete sie mit viel Gefühl in der Stimme, legte ihre Rechte in seine Linke und drückte sie kurz. »Ich danke dir. So etwas ist heutzutage ja nicht mehr üblich.« Als sie endlich neben ihm stand – sie zog ihre Hand nicht zurück –, beugte sie sich zu Daniel auf seinem Rücksitz hinunter und zwinkerte ihm zu, um dann mit keifender Altfrauenstimme zu bemerken: »Davon kannst du dir eine Scheibe abschneiden, junger Mann. So verhält sich ein echter Kavalier.«

Oje, war das nicht zu dicke? Nein, war es nicht. Rudis Brust war bei ihren Worten sichtbar geschwollen. Marga hakte sich bei ihm unter und dirigierte ihn ebenso unauffällig wie entschlossen zu einer der Bänke, die etwas abseits des Wächterhäuschens standen. Sehr schön.

»Los, raus!«, kommandierte ich in Daniels Richtung.

Behände kletterte er aus dem Wagen, ich folgte seinem Beispiel etwas steifer. Marga hatte Rudi bereits in ein intensives Gespräch verwickelt. Sein sonores Lachen schallte zu uns herüber. Für den Mann gab es hörbar nur noch zwei Personen auf diesem Erdenrund, nämlich Marga und seine Wenigkeit; alle anderen Lebewesen waren Luft für ihn.

»Schnell«, drängte ich Daniel. »Ab mit dir. Die Situation ist günstig.« Denn Marga hatte ihren Galan zudem jetzt so hinbugsiert, dass er mit dem Rücken zu uns stand, während sie in unsere Richtung schauen konnte. Daniel flitzte los.

»Oh, là, là«, hörte ich Marga ächzen, kaum dass der Junge im Pförtnerhäuschen verschwunden war.

Sie hauchte die Silben eher und schwankte dabei ein wenig, was selbstverständlich dazu führte, dass sie sich noch ein bisschen mehr an Rudi, den Ehrenmann der alten Schule, klammern musste.

»Mein Kreislauf spielt schon wieder verrückt. Ich fürchte, ich muss mich kurz setzen«, hörte ich sie laut stöhnen.

Ich grinste anerkennend. Denn die nun angesteuerte Bank stand in einer Einbuchtung, auf drei Seiten umrahmt von einer akkurat geschnittenen Buchsbaumhecke, die so hoch war, dass ein kleiner Mensch wie Rudi im Sitzen nicht hinüberzuschauen vermochte. Perfekt. Ich, lässig an den Wagen gelehnt, konnte dagegen alles wunderbar im Auge behalten: das Rolltor, die beiden Turtelnden sowie das Pförtnerhaus samt Tür.

Vorsichtig wie eine Hundertdreijährige mit Glasknochen, Rheuma und Arthritis ließ Marga sich, gestützt vom geradezu über sich selbst hinauswachsenden Rudi, auf die Bank nieder.

»Geht's denn?«, fragte er besorgt und nahm ganz wie geplant neben ihr Platz.

Sie bedachte ihn mit einem dieser typischen Von-unten-Blicke à la Lady Di, der Richard völlig aus den Socken gehauen hätte: lasziv, intim, auffordernd und knisternd. Nein, Marga der Vamp hatte absolut nichts verlernt. Wenn wir Harry erst aus den Klauen der Bande befreit hatten, würde sie auch diesen verführerischen Augenaufschlag ganz sicher noch einmal demonstrieren müssen. An Harry, Daniel, Theo oder Johannes. Ganz egal. Darauf würde ich bestehen. Weil er einfach top war und Harry bestimmt zum Lachen bringen würde. Wenn er dann überhaupt noch lachen konnte. Rasch verdrängte ich den entsetzlichen Gedanken. Es brachte nichts, wenn ich vor Angst um ihn wie gelähmt war.

»Schätzelchen«, rief Marga jetzt in meine Richtung und wedelte mit der Linken.

»Ja, Marga?« Ich legte alle Besorgnis, zu der ich fähig war, in meine Stimme.

»Holst du mir bitte ein Glas Wasser?«

»Selbstverständlich. Ist es wieder so weit?«, schob ich gefühlvoll hinterher. Was immer auch so weit sein mochte.

Marga schaute seelenvoll zu mir herüber. Wunderbar, das war wirklich ganz großes Kino. Dann nickte sie stumm und leidend.

»Ich kann doch auch …«, bot Rudi an.

Ohne zu zögern, grapschte Marga nach seinem Arm und

hielt ihn eisern fest, während sie ihm ein huldvolles Lächeln schenkte.

»Nein, nein. Du bleibst bitte hier bei mir.« Dabei brachte sie es doch tatsächlich zuwege, verschämt zu erröten. Von wegen verlernt! So eine vor Schmalz triefende Nummer würde ja nicht einmal Vivian LaRoche der liebreizenden Camilla an die Backe schreiben. »Ich fühle mich sicherer, wenn du an meiner Seite bist. Es ist gleich wieder vorbei, weißt du. Es sind so Anfälle ... die kommen ganz plötzlich. Die Seele, verstehst du?«

»Natürlich«, sagte Rudi mit einer Stimme, die bestimmt zwei Oktaven nach unten gerutscht war. Wie er da so neben der Angebeteten auf der Bank saß, der kleine Mann, verkörperte er ganz den Ritter und Helden, der das schwache Frauchen allein durch seine durch und durch männliche Präsenz stützte und beschützte. Derart Wundersames passierte ihm bestimmt nicht oft. Er würde dieses Gefühl daher bis zur Neige auskosten und sich in den nächsten zehn, fünfzehn Minuten nicht vom Fleck rühren. Das musste Daniel reichen. Ich sauste ins Wächterhaus, nahm ein Glas vom Regal und füllte es mit Wasser.

»Daniel?«, flüsterte ich. »Wie sieht's aus? Kommst du rein?«

»Bin schon drin«, erklang seine Stimme aus den Tiefen des Kabuffs.

Wunderbar. Ich ließ ihn in Ruhe und eilte wieder hinaus. Der Junge musste sich schließlich konzentrieren.

»Hier, bitte.« Mit angemessen bekümmerter Miene hielt ich Marga das Glas hin. Ihre Hand lag wie festzementiert auf dem Unterarm ihres Verehrers. »Meinst du nicht, wir sollten besser rasch nach Hause ...«

»Nein, nein. Es wird gleich wieder besser. Und danke. Du bist ein Schatz.« Sie lachte leise, voller Wehmut und unterdrücktem Herzeleid. »Wie mein Rudi hier.«

»Keine Sorge, ich weiche nicht von deiner Seite«, raunte ihr Getreuer mit belegter Stimme.

Hach, war das romantisch und gefühlvoll. Es hätte ewig so weitergehen können. Dumm nur, dass sich in diesem Moment auf der Straße ein Wagen näherte und direkt auf das Tor zuhielt.

Ich erstarrte unwillkürlich. So ein Mist! Mit allem hatten wir gerechnet, nur damit nicht, auch wenn es fast schon sträflich naiv war. Denn schon machte Rudi der Entflammte Anstalten, sich aus Margas eisernem Griff zu befreien, um als Rudi der Pflichtbewusste zum Pförtnerhaus zu eilen und aufs Knöpfchen zu drücken.

»Ich muss ... das ist Frau Weser. Sie sieht schlecht, deshalb mag sie die Fernbedienung nicht so. Und sie achtet sehr auf Ordnung«, teilte er uns mit.

»Aber das kann ich doch rasch übernehmen«, bot ich auf der Stelle an. »Sagen Sie mir nur, welcher Knopf es ist.«

»Ruuudi«, säuselte Marga zeitgleich mit Timbre in der Stimme. »Bitte bleib. Hanna kann wirklich –«

Er schüttelte den Kopf. Und zog seinen Arm mit einem Ruck unter ihrer Hand weg. Alarmstufe Rot.

»Nein, nein, das geht nicht. Ich muss das wirklich selbst machen. Sonst verliere ich meinen Job. Die sind da sehr genau. Und Frau Weser ...«

»Herr Schenke, was ist denn los mit Ihnen? Halten Sie etwa ein Nickerchen?« Die Stimme der Frau hörte sich an, als reibe Metall auf Metall. »Ich würde gern noch heute in meiner Wohnung ankommen.«

»Gleich, Frau Weser. Gleich. Bin schon da.« Und schon sprintete er los. Ich sprintete hinterher. Jetzt war er fast am Pförtnerhäuschen angekommen. In einer Art Notbremsung langte ich nach seinem Arm und umschloss ihn wie mit einem Schraubstock.

»Hoppla«, dröhnte ich dabei so laut, dass man es bestimmt noch in Probsteierhagen hörte. Zu Daniel müsste es allemal durchdringen. »Zeigen Sie mir mal, wie das geht? Ich meine, ich finde es tierisch spannend, wie hier alles so funktioniert.«

Rudi fand das offenbar keineswegs so aufregend wie ich und versuchte ärgerlich, mich abzuschütteln. Vergeblich. In dieser Hinsicht stand mein Können dem Margas in nichts nach. Meine Hand blieb da, wo sie war. Rudi musste den Eindruck haben, sie sei mit Pech an seinem Unterarm befestigt.

»Ein anderes Mal vielleicht«, blaffte er gereizt. »Niemand ist befugt, das Pförtnerhaus zu betreten. Außer mir natürlich.«

»Keine Frage«, sagte ich ebenso herzlich wie durchdringend. »Nur Sie dürfen ins Wärterhaus. Natürlich.«

Wenn Daniel jetzt nicht begriffen hatte, dass Gefahr im Verzug war und er besser rasch in einen Schrank hopsen oder sich im Klo verstecken sollte, war Hopfen und Malz verloren.

Unvermittelt griff Rudi nach meinen Fingern und bog sie einzeln nach hinten, was nicht sehr angenehm und außerdem frech war. Ich hatte bereits einen angemessenen Kommentar auf der Zunge, doch für die Sache schluckte ich ihn hinunter. Rudi würdigte mich keines Blickes und verschwand im Kabäuschen. Ich hörte auf zu atmen; der Schweiß brach mir aus. Doch kein Daniel schrie, kein Rudi brüllte. Stattdessen glitt das Tor auf und Frau Weser mit angesäuertem Gesicht hindurch. Dann schloss sich das Tor wieder, und der Beschützer der Witwen und altersbedingt wohl auch Waisen trat aus seiner Kommandozentrale. Mehr als erleichtert fing ich wieder an zu atmen.

»Rudi«, rief Marga mit glockenheller Stimme. »Komm doch schnell wieder her zu mir. Bitte.«

Ich ging zum Auto und lehnte mich erneut dagegen. Puh, das war gerade noch einmal gut gegangen. Noch eine Seniorin, die Einlass begehrte oder den verschossenen Rudi an seine Pflichten als Matrosen-General erinnerte, würde mich den letzten Nerv kosten. Mach hin, Daniel, betete ich im Stillen.

Marga lachte jetzt, nein, sie perlte. Die Nummer mit dem Schwächeanfall war also ausgespielt. Jetzt kam das Rasseweib zum Zuge. Ich verstand zwar nicht, was sie sagte, aber das war auch gar nicht nötig. Es reichte, das Gezwitschere und Gesäusel zu hören, um zu erkennen, dass sie ihn anbalzte wie ein pubertierendes Girlie seinen pickeligen Schwarm aus der 9b. Und es schien zu klappen, was immer sie ihm auch versprach. Einen heißen Nachmittag bei Käsekuchen und Kaffee? Einen romantischen Protestabend mit oder für DePP? Eine Strick- oder Stripnummer im »Elysium«? Es war nicht wichtig. Herr

Schenke schmachtete sie an, rührte sich ergo nicht von der Stelle, und nur darauf kam es an.

»Pssst.«

Das kam von der Tür des Wächterhauses. Langsam und unauffällig drehte ich meinen Kopf. In der Tür stand Daniel, lachte über das ganze Gesicht und hob den Daumen. Geschafft. Harry, die Rettung nahte! Ich hätte jubeln können, verkniff es mir jedoch. Stattdessen setzte ich mich auf der Stelle in Bewegung, um Marga zu erlösen.

»Tut mir leid«, sagte ich an Rudi gewandt, als ich vor den beiden stand, »aber wir müssen jetzt wirklich los. Kommst du, Marga?«

»Aber immer, Schätzelchen.« Sie sprang so leichtfüßig auf wie ein junges Mädchen. Rheuma, Kreislauf, Arthritis und die Seele waren vergessen. »Tschüss, Rudi. Man sieht sich.«

Und ohne sich noch einmal umzugucken, strebte sie dem Wagen zu, an dem sich Daniel so cool abstützte, als habe er in seinem Leben nie etwas anderes getan. Ich beugte mich zu dem verwirrt dreinblickenden Rudi hinunter.

»Sie ist sehr impulsiv«, vertraute ich ihm an. »Aber das wissen Sie ja.«

»Ein Rasseweib«, murmelte er versonnen. »Wirklich rattenscharf, die Frau.«

Möge die Grundgütige geben, dass er niemals auf die Idee kam, sich zu fragen, was der ganze Auftritt eigentlich sollte.

Wir rauschten zurück zur Villa. Ich beteiligte mich nicht an dem fröhlichen Geplänkel der beiden stolzen Hauptakteure, denn ich musste meine künftigen Schritte planen. Und da war Sorgfalt alles. Deshalb hörte ich lediglich mit halbem Ohr zu.

»Und wie lautete das Passwort nun, du Superhirn?«, erkundigte sich Marga gut gelaunt bei Daniel, der auf der Rückbank satte dreißig Zentimeter gewachsen zu sein schien.

»Das verrate ich dir nur, wenn du mich mit nach Hollywood nimmst.«

»Aber immer, Kleiner.«

Daniel lachte. Dann sprudelte es nur so aus ihm heraus.

»Oh, erst habe ich es sicherheitshalber tatsächlich mit ›Bokau‹ und ›Elysium‹ versucht. Man weiß ja nie.«

»Aber so blöd sind selbst die nicht«, bemerkte Marga.

»Nein. Das ›Heimfindeverhalten‹ funktionierte auch nicht.« Er machte eine dramatische Pause.

»Und?«, kam Marga ihm entgegen.

»Tja, ihr habt doch gesagt, dass die Geld scheffeln wollen. Und da habe ich es mit ›Money‹ versucht.«

»Kluges Kerlchen.«

»Nee«, sagte Daniel. »Das war es auch nicht. Und ›Cash‹ oder ›Cash cow‹ genauso wenig. Also hab ich noch einmal verschärft nachgedacht und bin dabei auf die Idee gekommen, dass die vielleicht gar nicht so plump und doof sind, wie wir meinen. Okay, dass die Leute nicht richtig kreativ und originell sind, war mir natürlich klar. Und deshalb musste es schon etwas sein, was zwar zum ›Elysium‹ passt, aber nicht aus dem Rahmen fällt. Versteht ihr?«

»Natürlich«, sagte Marga. Es klang sehr überzeugend.

»Sicher«, pflichtete ich ihr bei.

Wir würden beide den Teufel tun und unserem jungen Computertalent den Spaß verderben. Dessen Wangen leuchteten geradezu vor Stolz.

»Tja, und da gibt es eigentlich nur ein Wort, das passt. Nämlich ›Lethe‹. Das ist der Strom des Vergessens, der in der griechischen Mythologie das Gefilde der Seligen, also das ›Elysium‹, umfließt«, schob er triumphierend hinterher. »Hatten wir gerade letzten Monat in Geschichte. Natürlich war das immer noch ein wahnsinniges Glück, fast wie ein Lottogewinn, aber … tja, es hat geklappt.«

»Plietsch«, stieß Marga andächtig hervor, und es klang ehrlich bewundernd. »Und da behaupten die Leute immer, die Kinder lernten in der Schule nichts fürs Leben. Alles Unfug. Dein Onkel Harry kann mächtig stolz auf dich sein.«

Daniel auf seiner Rückbank wuchs sage und schreibe noch einmal um satte zehn Zentimeter; bald würde er mit dem Kopf gegen die Decke stoßen. Doch bevor es so weit war, bogen wir zum Haupthaus ab, wo wir hielten und ausstiegen. Ich verriegelte den Wagen, Marga und Daniel warteten geduldig, bis ich den Schlüsselbund umständlich im Rucksack verstaut hatte.

»Sie denkt«, bemerkte Marga, die genau wusste, dass ich den Haustürschlüssel natürlich gleich für die Tür der Villa benötigen würde, die Aktion also komplett unnötig war.

»Ja«, sagte ich. »Und ehe ihr auf komische Ideen kommt: Ich gehe heute Nacht allein ins ›Elysium‹, verstanden? Niemand begleitet mich.«

»Aber –«, protestierte Daniel da auch schon. Ich hatte es doch geahnt.

»Niemand«, wiederholte ich fest. »Und Jungs schon gar nicht.«

Immerhin hatte ich nicht »Kinder« oder »kleine Jungs« gesagt. Daniel zog trotzdem eine Flunsch.

»Es könnte aber gefährlich werden«, wandte er voller Eifer ein. »Außerdem ist Harry mein Onkel.«

Ich warf ihm ein sonniges Lächeln zu. Nein, das war nicht das ultimative Argument, Bübchen, denn Harry Gierke ist mein Lover, mein Lebens- und Liebespartner. Das schlug den Onkel wohl allemal.

»Keine Chance, Cowboy«, sagte ich daher. »Lass es. Du bleibst hier. Marga?«

»Ja. Er bleibt hier«, sprang sie mir eilig bei. »Hanna hat vollkommen recht, Daniel. Und sie arbeitet sowieso lieber allein. Frag deinen Onkel, wenn er wieder da ist. Der weiß das.«

Daniel brummelte und wandte sich enttäuscht zum Gehen. Nach dem Erfolg am Computer hatte er sich vor seinem inneren Auge wahrscheinlich schon als eine Kombination zwischen Super- und Batman gesehen; mit einem Hauch von Tarzan und Winnetou.

»Momentchen«, hielt ich ihn zurück. Die wichtigste Information fehlte schließlich noch. »Auf welche Zeit hast du den Computer programmiert?«

Er blieb ruckartig stehen.

»Von eins bis drei. Reicht dir das?« Plötzlich wirkte er unsicher.

Zwei Stunden? Ja, in der Zeit würde ich Harry schon finden; in welchem Verlies, Keller oder Dachgeschoss er auch steckte.

»Oh, das ist mehr als genug Zeit«, beruhigte ich ihn. »Ich weiß ja ungefähr, wo ich suchen muss.«

Julia hatte sich einen meiner Krimis geschnappt und saß entspannt im Schaukelstuhl, als sei sie in meiner Villa zu Hause.

»Na, das ging aber schnell«, meinte sie nur und klappte das Buch zu, als wir hereinpolterten. Sie hatte sich für einen alten Kurzgeschichtenband von Ruth Rendell entschieden. »Ihr habt also Erfolg gehabt, nehme ich an. Sonst wärt ihr nicht hier.«

»Haben wir«, sagte ich und wartete, bis Marga und Daniel ihre Jacken ausgezogen und sich auf die Couch gesetzt hatten. »Hört mal, Leute –«

»Oha«, bemerkte das Kind vorlaut. »Jetzt kommt bestimmt schon wieder einer von den Hanna-Klopfern.«

»Genau. Das ist alles kein Spaß. Das habt ihr hoffentlich begriffen. Und deshalb möchte ich, dass ihr jetzt gleich alle drei hoch zu Margas Wohnung geht, dort bleibt und euch auf keinen Fall trennt, bis ich wieder da bin.«

»Aber –«, protestierten Marga und Julia gleichzeitig. Ich hob die Hand.

»Nein, kein Aber. Ich meine es so, wie ich es sage. Wir wissen nicht, wer unser Gegner ist. Wir wissen nur, dass er es ernst meint. Sehr ernst sogar. Sonst säße Harry hier bei uns, und alles wäre gut. Daniel kann bei Harry schlafen. Julia bei dir, Marga. Und ihr schließt unten die Haustür ab, hört ihr! Die Wohnungstüren lasst ihr aber offen, sodass ihr jederzeit hören könnt, wenn etwas drüben nicht stimmt. Ist das so weit klar?«

Ich hatte allen dreien bei meinen Worten nacheinander fest in die Augen geschaut. War das zu melodramatisch? Nein. Bei einer solchen völlig undurchsichtigen Lage konnte es in dieser Hinsicht gar keine Übertreibung geben.

»Doch, ja. Ich denke, ich verstehe«, sagte Marga. »Aber –«

»Nochmals: kein Aber«, fiel ich ihr unerbittlich ins Wort. Daniels Augen waren mittlerweile so groß wie Untertassen. In dieser Rolle kannte er mich nicht. Wie auch? Sonst gab ich stets die nette unkomplizierte Hanna, mit der man Pferde stehlen konnte.

»Es ist das Beste so, weil es am sichersten ist«, verwies ich erneut auf das entscheidende Argument. »Die haben einen Auftragsmörder für Harry und mich bestellt. Und der wird sich bestimmt schon in der Gegend herumtreiben. Also igelt ihr euch schön ein und rührt euch nicht, bis die Gefahr vorüber ist. Damit helft ihr mir, Harry und der ganzen Aktion am meisten.«

»Und was machst du inzwischen?«, fragte Julia sanft. »Ich meine, so ganz allein, ohne Netz und doppelten Boden? Wenn es dermaßen gefährlich ist, wie du sagst, gehst du ein ziemlich hohes Risiko ein.«

»Ja«, räumte ich ehrlich ein. »Das tue ich. Aber ich sehe keinen anderen Weg. Vom Erfolg meiner Aktion hängt Harrys Leben ab. Ich werde mich also noch einmal kurz aufs Ohr hauen, um dann dem ›Elysium‹ so gegen eins einen Besuch abzustatten. Allein.«

»Nein, Schätzelchen, das … also wenn Traute das erfährt …«, widersprach Marga wenig überzeugend. »Deine Mutter reißt mir den Kopf ab.«

»Dann erzähle es ihr nicht«, gab ich knochentrocken zurück. Derartige Überlegungen waren zu diesem Zeitpunkt wahrlich höchst überflüssig.

»Sehr klug ist das aber wirklich nicht!«, traute sich Julia einzuwenden.

»Ich sollte doch lieber mitkommen«, fand Daniel.

Ich schüttelte stumm den Kopf. Ich hatte meinen Standpunkt mehr als deutlich gemacht. Und nach einer endlosen Diskussion war mir wirklich nicht zumute.

»So machen wir es. Keine Widerrede«, bügelte ich die Truppe ab. »Welchen Klingelknopf muss ich drücken, um das Tor zu öffnen, Daniel?«

»Na ›Müller‹, natürlich. Damit der Müllwagen reinkommt. Kapiert?«

»Gut. Dann ist ja alles geklärt. Und jetzt ab mit euch.« Sie rührten sich nicht. Ich blickte der Reihe nach in ihre besorgten Gesichter. Auf Julias Stirn hatte sich eine senkrechte Falte über der Nasenwurzel breitgemacht, Daniels Kiefer wirkte wie gemeißelt, und Margas Wangen hingen unvorteilhaft herab. Sie sah aus wie eine traurige Maus mit Hamsterbacken. »Ihr meint es gut, aber es geht nicht anders. Und ich weiß sehr genau, was ich tue.«

Marga spitzte die Lippen, als wollte sie pfeifen, Daniel begann skeptisch an seiner Unterlippe zu saugen.

»Und wann …?« Julia verstummte, dann nahm sie einen neuen Anlauf. »Also wann bist du wieder da? Um drei, so ist es ausgemacht. Aber wenn du nicht …?«

»Du meinst, wann ihr die Polizei verständigen sollt, weil sie mich überrumpelt haben?«, kam ich ihr zu Hilfe.

Sie nickte wortlos.

»Wenn ihr bis Viertel nach drei nichts von mir hört, wählt ihr 110.« Das war eine klare Anweisung.

»Ist gut.« Julia bemühte sich redlich, die Stimme ruhig und nicht nervös oder gar panisch klingen zu lassen. Diese Nacht würde sie bestimmt ihr Leben lang nicht vergessen.

»Und sollten wir nicht lieber auch ein Codewort vereinbaren?« Das kam von Daniel. »Ich meine, für alle Fälle«, schob er nervös hinterher.

»Ja, du hast recht«, stimmte ich zu, Harrys mysteriösen Anruf in Lissabon noch im Ohr. »Das ist sinnvoll.«

»›Makrelenblues‹«, schlug er vor.

Julia und Marga starrten den Jungen ratlos an.

»Okay, ›Makrelenblues‹«, wiederholte ich. Mir war es völlig gleichgültig, wie er ausgerechnet auf diese Wortschöpfung kam. Daniel holte tief Luft.

»Es ist unverwechselbar«, erklärte er ungefragt, die Mienen der beiden anderen Frauen jedoch richtig deutend. »Und man behält es leicht. Das ist wichtig in so einer Situation. Also einer mit viel Stress, meine ich.«

Was auch wieder wahr war.

»Gut«, sagte ich in bemüht sachlichem Tonfall. »Wenn ich also den ›Makrelenblues‹ am Telefon erwähne, wisst ihr nicht nur, dass ich es tatsächlich bin, sondern auch, dass ich nicht unter Zwang spreche. Und jetzt raus mit euch. Nein, wartet, halt.«

Ich eilte zur Tür, öffnete sie und schaute mich sorgfältig um. Der Heckenschütze hatte es auf mich abgesehen, dann war es nur recht und billig, wenn ich auch als Zielscheibe fungierte. Doch weder am See noch drüben auf Silvias Wiese regte sich etwas.

»Die Luft ist rein.«

Wortlos trat das Trio aus der Tür. Alle drei sagten zwar nichts mehr, doch sie berührten mich noch einmal kurz, und zwar jeder auf seine Art: Marga knuffte mich burschikos und aufmunternd in die Seite, Daniel strich mir unbeholfen über den Arm, Julia drückte ein wenig zu fest meine Hand.

»Macht euch nicht allzu viel Sorgen«, rief ich ihnen hinterher. »Ich wuppe das schon.«

Natürlich benutzte ich da eine, gelinde gesagt, sehr optimistische Formulierung, aber was sollte ich tun? Ich war mir mittlerweile immer weniger sicher, dass ich in dieser Sache als Siegerin vom Platz gehen würde. Aber ich hätte mir eher die Zunge abgebissen, als das in diesem Moment gegenüber den anderen zuzugeben.

In der festen Überzeugung, kein Auge zutun zu können, stellte ich den Wecker auf elf Uhr. Doch Pustekuchen. Kaum dass ich mein Haupt aufs Kissen gebettet hatte, schlief ich auch schon tief und fest. Erst das infernalische Schrillen des letzten Flohmarktschnäppchens riss mich aus dem Tiefschlaf. Ich wuchtete mich hoch, zog mich an und verleibte mir in weiser Voraussicht zwei Stullen mit Käse und Wurst ein, dazu trank ich ein großes Glas Wasser. Dann schlüpfte ich in meine Spezialuniform für nächtliche geheime Erkundungen, die ich mir bereits vor dem Schläfchen zurechtgelegt hatte: eine warme schwarze Hose, ein dickeres schwarzes Shirt, eine schwarze Jacke, die mich nicht beengte, dazu ein dunkelgrauer Schal, eine dunkelblaue Pudelmütze und graue wasserdichte Boots. Als letzten Akt der Vermummung ging ich nach kurzer Überlegung zu meinem dänischen Kaminofen, zog die Aschenschublade auf und schwärzte mir mit ein paar raschen Handgriffen das Gesicht. Denn außen am Grenzzaun würden vermutlich Kameras mit Blick auf die umliegenden Felder angebracht sein. Innerhalb des »Elysium«, hatte Marga mir versichert, gäbe es hingegen keine Überwachungsanlagen, weil die Bewohner sich keinesfalls gegängelt fühlen sollten. Völlig sicher war ich mir da allerdings nicht. Heutzutage waren die Dinger winzig und konnten ergo in jedem Laternenpfahl stecken. Niemand würde es mitkriegen, wenn das »Elysium« komplett verwanzt, verschaltet und verdrahtet war. Trotzdem musste ich es riskieren. Ein Blick in den Spiegel bestätigte mir, dass ich im Dunkeln nun tatsächlich wie ein Gespenst wirkte. Solange ich mich nicht bewegte, war ich praktisch unsichtbar. Es war ein beruhigendes Gefühl.

Als ich pünktlich fünfzehn Minuten vor eins vor die Tür meiner Villa trat, schauderte ich unwillkürlich. Es war kalt, wir hatten höchstens fünf Grad, und die Luftfeuchtigkeit war hoch, doch es regnete immerhin nicht. Sorgfältig schaute ich mich um. Nichts rührte sich. Also trabte ich entschlossen zum Haupthaus hoch. Auch hier herrschte eine völlig ungewohnte Stille, registrierte ich mit angespannten Sinnen. Kein Trecker röhrte, keine Maschine lärmte, kein Vogel tschilpte. Mit klammen Fingern schloss ich mein Auto auf, stieg ein und startete den Motor. Oben im Haupthaus ging bei Marga augenblicklich das Licht an, und drei Köpfe samt Oberkörpern erschienen als Silhouetten am Fenster. Synchron wie eine Ballettgruppe streckten Daniel, Marga und Julia den rechten Arm in die Höhe und winkten mir zu. Ich tippte kurz auf die Hupe und bretterte los – obwohl ich reichlich Zeit hatte.

Acht Minuten später parkte ich mein Auto etwa zweihundert Meter vom »Elysium« entfernt auf dem Seitenstreifen; sicherheitshalber direkt hinter einem allerdings noch kahlen Busch. Doch die Vorstellung, dass hier eine Nachtsichtkamera alles heranzoomte, um anschließend irgendjemandem sonst wo zu melden, was sich im Umkreis von einem Kilometer um den Park herum tat, hielt ich dann doch für überzogen. Was sich direkt am Zaun abspielte, wusste man sicher gern, aber welches Rehlein mit welchem Bock auf den weiten Feldern Bokaus kopulierte, interessierte höchstwahrscheinlich nicht nur keine Sau, sondern genauso wenig irgendeinen menschlichen Wachposten. Trotzdem hatte ich mein Nummernschild vor der Abfahrt unkenntlich gemacht, indem ich es mit Schlamm beschmiert hatte. Hü und hott. Ich war mir dessen durchaus bewusst. Doch das lag daran, dass sich diese vertrackte Situation einer wie auch immer gearteten Einschätzung komplett entzog.

Gesenkten Hauptes marschierte ich auf das solide Tor zu, das mir in diesem Moment noch wehrhafter vorkam als ohnehin schon tagsüber. Hoffentlich hatte Daniel seine Hausaufgaben tatsächlich gemacht. Der »Müller«-Klingelknopf war nicht schwer zu finden. Sie hatten ihn genau in die Mitte der rechten Klingelleiste platziert. Und es war – der Grundgütigen sei Dank – der einzige mit der Aufschrift »Müller«. Ich hob den Arm. Er zitterte etwas. Um genau dreißig Sekunden nach eins drückte ich ihn. Und siehe da, das Tor setzte sich wie von einer gewaltigen Geisterhand dirigiert in Bewegung. Super! In diesem Moment hätte ich den Jungen drücken können. Rasch schlüpfte ich durch die Lücke und lief los Richtung Leckertung-Platz.

Auch im »Elysium« war alles still und lag scheinbar im friedlichsten Schlummer. Das gesamte Areal war gut ausgeleuchtet, keine dunklen Ecken flößten irgendjemandem Angst ein. Und gerade deshalb war ich mir sicher, dass Harry hier irgendwo stecken musste und nicht etwa in einer dreckigen Bretterbude inner- oder außerhalb Bokaus. Denn eine bessere Tarnung als diese Amigurumi-Datsche gab es für üble Machenschaften wirklich nicht.

Mein erstes Ziel war das Reihenhaus von Hicks; Marga hatte mir auf meine Bitte hin die Adresse zugesteckt: Buttjeweg 7. Ich eilte die Sünnschienstraat hoch zum Leckertung-Platz, denn von dort ging schräg links der besagte Weg ab.

Die Schaufenster der Läden, die den Zentralplatz säumten, waren in gedimmtes Licht getaucht. Sie interessierten mich eher weniger. Doch ich verharrte kurz auf der Rialtobrücke, weil ich plötzlich unten eine huschende Bewegung zu registrieren meinte. Eine Ratte oder eine Maus konnte das nicht sein, dafür war der Schatten zu groß. Als ich jedoch angestrengt hinunterspähte, entdeckte ich nichts. Kein Tier und schon gar keinen Menschen. Wahrscheinlich sah und hörte ich vor lauter Nervosität bereits Gespenster. Also eilte ich weiter. Im Buttjeweg brannte noch in zwei Häusern Licht. Entweder wohnten dort Nachteulen, die sich von einem spannenden Buch einfach nicht losreißen konnten, oder Menschen, die sich im Dunkeln fürchteten und ohne eine Mindestbeleuchtung kein Auge zubekamen. Davon gab es ja gar nicht so wenig. Im Haus von Hicks war alles dunkel. Ich verlangsamte meine Schritte und schlich mich vorsichtig an die Tür. Er war verheiratet, wie mir das mit einem Leuchtturm verschönerte Keramikschild über der Klingel verriet, und sie hieß Rita. Ich rüttelte behutsam an dem Griff. Nichts tat sich. Die Tür blieb verriegelt. Natürlich. In der Nacht schloss man auch im »Elysium« besser ab, das steckte nach einem langen deutschen Leben in jedem von uns drin. Doch einen Versuch war es wert gewesen.

Ich trat wieder drei Schritte zurück und ließ meine Augen wandern. Das Reihenhaus war klein, höchstens drei bis dreieinhalb Meter breit; auf diesem Fundament ruhten zwei Stockwerke plus Dachboden. Mhm. Wenn Rita nicht mit zur kriminellen Partie gehörte, war es eher unwahrscheinlich, dass Harry in dieser Butze gefangen gehalten wurde. Das wäre zu eng und zu auffällig gewesen. Da hätte er nur einen Ton von sich zu geben brauchen, und die Sache wäre aufgeflogen. Wenn sie allerdings nicht nur als schmückendes Beiwerk fungierte, sondern vielleicht als Hicks' Chefin Harry zum Reden sowie zum Weinen brachte, musste ich systematisch alle Möglichkeiten der Reihe nach ausschließen, also auch hier suchen. Ich warf einen Blick auf die Uhr. Zehn Minuten nach eins. Gut. Kein Problem. Mir blieb noch genügend Zeit, um die Sache gründlich anzugehen.

Rasch schlich ich um die Häuserzeile herum und näherte mich dem hicksschen Heim von hinten. Der Garten war nicht größer als ein Badelaken und anscheinend nicht gesichert. Ich trat vorsichtig ein. Tatsächlich, nichts geschah. Doch eine Kellerluke, die sich problemloser öffnen ließ als eine solide Tür, fand ich nicht. Diese Art Haus gehörte offenbar zu den Billigvarianten, die zwischen Küche und Bad lediglich eine winzige Abstellkammer für den Staubsauger und die Reinigungsmittel, aber keinen Keller besitzen. Mist.

Ich überlegte gerade, ob ich die Birke, die direkt neben der Terrasse aufragte, hinaufturnen sollte, um einen Blick in den Dachboden werfen zu können, als ich Schritte und Stimmen hörte. Ich machte mich ganz dünn und presste mich an die Wand. Es handelte sich um zwei Personen, und jetzt konnte ich auch eine männliche und eine weibliche Stimme unterscheiden. Die Frau kicherte mädchenhaft, der Mann rülpste verhalten und nuschelte eine Entschuldigung. Dann hatten sie mein Versteck passiert. Ich trat aus der Deckung hervor und guckte dem Paar kurz hinterher. Er stützte sich beim Gehen schwer auf einen Stock, sie hatte ihre liebe Not, ihn von der anderen Seite zu halten. Jetzt gab sie ihm einen Kuss auf die Wange. Nein, dies war eindeutig kein Gangsterduo mit todbringenden Absichten, sondern hier turtelten frisch verliebte Mittsiebziger oder Anfangachtziger, die lebhaft die Frage »Gehen wir zu dir oder zu mir?« diskutierten.

Ich besah mir die Birke genauer. Ja, das könnte gehen. Ich hatte noch eine Stunde und fünfunddreißig Minuten zur Verfügung, bis das Tor sich nicht mehr rühren würde und ich festsaß. Also rollte ich die Restmülltonne auf dem lärmschluckenden Rasen langsam und vorsichtig um die Ecke und enterte das kippelige Ding, um von dort auf die erste Astgabelung hinüberzukraxeln. Denn aus dem glatten Stamm meines Kletterbaumes spross im unteren Bereich nicht der kleinste Zweig, von einem soliden Ast ganz zu schweigen. Es sah bestimmt nicht elegant aus, wie ich da stöhnend und ächzend herumturnte, aber ich schaffte es. Und nur das zählte.

Mit zitternden Beinen auf einem einigermaßen soliden waagerechten Ast halb hockend und beide Hände fest in den Stamm gekrallt, balancierte ich etwa drei bis vier Meter über dem Boden und linste ins eheliche Schlafzimmer der Hicks' hinein. Eine gedimmte kleine Lampe erhellte das Zimmer. Er lag auf dem Rücken wie ein gestrandeter Wal und schnarchte mit offenem Mund. Sie hatte sich in Embryonalhaltung unter die Decke gekuschelt und das Kissen auf die Ohren gelegt. Von Harry keine Spur. Wenn er nicht in dem gewaltigen Schrank steckte, der mit seiner Schleiflackfront L-förmig das Zimmer beherrschte, oder gefesselt und geknebelt unter dem Ehebett lag, war er nicht hier.

Ich hangelte mich in der Waagerechten weiter, wobei ich den Kopf so gerade hielt wie ein Gardesoldat. Denn wenn ich ihn auch nur ansatzweise gesenkt hätte, wäre womöglich der schrecklich weit entfernte Boden in mein Blickfeld geraten. Und das war das Letzte, was ich wollte, denn dann hätte mein Magen zweifellos rückwärts gegessen. Wobei das noch das Harmloseste war, was passieren konnte.

Neben dem Schlafzimmer lag das Bad. Die Milchglasscheibe verhinderte eine Durchsicht, doch dass sie Harry im Wäschepuff versteckt hielten, glaubte ich ohnehin nicht. Behutsam und unter Aufbietung aller Kräfte zog ich mich auf die nächste Ebene empor, wo die Äste naturgemäß immer mehr zu Zweigen wurden und trotz meiner vorsichtigen Schritte beängstigend schwankten und federten. Mit schweißnassen Händen hielt ich mich fest. Wenn ich abrutschte und auf den Boden knallte, brauchte der Mistkerl mit der Pistole sich mit mir nicht mehr zu beschäftigen.

Lass das, Hemlokk, befahl ich mir. Konzentriere dich auf die Aufgabe und unke nicht herum! Doch das war gar nicht so leicht; mein Körper musste während der Aktion gefühlt bestimmt vierzig Kilo zugenommen haben, denn der dünne Ast schwankte bedrohlich, als ich mich endlich so weit aufgerichtet hatte, dass ich durch die schräge Luke in das Innere des Dachgeschosses schauen konnte. Der Strahl meiner Taschenlampe beleuchtete verstaubte, vom Design her altmodische Koffer mit Neunziger-Jahre-Hotelaufklebern aus aller Welt, etliche prall gefüllte Plastiktüten neueren Datums, ein Röhrenradio aus der Steinzeit, ein Bügelbrett und ein Paar Damenstiefel, deren Design die nuller Jahre verriet. Auf Harry war allerdings auch hier weit und breit kein Hinweis zu entdecken.

Leise vor mich hin fluchend, machte ich mich an den Abstieg. Der war zwar auch kein gemütlicher Spaziergang, ging aber um einiges schneller, obwohl ich auf der Höhe des Schlafzimmers fast abgerutscht wäre. Erst im allerletzten Moment gelang es mir, mit der Rechten nach einem Ast zu fassen, der mich zwar hielt, während der Ruck gleichzeitig meine Schulter auszukugeln schien. Boah, tat das weh! Schwankend und keuchend verharrte ich und biss die Zähne zusammen. Doch es half natürlich nichts. Ich konnte ja nicht in dem Baum übernachten, bis mich die Feuerwehr am nächsten Morgen wie ein ängstliches Kätzchen aus dieser misslichen Lage befreite. Von Harrys Schicksal einmal ganz abgesehen.

Mit Knien wie Wackelpudding und schmerzenden Armen landete ich wenig später wieder auf dem Boden. Ich klebte am ganzen Körper. Am liebsten wäre ich in meine gemütliche ebenerdige Villa gefahren, hätte mich ellenlang unter die Dusche gestellt, um anschließend für mindestens zehn Stunden im Bett zu verschwinden. Doch das kam natürlich überhaupt nicht in Frage. Mir blieb noch um und bei eine Stunde, um mich dem Haus der Serva zu widmen.

Im Laufschritt rannte ich los, überquerte erneut den Leckertung-Platz sowie die Rialtobrücke und bog zügig in die Rode-Grüt-Allee ein, als eine menschliche Stimme mich abrupt stoppen ließ. Sie kam aus einem Wintergarten im zweiten Stock, bei dem ein Fenster einen Spalt offen stand.

»Na ja, Mord würde ich es nun wirklich nicht nennen«, bemerkte eine Frau im Plauderton, »das ist wirklich sehr hart. Es war doch eher Notwehr, nicht wahr, ihr Lieben?«

VIERZEHN

Ich kannte die Stimme. Sie gehörte ins »Elysium«. Aber zu wem? Sie wollte partout nicht mit dem Bild einer Person verschmelzen.

»... macht man doch nicht, oder? Was sagt ihr dazu?«, plapperte sie jetzt weiter. »Weil das nämlich nicht natürlich ist. Und Erpressung ist nun einmal das Allerschlimmste, was man sich denken kann. Die kommt noch vor Mord. Das hätten sie wissen müssen. Aber es war ihnen völlig gleichgültig. Deshalb mussten sie sterben. Und ich sag euch noch etwas. Es tut mir nicht im Geringsten leid. Nein, nicht im Geringsten!«

Dabei pendelte der Tonfall bei diesen kryptischen Worten zwischen weinerlich und trotzig hin und her, eine Mischung, die ich als besonders abstoßend empfand. Dort oben saß das personifizierte Selbstmitleid und sprach mit – ja, mit wem? Eigentlich hörte es sich von der Betonung und der Satzmelodie an, als führte die Person ein Selbstgespräch. Ein Selbstgespräch, das sie zudem bereits hundertfach geführt hatte, denn die Worte wirkten wie auswendig gelernt und in Beton gegossen. Als leierte jemand zum eintausendsten Mal die Schillersche »Glocke« herunter. Ohne echte Anteilnahme, ohne Gefühl. Auf den mörderischen Inhalt schien es gar nicht mehr anzukommen, hier wurde eher ein Ritual vollzogen.

Doch wen sprach die Frau an? Wer war »ihr«? Menschliche Wesen? Nein, das war vom Eindruck her wirklich mehr als unwahrscheinlich. Aber gab es vielleicht tierische Zuhörer? Schlummerten da zum Beispiel zwei Hunde zu ihren Füßen? Denen wäre es ja wurscht, was Frauchen ihnen da tagein, tagaus erzählte. Oder parlierte sie mit ihren Kübelpflanzen? Eine Antwort konnte ich zumindest nicht hören. Und das lag nicht daran, dass nur eines der Fenster, und das auch nur lediglich einen Spalt weit geöffnet war, um frische Luft hinein- und Zigarettenqualm hinauszulassen. Was natürlich mein Glück war, sonst hätte ich überhaupt nichts von diesem bizarren Monolog mitgekriegt.

Am liebsten wäre ich wie Superwoman an der Regenrinne hochgeglitten und hätte die Sprecherin geschüttelt, damit sie Klartext redete. Stattdessen eilte ich hastig um die niedrige Hecke herum auf die Terrasse zu, die unterhalb des Wintergartens lag, um ja nichts von diesem heißen Selbstgespräch zu verpassen. Zu hastig, wie sich herausstellte, denn dabei dengelte ich im Eifer des Gefechts gegen eine metallene Gießkanne, die dort dumm herumstand und auf ihren ersten Frühjahrseinsatz wartete. In der Schwärze und Stille der Nacht kam mir das Geschepper so laut vor, als startete zu meinen Füßen ein Düsenjet. Mit einem beherzten Sprung hinter einen noch winterlich verpackten Strandkorb schaffte ich es gerade noch rechtzeitig, in Deckung zu gehen. Die Szene hatte etwas von einer Filmsequenz.

Während ich mich bemühte, mit dem Korb zu verschmelzen, riss die Frau über mir das Fenster weit auf und rief: »Wer ist da?«

Ihre Stimme hatte sich völlig verändert; da fehlten der leierige Rhythmus und diese so merkwürdige Selbstfixierung komplett, was verriet, dass sie wieder in dieser Welt angekommen war. Sie lugte über die Brüstung nach unten, weshalb ich zunächst lediglich ihr Haar sah. Jetzt hob sie jedoch den Kopf. Mit angehaltenem Atem und vor Konzentration zusammengekniffenen Augen starrte ich zu ihr hoch. So ein Mist! Es war dermaßen dunkel, dass ich nicht erkennen konnte, um wen es sich handelte.

»Na warte, du elendes Katzenvieh.« Der Kopf verschwand kurz, dann sauste plötzlich etwas kleines Rundes in meine Richtung. »Hau ja ab, du! Sonst gibt's gleich noch eine.«

Mit diesen Worten zog sie den Kopf zurück, schloss das Fenster wieder bis auf einen etwas breiteren Spalt und verschwand aus meinem Blickfeld. Während sie offenbar bis ins Innere des Hauses zurückschlurfte, hörte ich sie anfangs noch leise vor sich hin murmeln, verstand aber leider kein Wort mehr. Sicherheitshalber wartete ich eine Minute, dann bückte ich mich. Bei dem Wurfgeschoss hatte es sich um eine Apfelsine gehandelt. Spontan steckte ich sie ein, ehe ich vorsichtig auf die Terrasse pirschte. Oben war nun alles ruhig.

Ich schaute nervös auf die Uhr. Noch eine knappe Dreiviertelstunde, bis ich im »Elysium« festsaß. Die Zeit zerrann inzwischen wirklich unter meinen Händen. Doch ich konnte jetzt unmöglich meinen Posten verlassen, um weiter nach Harry zu suchen, überlegte ich, während ich insgeheim betete, dass die Verrückte in den Wintergarten zurückkehren und dort über mir so laut weitersprechen möge, dass ich sie wieder erfolgreich belauschen konnte. So eine Gelegenheit kam vielleicht nie wieder. Und wenn Harry gar nicht bei der Serva war? Sondern hier? Denn dass da oben etwas ganz und gar nicht stimmte, war ja wohl so klar wie die Ostsee vor zweihundert Jahren. Ich stellte mich direkt unter das Fenster und hatte tatsächlich Glück. Die Unbekannte zog es wieder auf beziehungsweise in ihren rundum verglasten Balkon. Erst kaum wahrnehmbar, formte sich das gerade noch unverständliche Gebrabbel in Sekundenschnelle zu klar und deutlich zu verstehenden Sätzen.

»... ist so ein artiges Mädchen, meine Ayasha. Na ja, ihr kennt sie ja. Die sind doch alle nur neidisch.« Die Stimme hatte wieder diesen seltsamen Tonfall angenommen. Ayasha. Bei diesem Namen machte es Klick in meinem Kopf, und endlich passten Stimme, Örtlichkeit und Person zusammen: Dort oben saß Sandrine Übich, die Marga und mir auf dem Golden-Gate-Verschnitt den Vortrag über Geflüchtete gehalten und dem Kind das Eis verweigert hatte, während sie das Mädchen gleichzeitig mit einem ebenso stolzen wie zärtlichen Blick bedachte. »Kein normaler Mensch kann sich an so eine dumme Vorgabe halten. Oder? Die muss man umgehen, dafür ist so etwas Bescheuertes da. Was denken die denn, wie ein Mensch-ärgere-Dich-nicht-Spiel abläuft? Da schicke ich die Kleine doch nicht mittendrin zurück ins Heim, nur weil ihre Zeit abgelaufen ist.«

Niemand antwortete. Die Stille dieser Nacht war wirklich tief und schwarz und spiegelte aufs Schönste meine Ratlosigkeit wider. Wovon sprach die Frau bloß? Von dem Mädchen Ayasha und irgendwelchen Vorgaben im »Elysium«. So weit war ich mitgekommen. Doch um was für mysteriöse Vorgaben handelte es sich dabei? Nervös schielte ich erneut auf meine Uhr. Noch vierunddreißig Minuten, und ich verbrachte die Nacht im Park, wo mich Rudi am nächsten Morgen spätestens beim Versuch, die Anlage zu verlassen, erwischen und mit unangenehmen Fragen belästigen würde.

Ich hätte heulen können, zwang mich jedoch mit aller Macht, konzentriert nachzudenken. Es ging nicht um Harry, es ging um Ayasha. Ayasha war ein Kind. Ein Flüchtlingskind. Kind. Kinder. Ganz leise bimmelte da etwas in meinem Hinterkopf. Hatte Übich nicht bei dem Gespräch auf der Golden-Gate-Brücke eine »Elysium«-Vorschrift erwähnt, die ausschließlich die Lütten betraf? Doch, ja, da war etwas gewesen, ich erinnerte mich genau. Aber was diese Vorschrift exakt besagte, daran erinnerte ich mich nicht. Streng deinen Grips an, Hemlokk, denk nach, befahl ich mir ein ums andere Mal und biss mir vor lauter Konzentration die Lippen wund, während ich mir gleichzeitig rigoros verbot, an Harry zu denken, weil es mich sonst schier zerrissen hätte.

Kinder wurden im »Elysium« nicht so gern gesehen, hatte Übich damals angedeutet. Weil die zu laut, zu energiegeladen und zu hektisch waren. Sie saßen nicht stundenlang ruhig vor dem Fernseher oder spielten endlos und gesittet Boccia und Bingo. Nein, sie krakeelten, sausten bollernd und scheppernd auf Inlinern herum und stellten nervtötende Fragen, sobald man sich nach einem Schoppen Wein zum Mittagsschlaf hingelegt hatte. Für manche ältere Menschen war das ein Graus.

»Nur zu bestimmten Zeiten«, sagte Übich in diesem Moment glockenhell und überdeutlich. »Und auf keinen Fall nach einundzwanzig Uhr! Das ist doch unmöglich und eine richtige Frechheit. Ja, nichts weiter als eine unverschämte, bodenlose Frechheit. Selbstverständlich habe ich das damals auch unterschrieben. Trotzdem brauchte mir dieser Lißner das doch nicht andauernd unter die Nase zu reiben. Ich habe es nämlich keineswegs getan, weil ich es gut fand. Es war einfach nur ein Satz unter vielen. Ich habe auf diesen dummen Paragrafen im Vertrag nicht geachtet, weil es mich zu diesem Zeitpunkt überhaupt nicht interessierte. Aber als das anders wurde ... Nein, ich lasse mir nichts vorschreiben. Mein Besuch gehört mir! Und wer sich wann und wie lange in meinen Räumen und meinem Wintergarten aufhält, bestimme ich ganz allein!«

Offenbar trank sie einen Schluck, denn sie schlürfte dabei, wie man es eigentlich nur so ungeniert tut, wenn man allein ist. Verzweifelt schaute ich wieder auf die Uhr. Oh Gott, nur noch zweiundzwanzig Minuten. Sollte ich nicht vielleicht doch besser –

»Und genauso daneben sind ja wohl die maximal dreißig Tage im Jahr, die einem für die Enkel zugestanden werden«, schimpfte Sandrine in diesem Moment weiter. »Und das auch nur nach vorheriger Anmeldung. Damit es womöglich nicht im Park zu viele Kinder auf einmal werden. Das ist ja ... das ist ja pervers!«

Ganz langsam kam bei mir jetzt die Erinnerung wieder. Kinder waren aus all diesen Gründen tatsächlich nur begrenzt im »Elysium« zugelassen. Das hatte nicht nur Sandrine erzählt, sondern auch Sven Lißner, erinnerte ich mich. Ich hatte das zwar schon damals höchst seltsam und armselig gefunden, dem aber – natürlich, musste man wohl sagen – keinerlei Bedeutung zugemessen.

»Neidisch waren die. Alle, wie sie da waren.« Sandrine redete sich hörbar in Rage. Und ich hegte erneut den Verdacht, dass dieser komplette Monolog jede Nacht nach einer mittlerweile in Zement gegossenen Dramaturgie ablief. »Kann ich vielleicht etwas dafür, dass Ayasha am liebsten bei mir wohnen würde? Dass wir uns so gut verstehen? Kann ich etwas dafür, heh?«

Die Stille, die diesen Worten folgte, war vollkommen. Nein, da gab es garantiert keinen zweiten Menschen auf dem Balkon. Es sei denn, er war geknebelt und gefesselt – oder tot. Oh Gott, Harry! Der nächste Blick auf die Uhr verriet mir, dass mir nur noch achtzehn Minuten blieben. Am liebsten hätte ich mich auf der Stelle geteilt, obwohl niemand in dieser Zeit Wunder bewirken konnte. Und ein Wunder brauchte es, wenn ich Harry in dieser kurzen Zeit überhaupt noch finden wollte, ganz davon zu schweigen, dass ich ihn höchstwahrscheinlich auch noch befreien musste. Ein derart mieses Gefühl hatte ich in meinem ganzen Leben noch nie gehabt.

»Der war ja ein richtiges Schwein«, sagte Übich jetzt.

Harry? In meinem Magen machte irgendjemand oder irgendetwas einen Looping. Diese Irre hatte ihn doch nicht etwa ebenfalls umgebracht, bloß weil er ... ja etwas in Hinblick auf dieses Mädchen gesehen oder gehört hatte, was ein Geheimnis bleiben sollte? Stopp, Hemlokk! Krieg dich wieder ein! Vor lauter Schreck und schlechtem Gewissen phantasierte ich schon den blühendsten Unsinn zusammen. Von der Brieftaubengang war der Mörder auf Harry und mich angesetzt worden. Nicht von Sandrine Übich. Die hatte augenscheinlich ganz andere Sorgen.

Irgendwo klapperte ein Fenster und wurde mit Nachdruck zugemacht. Wahrscheinlich waren die Nachbarn dieses nächtliche Geplapper, das bei ihnen lediglich als Geräuschkulisse ankam, schon gewohnt und leid. Unwillkürlich lauschte ich voller Anspannung, ob über mir eine Reaktion erfolgte, und da hörte ich sie, die Schritte. Keine fest und frei auftretenden, sondern verstohlene.

Mit einem Schlag fühlte sich meine Kehle so trocken an wie die Sahara zur mittäglichen Stunde. Dicht an die Hauswand neben der gläsernen Terrassentür gepresst, tastete ich mich behutsam um die Ecke. Er stand scheinbar zwanglos mitten auf der Straße, ein Mann, mittelgroß und schlank, der einen Hund an der Leine führte. Das Tier blinkte um den Hals abwechselnd in Rot und Blau und reichte seinem Herrchen bis zum Oberschenkel. Was zum Henker wollte dieses Duo um Viertel vor drei draußen in einer der schwärzesten Nächte des Jahres? Gassi gehen? Das war wohl eher unwahrscheinlich. Hatten mich vielleicht doch versteckte Kameras erfasst, irgendwo einen Alarm ausgelöst – und dies war nun der Mann für alle Fälle? Der Berufs-Ausknipser, der sich, als harmloser Gassigeher getarnt, auf den Weg gemacht hatte, um schon mal zumindest die eine Hälfte seines blutigen Jobs im Schatten der Nacht zu erledigen? Nämlich mich. Dann handelte es sich bei dem blinkenden besten Freund des Menschen natürlich nicht um einen solchen freundlichen Wauwi, sondern um ein abgerichtetes Vieh, das sich bei dem kleinsten Wink seines Herrchens auf mich stürzen und mich zu Hackfleisch zerbeißen würde.

»Wuff«, machte das Tier in diesem Moment in meine Richtung und fing drohend an zu knurren. Mir brach am ganzen Körper der Schweiß aus, und ich fing an zu zittern.

»Unsinn, Piet. Da is nix«, brummte sein Besitzer. Ich konnte sein Gesicht nicht erkennen, lediglich die Glut seiner Zigarette zeigte im Fünfzehn-Sekunden-Rhythmus an, wo er sich befand. »Du spinnst schon wieder.«

Ich rührte mich nicht. Doch so eine Hundenase ist nicht zu unterschätzen. Piet jaulte und fiepte und war nicht vom Fleck zu bewegen, während ich krampfhaft ein- und ausatmete und dabei überlegte, ob man einen Hund, der auf Kommando Menschen zerfleischte, Piet nannte. Hasso, Wotan oder Nero vielleicht, aber Piet? Doch vielleicht besaß ja auch ein Mensch, der gegen Geld reihenweise Leute umbrachte, Sinn für Humor.

»Nun komm. Wir finden sie schon. Hier ist sie jedenfalls nicht.«

Das war eindeutig. Ich spürte, wie gritzige Galle den Weg durch meine Speiseröhre nach oben suchte. Brenzlige Situationen hatte ich in meiner Laufbahn als Private Eye bereits etliche Male durchgestanden, aber einem Gewaltverbrecher dieser Kategorie war ich noch nie begegnet. Um es ungeschönt zu gestehen: Ich hatte keine Ahnung, was ich machen sollte. Eine Waffe hatte ich nicht dabei, nicht einmal einen Knüppel, sondern lediglich ein stumpfes Taschenmesser. Körperlich war ich dem Mann bestimmt weit unterlegen. Gegen einen durchtrainierten Kerl hat frau einfach keine Chance, da ist die blanke Biologie vor.

Gut, es blieb – wie bei Julia – das Überraschungsmoment.

Aber da war noch der Hund. Unmöglich, beide gleichzeitig zu überrumpeln. Sicher, ich konnte schreien. So laut schreien, dass selbst die schlummernden, in der Masse bestimmt ziemlich harthörigen Rentner davon wach wurden. Aber ob das reichte? Bis es da einer zum Fenster geschafft und gecheckt hatte, was Sache war, war ich Kompost. Und auf die offenbar komplett durchgeknallte Sandrine Übich zählte ich besser nicht, zumal ich keine Ahnung hatte, ob und wie alles mit allem zusammenhing. Am ganzen Körper schlotternd, beobachtete ich, wie sie jetzt erneut das Wintergartenfenster aufschob und ihr Oberkörper über der Brüstung erschien.

Piet knurrte wieder drohend in ihre Richtung.

»'n Abend, Herr Rigath. Ist sie mal wieder weg?« Der Tonfall war vertraulich. Sie kannte ihn also, und Angst schien Sandrine vor dem Mann auch nicht zu haben.

»Jo«, grummelte Herr Rigath. »Dieses Katzenvieh macht mich noch wahnsinnig.«

Piet bellte. Es war ein einzelner, scharfer Laut. Was hatte sein Besitzer gerade gesagt? Katzenvieh? Meine Gedanken rotierten.

»Ruhe«, befahl Herr Rigath schneidend. Piet gehorchte. Das heißt, er verlegte sich wieder auf ein bedrohliches Knurren, das mir galt. »Aber gehen Sie lieber rein, Frau Übich. Es ist doch erst April und nicht sehr warm draußen. Da holen Sie sich ganz leicht etwas weg. Auch wenn es in Ihrem Wintergarten bestimmt ganz mollig ist.«

»Ja, das ist es. Wegen der Pflanzen. Die stammen nicht von hier, wissen Sie. Die mögen es warm. Und das sagen Sie immer, dass ich reingehen soll.«

»Weil es stimmt«, meinte Herr Rigath. Seine Stimme hatte das Brummige verloren und klang plötzlich sehr viel sanfter. »Wirklich, mit so einer Lungenentzündung ist in unserem Alter nicht zu spaßen.«

»Das sagen Sie auch immer.«

Ich hatte also recht gehabt. Die Frau verbrachte ihre Nächte weitgehend monologisierend unter Glas.

»Na, dann eine schöne Nacht noch. Pflanzen sollen es ja

wirklich sehr zu schätzen wissen, wenn man mit ihnen spricht. Piet, halt endlich die Klappe und pinkel zu. Ich will ins Bett.«

Stille. Piet hob gehorsam das Bein, und nachdem er einen gewaltigen Strahl abgesetzt hatte, entfernten er und Herr Rigath sich langsam. Ich zitterte noch immer und begann gleichzeitig durch den erkaltenden Angstschweiß auf meinem Körper zu frieren. Doch da musste ich durch. Es gab Wichtigeres in diesem Leben. Harry zum Beispiel. Oder diese Übich, die offenbar eine Mehrfachmörderin war. Die Frau quatschte also tatsächlich nächtens mit ihrem Rhododendron und gestand ihm einen Mord nach dem anderen. Grundgütige. Na ja, den erschütterte es wohl nicht allzu sehr, wenn er erfuhr, wen seine Gießerin alles auf dem Gewissen hatte.

»So, und nun soll die dämliche Katze sehen, wo sie bleibt«, entschied Herr Rigath, bevor Piet, blinkend wie ein Polizeiwagen im Einsatz, mit ihm in der Ferne verschwand.

Grenzenlos erleichtert verließ ich meinen Posten und ließ mich gegen die Hauswand sinken. Piets Herrchen war harmlos. Ich brauchte allerdings ein bis zwei Minuten, um Herzschlag und Atmung so weit zu stabilisieren, dass ich weiterlauschen konnte – wenn Sandrine Übich denn nicht ausnahmsweise in dieser Nacht dem Rat ihres Nachbarn gefolgt und ins Wohnzimmer hineingegangen war. Nein, war sie nicht. Ein Feuerzeug klickte. Wenig später fing es an, nach Zigarettenrauch zu müffeln.

»Dieser Lißner zum Beispiel«, sagte sie zu ihren Kübelpflanzen, nachdem sie einen tiefen Zug genommen hatte. Die Stimme hörte sich jetzt wieder vollkommen anders an als die, mit der sie über die Katze gesprochen hatte. Diese hier, die Monologstimme, wie ich sie bei mir nannte, war nicht nur von Weinerlichkeit und unterschwelligem Trotz geprägt, sondern auch höher, ja fast schon schrill, und atemloser. »Der war eine ganz miese Nummer. Und der Mann lachte zu laut. Viel zu laut.«

Deshalb hatte sie ihn doch wohl nicht umgebracht? Oh Gott, tot. Harry. Hektisch schaute ich auf meine Uhr. Noch genau achteinhalb Minuten, dann saß ich im Park gefangen. Ich musste eine Entscheidung treffen. Und zwar schnell.

»Das war ja wohl ein richtiger gemeiner engstirniger Gift- und Geisteszwerg«, bemerkte Sandrine über mir in einem Ton, der keinen Widerspruch duldete. »Ein kompletter Blödian, der sich für sonst was hielt.«

Ich musste wissen, was hier gespielt wurde. Wenn die Frau so unbedarft weiterplauderte, stand ich im Fall der »Elysium«-Toten kurz vor dem Durchbruch. Es war wirklich eine einmalige Chance. Schneller und effektiver kam ich an diesen Teil der Wahrheit nicht heran. Aber Harrys Leben zählte natürlich mehr – wenn er denn noch lebte. Seinetwegen zog ich diese ganze Chose schließlich durch. Harry, der meine Hilfe bestimmt dringend benötigte, sonst hätte er sich gemeldet. Der irgendwo in diesem Jurassic-Park-Verschnitt seinem sicheren Tod entgegendämmerte, wenn ich ihn nicht schnellstmöglich fand.

Hatte ich unter diesen Bedingungen überhaupt eine Wahl? Nein, hatte ich nicht. Ich würde im »Elysium« bleiben und Sandrine belauschen, bis ich zumindest einigermaßen klar sah, um mich sodann auf die Suche nach Harry begeben. Und am Morgen würden wir weitersehen.

»Was hat dieser unmögliche Mensch sich aufgeregt!«, setzte Sandrine ihr Lamento fort. »Es gäbe nicht umsonst eine Parkordnung, hat er gebrüllt. Die müsse man aus gutem Grund einhalten. Wo kämen wir denn dahin, wenn jeder sein eigenes Süppchen kochen würde? Pah!« Übich schwieg.

Vielleicht trank sie wieder einen diesmal schlürffreien Schluck oder zog besonders tief an ihrer Zigarette. Ich hörte zumindest nichts. Oder sie hatte ihren Text vergessen. Ich konnte sie ja nicht sehen, daher feuerte ich sie lautlos an weiterzusprechen. Und zwar möglichst fix! Meine Rufe wurden erhört.

»Mich erpresst niemand. Niemand, hört ihr! Und es war doch nun wirklich eine richtige Unverschämtheit, mir damit zu drohen, mich bei der Leitung anzuzeigen wegen Ayasha. Gut, das Kind besucht mich öfter, als es erlaubt ist. Aber wir tanzen nicht auf den Tischen, sondern sitzen bei mir in der Wohnung und stören niemanden. Wirklich niemanden. Ist es vielleicht meine Schuld, dass der Mann mit seinem Sohn und seiner Enkeltochter nicht kann? Und Ayasha huscht ganz schnell durch das Loch im Zaun, und dabei johlt sie nicht und singt auch nicht. Also kann ich wohl mit dem Mädchen Spiele spielen, so viel ich will. Sein Pech, wenn er neidisch ist.«

Sandrine hatte sich jetzt erneut in Rage geredet und wurde immer lauter. Hoffentlich störte sie ihre Nachbarn nicht, sodass die sie um Ruhe baten und ihr Redestrom versiegte. Langsam begann mir zwar zu dämmern, worum es in dem Drama genau ging, doch ich hätte es liebend gern aus ihrem Mund erfahren. Sie war die Täterin. Sie hatte … ja, wen alles umgebracht?

Karl Lißner hatte sie namentlich erwähnt. Aber waren die anderen Toten, bei denen Marga nicht glauben wollte, dass sie diese Welt auf natürlichem Weg verlassen hatten, auch Opfer von Sandrine Übich geworden? Wie sah es mit Maria Glade aus? Und mit Karla von Terheyde? Hatte sie die beiden Frauen etwa ebenfalls auf dem Gewissen?

»Und dieser Boldt tat ja nur immer so nett. ›Ach, Sandrine, wenn du dir mit dem Kind mal keinen Ärger einhandelst‹«, imitierte sie ihn, »›Ach Sandrine, ich glaube nicht, dass unsere Nachbarn die Kleine tolerieren, wenn sie dein Geheimnis spitzkriegen‹. Ja, das war in Wahrheit ein ganz, ganz schlimmer Mann.«

Unwillkürlich verließ ich meine Deckung und trat einen Schritt vor. Den Lollobrigida-Fan hatte sie also auch ermordet? Offenbar, denn jetzt erklang es im Brustton der Überzeugung: »Ein Schwein war dieser Mensch. Der hatte den Tod mehr als verdient. Dem Mann weine ich keine Träne hinterher. Und Ayasha tut es sicher auch nicht.«

Womit wir immerhin schon bei zwei »Elysium«-Leichen wären, die Sandrine Übich nach eigenen Worten auf dem Gewissen hatte. Im Stillen leistete ich Marga Abbitte; sie war nicht die Bohne hysterisch gewesen, und mit ihrem Bauchgefühl stimmte offenbar alles.

»Da spaziert dieser Kerl so mir nichts, dir nichts in mein

Wohnzimmer, bläst sich wegen des kleinen Lochs im Zaun auf und schickt Ayasha nach Hause, weil sie hier nichts zu suchen habe. Das geht doch nicht. Er hat mich richtig bedroht, dieser kinderlose Idiot. Auf der Stelle wolle er Meldung bei der Leitung machen, hat er gesagt. Da hättet ihr doch auch gehandelt, nicht wahr, ihr Süßen? Nein, der liebt Kinder nicht und hat überhaupt keinen Draht zu ihnen.« Sandrine zog einen Stuhl oder einen Tisch zu sich heran, was auf dem Betonfußboden ein hässliches Geräusch gab, und zündete sich eine weitere Zigarette an, wie ich dem erneuten Klicken des Feuerzeugs entnahm. »Deshalb musste dieses Scheusal schleunigst sterben. Na ja, und das ist ja auch in unserem Alter nicht so schlimm, wenn man es genau nimmt. Also, das mit dem Sterben, meine ich. Die einen erwischt es halt früher, die anderen später. So ist der Lauf der Welt.«

Meine Hände und Füße wurden kalt. Lautlos fing ich auf der Stelle an zu trippeln, während ich die Hände immer mal wieder zu Fäusten ballte, um die Durchblutung anzuregen.

»Und morgen werde ich Gesine einen schönen Eintopf bringen.« Es hörte sich so harmlos an. Ganz die nette Nachbarin, aber ich befürchtete sofort das Schlimmste. Zu Recht, wie sich sogleich herausstellte. »Die Arme dämmert ja nur vor sich hin und ist so dankbar, wenn ich ihr leckeres Essen bringe.« Sandrine kicherte. Es wirkte fast vergnügt, doch vor diesem Hintergrund auch vollkommen meschugge. »Na, das soll sie haben. Ich denke, sie hat mittlerweile vergessen, dass sie damals Ayasha vom Bus aus abends nach neun bei mir im Garten gesehen hat. Sie war damit nicht einverstanden. Nein, sie war damit ganz und gar nicht einverstanden, aber gedroht hat sie mir nicht. Nur ›zu bedenken‹ gegeben, dass das ein Bruch der Regeln sei. Trotzdem darf es der armen, kranken Gesine natürlich nicht besser gehen. Nachher erinnert sie sich wieder und redet.« Stille. Ich hauchte in meine kältesteifen Hände. Dies war eine eindeutige Aussage, wenn man das Schicksal von Lißner und Boldt kannte. Übich hatte vor, die Frau mit ihren milden Essensgaben zu ermorden. Ich musste schnellstens die Polizei alarmieren.

»... am besten ja wohl doch besser tot. Friedlich im Schlaf dahingeschieden, wie die liebe Karla. Oder die liebe Maria«, faselte das furchtbare Weib weiter. »Das waren ja zwei richtig Nette. Die hätten nicht so einen Aufstand gemacht, sondern den Mund gehalten wegen Ayasha.« Es war zwei Minuten nach drei. »Aber bei Gesine weiß man es nicht. Deshalb ist es sicherer, wenn sie bald stirbt. Ich tue ihr damit einen Gefallen. Die Frau ist recht einsam und ziemlich zickig. Viele Bekannte hat sie nicht. Wir ersparen ihr Leid mit unserem Eintopf, nicht wahr, ihr Süßen?«

Hier verrichtete also keine durchgeknallte Pflegekraft mit verdruckstem Ego ihr gruseliges Werk, indem sie einen alten Menschen nach dem anderen umbrachte, da irrte Marga doch, nein, das Grauen kam mitten aus dem Inneren des Methusalemzirkels – und war dadurch keinen Deut weniger entsetzlich. Ich musste auf der Stelle verhindern, dass diese ach so reizende und hilfsbereite Frau nochmals auch nur in die Nähe von Gesine Meeser kam. Gut, mir blieb dafür noch die ganze Nacht Zeit, denn um drei Uhr morgens würde sie mit ihrer todbringenden Liebesgabe bestimmt nicht aufbrechen. Ich hatte sie sogar immer erst gegen Mittag mit ihrer giftigen Tarte gesehen, wenn ich mich recht erinnerte. Doch sicherheitshalber sollte ich natürlich gleich am frühen Morgen – mein Smartphone meldete sich unüberhörbar. Na prachtvoll. Es war Viertel nach drei. Ich hatte den Anruf bei Marga, Daniel und Julia vergessen.

»Wer ist da unten?«, fragte Übich schneidend und beugte sich über die Brüstung des Wintergartens. »Zeigen Sie sich, oder ich hole die Polizei.«

Ich rührte mich nicht und schloss für einen Moment die Augen.

»Haben Sie nicht gehört? Kommen Sie raus!«

Das Handy klingelte erneut. Ein echter detektivischer Super-GAU. Ich war dermaßen konfus, dass ich es soeben nicht wenigstens auf stumm geschaltet hatte. Am liebsten hätte ich es unter dem Rasen vergraben. Stattdessen machte ich es jetzt endlich aus. Während ich noch an dem Gerät herumfummelte und gleichzeitig fieberhaft überlegte, was ich nun tun sollte, meinte ich von oben »… Taschenlampe besser …« zu hören. Die Worte kamen sehr leise bei mir an, weshalb ich vermutete, dass Übich sich bereits umgedreht hatte und auf dem Weg in die Wohnung befand, um die Lampe zu holen. Blitzschnell nutzte ich die Gelegenheit, spurtete los, hüpfte über die niedrige Gartenhecke, knickte dabei um, ignorierte den Schmerz und verschwand hinter der nächsten Hausecke. Dann gab ich meinem Smartphone wieder Saft und drückte auf »Marga«. Sie meldete sich beim ersten Klingelton.

»Es ist alles okay«, krächzte ich mit steifen Lippen ins Mikro, dabei vorsichtig um die Ecke linsend, um die Haustür im Blick zu behalten. Sie war geschlossen, und Sandrine Übich sah ich nirgends.

»Schätzelchen!«, brüllte Marga mit überschnappender Stimme in mein Ohr. »Bist du's? Was ist los? Geht es dir gut? Und was ist mit Harry? Hast du ihn befreit?«

»Pschscht! Leiser, bitte«, fuhr ich sie nervös an. »Ja, ich bin es. Die Übich hört alles und kommt gleich herunter. Aber ich habe die Situation im Griff. Ihr braucht euch keine Sorgen zu machen. Wirklich nicht.«

»Das kann jeder sagen.« Sie hatte die Phonzahl nur unwesentlich gedrosselt. Wenn Sandrine nicht völlig taub war, ortete sie mich wie nix allein durch Margas Gebrülle, sobald sie ins Freie trat. »Aber was hat denn Sandrine …? Ich denke, es geht um Harry? Oh Gott, er ist doch nicht etwa … Ach, du liebes bisschen.«

»Gib mir mal Daniel«, unterbrach ich ihr hysterisches Gestammel barsch. Manchmal war Marga wirklich zu nichts zu gebrauchen.

»Aber –«

»Daniel!«, schnauzte ich.

»Ja? Hanna?« Seine jugendliche Stimme war hochgerutscht und klang ängstlich.

»Alles in Ordnung«, teilte ich ihm flüsternd mit. »Ich habe den Täter, also die Täterin, und –«

Jetzt ging die Haustür auf, und Übich stand da im hellen Schein der Außenbeleuchtung. Ihre Haare waren zwar sorgfältig gekämmt, sie steckte jedoch in einer ausgeleierten Trainingshose und hatte sich eine uralte Fellweste übergeworfen, an der sich die Motten bereits erkennbar gütlich getan hatten. Das Licht über ihr erlosch, sie knipste die Taschenlampe an, und der Lichtstrahl begann auf der Straße hin und her zu tanzen. Hektisch schaute ich mich nach einem Versteck um, als der Strahl auf mich zutänzelte. Hinter mir stand ein kleiner Geräteschuppen. Ich kegelte erneut über eine Hecke und robbte im Schein der Dunkelheit auf ihn zu.

»Na warte«, rief Sandrine derweil drohend. »Ich lasse mich nicht ausspionieren. Du wirst schon sehen, was du davon hast.«

»Ist das Harrys Mörderin?«, schrie Daniel entsetzt.

Das Licht verharrte kurz, dann kam es näher.

»Pschscht«, mahnte ich den Jungen, während ich mich vorsichtig am Gartenhäuschen hochzog. »Sprich leise. Und sie hat Harry nichts getan. Sie hat die anderen getötet. Ich kann dir das jetzt nicht erklären. Hör zu. Du musst … Gib mir noch mal Marga.«

Er war schließlich erst fünfzehn.

»Nein«, sagte Daniel, während Übich, wirr vor sich hin murmelnd, den äußeren Rand der Hecke ableuchtete.

»Was, nein? Spinnst du?«, fauchte ich ihn hinter vorgehaltener Hand an, damit Sandrine nichts mitbekam. War der Junge denn total verrückt geworden?

Der Lichtstrahl verharrte zitternd etwa zwanzig Meter vor meinen Füßen.

»Komm raus!«, rief Sandrine.

»Bist du allein?«, fragte Daniel streng.

»Ja«, hauchte ich.

»Du kannst also frei reden?«

»Ja doch!«

»Ich sehe dich«, behauptete Sandrine triumphierend. Das tat sie nicht, denn sie leuchtete in die falsche Richtung.

»Passwort«, sagte Daniel.

»Pass… Ach so.« Der Strahl entfernte sich jetzt zwar wieder, doch ich war mir sicher, dass Sandrine nicht lockerlassen würde. Die Frau hatte zwar nicht mehr alle Latten am Zaun, aber so verrückt, nicht zu wissen, dass ihr jemand auf die Schliche gekommen war, schätzte ich sie nicht ein. »Makrelen… äh …« Blackout! Wie hieß es doch noch gleich? Irgendetwas mit Musik war es gewesen.

»Boogie«, flüsterte ich erleichtert. »Makrelenboogie. Und jetzt gib mir Marga.«

»Okaay«, meinte Daniel in diesem lang gezogenen Tonfall amerikanischer Serien und schwieg. Du lieber Himmel, was war denn jetzt schon wieder los?

Der Lichtstrahl samt Sandrine war mittlerweile um die nächste Gebäudeecke verschwunden. Ich hatte keine Ahnung, was sie plante. Vielleicht war das lediglich eine Finte, um mich in Sicherheit zu wiegen. Und in Wirklichkeit umrundete sie in diesen Sekunden den Häuserblock, um sich von hinten an mich heranzuschleichen und mir mit der Taschenlampe den Schädel zu zertrümmern. Auf eine Tote mehr oder weniger kam es der Frau bestimmt nicht an.

»Daniel«, flehte ich, während ich gleichzeitig jedes Geräusch um mich herum zu analysieren versuchte. Was – natürlich – nicht gelang.

»Passwort«, sagte er barsch. »Sonst …« Er brach ab.

»War es falsch?«, fragte ich dümmlich.

»Ja.«

Am liebsten hätte ich den Jungen angebrüllt. Doch das nutzte nichts. Und letztlich wusste ich natürlich auch, dass er nicht renitent war und einer Laune nachgab, sondern echte Angst um mich hatte. Ich zermarterte mir also aufs Neue mein Gehirn.

»Makrelenboo… Nein, warte. Es war Makrelenblues«, sagte ich erleichtert. »Genau, Makrelenblues. Es ist wirklich alles in Ordnung. Aber ich brauche eure Hilfe.«

»Ja?« Das war Marga. Endlich.

»Hör zu, ich bleibe heute Nacht hier im Park«, setzte ich sie rasch in Kenntnis, denn ich meinte jetzt tatsächlich verstohlene

Schritte in meinem Rücken zu hören. »Es geht nicht anders. Und Sandrine Übich ist eine waschechte Mörderin. Sie darf auf gar keinen Fall, hörst du, auf gar keinen Fall Gesine Meeser näher kommen. In dem Eintopf, oder was sie ihr sonst kocht, ist Gift. Hast du das verstanden?«

»Ja.« Sie hatte sich nach dem panischen Aussetzer vorhin offenbar wieder gefangen. Wenn's wirklich darauf ankam, machte Marga genau wie Harry keine Umstände. Ich schätzte das sehr an ihr. »Polizei?«

»Ja. Auf jeden Fall. Übich hat bereits Boldt und Lißner umgebracht. Berichte denen das.«

»Wann bist du zurück?«

»Keine Ahnung«, sagte ich ehrlich, denn die Schritte hinter mir wurden plötzlich lauter. »Ich muss jetzt Schluss machen. Sie kommt. Und passt auf Gesine und vor allem auf euch auf. Da läuft immer noch ein Auftragskiller frei herum. Ich mache mich jetzt auf die Suche nach Harry.«

FÜNFZEHN

Für das Abwägen ausgeklügelter Fluchtwege blieb keine Zeit. Die Schritte kamen direkt auf mich zu. Daher baute ich darauf, dass ich aufgrund meines minderen Alters körperlich fitter war als die Übich, zog mir mit einem Ruck die Mütze tiefer ins Gesicht, rauschte mit einem lauten Schrei um das Gartenhäuschen herum, sprang mit einem Satz über die Hecke, ignorierte meinen puckernden Knöchel und rannte fast in sie hinein. Erst im allerletzten Moment gelang es mir, sie mit einem eleganten Schlenker zu umkurven.

»Sie … Sie …«, kreischte sie hinter mir her, während ich nach einem letzten flüchtigen Blick zurück über die Schulter im Affenzahn davongaloppierte. Wenn ich es recht gesehen hatte, begnügte sie sich mit dem Schütteln der Faust, machte jedoch keinerlei Anstalten, mir zu folgen. Erst drei Straßen weiter verlangsamte ich mein Tempo ein wenig, denn es nutzte ja nichts, wenn ich völlig ausgepumpt nach Harry suchte.

Die Serva wohnte im Snuten-un-Poten-Wech 21b. »Haha, wat heppt wi lacht«, ätzte ich grimmig bis genervt, als ich wieder zu Atem gekommen war und zurück in Richtung Leckertung-Platz eilte. Zu meinem Entsetzen fand ich allerdings den Weg nicht gleich, weil er etwas versteckt lag. Er entpuppte sich als Sackgasse, in der eine Reihe von Bungalows auf beachtlich großen Grundstücken standen, wie ich dem Lageplan am Eingang zur Straße entnahm. Ich leuchtete auf die Legende unten rechts. Grün gestrichelte Flächen zwischen den Anwesen symbolisierten die Hecken, welche die Grundstücke der finanzkräftigsten »Elysium«-Bewohner voneinander trennten. Bestimmt waren die absolut blickdicht und damit perfekt, wenn man seine unbedingte Ruhe und keine Gucker haben wollte – um all die Dinge erledigen zu können, die im Verborgenen stattfinden sollten. Die Nummer 21b befand sich zudem ganz am Ende der Sackgasse; das Grundstück der Serva wurde also an zwei Seiten von dem Zaun umgeben, der das gesamte Gelände sicherte. Was es ohne Zweifel einfacher machen würde, unauffällig eine Leiche zu entsorgen, als wenn man mit ihr direkt durch den Park an dem neugierigen Rudi vorbeikutschieren müsste.

Ich sprintete in die Gasse hinein, während ich gleichzeitig versuchte, mir Mut zuzusprechen. Harry Gierke würde bestimmt dort sein. Und zwar lebendig! Die Fast-schon-Villa der Serva bot ganz andere Versteckmöglichkeiten als die hicksche Scheibe. Hätte ich mich bloß eher um Lage und Größe der Häuser gekümmert. Ich Obertrottel war gar nicht auf die Idee gekommen, dass auch so ein Ort wie das »Elysium« natürlich ganz diskret eine Betuchten-Zeile unterhielt. Für die Superreichen, die gern unter sich sein wollten. Denn Geld besaßen die Parkbewohner natürlich alle. Doch manche verfügten eben nur über Hunderttausende, während einige mit Millionen jonglieren durften.

Doch hätte, wäre, könnte, das war Schnee von gestern! Und es sprach wirklich viel, nein, durch diese uneinsehbaren, frei stehenden Bungalows natürlich alles dafür, dass Harry hier festgehalten wurde. Außerdem war er ein außergewöhnlich zäher Bruder, versuchte ich mich zu beruhigen. Auf jeden Fall würde er sich nicht wie ein dummes Schäfchen abschlachten lassen, sondern sich mit allem wehren, was ihm zur Verfügung stand. Als da wären sein messerscharfer Verstand, seine Fäuste, seine Füße, sein unbedingter Wille, sich nicht unterkriegen zu lassen – sowie sein festes Vertrauen darauf, dass ich nie und nimmer nachlassen würde, ihn zu suchen und aus seiner Misere zu befreien.

Ach Harry. Und wenn sie ihn nun mit irgendeiner Chemie betäubt hatten? Mir wurde ganz flau im Magen. Dann brauchte dieser gedungene Unmensch nur an seine Pritsche treten, die Waffe an seinen Kopf zu halten, sie zu entsichern und … Nein, so leicht wie das ahnungslose, unschuldige Täubchen würde er es ihnen sicher nicht machen. Mich schüttelte es unwillkürlich, denn noch immer meinte ich das Knacken des Vogelgenicks zu hören, als die Serva es mit einem Ruck brach, obwohl dieses schreckliche Geräusch ja gar nicht durch das geschlossene Fenster zu mir gedrungen war. Sicher, die Frau hatte während des Mordes das Gesicht abgewandt. Doch es war eindeutig Ekel gewesen, nicht Mitleid, was ich dabei auf ihren Zügen gelesen hatte. Nein, in blutrünstiger Hinsicht war Sandrine Übich gegen diese Dame ein lupenreines Waisenmädchen, obwohl sie in ihrem Wahn auch bereits den dritten »Todesfall« plante. Aber das geschah eben aus einem in dieser Hinsicht durch und durch verwirrten Geist heraus und nicht aufgrund eiskalter Erwägungen.

Ich keuchte, als ich im humpelnden Dauertrab den vorletzten Bungalow passierte und die wie an allen Häusern beleuchtete Nummer sah. Aha. 21, dann musste der hinter der hohen Hecke logischerweise 21b sein. Ich stoppte, beugte den Oberkörper vor, stützte die Hände auf die Knie und zwang mich, mehrmals ruhig und tief durchzuatmen. Es brachte überhaupt nichts, wenn ich wie eine entfesselte Elefantenkuh ins Haus polterte und nach Harry schrie. Auf diese Weise brachte ich lediglich sowohl ihn als auch mich in Lebensgefahr. Nein, streng lieber deinen Kopf an, Hemlokk. Fast meinte ich wieder einmal, Harrys Stimme zu hören.

Also tat ich, was er verlangte, und analysierte die Situation. Das Haus lag abgeschottet am Ende des Weges und diente höchstwahrscheinlich dunklen Zwecken. Daher würde es mit ziemlicher Sicherheit durch Bewegungsmelder gesichert sein. Bewegungsmelder, überlegte ich weiter, die jedoch nicht mit der örtlichen Polizeistation verbunden waren und vermutlich auch keinen lauten Alarm auslösten, sondern lediglich das Licht einschalteten, wenn ihre Sensoren etwas entdeckten. So wussten die Bewohner Bescheid, mussten aber nicht damit rechnen, dass die Freunde und Helfer gesetzestreuer Bürger oder ein neugieriger Nachbar auftauchten.

Ich langte in meine Tasche nach der Übich-Apfelsine und wog sie in der Hand. Dann schlich ich auf dem Nachbargrundstück dicht an der mannshohen Heckengrenze entlang auf der Suche nach einer Lücke in dem Grün. Nach zwanzig Metern fand ich sie. Sie war nicht groß, aber um das Wurfgeschoss ein zweites Mal schwungvoll einzusetzen, reichte sie. Bei Serva war alles dunkel. Ein gutes Zeichen? Oder ein schlechtes? Hatte die Bestie in Menschengestalt ihre Arbeit bereits erledigt? Oder sollte sie erst noch kommen, um …? Ich verbot mir kurzerhand, darüber weiter nachzudenken, stellte stattdessen meinen Rucksack ab, hob den Arm mit der Apfelsine und pfefferte sie in hohem Bogen nach drüben.

Sofort gingen mehrere Scheinwerfer an. Aber es blieb tatsächlich alles still, kein infernalischer Ton weckte die Siedlung auf. Ich hatte mich also nicht verschätzt. Und wenn die Polizei wider alles Erwarten per Direktleitung doch alarmiert worden sein sollte – umso besser! Ich könnte sie wunderbar gebrauchen.

Das Licht erlosch wieder, ohne dass eine Reaktion aus dem Haus erfolgt war. Die Serva schien einen ausgesprochen tiefen Schlaf zu haben. Oder sie war anderweitig mit Harry beschäftigt, obwohl ich eher glaubte, dass sie selbst ihm nichts tun würde. Die kurze Helligkeitsphase hatte mir erlaubt, die Lage zu checken. Direkt gegenüber meinem Standort befand sich eine knapp aus dem Boden ragende Kellerluke. Wenn es mir gelang, dort unbemerkt hinzukommen, hatte ich eine reelle Chance, ins Haus einzusteigen, ohne dass man mich bemerkte. Denn die durchschnittliche Kellerluke, weil eben meistens im Vergleich zur Haustür eher nachlässig gesichert, bietet stets den aussichtsreichsten Zugang für eine unangemeldete Gebäudebesichtigung. Und ich hoffte inständig, dass Serva nicht ihr komplettes Heim zu einer Festung ausgebaut hatte. Das hätte man im »Elysium« unweigerlich bemerkt und sich sicher so seine – unliebsamen – Gedanken gemacht. Nein, da schützte es gegen unerwünschte Neugier weitaus mehr, die zwar stinkreiche, mondäne, aber gleichzeitig liebenswert-arglose ältere Frau zu geben. Außerdem hätte so eine Komplettsicherung wirklich eine richtige Menge Asche gekostet. Und auch Kriminelle schauen ins Portemonnaie.

Ich überlegte weiter. Natürlich musste ich den Bewegungsmelder austricksen. Aber wie? Die Apfelsine hatte ich ganz bewusst in hohem Bogen geschmissen, und da war sie auch erfasst worden. Den Sensor gleichzeitig derart einzustellen, dass er auch bei jedem Maulwurf, der aus seinem Hügel guckte, das Licht einschaltete, wäre aber ziemlicher Unsinn. Also würde ich es auf dem Bauch robbend versuchen. So flach wie möglich, lautete die Devise, dann konnte es vielleicht klappen. Ich kletterte auf den Zaun, bedeckte mein Gesicht schützend mit den Händen, zwängte Kopf und Oberkörper durch das kleine Loch in der Hecke, hielt mich anschließend an den Ästen fest und zog den Rest meines Körpers hinterher. Dicht ans Grün gepresst, ließ ich mich auf den Boden gleiten. Meinen Rucksack mit dem Werkzeug hatte ich sicherheitshalber abgenommen und an meinem linken Fuß befestigt. Platt wie eine Flunder kroch ich los. Nichts geschah, alles blieb dunkel. Mir fiel ein Stein vom Herzen.

Als ich die Luke erreicht hatte, setzte ich mich vorsichtig auf. Doch auch jetzt umgab mich schützende Schwärze. Die Sensoren waren eindeutig auf einen anderen Winkel eingestellt. Hastig kramte ich meine Taschenlampe aus dem Rucksack und besah mir die Luke genauer. Ich hatte Glück. Es handelte sich um ein Plastikteil, offenbar ein Billigprodukt, an dem der Bauträger gespart hatte. Ich zog den größten Schraubenzieher heraus, den ich dabeihatte, setzte ihn zwischen Klappe und Rahmen an und wollte die Hebelwirkung ihre Arbeit tun lassen.

Doch das Plastik sah harmloser aus, als es war. Nichts gab nach oder knirschte auch nur. Mist. Ich leuchtete sorgfältig den Rahmen ab. Das Teil war auf allen vier Seiten mit sehr solide aussehenden Riegeln versehen. Den Zugang aufzustemmen wie eine Grünkohldose würde kaum funktionieren. Was also blieb? Sollte ich mir eine andere Luke suchen? Nein, dafür fehlte die Zeit, und außerdem sprach nichts dafür, dass die weniger gesichert wäre als diese hier. Da blieb nur eins, auch wenn es Lärm machte: Ich packte den Schraubenzieher am unteren Ende, sodass der schwere Griff frei schwang, hob den Arm – und ließ ihn wieder sinken.

Im Rucksack befand sich immer eine Rolle Klebeband. Für

alle Fälle. Ich hatte es noch nie gebraucht, doch dies würde nun die Premiere sein. Wenn ich nämlich das Glas verklebte und dann draufhaute, bestand zumindest eine geringe Chance, dass nicht alle Scherben mit Getöse auf den Boden fielen. Die Scheibe war schnell entsprechend vorbereitet. Erneut packte ich den Schraubenzieher an der Spitze und versetzte dem Glas mit dem Griff einen beherzten Schlag. Nichts rührte sich oder splitterte. Weder schrillte ein Alarm los, noch zerbröselte das Glas. Mit zusammengebissenen Zähnen holte ich erneut aus und drosch mit aller mir zur Verfügung stehenden Kraft auf die Scheibe ein.

Dieses Mal klirrte es unangenehm laut in meinen Ohren. Egal, ich musste da rein. Alles andere zählte nicht. Rasch riss ich die bedrohlichsten der zackigen, im Rahmen verbliebenen und furchteinflößend wie ein Tigergebiss wirkenden Glasscherben heraus und leuchtete mit der Taschenlampe nach unten ins Innere des servaschen Hauses. Unter mir lag ein staubiges, unbenutztes Kabuff, das weitgehend leer war. Lediglich ein alter dreibeiniger Stuhl lehnte an der Wand, daneben rostete ein Wäscheständer vor sich hin. Von Harry keine Spur.

Ich setzte mich auf. Der Stuhl würde mir beim Abstieg nicht helfen, denn er stand außerhalb der Reichweite meiner Füße. Und mit seinen drei Beinen handelte es sich ohnehin um ein äußerst kippeliges Konstrukt, auf dem man besser nicht landen sollte. Also schob ich meine Beine vorsichtig über die verbliebenen gläsernen Tigerzähne und ließ sie in die Öffnung baumeln, während ich mich mit einer Hand am Rahmen festkrallte. Mit der anderen warf ich mir den Rucksack über, schob meinen Hintern vor, holte tief Luft und ließ mich fallen.

Es ging alles gut. Na ja, fast. Es knackte ein wenig in den Knien und dem lädierten Knöchel, aber Schlimmeres federte ich ab. Allerdings hatte ich mich wohl eine Dreiviertelsekunde zu lange mit der Linken am Rahmen festgehalten und war so mit dem Handgelenk am Glas entlanggeschrammt. Der Riss blutete stark, sodass mein Lebenssaft auf den Boden tropfte und für jedermann sichtbar eine super Spur hinterließ. Auch darauf konnte ich jetzt keine Rücksicht nehmen. Rasch zog ich meine Jacke aus und zerrte mir das T-Shirt vom Leib, zerriss es und wickelte es fest ums Handgelenk. Mit der anderen Hand und den Zähnen bekam ich so etwas wie einen Knoten hin. So musste es zumindest für eine gewisse Zeit ausreichen. Und eine der Hauptschlagadern war ja wohl nicht angeritzt. Dann würde das Blut doch richtig spritzen, oder? Schmerzen verspürte ich zumindest nicht, dafür war mein Adrenalinspiegel viel zu hoch.

Nach dieser Aktion lauschte ich zunächst einmal in die Stille hinein. Oben im Haus schien sich nichts zu rühren. Allerdings meinte ich hinter der linken Wand plötzlich so eine Art Kratzen oder Schaben zu vernehmen. Aber meine Nerven waren dermaßen überreizt, dass ich mich auch geirrt haben konnte, denn als ich mucksmäuschenstill dastand, war da nichts. Ich zog die Taschenlampe aus dem Rucksack und fing an, den Raum sorgfältig abzuleuchten. Doch von oben hatte ich bereits alles Wesentliche gesehen. Der Wäscheständer war tatsächlich einer und der Stuhl nicht nur dreibeinig, sondern auch noch wurmstichig. Vorsichtig bewegte ich mich auf die Tür zu und drückte die Klinke hinab. Sie gab nach, und so stand ich gleich darauf in einem quadratischen Flur, in dem sich rechts und links zwei weitere Türen befanden und direkt gegenüber eine steile Treppe nach oben zur Wohnetage führte.

Ich begann mit der Tür zu meiner Linken, weil ich meinte, dort dieses Kratzen und Schaben vernommen zu haben. Sie war abgeschlossen. Sacht klopfte ich mit den Fingerspitzen gegen das hölzerne Türblatt. Nichts regte sich dahinter. Aber Harry Gierke war erstens mit einem festen Schlaf gesegnet, wie ich aus Erfahrung wusste, und zweitens hatten sie ihm wahrscheinlich einen Cocktail gegeben, um ihn ruhigzustellen. Ich verstärkte das Pochen, sodass man es getrost ein Trommeln nennen konnte. Dazu flüsterte ich eindringlich: »Harry, ich bin's. Bist du dadrinnen?«

Ich presste mein Ohr an die Tür. Keine Reaktion.

»Gierke«, sagte ich daher lauter und war schon drauf und dran, mich der nächsten Tür zuzuwenden, als ich ein seltsames

Geräusch wahrnahm. Eine Stimme war es nicht, nein, da pfiff jemand. Das heißt, jemand versuchte zu pfeifen, denn heraus kam lediglich ein kläglicher Laut, der mehr einem atemlosen Piepen ähnelte. Trotzdem! Ich hätte laut jubeln können. Diesen verunglückten Ton kannte ich! So hörte es sich an, wenn Harry unter der Dusche stand. Ich hatte ihn gefunden! Und er lebte!

»Harry«, brüllte ich wie elektrisiert. In diesem Moment hätte ich es mit allen Schlägern und Arschlöchern dieser Welt aufgenommen. Kein Problem. Die hätte ich so was von fertiggemacht! Die hätten allesamt total alt ausgesehen, wenn ich mit ihnen durch gewesen wäre. »Himmel, nun sag doch was!«

»Pssst«, krächzte es hinter der Tür. »Schrei doch nicht so rum. Die sind nicht taub.«

»Sprich lauter. Ich kann dich so schlecht verstehen.«

»Hemlokk?«

Du meine Güte, was hatten sie dem armen Kerl bloß gegeben? Natürlich war ich das. Wer denn wohl sonst? Seine Mutti?

»Ja doch«, sagte ich ungeduldig. »Ich bin's, Hemlokk. Ist alles so weit okay? Wie geht's dir?«

»Danke der Nachfrage. Beschissen«, verstand ich plötzlich klar und deutlich.

Trotz der Worte hätte ich vor Erleichterung Jubelgesänge anstimmen können. Das war ohne Zweifel Harry. Und auch wenn es ihm schlecht ging, was ich absolut nicht bezweifelte, war er offenbar doch nicht so schlecht drauf, dass er nicht ein unverblümtes, gut hörbares »Beschissen« von sich geben konnte. Himmlisch.

»Ich könnte dich küssen«, gestand ich ihm.

»Du bist verdammt spät dran. Ich stinke«, grummelte mein Liebster. »Und die Zähne habe ich auch seit Tagen nicht geputzt. Außerdem würde ich es vorziehen, wenn du erst einmal 110 wählst, bevor du über mich herfällst. Denn die Serva ist ein kühles Aas und brandgefährlich. Sie sagt zwar nicht viel, aber ich habe das unangenehme Gefühl, dass sie nichts Gutes im Schilde führt. Und der Hicks auch nicht.«

Mir wurde bei seinen Worten ganz federleicht ums Herz. Vielleicht lag es auch daran, dass sich der T-Shirt-Verband um mein Handgelenk vollgesogen hatte und das Blut jetzt mit schöner Regelmäßigkeit auf den Boden tropfte. Plink, plink, plink machte es gleichmäßig neben meinem mittlerweile ziemlich angeschwollenen Knöchel. Es sah hübsch aus. Fast wie abstrakte Kunst. Blutkunst. Ob es das schon gab? Bestimmt.

»Hemlokk!«, zischte Harry jetzt hinter seiner Tür. »Was ist denn los? Weißt du, weshalb ich hier bin?«

»Aber ja. Da kann ich dich aufklären. Die wollen dich umbringen«, informierte ich ihn. »Und mich gleich mit. Ich habe zwar keine Ahnung, weshalb, aber ich habe es mit eigenen Ohren gehört, nachdem sie die Taube abgemurkst haben.«

»Die Taube abgemurkst haben«, wiederholte Harry in einem merkwürdigen Tonfall. Seltsam, er klang plötzlich leicht panisch. Warum bloß? Es war doch alles in bester Ordnung. Ich hatte ihn schließlich gefunden. »Hemlokk, hör zu, setz dich lieber hin. Du musst nämlich jetzt die Polizei rufen.«

»Ja«, sagte ich ganz locker. »Nimm doch Platz, mein Schatz.« Ich fühlte mich pudelwohl. Was war bloß mit ihm los?

»Sofort«, blaffte er im Kommandoton.

»Ja doch«, sagte ich wieder und nahm gehorsam die Treppenstufen in den Blick.

Gemütlich sahen sie nicht aus, aber man konnte sich setzen, wenn Harry unbedingt darauf bestand. Och nö. Plötzlich erschienen mir die drei Schritte bis zur Treppe zu beschwerlich. Nein, das war nicht das zutreffende Wort. Der Weg war schlicht unüberwindbar. Der dicke Knöchel, die vom Klettern müden Arme, das viele Blut ... Aus irgendeinem verflixten Grund, den niemand kannte, stand ich plötzlich neben mir und beobachtete, wie ich langsam den Verstand verlor. Es war ein seltsames Gefühl. Gar nicht beängstigend, sondern irgendwie ... spannend. Ja, genau das war das Wort. Spannend und wirklich überhaupt nicht –

»Hemlokk!«

»Ja doch. Ich bin hier.« Ich war die Ruhe selbst. Hektik hatte doch schon immer geschadet. Und im Zeitalter der Achtsamkeit sollte man nun wirklich –

»Die Polizei, Hemlokk. Dein Handy. 110. Sonst legen die uns um, verstehst du das?«

»Ja. Natürlich.«

Doch, das tat ich. Ich war ja nicht doof. Es fiel mir nur so schwer, mich zu bewegen und etwas zu tun. Das musste Harry doch wissen. Meine Arme schienen plötzlich aus Blei zu sein. Und dass die Farbe von Blut so dermaßen schön war, hatte ich gar nicht gewusst. So rot. So intensiv. So –

»Hemlokk, hörst du mich?« Er sagte Hemlokk und nicht Hanna. Ich registrierte das sehr wohl. Also war er momentan nicht in Gefahr und konnte frei reden.

»Ja, tue ich.« An den Ohren hatte ich nun wirklich noch nie etwas gehabt. Das wusste er doch ganz genau.

»Scheiße, du hast offenbar einen ordentlichen Schock.«

Ich vernahm die Worte ganz deutlich, hatte allerdings keine Ahnung, ob die Frau, die ich beobachtete, sie verstand. »N i m m d a s H a n d y r a u s u n d w ä h l e 110!«

»Aber der Knabe mit der Wumme ist doch noch gar nicht da, sonst wärst du schon tot«, entgegnete ich sehr vernünftig. Logisches Denken lag mir schon immer. »Er kann zwar jede Minute eintreffen, doch wenn er die Bahn nimmt … haben wir alle Zeit der Welt, Harry. Dann steckt er in Salzgitter oder Hannover fest, ganz zu schweigen von seinem höchstwahrscheinlich verpassten Anschlusszug in Hamburg. Zumindest hat er mächtig Verspätung.«

Der Scherz kam nicht an. Na ja, ein humoristischer Kracher war es auch nicht direkt, das musste ich zugeben.

»Hanna Hemlokk, um Himmels willen!«, bölkte Harry aufgelöst. »110, hörst du? Schnell! Wir brauchen dringend Hilfe. Allein werden wir mit denen nicht fertig. Mein Gott, du bist ja völlig durch den Wind.«

Ja, das war ich, da hatte Harry wohl recht. Ich verspürte nämlich plötzlich den unbändigen Wunsch, laut loszulachen. Die Situation hatte ja auch etwas Komisches, man musste es nur erkennen. Doch die hörbare Panik in seiner Stimme hielt mich zurück. Langsam, ganz langsam erreichte eine Information mein Hirn. Weil Harry es nun doch getan und mich Hanna und gleich noch dazu Hemlokk genannt hatte? Das tat er sonst nie. Bis auf dieses verflixte eine Mal in Lissabon. Hemlokk hatte er da allerdings überhaupt nicht zu mir gesagt, wenn ich mich recht entsann. Mhm. Nur Hanna. Deshalb war ich ja überhaupt erst misstrauisch geworden. Und jetzt war ich also Hanna Hemlokk. So hieß ich zwar, wie jeder wusste, aber die Lage war offenbar tatsächlich ernst. Sehr ernst sogar.

Oben im Haus drückte jetzt jemand deutlich vernehmbar eine Tür ins Schloss. Dumpfes Stimmengemurmel war zu hören. Ob sich da zwei Frauen unterhielten oder ein Mann und eine Frau konnte ich nicht sagen. Aber zumindest lebte dort jemand, und wir waren nicht mehr allein.

»Hemlokk«, flehte Harry hinter seiner Tür.

Ob das vielleicht Susanne Serva war, überlegte ich, die soeben den Mann, den wir als Letzten in unserem Leben sehen würden, mit einem freundlichen Lächeln ins Haus bat, um ihn nach einer heißen Tasse Kaffee umstandslos in den Keller zu geleiten, damit er seinen blutigen Job erledigte? Das wäre nicht gut. Nein, das wäre es ganz und gar nicht. Was hatte Harry doch gleich gesagt? Notruf. Genau. Mit der zitternden Rechten fischte ich mein Handy aus dem Rucksack, während mein linker Arm schlaff herabhing und die Hand blutete. Doch ich spürte nichts.

»Notrufzentrale. Bastian Wegner. Wie kann ich Ihnen helfen?«, meldete sich nach zweimaligem Klingeln ein Mann mit ausgesucht ruhiger Stimme.

»Hören Sie«, flüsterte ich ins Mikro, die Augen stramm auf die Treppe und die obere Tür, die in die Wohnräume führte, gerichtet. »Wir befinden uns in Lebensgefahr und –«

»Wo und was ist genau passiert? Schildern Sie mir das bitte kurz?«

Nee. Für einen Roman reichte die Zeit nicht.

»Ich bin Privatdetektivin. Harry und ich sitzen hier fest. Und –«

»Privatdetektivin?« Das klang merklich kühler. Trotz meiner Nervosität bemerkte ich das sehr wohl.

»Ja, zum Henker. Es ist eine lange Geschichte, aber die wollen uns umbringen, und es wäre daher nett, wenn Sie so schnell wie möglich ein paar Beamte vorbeischicken würden, die das verhindern. Denen ist nämlich alles zuzutrauen. Also denen hier, nicht den Beamten.« Gut, das war vielleicht von der Aussage her nicht unbedingt glasklar, aber wir hatten keine Zeit zu verlieren, und ich war etwas von der Rolle. »Die komplette Story erzähle ich Ihnen gern, wenn alles vorbei ist. Wenn ich denn noch dazu komme.«

Irgendetwas in meinem Tonfall musste ihn überzeugt haben, dass ich keinen Scherz mit ihm trieb.

»Sie sind also zu zweit. Richtig?« Er war immer noch die Ruhe selbst. Ich nicht. Vor lauter Stress ringelte ich ansatzweise mit meiner verletzten Linken in der Luft herum, denn ein Handy besitzt dummerweise keine Schnur.

»Ja. Harry Gierke. Hanna Hemlokk.«

»Und Sie werden bedroht?«

»Ja.«

»Und wo –«

Natürlich, ich Kamel. Am liebsten hätte ich mir mit der Hand auf die Stirn geschlagen. Der Mann brauchte selbstverständlich die Adresse.

»Wir sind hier im ›Elysium‹, stieß ich hervor.

Oben wurden die Stimmen lauter. Unwillkürlich verstummte ich, um zu lauschen. Nein, da unterhielten sich nicht zwei Menschen in echt miteinander, das kam aus der Konserve. Fernsehen wahrscheinlich. Vor lauter Erleichterung hätte ich fast gelacht.

»Was ist das denn?«, fragte der Notruf-Mensch zurück.

»Was?«

»Das ›Elysium‹. So nannten Sie es.«

»Ja, genau. Das ist ein Wohnpark für Senioren. Bei Bokau. Postleitzahl 24253. Snuten-un-Poten-Wech 21b. Haben Sie das?«

»Ja. Aber Moment noch. Legen Sie nicht auf. Wir sollten –«

Nein, sollten wir nicht. Draußen fuhr nämlich ein Auto vor

und hielt – oh Scheiße! – direkt vor dem Grundstück. Es war vier Uhr morgens. Da bekommt man eigentlich keinen Besuch. Es sei denn, es handelte sich um einen Gast mit einem sehr speziellen Anliegen.

Zittrig verstaute ich das Handy in der Jackentasche und wankte zu Harrys Tür.

»Ich fürchte«, flüsterte ich mit trockenen Lippen, »er ist da.«

»Wer?«, fragte Harry, obwohl ich seiner Stimme anhörte, dass er genau wusste, was die Stunde geschlagen hatte.

»Harry«, stieß ich hervor, »wir brauchen ... Er wird gleich runterkommen. Ich glaube nicht, dass die lange fackeln. Was soll ich tun? Gibt –«

Entsetzt brach ich ab, denn in diesem Moment schwenkte oben auf der Treppe die Tür auf. Gleich darauf wurde es hell in unserem Kellerverlies, und ich erblickte zwei Männerbeine in braunen Cordhosen, deren Füße in beigefarbenen Sandalen und blauen Socken steckten. Instinktiv huschte ich zurück in mein Kabuff und lehnte mich mit hämmernden Herzen gegen die Innenseite der Tür. Niemand sprach. Doch schwere unregelmäßige Schritte kamen jetzt ohne Hast die Treppe herunter.

Oh Gott, ich musste etwas tun! Ich konnte doch nicht tatenlos zusehen, wie dieses miese Stück Dreck Harry ermordete! Und anschließend mich. Also reiß dich zusammen, Hemlokk, befahl ich mir, was allerdings leichter gesagt als getan war. So behutsam ich es vermochte, öffnete ich meine Tür einen winzigen Spalt und spähte hinaus. Was ich sah, ließ mich fast vor Schreck laut nach Luft schnappen. Halb mit dem Rücken zu mir, doch lediglich drei Meter entfernt stand ein selbst von hinten gemütlich aussehender Fünfzigjähriger mit schütterem Haar und Geheimratsecken und schraubte seelenruhig einen Schalldämpfer auf eine Pistole. Jetzt drehte er den Kopf. Er hatte Pausbacken und tatsächlich ein Gesicht wie der nette Onkel von nebenan: ein bisschen füllig, ein bisschen rötlich, keine hängenden Mundwinkel, stattdessen ein Grübchen auf der rechten Seite, das sicher ganz entzückend zur Geltung kam, wenn er lächelte – nach einem gelungenen Mord zum Beispiel.

Nun war er fertig. Der Schalldämpfer saß, und der Mann begann sich suchend umzublicken. Dann nickte er kaum merklich und ging mit zwei Schritten auf die Tür zu, hinter der Harry saß. Er hob die Linke, donnerte gegen das Blatt und wartete. Ich verschluckte mich fast vor Wut. Was sollte das denn? Wollte er sich etwa anmelden, um seinem Opfer noch ein paar besonders angstvolle Minuten zu bereiten, bevor er es erschoss? Was für ein gemeiner, hirnkranker Mistkerl!

Harry gab keinen Mucks von sich. Was ihm jedoch auch nicht helfen würde.

»Hallo dadrinnen. Besu-huch«, schnurrte dieser üble Mensch, während er umständlich in seiner Hosentasche kramte und einen Schlüssel zutage förderte.

Wahrscheinlich hielt er das auch noch für lustig. Der hatte sie ja nicht mehr alle! Ich ballte die Hände zu Fäusten, auch wenn die verletzte Linke dadurch plötzlich ziemlich wehtat. Das Atmen begann mir schwerzufallen. Das gab es doch nicht. Das lief ja ab wie in einem schlechten Film. Nur dass dieser Streifen kein Happy End haben würde, wenn ich nicht bald etwas unternahm.

Voller Panik schaute ich mich um. Der wurmstichige Stuhl. Er musste als Waffe reichen, mehr hatte ich nicht. Mit zwei Schritten war ich bei ihm, griff zu, kloppte ihn mit voller Wucht auf den Boden, damit ein Bein abbrach, packte es fest mit der Rechten, sauste damit zur Tür und riss sie auf. Gerade noch rechtzeitig, denn der Typ schaute zwar erstaunt in meine Richtung, aber er stand bereits in der geöffneten Tür zu Harrys Verlies, leuchtete mit der Linken hinein und hielt die Waffe schussbereit in der Rechten. Ohne zu zögern, stürmte ich mit einem gellenden Wutschrei voran, das Stuhlbein in der erhobenen Hand. Er hatte keine Zeit mehr, sich mir komplett zuzuwenden. Mit voller Wucht und einem wunderbar ekligen Geräusch krachte das Holzbein auf seine rechte Schulter; etwas knackte hörbar, und mit einem Schmerzenslaut, in den sich Empörung mischte, ließ er die Pistole fallen und taumelte. Na bitte, geht doch.

»Du blöder Scheißkerl«, donnerte ich und holte erneut aus, um mit einem weiteren kräftigen Hieb den Killerkopf wie ein gekochtes Ei aufzuschlagen.

Doch dieses Mal war er einen Tick schneller. Mein hölzerner Freund sauste Zentimeter neben seinem zur Seite gedrehten Haupt hinunter, und der Schwung brachte mich kurz ins Straucheln. Als ich wieder fest stand, hatte der Halunke sich gefangen. Seine Augen waren plötzlich klein wie bei einem angriffslustigen Bären, er musterte mich wütend und schätzte gleichzeitig die Situation ein. Sein rechter Arm hing so schlaff herab wie mein linker. Die Pistole lag etwa einen Meter hinter ihm. Ich beugte aggressiv den Oberkörper vor. Warum zum Teufel kam Harry mir nicht zur Hilfe! Die Tür stand schließlich sperrangelweit offen.

»Gierke!«

»Kann nicht«, brüllte er zurück.

»Na wen haben wir denn da?«, fragte der Killer gefährlich leise. »So eine entzückende Maid, die auch noch richtig zuschlagen kann. Solche Frauen sind echte Leckerbissen. Wenn sie sich allerdings zu sehr wehren, mag ich sie weniger. Tut mir leid, Süße, aber bald wirst du Sterne sehen.«

»Quatsch nicht so kariert. Ich weiß, was du vorhast. Aber daraus wird nichts, du Ratte«, knirschte ich und ließ ihn dabei nicht aus den Augen. Der Junge wollte mich mit dem Geschwätz lediglich ablenken, um an die Pistole heranzukommen, denn erwürgen konnte er mich mit der lädierten Schulter ja nicht. Und wenn er die Waffe hatte, war endgültig Ende Gelände.

Unauffällig lockerte ich meine Muskeln, soweit das in dieser Situation überhaupt möglich war. Von Harry konnte ich also keine Hilfe erwarten. Und oben im Haus rührte sich nichts. Vielleicht wollte die Serva nicht beim Morden zuschauen, oder sie war taub, weil sie den Fernseher noch zwei bis drei Ticks lauter gestellt hatte. Mir war es wurscht. Jetzt und hier zählte einzig und allein, dass mein wurmstichiger Freund und ich ganz auf uns allein gestellt waren. Ich stieß mich mit dem lädierten rechten Fuß ab, ignorierte den stechenden Schmerz und hechtete erneut vor, das Holzbein wie einen Speer auf meinen Gegner gerichtet. Elegant wich er aus, und ich sauste vorbei wie ein Stier am lediglich mit einer leichten Drehung des Körpers reagierenden Torero. Merde. Sofort wandte ich mich wieder zu ihm um.

»Ah, nun komm schon, Mäuschen. Versuch's noch einmal. Dann haben wir beide vorher noch so richtig Spaß miteinander.« Er hatte sich vorgebeugt und fixierte mich wie die hungrige Schlange das dicke fette Karnickel.

»Gierke!«, kreischte ich. Konnte er den Kerl nicht zumindest ablenken? Reden, schreien, husten, pöbeln, drohen oder fluchen konnte er doch! Das würde mir vielleicht einen kurzfristigen Aufschub gewähren. Kreuzdonnerwetter, weshalb begriff er das denn nicht?

Nein, tat er nicht, aber das war auch nicht mehr nötig.

»Achtung, Achtung«, dröhnte es plötzlich blechern durch den Keller. Seltsamerweise schien die Durchsage direkt aus Harrys Zelle zu kommen. »Hier spricht die Polizei.«

Noch nie in meinem Leben meinte ich, schönere Worte vernommen zu haben.

»Hörst du's?«, rief Harry begeistert. »Sie sind da.«

»Ja«, brüllte ich zurück.

»Alles Lüge«, versuchte der Idiot vor mir die Tatsache, dass er verloren hatte, zu kaschieren. »Damit kommt ihr nicht durch.«

»Legen Sie die Waffen nieder und ergeben Sie sich«, befahl der Polizeisprecher. »Sie haben keine Chance. Das Haus ist umstellt.«

Für einen winzigen Moment war ich versucht, auf die Knie zu sinken, um Gott, Allah, Jahwe und Buddha gleichzeitig zu danken. Aber nur für den Bruchteil einer Sekunde.

»Bist du taub?«, fauchte ich stattdessen meinen Widersacher an, der offenbar nicht wusste, wie er reagieren sollte, mich jedoch nicht aus den Augen ließ. »Du hast keine Chance. Gib auf. Wenn du mich umbringst, fährst du lebenslang ein. Plus Sicherheitsverwahrung.«

Er zögerte. Auf seiner Miene waren deutlich die widerstreitenden Gefühle zu lesen: ergeben oder ermorden? Erst ermorden, dann ergeben? Was habe ich zu gewinnen oder zu verlieren?

Jetzt fing Harry an, vor lauter Erleichterung lauthals und schräg den Ton einer Polizeisirene zu imitieren. Der Ton kam aus seinem Kabuff, ohne jeden Zweifel. Wie er das machte? Keine Ahnung, aber es war ein nervenzerfetzendes Geräusch, das eigentlich die ganze Siedlung aufscheuchen musste. Die Serva musste tatsächlich entweder taub sein oder hatte beschlossen, was auch immer in ihrem Keller passierte, nicht zur Kenntnis zu nehmen. Ach Quatsch. Ich war wirklich nicht Herrin meiner Sinne. Natürlich hatte die Polizei sie bereits festgenommen. Die saß bestimmt schon gut bewacht auf irgendeiner unbequemen Autorückbank und wartete darauf, ins Präsidium gefahren zu werden, um zu zwitschern wie ein Piepmatz im Frühling.

»Hörst du?«, schnauzte ich unseren verhinderten Mörder an. »Gleich kommen sie runter. Und dann war's das für dich.« Und tatsächlich, unwillkürlich lauschte er und war abgelenkt. Nur kurz zwar, aber das war meine letzte Chance, diesem Scheißtyp, bevor er lebenslang hinter Gittern verschwand, zu zeigen, was eine Bokauer Privatermittlerin ist. Und die Rettung in Gestalt der Polizei nahte ja beziehungsweise stand direkt vor der Tür. Ich federte kurz in den Knien, die kaputte Hand sowie der dicke Knöchel mucksten sich seltsamerweise nicht, nahm Anlauf – und rammte meinem Gegner den hölzernen Freund mit Aplomb in die Rippen. Etwas brach. Herrlich. Er jaulte auf und klappte wie das sprichwörtliche Taschenmesser zusammen. Dann sank er stöhnend und den Oberkörper umklammernd auf die Knie. Der Schweiß rann mir mittlerweile in wahren Sturzbächen von der Stirn. Trotzdem war ich so was von stolz auf meine Tat.

Ich hatte ihn! Ich hatte diesen Knilch, einen Gangster, Banditen, Oberhalunken, Ganoven, Schwer- und Gewaltverbrecher ersten Ranges, stehend k. o. gehauen! Ich, Hanna Hemlokk! Am liebsten hätte ich vor Freude trotz Knöchel und Hand einen hawaiianischen Kriegstanz aufgeführt. Es war gut, dass ich es nicht tat. Denn urplötzlich warf er sich nach vorn, umklammerte mit den Armen meine Knie und riss mich mit einem brutalen Ruck zu Boden. Mein Kopf knallte auf den Zement. Trotzdem blieb ich bei Bewusstsein.

»So, du kleine Nutte«, hörte ich ihn knurren. »Verabschiede dich von dieser Welt. So schnell retten dich die Bullen nicht. Die riskieren nämlich nichts. Bevor die sich nicht ein genaues Bild von der Lage gemacht haben, rühren die keinen Finger. Gleich stehst du vor deinem Schöpfer und sagst ihm Hallo. Bist du bereit?«

Verzweifelt fing ich an zu zappeln, während er sich in Zeitlupe auf meinen Unterkörper schob. Ich hatte keine Chance. Der Mann war ein Koloss. Jetzt suchten seine Hände meinen Hals. Und fanden ihn. Sie drückten zu. Ich keuchte und ruderte mit den Armen wie ein auf den Rücken gedrehter Käfer mit den Beinen. Dabei wurde mir immer wieder schwarz vor Augen. Ich boxte ihn in die Seite. Es musste wegen der gebrochenen Rippe höllisch wehtun, doch der Druck auf meinen Kehlkopf ließ nicht nach. Meine Bewegungen wurden langsamer. Viel Zeit blieb nicht mehr. Wenn die Polizei nicht gleich den Keller stürmte ... Zuckend griff meine Rechte ins Leere, als ich mit den Fingerkuppen gegen ein Rundholz stieß. Mein hölzerner Freund, das Stuhlbein. Wie eine Ertrinkende, die sich mit aller Macht nach dem Rettungsring streckt, bot ich meine allerletzten Kraftreserven auf, um meinen Oberkörper ein bis drei Zentimeter in Richtung Holz zu bewegen. Ich weiß nicht, wie ich es schaffte, doch es gelang mir. Ich umfasste das wurmstichige Teil, holte aus und donnerte es meinem Angreifer mit der Wucht der schieren Verzweiflung auf den Kopf.

SECHZEHN

»Noch ein bisschen Rippe auf die Rippen?«, fragte Marga in die Runde und schwenkte dabei ein wohlriechendes knuspriges Grill-Exemplar unauffällig in meine Richtung. Eigentlich liebe ich Spareribs, bepinselt mit Honig-Pfeffer-Soße, aber an diesem Tag schlugen doch die Erlebnisse der letzten Zeit durch.

»Nein, danke.« Ich schob demonstrativ meinen Teller beiseite. »Das war wirklich genug.« Bloß nichts mit Knochen. Ich hatte deren Krachen und Knacken noch im Ohr.

Wir hatten es uns im Garten hinter dem Haupthaus gemütlich gemacht, denn dieser Nachmittag war ungewöhnlich warm für April – na ja, wir hatten fast Mai –, der Wind wehte mäßig aus Südost, und die Vögel um uns herum tirilierten, als hätten sie einen Vertrag für irgendein megacooles Superstar-Event in der Tasche. Ein Fischreiher war vorhin majestätisch über unseren Köpfen dahingeglitten, während mehrere hundert Meter höher seit Stunden ein Raubvogelpaar kreiste. Und weil das alles so verdächtig nach Frühling roch und alles noch einmal gut ausgegangen war – wenn auch lediglich um Haaresbreite –, hatten wir beschlossen, gemütlich zu grillen, um die Schrecken der vergangenen Tage endgültig in die Schranken zu weisen. Wir, das hieß natürlich Harry, Daniel, Johannes und sogar Julia, die unserer Einladung gefolgt und extra zur Fete für diesen Nachmittag aus Hamburg angereist war. Marga gehörte selbstverständlich auch dazu – und wurde von Theo begleitet. Die beiden hatten offenbar in den letzten Tagen ein ernstes Gespräch miteinander geführt. Denn auch ihnen war durch Harrys und meinen Beinahe-Tod mit Sicherheit klar geworden, wie schnell es zu Ende sein konnte. Und dass sich schon allein deshalb ellenlanges Schmollen nicht lohnte. Doch wie dem auch sei, zumindest saßen sie wieder einträchtig nebeneinander, auch wenn ich meinte, noch ein wenig Zurückhaltung und Vorsicht zwischen ihnen zu spüren.

Aber das war nicht so wichtig. Hauptsache, meine Freunde hatten sich wieder lieb. Sie brauchten einander. Und ich brauchte die uneingeschränkte Harmonie zwischen uns nach diesem Einsatz besonders. Sie war momentan alles, was ich mir wünschte, hatte ich doch tatsächlich zum ersten Mal in meinem Job als Privatdetektivin ernsthaft daran gedacht, aufzugeben und die Arbeit an den Nagel zu hängen. Mein Leben hatte da unten im Keller am seidenen Faden gehangen. Drei Sekunden später und es wäre aus gewesen. Ich hätte nie wieder die Sonne gesehen. Das ging mir jetzt, Tage später, immer noch gewaltig nach, zumal die Polizei erst eine ganze Viertelstunde später eingetroffen war. Da hatte ich meinen durch den Hieb kurzzeitig außer Gefecht gesetzten Gegner bereits sorgfältigst verschnürt. Ich hatte völlig mechanisch gearbeitet, daran konnte ich mich noch erinnern. Meine Hände knoteten und zerrten an ihm herum, während ich innerlich danebenstand und mir interessiert zuschaute. Trotzdem klappte es. Die Bindung wäre auch nicht aufgegangen, wenn man den Mann als Paket nach Timbuktu oder in die Äußere Mongolei geschickt hätte.

Als ich Harry dann allerdings mit meiner Zange für alle Fälle von seiner Handfessel befreite und mich wunderte, dass der Keller nicht mittlerweile vor Polizisten wimmelte, war es mit meiner Beherrschung vorbei gewesen. Ich fing an zu schlottern wie ein Junkie auf Entzug, mir war schlecht und eiskalt.

»Polizei?«, krächzte ich mehrmals, weil ich den Eindruck hatte, er verstand mich nicht. Mein Hals hatte sich angefühlt wie die grobe Seite einer Holzfeile. Doch er schüttelte nur den Kopf, rieb sich das schmerzende Handgelenk und deutete mit dem Kinn auf das leere Glas neben seiner Pritsche.

»Wir haben uns eine Zeit lang in der Schule damit amüsiert. Ein alter Trick. Wenn du schräg seitwärts in ein leeres Glas sprichst, klingt es blechern, als würde jemand ein Megafon benutzen. Auf diese Weise kannst du bei entsprechender Vorbereitung die gesamte Lehranstalt im Namen der Feuerwehr evakuieren und um die Physikklausur herumkommen. Das klappt allerdings nur einmal. Dann ist Schluss mit lustig. Na ja, es gab damals einen Verweis. Aber natürlich vergisst man so was nicht, und für den Einsatz in Servas Keller reichte es allemal.«

Ich hatte ihn fassungslos angestarrt und mit wunden Mandeln wie eine Sprachschülerin in der ersten Integrationskursstunde »Polizei, nein?« hervorgequetscht. Das Sprechen tat wirklich höllisch weh. Alles hatte angefangen, sich um mich zu drehen.

Harrys Züge waren plötzlich wachsam geworden und sehr besorgt. Das hatte ich noch mitbekommen.

»Noch nicht. Nein«, hatte er ganz sanft geantwortet. »Aber es ist ja alles gut gegangen. Du lebst, ich lebe, und du warst spitze, Hemlokk. Eine echte Powerfrau.«

Daraufhin hatte ich offenbar geseufzt wie die Heldin eines Operndramoletts und war in Ohnmacht gefallen. Ich kam erst wieder zu mir, als die Polizei samt Notarzt wenig später tatsächlich auftauchte und das Gebäude stürmte. Und seitdem liebäugelte ich damit, mich beruflich umzuorientieren.

»Dann nimm doch jedenfalls noch eine Kartoffel. Mit einem Klacks Sour Cream wirkt das Wun… also schmeckt das wirklich wunderbar«, korrigierte sich Marga im letzten Moment. Ich hatte aus meinen Plänen keinen Hehl gemacht. Meine Freunde fanden das gar nicht gut und waren rührend um mich besorgt.

»Ja. Danke«, röchelte ich mit Reibeisenstimme und hielt ihr meinen Teller hin.

Mein Hals war noch lange nicht in Ordnung. Armin Bloese hatte tüchtig zugelangt. Ich aber auch. Wie ein gewisser Kriminalhauptkommissar Wagner mir bei der Befragung am nächsten Tag erzählte, hatte der Killer durch meinen finalen Rettungsschlag eine schwere Gehirnerschütterung erlitten, lag im Krankenhaus, wurde strengstens bewacht und schwieg. Das hätte ich an seiner Stelle ebenfalls getan, denn in seinem Job war es bestimmt nicht opportun, den Mund auch nur ein winziges Stückchen aufzumachen. Dafür hatte er bestimmt zu viele Morde auf dem Gewissen. Die Serva hingegen redete. Man hatte Harry und mich ebenfalls umgehend ins Krankenhaus befördert, die schreckliche Susanne jedoch gleich ins Präsidium nach Kiel.

Alles war damit insgesamt so abgelaufen, wie ich es im Keller nach Harrys Wasserglas-Einsatz und dem Pseudo-Eintreffen der Polizei vor meinem inneren Auge vorausgesehen hatte – nur eben ein bisschen später. Und seitdem haute sie offenbar alles und jeden in die Pfanne, den sie kannte. Ein widerliches Weib.

»Noch ein Schlückchen Wein, Hemlokk?«

Marga schüttelte missbilligend den Kopf.

»Aber vielleicht ist Schorle besser«, korrigierte Harry sich sofort.

Zur Feier des Tages hatte er eigens zwei Flaschen eines heimischen schleswig-holsteinischen Gewächses aufgetrieben, weil bei einem Wein aus der Region die ganze Geschichte angefangen hatte, wie Marga ihm wohl erzählt hatte. Und ja, im nördlichsten Bundesland wird seit etwa zehn Jahren Rebensaft angebaut, der durchaus trinkbar ist. Zehn Hektar Anbaurechte hatte der damalige Ministerpräsident seinem rheinland-pfälzischen Kollegen abgeluchst, und seitdem haben wir neben Wind und Wellen auch Winzer und Wein zu bieten. Önologisch betrachtet gehören wir mit einer Anbaufläche von null Komma null drei Prozent zwar noch nicht direkt zu den Großproduzenten, wenn man den Deutschlandmaßstab nimmt, aber immerhin.

»Vielleicht wäre Wasser besser?«, schlug Julia vorsichtig vor. »In ihrem … äh …«

Ein vernichtender Blick von Daniel ließ sie verstummen. Theo bot mir ein Stück Apfel an, bereits sorgfältig in Schnitze geschnitten, weil meine rechte Hand nach wie vor bandagiert war. Es war nicht weiter schlimm, tat kaum noch weh, und in gut einer Woche, hatten mir die Ärzte versichert, würde sie wieder wie neu aussehen. Den Knöchel sollte ich allerdings weiterhin schonen, doch in absehbarer Zeit könne ich wieder hüpfen wie eine Göttin. Wobei kein Mensch weiß, ob Götter hüpfen, hatte ich in der Klinik dagegengehalten und für den Witz ein müdes Lächeln geerntet. Meine Freunde meinten es ja alle gut, sicher, aber wenn sie so weitermachten mit der Schonung und der Rücksichtnahme, würde ich im Nullkommanichts anfangen zu schreien.

»Hört mal«, begann ich daher entschlossen.

»Ja?«, sagten Marga, Theo, Harry, Daniel, Johannes und Julia wie aus einem Mund.

»So geht das nicht.« Ich schaute meine Lieben der Reihe nach an. »Könntet ihr mich bitte ganz normal behandeln? Mir fehlt nix. Also nichts, was sich nicht wieder auswächst. Und ich bin auch nicht therapiebedürftig, sondern nur ein wenig … aus dem Tritt. Wie man das eben so ist, wenn man fast erwürgt wurde.«

Es war Harry, der nach einigen Sekunden das Wort ergriff.

»Na ja, das ist nicht so leicht, weißt du. Wir machen uns eben doch Sorgen um dich, weil wir noch nie erwürgt worden sind und deshalb nicht wissen, wie das ist.«

Auch ein eher schwacher Witz, aber immerhin bewegte sich das schon mal in die richtige Richtung.

»Muss man als Erfahrung nicht haben«, gab ich betont locker zurück, obwohl ich meinem Hals dringend eine Tonne Schmieröl gegönnt hätte.

»Nein. Aber man muss trotzdem nicht so tun, als ob das auch nur ansatzweise normal wäre, Hemlokk. Um eine Erfahrung reicher zu sein und so 'n Quark. Das ist Quatsch. So etwas geht jedem an die Nieren und nicht durch verschärftes Einatmen weg oder was jetzt gerade in ist.« Harry beugte sich zu mir herüber und nahm meine Hände. »Und deshalb haben wir alle zusammengelegt, um dir eine Woche Auszeit und Urlaub zu spendieren. Du solltest das Ganze ein wenig sacken lassen, finden wir.«

»Wir hatten an die Berge gedacht«, mischte sich Daniel voller Eifer ein. »Weil du ja hier genug Wasser hast und alles platt ist. Von wegen neue Eindrücke und so.«

»Mhm«, sagte ich.

Süß war das ja schon, denn keiner von den Anwesenden verfügte über viel Geld. Das war also wirklich ein echter Freundschaftsdienst, der mir ungemein guttat. Und die Berge hatten mich schon immer gereizt. Ich plinkerte gerührt. Obwohl andererseits … verließ ich Bokau natürlich nicht, bevor ich nicht haargenau wusste, was warum und wie passiert war. Das, fand ich, war ich meinem Noch-Job schuldig.

»Sie bockt«, bemerkte Harry grinsend, der mein Mienenspiel beobachtete und zu interpretieren wusste. »Ich hab's euch gesagt, Leute. So einfach wird das nicht mit ihr. Hemlokk ist stur.«

»Ja, weil ...«

»... du erst wissen musst, was los ist. Richtig?«

Meinem Liebsten entfuhr nach diesen Worten ein Laut voller Zärtlichkeit. Ich streckte ihm die Zunge raus. Woraufhin Daniel zu seinem Wasserglas griff, es schwungvoll auskippte, seitlich an den Mund hielt und ganz wie der Onkel im Kellerverlies blechern verkündete: »Achtung, Achtung, meine Damen und Herrn, hier kommt eine wichtige Nachricht. Bokaus bekanntester Detektivin geht es wieder besser.«

Alle lachten. Theo versetzte dem Jungen eine Kopfnuss. Johannes probierte es gleich noch einmal mit dem Glas, und ich entspannte mich zusehends, weil ich mich inmitten meiner Freunde sauwohl fühlte.

»Okay«, sagte ich und hielt Harry auffordernd mein leeres Glas hin. »Zuerst füllst du das bitte auf. Der Wein ist zu schade, um ihn zu verwässern. Dann fangen wir an.«

Er kam meiner Bitte umgehend nach. Ich probierte einen Schluck. Köstlich. Es war mit einer der leckersten Weine, die ich in meinem Leben getrunken hatte. Ich stellte das Glas ab.

»So. Reden wir also Klartext. Serva und Hicks haben dich, Harry, vom Brieftaubenvereinsheim im Kofferraum ihres Wagens ins ›Elysium‹ transportiert und in den Keller gesperrt. Das habe ich verstanden. Aber weshalb? Das ist mir immer noch nicht klar. Und ich ahne nicht einmal vage, was du da eigentlich wolltest.«

Marga hob die Hand.

»Moment, Schätzelchen. Erst mal bist du dran. Uns fehlt nämlich in der Angelegenheit auch noch so ziemlich der Durchblick. Wie genau ist denn die Sache mit Sandrine abgelaufen? Die Frau wirkte immer so normal. Also ich habe jedenfalls nichts gemerkt. Und dabei hat sie Karl auf dem Gewissen. Und Peter. Und fast auch noch Gesine.«

Ich nickte zustimmend, denn so war es in der Tat, daran gab es nichts zu deuteln, nahm erneut einen tüchtigen Schluck Wein und fand das Leben trotz allem herrlich.

»Ihr habt Gesine Meeser das Leben gerettet.«

»Pffft«, sagte Marga. »Das hat sie ja wohl eher dir zu verdanken. Wenn du uns nicht zur Bullerei geschickt hättest …«

»… und ihr die nicht überzeugt hättet …«, ergänzte ich den Satz.

»… was ein scheißschweres Stück Arbeit war«, warf Julia, die Fachfrau fürs Romantische, ein.

Johannes hustete hinter vorgehaltener Hand. Theo grinste breit.

»… wäre sie jetzt mausetot«, stellte Daniel fest.

Aber so ging es ihr mittlerweile wieder besser. Man hatte Gesine Meeser sofort ins Krankenhaus gebracht und gründlichst untersucht. Bei ihr hatte es Sandrine mit Arsen versucht. Durchfall, Erbrechen, starke Schmerzen, Sehstörungen, Bewusstseinstrübungen, die arme Frau hatte die ganze Palette durchlitten.

»Und das hat der Arzt nicht gemerkt?«, fragte Daniel voller Empörung. »Was ist das denn für eine Lusche?«

»Die Lusche war ihr ganz normaler Hausarzt«, erwiderte Harry. »Der geht im Normalfall nicht davon aus, dass seine Patienten systematisch vergiftet werden. Und Gesine erholte sich ja zwischendurch auch immer wieder, wenn Übich die Dosis verringerte.« Er rieb sich nachdenklich das Kinn. »Ich glaube, letztendlich war sie sich nicht ganz sicher, ob sie die Meeser umbringen sollte oder nicht. Die hatte offenbar Ayasha gesehen, als die laut Parkordnung nicht bei Sandrine sein durfte, aber sie hat wohl nicht damit gedroht, das weiterzuerzählen. Daher reichte es aus Übichs Sicht erst einmal, die Frau außer Gefecht zu setzen, um in Ruhe zu überlegen, was die beste Lösung für dieses Problem wäre. Während die beiden Männer offen Druck ausgeübt haben, indem sie sich mit ihrem Wissen an die Parkleitung wenden wollten. Da musste es dann schnell gehen und sicher funktionieren.«

Marga schüttelte beklommen den Kopf.

»Und es ging Sandrine wirklich einzig und allein um das Kind und seine Besuche bei ihr?« Es war keine Frage, sondern eine Feststellung. »Was für eine Tragödie.«

»Ja«, stimmte ich zu. »Sie war einsam und hat Ayasha geliebt. Und die drei bedrohten diese Liebe, indem zumindest die Männer Sandrine anzeigen wollten. Damit wäre es mit den Besuchen vorbei gewesen.«

»Eklig«, murmelte Marga. »Da kommt ja der Blockwart durch. Die Kleine störte doch niemanden.«

»Aber ihre Anwesenheit verstieß gegen die Parkordnung«, hielt ich ohne innere Überzeugung dagegen. »Die haben nicht umsonst mit der kinderfreien Zone geworben.«

»Mensch, ist das deutsch«, knurrte Harry und gönnte sich noch einen Schluck des schleswig-holsteinischen Rebensaftes.

»Die Idee stammt aber aus den USA«, erinnerte Daniel seinen Onkel.

»Na und! Korinthenkacker gibt's überall auf der Welt.« Harry machte eine wegwerfende Handbewegung, die sämtliche Erbsenzähler auf diesem Erdenrund einschloss. »Das ist sozusagen multikulti.«

Was ohne Zweifel stimmte, aber als politisches Statement wenig taugte.

»Du hast Sandrine also in ihrem Wintergarten belauscht«, brachte Marga uns wieder auf den Boden der Tatsachen zurück.

»Genau. Ich suchte ja nach Harry, aber da hörte ich sie oben plappern. Ich wusste erst gar nicht, zu wem oder mit wem sie sprach. Es klang so seltsam, und es antwortete niemand.«

»Na ja, Pflanzen quasseln anders miteinander als wir«, bemerkte Daniel und hob grinsend sein Glas.

Sein Onkel puffte ihn so liebevoll in die Seite, dass der Orangensaft überschwappte. Beide Jungs ignorierten das Malheur.

»Stimmt, es hat noch nie ein Mensch vernommen, dass sich Bäume über Karl Marx oder Karl May austauschen«, bemerkte Harry. »Oder über irgendwelche Frauen-wechsel-dich-Sendungen im Fernsehen. Diese grünen Wichte haben andere Themen als wir.« Er strahlte mich an. »Obwohl mich schon mal interessieren würde, was so ein gestandener Buchenmann vom Frauentausch hält.«

Ich ging nicht auf das Geplänkel ein, sondern deutete nur auf meinen Hals. Ich musste meine Stimme schonen und sprach deshalb entsprechend gedämpft weiter.

»Sandrine hat ihren Kübelpflanzen erzählt, was sie gemacht hat. Und ich vermute mal, dass sie das Nacht für Nacht tat. Es war ein Ritual, um ihr Gewissen zu erleichtern.«

»Bei zwei Morden und einem Beinahe-Mord hätte ich auch Bauchschmerzen«, unterbrach mich Theo aufgebracht. »Die Frau hat ja einen Sockenschuss. Einen? Was sage ich! Da bestand der ganze Strumpf nur noch aus Löchern. Bringt da klammheimlich einen nach dem anderen um. Das ist ja wohl entschieden nicht normal.« Er drehte sich zu Marga um. »Ich verstehe überhaupt nicht, dass du nichts gemerkt hast.«

»Nein, habe ich nicht«, versetzte Marga ärgerlich. »Da stand nichts auf ihrer Stirn, und auch sonst wirkte sie komplett normal. Keine Teufelshörner am Kopf, kein böser Blick, keine fiese Stimme. Ich muss dich enttäuschen.«

»So habe ich das doch nicht gemeint«, ruderte Theo sofort zurück. »Ich denke nur, wenn jemand mehrere Menschen kaltblütig ermordet, dann … dann muss man davon doch etwas mitbekommen.«

»Nein«, sagte ich. »Tut man nicht. Damit müssen wir leben. Zugegeben, es ist kein schönes Gefühl, weil dann theoretisch jeder und jede zum Täter werden kann. Aber so ist es nun mal. Das müssen wir aushalten.«

»Sandrine muss wirklich sehr einsam gewesen sein«, bemerkte Marga leise und tätschelte Theos Linke. »Wenn man niemanden mehr hat, so wie ich …«

»Äh … ja«, brummte er, peinlich berührt von so viel Gefühl, zog jedoch die Hand keineswegs zurück, sondern streichelte mit seinem Daumen ihren Handrücken. »Und wie hat sie nun …?«

Ich half ihm.

»Karl Lißner hat sie mit Hilfe von Cerbera odollam umgebracht«, verkündete ich dramatisch. Das hatte Übich ohne Umstände zugeben, wie man mir von Polizeiseite her verraten hatte. »Die Samen der Kapseln des Zerberusbaumes sind hochgiftig. Selbstmordbaum wird er deshalb auch genannt. Das Gift kann zum Herzstillstand führen und ist nur schwer nachzuweisen. Ideal also, wenn man jemanden unauffällig ins Jenseits schicken will.«

»Und mit diesem Zerberusbaum hat sie jede Nacht geschnackt?«, fragte Marga erschüttert. »Der stand als Kübelpflanze in ihrem Wintergarten? Für alle Fälle?«

»Ja, den hatte sie wohl schon länger.« Ich zuckte mit den Schultern. »Sie hat ihn bestimmt irgendwann als Zierpflanze gekauft. Ich denke nicht, dass sie ihn gleich als Mordinstrument einsetzen wollte. Aber als es eng wurde, hat sie sich eben an die Eigenschaft dieser Pflanze erinnert. Vielleicht hatte sogar der Gärtner sie warnend darauf hingewiesen, damit die Kundin zum Beispiel aufpasst, wenn die Enkel zu Besuch kommen.«

»Und schwups war es aus mit Karl Lißner und Peter Boldt«, ergänzte Harry nicht gerade taktvoll. »Denn den Boldt hat sie doch ebenfalls mit dem Odollam-Gift um die Ecke gebracht, oder?«

»Ja, hat sie. Wer einmal mit so einer Methode durchkommt, bleibt dabei. Bei Gesine Meeser hatte sie ja schon mit Arsen angefangen, da wollte sie wohl nicht mehr wechseln. Und, wie gesagt, vielleicht überlegte sie auch noch, die Frau leben zu lassen.«

»Das ist aber nett«, kommentierte Marga meine Worte sarkastisch. »Da entdeckt man ja einen geradezu menschenfreundlichen Zug an dieser Frau. Und was ist nun mit Maria und Karla?«

»Nichts«, entgegnete ich ruhig. »Sie sind tatsächlich einen natürlichen Tod gestorben. Zumindest Sandrine Übich hat sie nicht auf dem Gewissen.« Ich konnte es mir nicht verkneifen. »Und einen Todespfleger hat die Polizei nicht ausmachen können.«

»Schon gut«, brummte Marga. »Aber so abwegig war mein Verdacht nicht.«

»Nein«, musste ich zugeben. »Bei diesen zwei Leichen gibt es kriminaltechnisch nichts zu beanstanden, aber bei den anderen zweieinhalb schon. Es ist also gut, dass du … äh …« Grundgütige, lag es am Wein? Mir fiel einfach kein schonendes, nettes Wort ein, um Margas Verhalten in den letzten Wochen zu beschreiben.

»Dass ich so nervig gedrängelt habe. Sag's schon, Schätzelchen«, nahm sie mir die Formulierung ab.

»Es ist also gut, dass du so nervig gedrängelt hast«, wiederholte ich feierlich.

Wir mochten uns sehr in diesem Moment. Oben auf Bokaus Hauptstraße heulte zwei Zentimeter hinter dem Ortsschild ein Motor auf, und der Fahrer schaltete im Sekundentakt in den nächsten Gang – ein Geräusch, das auch noch gut hörbar war, als er beim Fahren wieder abbremste. Die Saison für Motorradfahrer hatte begonnen.

»Und jetzt bist du dran, Harry.« Bislang hatte er mich lediglich bruchstückhaft und schonend von dem Geschehen im Keller und wie es dazu gekommen war, in Kenntnis gesetzt. Ich wollte natürlich mehr – und zwar nichts weniger als eine lückenlose Aufklärung der ganzen Geschichte. »Also, du bist von den Brieftauben im Kofferraum der Serva ins ›Elysium‹ geschafft worden. Fangen wir doch am besten damit an.«

Harrys Miene hatte sich bei meinen Worten schlagartig verdüstert. Aha, von wegen, nur ich hatte einen seelischen Schaden durch die ganze Sache davongetragen. Das stimmte erkennbar nicht. Harry Gierke ging es ebenfalls nicht gerade super nach dieser Geschichte.

»Na ja, sie haben mich betäubt und gefesselt, als ich die Fotos im Vereinsheim machte. Also Serva und Hicks. Und dann –«

»Welche Fotos?«, fragte ich verständnislos. »Die hattest du doch schon mit mir …«

»Sie sind auch beim zweiten Mal nicht … äh … so richtig überzeugend geworden. Ich musste noch einmal hin. Als du in Lissabon warst.« Ach Harry. Ich schwieg. »Und da sind sie misstrauisch geworden.«

»Haben sie dir wehgetan?«, fragte Daniel beklommen.

»Nein.«

Harry sagte das im Brustton der Überzeugung. Ich war allerdings hundertprozentig davon überzeugt, das hätte er in diesem Moment auch behauptet, wenn ihm die Nägel einzeln ausgerissen worden wären. Er liebte seinen Neffen. So einen Schock würde er ihm niemals versetzen. Er räusperte sich.

»Und dann wollten sie die ganze Zeit von mir rauskriegen, was ich weiß. Und wer dich auf die Sache angesetzt hat. Eine ganze Nacht haben sie auf mich eingeredet und immer und immer wieder dasselbe gefragt. Ich war völlig ratlos und wäre fast verrückt geworden.«

Ich auch.

»Mich darauf angesetzt?«, fragte ich verblüfft. »Was habe ich denn damit zu tun?« Einmal ganz abgesehen davon, dass ich keinen Schimmer hatte, worum es überhaupt ging. Über Harrys Gesicht huschte jetzt ein Ausdruck, den man nur verlegen nennen konnte.

»Tja, einmal habe ich bei unseren Besuchen bei den Brieftaubenzüchtern wohl zu viel Barschel und Komplott-Theorie im Blut gehabt und ... äh ... ziemlich großspurig dahergeredet. Camorra, Mafia, kriminelle Methoden, internationale Banden und so. Ich fand's witzig. Aber es traf eben alles auf diese Leute und ihre Organisation zu, wovon ich allerdings nichts wusste. Na ja, ich wurde von Mal zu Mal großspuriger, wichtigtuerischer und aufgeblasener, und sie wurden immer misstrauischer, weil sie mein Geschwafel auf sich bezogen. Und Angst bekamen.«

Harry schwieg.

»Nichts als heiße Luft, weil du in der Barschel-Sache nicht weiterkamst und sauer auf mich warst, nachdem ich es so deutlich ausgesprochen hatte?«, fragte ich leise, was dem geschlagenen Helden immerhin ein schiefes Grinsen entlockte.

»Wie immer auf den Punkt, Hemlokk. So war es. Und weil du mir das mit der heißen Luft in aller Deutlichkeit immer wieder um die Ohren gehauen hast, war ich total gefrustet.« Er zupfte an seinem Brilli, was mir verriet, dass er auch jetzt nicht die Ruhe selbst war. Die anderen hingen an unseren Lippen. »Und da kommst du nun ins Spiel. Erinnerst du dich noch an unseren letzten Besuch bei den Taubenfreunden?«

»Ja, sicher.« Da hatte das Harry-Schätzchen durch besondere Unausstehlichkeit geglänzt.

»Wir hatten uns wegen Barschel heftig gestritten. Ich war wütend auf dich, weil du mir offenbar überhaupt nichts mehr zutrautest.«

Ich hob automatisch den Zeigefinger.

»Das stimmt so nicht. Ich –«

»Weiß ich ja, Hemlokk. Reg dich ab. Die Schlacht ist geschlagen. Aber zu dem Zeitpunkt war ich eben so richtig durch und durch genervt. Und da habe ich dich aus … tja, man kann es wohl nicht anders nennen, also aus Rache als Detektivin mit Weltruf vorgeführt.«

Ich erinnerte mich. Es war nicht angenehm gewesen. »Du wolltest mir durch diese totale und damit peinliche Übertreibung eins auswischen. Das ist mir nicht entgangen.«

»Denen aber«, sagte Harry trocken. »Die haben meine Worte ernst genommen und gedacht, du seist ihnen auf der Spur.«

Ich stieß einen leisen Pfiff aus. Pfeifen ging mit so einem lädierten Hals leichter als reden.

»Deshalb haben sie dich also gezwungen, mich in Lissabon anzurufen? Um mich nach Bokau zu locken?«

»Richtig. Natürlich hätten sie den Killer auch nach Portugal schicken können, um dich zu … äh … aber dich da aufzuspüren, wäre wahnsinnig schwierig, wenn nicht sogar praktisch aussichtslos gewesen. Denn aus mir bekamen sie ja nichts heraus, weil ich schlicht und ergreifend nichts wusste. Aber das glaubten mir Hicks und Serva natürlich nicht. Die waren total verbohrt und wurden zunehmend nervös. Na ja, und nach dem Telefongespräch mit dir haben sie mich dann in Servas Keller gesperrt. Mich freizulassen und mir alles Gute für meinen weiteren Lebensweg zu wünschen, war nach dieser Verhörnacht selbstverständlich nicht drin. Ich wäre natürlich auf der Stelle zur Polizei gegangen.«

»Und du hast mich am Telefon gewarnt, indem du mich Hanna nanntest.« Eine Welle von Zärtlichkeit für Harry Gierke stieg in mir hoch.

»Ich wusste, du würdest das verstehen, die aber nicht.«

Wir versanken blickmäßig ineinander. Wenn wir uns nicht in allerbester Gesellschaft befunden hätten …

»Hallo, ihr Turteltäubchen, auch wenn ihr nur noch Augen füreinander zu haben scheint, wir sind auch noch da«, platzte Marga dazwischen. »Und es wäre überaus zuvorkommend von euch zwei Hübschen, wenn ihr uns mal langsam verraten könntet, worum es sich in dieser Sache überhaupt dreht. Für Brieftauben begeht man doch keinen Mord, oder, Theo? Ich verstehe überhaupt nichts mehr.«

»Gleich«, würgte ich sie ab. »Erst klären wir mal in Ruhe das Wie der ganzen Angelegenheit, sonst verfranzen wir uns total. Du hast von einer Organisation im Hintergrund gesprochen, Harry.«

»Ja. Zu der Susanne Serva und Frank Hicks vor Ort gehörten. Diese Organisation arbeitet so skrupellos wie die Mafia, die Cosa Nostra, die südamerikanischen Drogenkartelle und die Russensyndikate zusammen. Ich lag da schon ganz richtig.«

»Und an diese Leute haben sich Serva und Hicks in ihrem Dilemma gewandt. Da warst einmal du in ihrem Keller und ich im fernen Lissabon, aber auf dem Sprung nach Hause.«

»Ja. Und die Bosse haben dann Herrn Bloese geschickt, um uns beide umzubringen.«

Unwillkürlich fing meine Rechte an zu zucken. Ich brauchte diesen Namen nur zu hören, und mein Schlagarm ging augenblicklich in Stellung.

»Boing«, sagte Harry und grinste breit.

Mir war nicht nach Scherzen zumute. Erst musste ich genau wissen, was Sache war. Ich atmete tief durch. Das hätte ich lassen sollen. Es zwackte. Ich ignorierte es tapfer.

»So, das Wie haben wir also geklärt. Kommen wir zum Warum.«

»Na endlich«, brummte Marga. »Das wurde aber auch Zeit. Hier versteht man ja rein gar nichts mehr.«

»Das wirst du gleich, Marga.« Ich genehmigte mir einen Schluck Wein und blinzelte einen kurzen Moment in die Frühlingssonne. Herrlich. Ich hätte den ganzen Nachmittag so verbringen können. Ein bisschen Wein, die Augen schließen, das Gesicht in die Sonne halten. Nein. Das war jetzt nicht der Zeitpunkt für eine entspannte Stunde. »Also, es geht, wie immer bei solchen Sachen, um Geld. Um viel Geld.«

»Milliarden«, assistierte Harry. »Das haben Hemlokk und ich kapiert, als sie uns in Kiel befragten und uns aufklärten, in welches Wespennest wir da gestoßen haben.«

Fünf verständnislose Gesichter schauten zu uns herüber.

»Es geht um Daten«, erklärte ich. »Um unvorstellbare Mengen von Daten. Mit denen diese Organisation handelt. Das bringt heutzutage das ganz große Geld. Big Data«, fügte ich hinzu und dachte im Stillen an meine Mutter und ihren Kampf gegen die Big Five. Bei unserem Telefongespräch hatte ich sie in diesem Punkt noch für spinnert gehalten und ihre Sorge für Hysterie, jetzt leistete ich ihr im Stillen Abbitte. Das war mittlerweile wirklich ein Riesenmarkt und damit eine Riesengefahr.

»Die sind echt clever«, glänzte ich mit meinem frisch erworbenen Wissen. »Zahlreiche Sender nehmen die Gespräche der Leute auf, dann filzen sie die per Computerprogramm nach bestimmten Stichworten – von Hundefutter bis zum Shampoo über Reisen – werten die Informationen aus, bündeln das Ganze, und fertig ist das Angebot für Firmen, die damit handeln.«

»Wobei die Metadaten, die über Facebook und so abgegriffen werden, noch viel, viel mehr Geld bringen«, mischte sich Daniel ernst ein. »Da gibst du ja schon pausenlos freiwillig Informationen wie Alter, Name und Geschlecht her. Aber die können auch aus deinem Verhalten eine Menge ablesen. Wie oft du postest, was du postest, was du kommentierst, wie lange du auf einer Website bleibst. Wo du ›Gefällt mir‹ klickst. Da gibt es unterschiedliche Methoden, um daraus etwas zu machen. Die Ergebnisse werden dann an Onlinehändler verkauft – und plopp, hast du immer die genau auf dich zugeschnittene Werbung, wenn du bei Amazon einkaufst. Das gibt richtig Knete.«

»Logo«, sagte Marga, während ich mir vornahm, meine Mutter bei ihrem nächsten Besuch mit Daniel bekannt zu machen. Die beiden würden sich super verstehen. »Konsum ist der neue Gott dieser Welt. Die stecken doch alle unter einer Decke und spionieren uns aus. Und wir geben denen noch wie blöde Trottel freiwillig alles, was die haben wollen.«

»Und wo haben die diese Dinger versteckt?«, fragte Daniel mit echter Neugier, ohne auf Margas Konsumkritik einzugehen. »Also die Sender, meine ich.«

»Oh, die haben sie einhäkeln lassen«, teilte ich ihm trocken mit, weil mich die Methode selbst ziemlich beeindruckt hatte. »In die Amigurumi-Figuren, die überall im ›Elysium‹ herumsitzen, -hocken, -liegen oder -stehen. Boldt und Hicks haben den Park praktisch flächendeckend verwanzt.«

»Deshalb haben die beiden alten Knacker also bei der Schüssler-Knack mitgestrickt!«, sagte Marga, der offenbar ein Licht aufging. »Ich hab mich schon gewundert, was die da wollten. Ich dachte aber eher, sie hatten die ganzen Witwen und Weiber im Auge.«

»Nein, mit Dolce Vita hatte das überhaupt nichts zu tun«, mischte Harry sich in das Gespräch ein. »Die beiden Kerle schmuggelten die Minisender unbemerkt in die fast fertigen Figuren. Der eine lenkte die Strickerin ab, der andere stopfte den Minichip in den Eisbär oder den Pinguin. Das war ihre Aufgabe. Hicks und Boldt waren ein Superteam, wenn es ums Abhören ging.«

Er verzog keine Miene. Und ich vermied es sorgfältig, in seine Richtung zu schauen. Barschelte bei diesen Worten da nichts in seinen Ohren? Ein Unschuldsknabe war Harry Gierke in dieser Hinsicht nun wahrlich nicht. Doch das musste er mit sich allein ausmachen. Ich war ziemlich zuversichtlich, dass er in absehbarer Zeit den Irrsinn seines Plans begreifen würde.

Stattdessen sah ich zu Daniel hinüber. Das Gesicht des Jungen war nachdenklich und ernst.

»Einmal nicht hingeschaut und schon ist dein Minielefant verwanzt«, versuchte ich ihm ein bisschen von der Erdenschwere zu nehmen.

Es funktionierte nicht.

»Die haben also aus diesen Amigurumi-Figuren tatsächlich so etwas wie diese internetfähigen Puppen gemacht«, sagte er langsam. »CloudPets heißen die. Die sprechen, reagieren und senden können. Die sind bei uns in Deutschland allerdings verboten, weil das versteckte sendefähige Anlagen sind.«

»Ganz genau«, bestätigte ich.

Eine Krähe spazierte hocherhobenen Hauptes an unserem Tisch vorbei, linste neugierig auf die Lebensmittel und schlenderte weiter. Wir blickten ihr geschlossen hinterher.

»Und die Inhalte der Gespräche sind bei alldem schon gar nicht mehr so wichtig? Es ging doch aber um Millionen oder sogar Milliarden. Ich verstehe das nicht«, sagte Julia hilflos.

Ich auch nicht, aber darauf kam es nicht an. Es war mittlerweile wirklich eine andere Welt, die da draußen den Ton, nein, einen neuen Ton angab.

»Deshalb geht es bei den Metadaten ja auch inzwischen nicht mehr um einen nur etwas umfangreicheren Datenmissbrauch, sondern um das absolute weltweite Supermegageschäft«, stellte Harry zusammenfassend fest. »Während bei Hicks, Serva und ihren unmittelbaren Hintermännern und -frauen lediglich Peanuts eine Rolle spielen. Vielleicht nur mickrige Millionen.« Er lächelte schief. »Mit den Big Five können die nicht mithalten, aber so eine Zahl mit sieben Nullen ist ja auch schon eine ganz ordentliche Hausnummer und nicht zu verachten. Da mache ich schon mal jemanden, der stört, einen Kopf kürzer.«

»Wegen Hundefutter, Shampoo, Reisen, Versicherungen, Hörgeräten, Tastentelefonen und Treppenliften«, wiederholte Julia erschüttert.

»Höchstwahrscheinlich bekam das Trio von der Zentrale Anweisungen, welche Themen sie mal so eben beim Spieleabend, der Mai-Tanzveranstaltung oder dem Ausflug an die wunderschöne Ostseeküste ins Gespräch bringen sollten. Das war ja kein Problem und völlig unverdächtig. Wohlhabende Pensionäre sind schon ein Riesenmarkt, und der wird aufgrund der Bevölkerungsentwicklung immer noch größer werden. Solche Parks wie das ›Elysium‹ werden künftig wie Pilze aus dem Boden schießen. Und überall werden die eine Serva, einen Boldt und einen Hicks platzieren. Es lohnt sich also«, ergänzte Harry. Sein enttäuschter Blick verweilte etwas länger auf der zweiten leeren Flasche Wein.

»Plietsch«, sagte Marga mit widerstrebender Anerkennung. »Darauf muss man erst einmal kommen.«

»Die haben also das gesamte ›Elysium‹ mit den Amigurumi-Figuren nach und nach verwanzt?« Julia schüttelte den Kopf. »Das ist ja wie … wie …«

»Eine Totalüberwachung«, meinte Theo kurz und bündig. »Sag es ruhig. Eine Totalüberwachung durch riesige Konzerne, die natürlich weltweit operieren. Der Mensch zählt nur noch als Konsument.« Er sprach seiner Liebsten aus der Seele, die ihn dafür mit einem zärtlichen Blick belohnte.

Niemand widersprach. Plötzlich begann Daniel lauthals zu lachen.

»Und die Brieftauben? Haben die etwa die Vögel als Kuriere benutzt, weil sie selbst am besten wussten, was übers Netz alles schiefgehen kann? Das glaube ich jetzt nicht.«

»Aber du hast es genau erfasst«, sagte Harry. »Die Tauben schienen ihnen in der Tat die sicherste Methode zu sein. Da schaut doch niemand ernsthaft hin. Die paar Falken, die möglicherweise irgendeine Lydia oder einen Cy564 abgreifen, sind nichts gegen die Möglichkeiten, die die moderne Technik bietet. Wichtige Informationen haben sie deshalb immer im Frühjahr per Taube verschickt. Die Themen, die es im Park zu besprechen galt, zum Beispiel. Oder dass sie einen Profi schicken würden, um Hemlokk und mich zu töten.«

»Das ist ja widerlich.« Theo war ehrlich entrüstet. »So etwas tut man doch nicht.«

Nein, das und vieles mehr tat man nicht. Ganz meiner Meinung, obwohl ich mir nicht hundertprozentig sicher war, ob Theo das Mordkomplott meinte oder den Missbrauch der Tauben.

»Wie sieht es denn mit den Hintermännern von Boldt, Hicks und Serva aus?«, fragte ich Harry. »Den Köpfen dieser Organisation? Hat man die? Weißt du etwas darüber?«

Es sollte mit dem Teufel zugehen, wenn er sich nicht bei einem seiner Schulfreunde nach dem Fortgang der Ermittlungen erkundigt hatte. Denn Harrys Verbindungen aus jenen längst vergangenen Zeiten mit allen Branchen und in alle Erdteile dieser Welt waren legendär.

Statt einer Antwort griff er zunächst nach einem erkalteten Würstchen und biss herzhaft hinein. Er war immer noch angefasst, sicher, doch die Gefangenschaft hatte hoffentlich keine ernsthaften und womöglich bleibenden Spuren bei ihm hinterlassen. Aber so ein Erlebnis wirkt natürlich nach. Und wenn er in drei Monaten zusammenklappte oder sich höchst seltsam benahm – ich würde da sein. Schließlich hatte ich ihm nicht umsonst das Leben gerettet.

»Da sieht es eher mau aus. Die Chefs sitzen nicht in Deutschland, sondern auf irgendeiner polynesischen Insel. Da kommt man schwer ran. Und wenn man einen abgreift, rückt jemand aus der zweiten Reihe nach. Das Ganze hat schon schwere Ähnlichkeit mit dem klassischen organisierten Verbrechen. Man kämpft da so letztlich gegen Windmühlenflügel.«

»Wie Don Quichotte«, gab Daniel sein Wissen zum Besten. »Trotzdem muss man natürlich …«

»… immer wieder dagegen angehen, um den Schweinen nicht die Oberhand zu lassen. Da hast du vollkommen recht, mein Sohn«, verkündete Harry feierlich, ehe er sich zu mir umwandte. »Habe ich mich eigentlich schon bei dir bedankt, Hemlokk? Für mein Leben und so?«

»Für ›und so‹ bereits des Öfteren, für dein Leben nicht, nein«, erwiderte ich.

Woraufhin Harry die Hand aufs Herz legte und mich seelenvoll wie ein Dackel anschaute. Grundgütige, alle guckten plötzlich so … gefühlsintensiv. Augenblicklich sackte mir das Herz in die Hose. Unsinn, es befand sich jetzt schon im kleinen Zeh! Harry wollte doch nicht etwa …

»Nein!«, sagte ich. Es rutschte mir einfach heraus. Ich war noch nicht so weit. Das heißt, ich fürchtete, ich würde nie so weit sein. Ich gab keine gute Ehefrau ab. Das lag mir nicht. »Es ist alles gut so, wie es ist.«

Harry feixte wie ein Faun.

»Schmeichelhaft ist das ja nicht gerade«, meinte er und sah mich belustigt an. Dann wandte er sich an unsere Freunde. »Sie denkt, ich will ihr einen Antrag machen. Mit klassischem Kniefall, dem Schwur ewiger Treue und so. Tu ich aber nicht. Hier.«

Und damit fischte er ein etwa dreißig mal vierzig Zentimeter großes flaches Paket hinter der Kühltasche hervor und überreichte es mir feierlich.

»Was …?«

»Pack es aus.«

Das tat ich. Und musste schlucken. Harry hatte ein Schild, nein, *mein* Schild anfertigen lassen.

»Hanna Hemlokk« stand darauf. »Privatdetektivin«. Und darunter: »Diskret. Zuverlässig. Schnell. Sprechstunde nach Vereinbarung«.

»Du meinst, ich sollte …?«

»Ja, ich meine«, sagte er mit fester Stimme. »Und du solltest. Nämlich endlich ins Rathaus gehen und dich zu einem amtlich bestallten Private Eye adeln lassen.« Er klang dabei ähnlich erhebend wie die Queen, wenn sie jemanden zur Dame für Britannia ernennt. Allerdings fistelte er nicht. »Es wird wirklich hohe Zeit. Das denken wir alle, die wir hier versammelt sind. Denn du bist mittlerweile eine mit allen Wassern gewaschene Privatdetektivin, einmal ganz abgesehen davon, dass du diesen Ritterschlag nach der heldinnenhaften Rettung meines Lebens mehr als verdient hast.«

Lieber Harry. Ich stand auf und gab ihm einen mächtigen

Schmatz auf die Wange. Dame of Bokau? Oder Dame of Probstei? Das war mir egal. Auf die Privatdetektivin m. P. – für Nichteingeweihte: »mit Papier« – kam es an. Gleich morgen würde ich mich auf die Socken machen und die Sache angehen. Versprochen!

Ute Haese
GRÄTENSCHLANK
Broschur, 384 Seiten
ISBN 978-3-95451-374-1

»Vergnüglich spannend. Ein skurril-witziger Krimi.«
Lebensart Magazin Kiel

Ute Haese
FISCH UND FERTIG
Broschur, 384 Seiten
ISBN 978-3-95451-569-1

»Eine spannende Geschichte, die mit den Haese-typischen Pointen den Leser zudem glänzend unterhält.« Kieler Nachrichten

Ute Haese

DEN LETZTEN BEISST DER DORSCH

Broschur, 320 Seiten

ISBN 978-3-95451-972-9

»Ein Krimi mit Empathie, Humor und Küstenflair. Empfohlen wie schon die Vorgängerbände.« ekz

Ute Haese
BUTTGEFLÜSTER
Broschur, 336 Seiten
ISBN 978-3-7408-0181-6

»Ute Haese garantiert mit ihrem brandneuen Krimi bestes Krimivergnügen.« KrimiNordica 2017